Der Roman spielt hauptsächlich in bekannten Regionen, doch bleiben die Geschehnisse reine Fiktion. Sämtliche Handlungen und Charaktere sind frei erfunden.

FSC www.fsc.org MIX Papier aus verantwortungsvollen Quellen FSC® C104608

Der CO_2-Ausstoß dieses Druckproduktes wurde mit ClimateCalc berechnet und kompensiert:

www.climatecalc.eu
Cert. no. CC-000094/DK

Bibliografische Information der Deutschen Nationalbibliothek
Die Deutsche Nationalbibliothek verzeichnet diese Publikation in der Deutschen Nationalbibliografie; detaillierte bibliografische Daten sind im Internet abrufbar über http://dnb.ddb.de

www.niemeyer-buch.de

Umschlaggestaltung: C. Riethmüller
Der Umschlag verwendet Motiv(e) von 123rf.com
Druck und Bindung: Nørhaven, Viborg
Printed in Denmark
ISBN 978-3-8271-9388-9

Angela L. Forster

Heidejagd

CW Niemeyer

Schmerzliche Dinge, die uns in der
Vergangenheit widerfahren sind,
haben viel damit zu tun, wie wir heute sind.

William Glasser, Psychotherapeut

Prolog

Lea rannte und rannte, immer schneller und schneller. Die Angst vor dem Untier trieb sie voran. Wo waren die anderen? Wo war Konstantin, ihr Freund? Sie wollten sich doch am Waldbad treffen. Dieses blöde Paintballspiel.

Hinter ihr hörte sie das grässliche Knurren und Schnaufen der Bestie. Ein Werwolf, sie hatte ihn gesehen. Er war aus dem Gebüsch gesprungen und hatte sie angefallen. Ein Untier mit roten brennenden Augen und gefletschten Zähnen und … Lea konnte nicht mehr denken, nur laufen.

Sie sprang über Baumstümpfe, schlug sich durch das Gebüsch des Parks und weiter am Seeufer entlang. Brombeerbüsche und Dornenhecken zerkratzten ihr Gesicht, die Arme und Hände. Sie musste zum Parkplatz und dann weiter auf die Straße, nur dort war es möglich dem Monster zu entkommen. Doch so schnell sie auch lief, das blutgierige Tier hinter ihr kam immer näher. Dumpfe schwere Schritte, die auf dem Waldboden auftrafen, in ihren Ohren dröhnten, ihr Herz immer kräftiger schlagen ließen. Lea wollte schreien, doch ihr versagte die Stimme. Nur noch über die Brücke und dann … Sie lief und lief, dann stürzte sie kopfüber über ein Hindernis. Es war weich und warm. Ihre Hände berührten etwas Nasses und Klebriges. Als sie aufstand, sah sie, worauf sie gefallen war. Ihr Biologielehrer Hendrik Schubert lag mit zerfetztem Oberkörper in einer Blutlache auf der Holzbrücke des Lopausees.

Lea schrie. Ein Schrei, der durch den frühen Morgen hallte und jedes Geräusch am See überdeckte. Herbstliches Laub, das im Spiel des Windes raschelte, frühmorgendliche Gesänge der Gartenrotschwänze und Kohlmeisen. Kaninchen, Füchse, Mäuse, Igel, sogar der Biber, Tiere, die im Wald Nahrung suchten, umherhuschten, hielten inne. Nichts war zu hören. Nur Leas Atem, der stoßweise und abwechselnd mit dem Schrei aus ihrer Kehle schoss, als würde er aus seinen Fesseln befreit.

Kapitel 1

Inka Brandt blinzelte in die Dunkelheit. Sie drehte sich im Bett auf die rechte Seite und griff mit der Hand auf die andere Seite. Sie war leer. Drei Monate waren vergangen, seitdem Sebastian öfter bei ihr geschlafen hatte als in seinem Wilseder Untermieterzimmer. Seit dem letzten Fall des Heideimkers Ludwig Wittendorf waren sie ein Paar. Sehr zu Paulas Freude, Inkas fünfjähriger Tochter, die stolz verkündete, sie hätte jetzt zwei Papas. Vorgestern war Sebastian zu seinen Eltern nach Hamburg-Othmarschen gezogen. Zur Sicherheit für sie und Paula. Er wollte sie nicht in Gefahr bringen, den *Kreuzer* nicht weiter auf sie aufmerksam machen. Der Radiowecker zeigte mit roten Zahlen 1.44 Uhr an. Zu früh zum Aufstehen, befand sie, zog die Decke unter das Kinn und schloss wieder die Augen, dann vibrierte ihr Handy auf dem Nachttisch. *Oh nein. Das bedeutet nichts Gutes.* Verschlafen tastete sie nach dem Telefon. Sie drückte die Annahmetaste und wühlte sich aus der Decke.

„Brandt", meldete sie sich gähnend. *Bloß keine Leiche*, ging ihr durch den Kopf. Am Wochenende wollte sie mit Paula in die Salztherme nach Lüneburg, ins verrückte Haus und in den Snow Dome nach Bispingen, dann kam Halloween. Für die Jagd auf Süßigkeiten wünschte sich Paula ein Feenkostüm. Außerdem hatte Inka ihr versprochen, einen

Kürbis zu schnitzen und die gruselige, kichernde Hexe an die Tür zu hängen. Doch käme jetzt ein Mord … „Verdammt!", fluchte sie leise. Wenn sie jetzt ihre Schwester Hanna aus dem Bett scheuchte, um auf Paula aufzupassen, war ihr die Standpauke ihres Schwagers sicher. Tim befand ihren Beruf als Kommissarin für überflüssig. Es wäre wirtschaftlicher, würde sie täglich, nicht nur sporadisch, auf dem Hof mitarbeiten. Mit Tims Predigt im Kopf horchte sie auf Frauke Bartels' kräftige Stimme.

„Inka, bist du wach? Ich bin es, Frauke hier", sagte die Beamtin aus der Zentrale. Frauke Bartels arbeitete seit drei Jahren in der Hanstedter Wache. Eine sechsundzwanzigjährige kunterbunt gekleidete Kollegin, die äußerlich eher in eine Kindergartengruppe als zur Polizei gepasst hätte.

„Unverkennbar", nuschelte Inka in den Hörer. „Ich muss nicht fragen, was es gibt. Oder?"

„Ich dachte, unsere Inka würde gerne um zwei Uhr morgens einen Rundgang um den Lopausee in Amelinghausen machen."

Inka hörte ein Kichern.

„Frauke, das ist nicht dein Ernst." Inka stöhnte und wischte sich mit der freien Hand ein paar Haarsträhnen aus dem Gesicht. „Also, spuck's aus. Was ist los?" Sie rollte sich auf die Bettkante und schaltete die Salzkristalllampe ein.

„Ein Mädchen, anscheinend eine Schülerin, ist über ihren toten Biologielehrer auf der Seebrücke gestolpert, weil sie ein Werwolf verfolgt hat."

„Ein toter Lehrer und ein Werwolf?" Gedanklich ging Inka die Mondphase durch. Vollmond.

„Genau. Sie zählte noch ein paar Namen auf, die ich durch ihr Schluchzen kaum verstehen konnte, und sagte, dass sie am See ein Spiel gespielt hätten, als sie der Werwolf verfolgt hat. Rommel, Faller, Amselfeld und die Kollegen der Nachtschicht sind bereits unterwegs."

„Okay. Wer ist das Opfer?"

„Sagte ich schon, ihr Biologielehrer. Ist Sebastian bei dir?", fragte Frauke in einem Atemzug.

„Nein. Er ist in Hamburg bei seinen Eltern. Ich …" Inka zögerte. Sebastian Schäfer, Polizeipsychologe aus Hamburg, war auf der Jagd nach dem *Kreuzer*, dem Mörder seiner Familie, drängender und verlangender als je zuvor.

„Ich dachte nur, dass du dir den Tatort ansehen möchtest", holte Frauke sie aus ihren Gedanken.

„Der Tag fängt ja gut an", stöhnte Inka. „Ruf Mark, die Spusi und Teresa an. Ich mach mich auf die Socken."

Keine halbe Stunde nach dem Telefonat mit Frauke lenkte Inka ihren Golf auf den Parkplatz neben das *Café-Restaurant Seestübchen* am Lopausee in Amelinghausen. Der Streifenwagen von Faller und Rommel parkte mit zuckendem Blaulicht neben einem Berg achtlos hingeworfener Fahrräder. Schwarze Outdoorwesten, übersät mit gelben und signalroten Farbklecksen, wie Gewehre, die Inka als Paintballmarkierer erkannte, häuften sich neben den Rädern. Drei Streifenwagen kreisten die Jugendlichen ein und gaben ihnen keine Möglichkeit, zu verschwinden. Beaufsichtigt von Kollege Rommel standen sie dicht zusammengerückt neben zwei hölzernen Wagenrädern, die dem Parkplatz als Zierrat dienten.

„Sind die Eltern informiert, wo sich ihre Kinder rumtreiben?“, fragte Inka den Kollegen Faller, der sein Funkgespräch beendete.

„Ist gerade geschehen, Inka. Die haben sich gefreut, dass sie ihre Kinder abholen dürfen. Die Kids können sich auf ein Donnerwetter vom Feinsten gefasst machen.“ Er nickte mit dem Kinn zu den Schülern. „Diese Gören, was denen einfällt. Mitten in der Nacht ein Paintballspiel am See. Wofür gibt es denn Hallen für dieses verrückte Rumgeballere? Zwei wollten verduften, aber Meyer und Kruschke haben sie eingefangen. Die kriegen zu Hause ordentlich was auf die Mütze.“ Faller lachte, aber es wirkte nicht besonders amüsiert.

„Wo ist das Mädchen, das die Leiche gefunden hat?“, fragte Inka, ohne auf Fallers Worte einzugehen.

„Die Blonde, die der Jüngling im Arm hält. Lea Ohlsen heißt sie.“ Er wippte mit dem Kinn zu einer Schülerin, die ihren Kopf in die Halsbeuge eines dunkelhaarigen Jungen gelegt hatte.

In diesem Augenblick näherten sich dem Parkplatz vier weitere Fahrzeuge. Inka erkannte den neuen Wagen ihres Kollegen Mark Freese, den er gegen seinen biergelben Minicooper getauscht hatte. Als Familienvater eines drei Monate alten Sohnes hatte er mit seinem Siebensitzer für weiteren Kindersegen vorgesorgt.

Mark war seit Schulzeiten ein Freund, ein Kollege, den ein Zimthauch umgab, den er wie eine Schleppe hinter sich herzog. Sie wusste immer, in welchem Raum er sich aufgehalten hatte, obwohl er den längst verlassen hatte. *Keksfabrik Freese & Söhne & Söhne*, eine traditionsreiche

Familie, in der er bei seinen Eltern sporadisch aushalf und mit kreativem Gespür neue Gebäcksorten entwickelte. Hinter Marks Wagen folgte Oberkommissar Jacob Amselfeld in einem Streifenwagen. Zwei weitere Wagen, schwarze SUVs, hielten mit knirschenden Reifen vor der Schranke, die den Parkplatz von dem beginnenden Naturschutzgebiet trennte. Ein Elternpaar stieg aus und eilte zu einem dunkelhaarigen Mädchen. Aus dem zweiten SUV schlüpfte eine zierliche Frau mittleren Alters. Noch bevor Inka den Parkplatz überquert hatte und bei den Jugendlichen angekommen war, ging auch schon das Donnerwetter los. Ein Elternpaar schimpfte wie wild auf seine Tochter ein, sodass Rommel Mühe hatte, die aufgebrachten Gemüter zu beruhigen.

„Inka Brandt, Wache Hanstedt", stellte sich Inka vor und hielt ihren Ausweis in die Runde der immer mehr eintrudelnden Eltern. „Ich möchte um Ruhe bitten. Hauptkommissar Mark Freese und ich", Inka nickte zu Mark, „wir werden gleich zu Ihnen kommen. Wir bitten Sie, sich noch ein wenig zu gedulden."

„Hören Sie, Frau Kommissarin, es ist mitten in der Nacht, ich habe in ein paar Stunden zu arbeiten, und ich muss …"

„Es ist früh am Morgen", berichtigte Inka und sah einem kleinen dicken Mann mit schütterem Haar in graue Augen. „Sie werden warten, wie alle anderen auch, Herr …"

„Grünhagen. Steuerkanzlei Sigfried Grünhagen. Und dies ist mein Sohn Maximilian." Grünhagen nickte zu einem blonden Lockenkopf, der Inka um einen Kopf überragte und sie aus wasserblauen Augen linkisch angrinste. „Was er auch angestellt hat, es wird bis morgen Zeit haben“, drängelte Grünhagen. Er warf seinem Sohn einen strengen Blick zu, woraufhin dessen Grinsen sofort einfror.

„Herr Grünhagen, wir wurden alle an diesem frühen Morgen aus den Federn gescheucht. Und niemandem gefällt es, in der Kälte zu stehen. Sie können sich in Ihren Wagen setzen, doch sollte Ihnen einfallen wegzufahren, wird mir etwas einfallen, Sie aufzuhalten. Und jetzt entschuldigen Sie mich. Ich habe eine Leiche zu begutachten.“ Sie warf einen kurzen Blick in die Runde der Elternpaare, drehte sich um und ging ein paar Schritte Richtung Schranke.

„Ist das Opfer tatsächlich der Biolehrer der Schüler?“, fragte sie Faller, der abseits der Elterngruppe auf seinem Handydisplay tippte.

„Ja. Hendrik Schubert. Biologielehrer aus dem Amelinghausener Pastor-Bode-Eliteprivatgymnasium“, sagte er und steckte das Handy in die Jackentasche. „Unterrichtet hat der Biolehrer alles reiche Schnöselkinder, die mit dem goldenen Löffel im A…“ Er zögerte. „Na ja, die haben nix anderes zu tun, als Blödsinn anzustellen und die Nase in den Wind zu halten, während ihre Eltern mit ihrer Arbeit beschäftigt sind. Arzt, Rechtsanwalt, Autohaus, Steuerkanzlei, Schauspieler, Unternehmer und so weiter. Die Kindererziehung, geschweige Aufmerksamkeit für den Spross, bleibt auf der Strecke. Was zählt, sind das Bankkonto und die Karriere. Alles Menschliche wird dem Kindergarten, der Schule oder irgendjemandem überlassen und vergessen oder verdrängt, dass es ihre Kinder sind, die ihnen entgleiten. So läuft das heute. Natürlich nicht bei allen Eltern, so weit lehne ich mich nicht aus dem Fenster." Kollege Faller hatte sich in Rage geredet, wie immer, wenn es um das Thema Kinder ging.

Inka schenkte den Worten ihres Kollegen ein Nicken. Auch Tilly, Paulas Tagesmutter, berichtete über Kinder, die als Anhängsel oder Standessymbol am Rande der Familie mitliefen, in der die eigene Bequemlichkeit oder Karriere einen präsenteren Platz einnahm.

„Gibt es eine Überwachungskamera an der Außenfassade des Café-Restaurants?" Inkas Blick schweifte zum *Seestübchen*, das im Bungalowstil mit dem weißen Anstrich und dem grauen Ziegeldach verlassen dalag. Der Laubteppich, der sich vor dem Eingang ausgebreitet hatte, verriet, dass hier in letzter Zeit kaum Betrieb geherrscht hatte. Es war Winterpause.

„Das weiß ich nicht." Faller zuckte die Schultern. „Ich sehe nichts."

„Kümmere dich darum. Wo geht's zur Brücke?"

„Hinter der Schranke geradeaus, nach ungefähr zweihundert Metern müsst ihr links auf die Brücke. Teresa und Kollege Amselfeld erwarten euch."

„Danke", sagte sie zu dem Mittdreißiger. „Achte darauf, dass mir keiner von der Bande stiften geht. Und sperre hier alles ab", warf sie ihm über die Schulter zu.

Mittig auf der Holzbrücke, die über die Lopau führte, lag ein Mann. Zerrissen und blutdurchtränkt hing seine Kleidung an seinem Oberkörper herunter. Eine Hand steckte in der Hosentasche seiner Bluejeans, die andere lag über dem Steg. Mit offenen Augen starrte er in den sternenfunkelnden Himmel.

„Du meine Güte, das sieht ja wie eine Hinrichtung aus", sagte Inka. Sie nickte Amselfeld zu und begrüßte ihre Freundin, Rechtsmedizinerin Teresa Hansen, mit einem Kuss auf die Wange.

„Das kann man wohl sagen. Es geht immer noch grausamer. Guten Morgen, Süße, Mark", erwiderte die sportliche Mittvierzigerin.

„Was denkst du, Terry? Was war das für ein Messer, das ihn so zugerichtet hat?", fragte Mark. Sein Blick lag auf den Holzbohlen und dem Blut, das sich fast schwarz wie eine Öllache verteilte.

Teresa schüttelte den Kopf. „Mit einem Messer zu töten, ist eine sehr persönliche Sache. Es steckt viel Wut dahinter. Doch sehe ich mir die Schnittwunden in Gesicht-, Brust- und Bauchbereich an, … haltet mich bloß nicht für verrückt …", Teresa zögerte und warf Inka, Mark und Amselfeld einen irritierten Blick zu, „… haben scharfe Krallen die Wunden verursacht. Ich würde sagen, er hat mit einer Bestie, einem Werwolf, gekämpft."

Ein banges Gefühl machte sich in Inka breit. Sie fühlte sich nie gut, wenn sie mit solchen Absurditäten konfrontiert wurde. Viele mystische Geschichten geisterten durch die Lüneburger Heide. Doch das war für sie nur hanebüchener Unsinn. Weder glaubte sie an Geister noch an irgendwelche Spukgeschichten, dafür war sie zu sehr Realistin. Dennoch spürte sie, wie sich eine Gänsehaut über ihre Arme legte.

„Das ist doch Blödsinn, Terry. Es gibt keine Werwölfe in der Heide … Wer glaubt solch einen Mist?“, sagte Inka.

„Ich bin ganz deiner Meinung. Aber sieh dir dies an.“ Teresa leuchtete mit der Taschenlampe über den Kopf des Toten.

„Das ist ein Fußabdruck“, sagte Inka.

„Und zwar ein gewaltig großer Fußabdruck, der nicht von einem Schuh stammt“, stimmte Mark zu. „Der sieht tatsächlich aus wie von einem riesigen Tier. Oder, Kollege Amselfeld, was sagen Sie?“ Mark drehte den Kopf zu seinem Kollegen, der zwei Meter abseits mit dem Rücken am hölzernen Brückengeländer lehnte.

Jacob Amselfeld nickte. Er war müde und gähnte. „Sicher war es ein Tierwesen, ein Mensch in einem Pelzkostüm“, sagte er.

„Sie sprechen von einer Fetischgeschichte, Kollege.“ Aus der Hocke sah Inka zu Amselfeld hoch.

„Wäre möglich. Allerdings müssen wir zwischen Petplayern und Pelzliebhabern unterscheiden.“

„Können Sie sich genauer ausdrücken?“, drängelte Inka, während sie aus der Hocke aufstand.

„Es gibt die Petplayer, bei denen einer den dominanteren Part, der andere den devoteren Part spielt. Ein Partner verkleidet sich als Pferd, Zebra, Hund oder beliebiges Tier, das vom anderen Partner dressiert und dominiert wird. Es ist eine Erotik, die nur im Kopf stattfindet. Wobei die Petplayer diese sogar öffentlich zur Schau stellen, indem sie durch Parks oder auf Straßen herumlaufen oder -fahren. Die anderen sind die Pelzliebhaber. Menschen, die ihr zweites *Ich* ausleben. Anhänger gibt es auf der ganzen Welt. Sie verkleiden sich zum Spaß als Tierwesen, veranstalten Partys, Tanzveranstaltungen oder Picknicks in ihren Pelzen, die sie Suits nennen, also Anzüge. Aber von einem Mord hab ich noch bei keinem etwas gehört."

Marks, Teresas und Inkas Augen richteten sich neugierig und ebenso belustigt auf den Kollegen. „Wow", sagte Inka, die als Erste wieder Worte fand. „Sie kennen sich in der Szene gut aus."

„Das liegt an meiner Frau …, weil …", begann Amselfeld und stockte, als er sah, dass Teresa, Inka und Mark ihn grinsend ansahen.

„Sparen Sie sich Ihr Hohngelächter. Ich weiß, was Sie denken", sagte er, das Gesicht zu einer strengen Miene verzerrt. „Meine Frau promoviert über das ungeschürte Verlangen in Sex-, Arbeits- und Organisationspsychologie. Das Thema ist Teil ihrer Arbeit", setzte er erklärend nach.

„Ähm, ja", sagte Teresa, „wie spannend, bald eine weitere Doktorin in unserer Runde zu finden, aber wenn wir uns trotzdem wieder unserem Fall zuwenden könnten, denn wir haben nicht nur den Fußabdruck, sondern auch eine Zeichnung." Mit dem behandschuhten Zeigefinger tippte Teresa neben den Fußabdruck auf ein gemaltes Zeichen.

„Das sieht wie ein umgedrehtes *Z* mit einem Strich in der Mitte aus", sagte Amselfeld.

„Es ist das Zeichen der Wolfsangel", erklärte Inka. „Das Zeichen der Forst- und Waldwirtschaft, das der Heidedichter Hermann Löns gerne unter seine Unterschrift gesetzt hat."

„Es sprach unsere Geschichtslehrerin, Inka Brandt." Teresa lachte. „Aber du hast recht. Als Flora und ich den

Resthof in Egestorf gekauft haben, lag an unserer Einfahrt auch ein Hofstein mit dem Zeichen der Wolfsangel. Wir haben ihn entfernt, da die Angel nicht nur ein Zeichen für die Forstwirtschaft war, sondern auch für die Hitlerjugend."

„Davon hab ich nie gehört. Zeichen, Hitlerjugend, Wolfsangel. Wie hängt das zusammen?", fragte Jacob Amselfeld, der in die Heide zugezogene Kölner Kollege.

„Es ist nicht nur ein Zeichen, sondern auch ein eiserner Doppelhaken, ein Köderträger und Fanggerät für Wölfe", ergänzte Inka. „Im 16. Jahrhundert wurde er von den Bauern mit Ködern versehen und mittels eines Ankers in Bäume gehängt oder darin befestigt. Die Wölfe, die hochsprangen und sich die Beute schnappten, blieben mit der Schnauze an den Widerhaken hängen und verendeten."

„Aber was hat diese Grausamkeit mit der Hitlerjugend zu tun? Die Wolfsangel hab ich …", begann Amselfeld, als ihn Inka unterbrach.

„Verschlafen?" Inka grinste, wurde aber sofort wieder ernst und sagte: „Richtig populär machte die Wolfsangel der Heidedichter Hermann Löns durch sein Buch *Der Werwolf*. Darin geht es um eine Heidebauerngemeinschaft, die sich *Werwölfe* nannte. Den mystischen Bezug gaben die Nazis der Wolfsangel, indem sie das Symbol, das noch heute auf vielen Städte- und Gemeindewappen zu finden ist, zu einer germanischen Rune erklärten. Die Nazis verehrten Hermann Löns, der im Ersten Weltkrieg gefallen war. Auf Befehl Hitlers betteten sie seine mutmaßlichen Gebeine um in ein Grab in die Lüneburger Heide nach Bad Fallingbostel, das heute zu einer Art Pilgerstätte geworden ist. Wie Sie sehen, Kollege Amselfeld, ist das Feld der Angel vielfältig und weitreichend, wobei wir uns offensiv mit der Geschichte des Nationalsozialismus und auch mit den heutigen rechtsextremistischen Strömungen auseinandersetzen müssen. Es wird immer Menschen geben, die Meinungen vertreten, die wir nicht unter einem kritisch aufgeklärten Geschichtsbild verstehen."

„Ich stimme dir in allen Punkten zu, Inka. Aber wir agieren als Polizisten mit einer Vorbildfunktion", bemerkte Mark, dann: „Kennt ihr Hitlers Spitznamen?"

Kopfschütteln.

„*Onkel Wolf* wurde er genannt. Ich erwähne es nur, weil es außerdem die Organisation Werwolf gab, die Jagd auf kriegsmüde Deutsche machte. Angeführt gegen Kriegsende von dem ehemaligen Hühnerzüchter Heinrich Himmler", ergänzte Mark.

„Bei ‚Hühnerzüchter' klingelt es." Amselfeld wurde zusehends munterer. „Ich glaub, davon hab ich doch schon gehört. Haben nicht sogar Papst Benedikt XVI. und der Literaturnobelpreisträger Günter Grass in Uniform als Jugendliche stolz für die Fahne gekämpft?"

„Stimmt, das war auch bei uns Thema im Geschichtsunterricht", bemerkte Mark.

„Meint ihr, wir kriegen es jetzt mit den Braunen zu tun, während ein Werwolf bei Vollmond durch die Lüneburger Heide streift und sich seine Opfer sucht? Sollten wir Silberkugeln in unsere Waffen laden, bevor wir gebissen werden und selbst zum Werwolf mutieren?", fragte Amselfeld. Er legte den Kopf in den Nacken und sah in den

Himmel. Die Luft war klar und belebend. Der Mond präsentierte sich in milchig leuchtender Form und es schien, als sähe er amüsiert auf die vier Menschen herab, die auf der Brücke standen.

„Das sind alberne Aussagen und nur konstruierte Fiktionen der Filmindustrie, Kollege", bemerkte Mark. „Die Wölfe sind in die Lüneburger Heide zurückgekehrt, aber ein Werwolf war sicher nicht unter ihnen. In drei Tagen ist Halloween, vielleicht hat sich jemand einen Scherz erlaubt."

„Sehe ich genauso", antwortete Inka. „Terry, kannst du uns etwas über den Todeszeitpunkt sagen?"

„Euer Opfer ist vier bis fünf Stunden tot."

„Dann ist er gegen zweiundzwanzig Uhr ermordet worden."

„Eine Stunde, ein paar Minuten früher oder später, du kennst das ja. Die Leichenstarre ist noch nicht vollständig ausgeprägt und ich kann sehen, was er in der rechten Hand hält, die er in der Hosentasche vergraben hat."

„Einen Ring", staunte Inka.

„Nicht nur einen Ring. Einen Diamantring. Er wollte einen Heiratsantrag machen." Sie ließ den Ring mit einer behandschuhten Hand in ein Beweistütchen rutschen.

„Bestimmt nicht einer Werwölfin", scherzte Amselfeld. „So ein Gemetzel richtet keine Frau an, die einen Antrag bekommt."

„Da haben Sie recht", erwiderte Inka nachdenklich und nahm das Tütchen mit dem Ring entgegen. „Nur was hatte unser Opfer, bleiben wir beim Todeszeitpunkt zweiundzwanzig Uhr, am See auf der Holzbrücke zu suchen?"

„Ein Rendezvous mit seiner Herzallerliebsten", sagte Amselfeld.

„So spät am Abend und in der Kälte am See? Es gibt romantischere Orte für Verliebte", setzte Inka dagegen.

„Wenn ihr mit euren Taschenlampen zum anderen Ende der Brücke leuchtet", mischte sich Teresa ins Gespräch, „könnt ihr sehen, dass der Fundort nur bedingt der Tatort ist, weil die Blutspuren auf den Waldweg zurückführen. Sein Rendezvous, wenn es eines war, hat woanders stattgefunden."

„Dann ist er geflüchtet und auf der Brücke ermordet worden", sagte Inka.

„Davon gehe ich erst einmal aus."

„Doch woher kam er?"

„Gute Frage." Teresa Hansen zuckte die Schultern.

„Hast du ein Handy oder Papiere gefunden?", fragte Inka.

„Fast alles hier. Seine Uhr, sein Fair-Trade-Ökophone und in …"

„Sein was?", fragte Mark.

„Sein Handy. Es ist ein Ökophone mit austauschbaren Modulen, die einzeln ersetzt werden können. Ihr kennt das doch – ein Elektrogerät oder ein Smartphone ist nach einer gewissen Zeit defekt und du kannst es nur noch wegschmeißen. Angeblich wird es vom Hersteller so voreingestellt. Dieses Ding hier", sie hielt das Handy hoch, „kannst du mit einem Schraubenzieher selbst reparieren, so hält es länger und die Teile sind natürlich fairtrade hergestellt."

„Was es alles gibt", sagte Mark kopfschüttelnd.

„Die Handys sind nicht billig, aber weiter … In seinem Portemonnaie sind einhundertzwanzig Euro, nur leider kein Personalausweis. Einen Raubmord könnt ihr ausschließen, weil der Täter auch die zwanzigtausend Euro mitgenommen hätte, die in der Innentasche seiner Jacke gesteckt haben."

„Zwanzigtausend. Nicht schlecht", staunte Mark.

„Genau. Außerdem hat er ein frisches Veilchen. Allerdings ist der Bluterguss noch nicht vollständig ausgebildet, was heißt, der Treffer hat ihn zeitnah, zwei oder drei Stunden vor seinem Tod, erreicht." Teresa tippte mit ihrem rechten behandschuhten Zeigefinger auf Hendrik Schuberts rechtes Auge. „Und die Gleichmäßigkeit der Verfärbungen sagt mir, sein Gegner hat direkt vor ihm gestanden, als ihn die Faust getroffen hat."

„Wenn der Angreifer direkt vor ihm gestanden und das rechte Auge getroffen hat, dann ist er Linkshänder", überlegte Inka laut.

„Davon könnt ihr ausgehen. Zumindest, was die Prügelei angeht. Aber ob der Prügelknabe auch der Mörder war?"

„Kriegen wir heute noch Ergebnisse, Terry?"

„Ich geb mein Bestes", sagte die Rechtsmedizinerin. „Allerdings liegen bei mir im Institut zwei Alkoholleichen auf dem Tisch und eine Dreißigjährige, bei der der Todesumstand von Suizid bis Mord schwankt." Teresa stand aus der Hocke auf und schloss ihre Arzttasche. „Ich vermisse Sebastian. Schläft er noch?" Suchend sah sie über Inkas Schulter.

„Sebastian ist in Hamburg bei seinen Eltern", sagte Inka kurz. Dass Sebastian seit zwei Tagen bei seinen Eltern lebte, weil er glaubte, den *Kreuzer* so von ihr fernzuhalten, gefiel ihr nicht. Sie vermisste ihn. Aber es war seine Entscheidung und die fand sie allemal besser als den gefährlichen Plan, den er mit Flora, Teresas Lebensgefährtin, umsetzen wollte. Auch wenn die Idee der beiden, den *Kreuzer* aus seinem Versteck zu locken, noch nicht ausgereift war.

Teresa Hansen umarmte erst Inka, dann Mark, nickte Amselfeld zum Gruß zu und winkte Finn Reuscher, dem Polizeifotografen, und Fridolins Team der Spurensicherung, die mit schnellen Schritten die Brücke erreicht hatten. „Lasst mir das Opfer ins Institut bringen", rief sie ihren Kollegen zu, bevor sie hinter den Bäumen in der Dunkelheit des frühen Morgens verschwand.

„Also gut", sagte Inka, als Fridolins Team in weißen Schutzanzügen an ihr vorbeiwirbelte, Schildchen aufstellte, mit Lampen den Tatort belichtete, Pinzetten und Pinsel aus ihren Köfferchen holte und mit der Arbeit begann. „Folgen wir der Blutspur." Mit der Taschenlampe leuchtete Inka über die Holzbohlen und weiter auf den sandigen Waldweg, der Richtung Parkplatz führte.

„Wie merkwürdig", hörte sie Mark sagen. „Warum flüchtete er nicht gleich in sein Auto?"

„Auf dem Parkplatz stand außer dem Smart mit Werbeaufdruck des *Café-Restaurant Seestübchen* kein anderes Auto", erwiderte Inka.

„Vielleicht hat er seinen Wagen oben an der B209 abgestellt", bemerkte Amselfeld.

„Unwahrscheinlich", sagte Inka kopfschüttelnd. „Die Holzbrücke liegt vom Parkplatz aus auf der rechten Seite des Sees. Er müsste einen riesigen Bogen gegangen sein, um hier anzukommen. Wer macht so etwas, wenn es einfacher ist, den Wagen auf dem Parkplatz vor Ort abzustellen?"

„Stimmt", pflichtete Mark bei. „Aber möglich ist, er wurde mitgenommen und am See abgesetzt. Oder er ist mit dem Taxi gekommen."

„Und wie kommt er zurück?"

„Zurück wohin?", fragte Amselfeld und sah Mark mit schläfrigen Augen an. „Wir wissen nicht, wo er wohnt, und wir wissen ebenfalls nicht, ob er verabredet war oder nur spazieren gehen wollte."

„Mit zwanzigtausend Euro und einem Diamantring in der Tasche zu einem Abendspaziergang aufbrechen ist seltsam. Kriegen Sie raus, Amselfeld, wie das Opfer zum See gekommen ist? Mit dem Taxi, einem Freund, der Freundin oder wie auch immer? Fragen Sie in den umliegenden Taxizentralen nach, wer eine Fahrt zum See mit einem Fahrgast oder mehreren Gästen um die Tatzeit herum getätigt hat. Möglicherweise hat unser Opfer das Geld von seinem Mörder bekommen. Erpressergeld, Schutzgeld oder Schweigegeld, irgendetwas wird es gewesen sein. Wir brauchen die Fingerabdrücke auf dem Geld, Hendriks Kontobewegungen und die Bewegungsanzeigen sowie Anrufprotokolle auf seinem Handy", ordnete Inka an. Sie leuchtete zurück auf die Blutspuren, die sie weiter Richtung Parkplatz führten. Mit der Taschenlampe schwenkte sie in den Busch- und Laubstreifen, der See von Waldweg trennte. „Hier hört die Blutspur auf und macht einen Bogen. Amselfeld, Sie gehen den Seeweg entlang Richtung Aussichtsplattform. Mark, wir gehen zum Parkplatz und zum Café zurück, um nicht alle Spuren zu zertrampeln."

Je näher sie dem *Seestübchen* kamen, desto lauter wurde das Stimmengewirr, das ihnen entgegenschlug. Inzwischen waren fast alle Eltern der Jugendlichen eingetroffen.

„Ich würde gerne mit Ihrer Tochter alleine sprechen", bat Inka die Eltern der Schülerin Lea Ohlsen.

„Und was ist mit uns, wann können wir gehen?", wollte Sigfried Grünhagen wissen.

„Mein Kollege nimmt Ihre Personalien auf." Sie nickte zu Mark.

„Wollen wir?", fragte sie Lea und bat sie um ein paar Schritte. „Lea, bitte verraten Sie mir … oder darf ich Du sagen?" Inka blieb an der Schranke stehen.

Das Mädchen nickte. Es war blass und Inka sah, dass seine Hände leicht zitterten.

„Lea, ich weiß, was du gesehen hast, war grausam. Wir reden nur so lange, wie du meinst, es verkraften zu können. Aber ich brauche ein paar Antworten. Was ist am See geschehen? Wann seid ihr am See angekommen? Wer kam auf die Idee mit dem Paintballspiel? Was hat es mit dem Untier, dem Werwolf, auf sich?"

„Es war eine dumme Idee", flüsterte Lea. „Eigentlich wollten Konstantin und ich nur einen Abend, also eine Nacht, alleine verbringen. Seine Eltern waren zu Bekannten nach Soltau zu einer Hochzeit gefahren und wollten erst am nächsten Tag wiederkommen. Meine Eltern dachten, dass ich bei Kristina schlafe, aber …" Lea zögerte, senkte den Kopf und sah auf den Sandboden.

„Ist Konstantin dein Freund? Er sieht nett aus." Inka fand, Lea verhielt sich ganz anders als die dickköpfigen Jugendlichen, mit denen sie sonst ab und an zu tun hatte.

„Ja, ist er auch. Und lange nicht so eingebildet wie Jannik, Peer oder alle anderen Jungs. Obwohl seinen Eltern das große Autohaus in Amelinghausen gehört."

Inka warf einen schnellen Blick zu Konstantin und seinen Eltern. Als letztes Elternpaar kamen sie mit einem Golf zum See, nicht mit einem SUV. Mit Leas Eltern standen sie als restlich verbliebene Gruppe neben dem hölzernen Wagenrad und gaben Kollege Rommel Auskunft.

„Okay", sagte Inka, „ihr wolltet den Abend alleine verbringen. Was hat eure Entscheidung geändert?"

„Der Anruf von Peer. Konstantin wollte mit mir Mathe üben, aber Peer meinte, er solle kein Weichei sein, Mathe und ich würden ihm nicht weglaufen, aber das Spiel sich so schnell nicht wiederholen. Und dass Max, Jannik, Peer und die Mädchen, Amanda, Kristina und Klara, auch dabei wären. Um elf Uhr ginge es am Parkplatz beim *Seestübchen* los." Lea biss sich auf die Unterlippe. „Es ist schwer, sich aus der Clique zu lösen, ohne dabei überheblich zu wirken. Alleingänge werden nicht gern gesehen, womöglich gibt es Streit. Ich hab Konstantins Entscheidung verstanden, als er eingewilligt hat."

„Peer hat euch also am Freitagabend zu dem Spiel überredet."

„Ja, Konstantin. Er wollte nicht sagen, dass wir alleine sein wollten, die anderen hätten ihn aufgezogen."

„Kamen alle deine Mitschüler mit Fahrrädern zum See?"

„Ja."

„Und mit dem Spiel habt ihr wann begonnen?"

„So um halb zwölf. Peer hat die Spielregeln erklärt und Jannik eine Flasche Gin rumgereicht."

„Wer ist Peer? Wer ist Jannik?", fragte Inka, den Blick den eingetroffenen Eltern und ihren Kindern zuwerfend.

„Peer ist der Kleinere, der Dunkelhaarige. Jannik ist der Größere, der mit den Dreadlocks", antwortete Lea.

„Wie ging es weiter?"

„Jeder hat etwas Alkohol getrunken, dann haben wir die Westen angezogen und die Gewehre geladen. Die Jungs gaben uns einen zehnminütigen Vorsprung. Wir Mädchen sind Richtung Waldbad. Klara ist zum Wassertretbecken, Amanda zum Jugendzeltplatz und Kristina Richtung Campingplatz Mühlenkamp. Eine Stunde später, nach Ende des Spiels, wollten wir uns wieder auf dem Parkplatz treffen. Ich war mit Konstantin am Waldbad verabredet."

„Und haben die Jungen die verabredeten zehn Minuten eingehalten?"

„Ja, kann sein. Ich hab mich vor ihnen im Gebüsch versteckt."

„Woher habt ihr die Westen, die Gewehre und die Farbe?"

„Peer hat die Sachen von einem Freund seines Vaters besorgt."

„Erzähl mir, wann dir das Untier begegnet ist und wann du deinen Lehrer gefunden hast."

Lea Ohlsen stupste mit der Turnschuhspitze in den Sandboden und holte tief Luft. „Wie ich sagte, wir Mädchen rannten los durch den Wald, am Waldbad haben wir uns getrennt und jeder ist in seine Richtung. Dass ich mich mit Konstantin am Waldbad treffen wollte, haben wir niemandem erzählt. Wir wollten das dämliche Spiel nicht mitmachen, sondern für uns alleine sein. Sollten sie sich alle gegenseitig abknallen. So um halb eins hab ich immer noch auf Konstantin gewartet. Alles war still, nur ab und an hörte ich ein Gewehr knallen und einen kurzen Aufschrei. Es ging Mädchen gegen Jungen, wer verliert, muss die nächste Party bezahlen. Konstantin und ich wären übrig geblieben und das Spiel wäre unentschieden ausgegangen, so haben wir es vereinbart. Doch Konstantin kam nicht. Dabei wusste er doch, dass ich den Wald schon am Tage nicht mochte und dann bei Nacht erst recht nicht. Außerdem war mir eisig kalt. Als ich wieder zum Parkplatz zurückgehen wollte, hatte ich das Gefühl, beobachtet zu werden. Es raschelte und knackte. Ich dachte, es wäre einer der Jungs, der mir gefolgt war. Sicher Peer. Mit Peer war ich vor Konstantin zusammen. Irgendwie ist er noch immer sauer auf mich. Er wollte nur das eine, wie bei seinen anderen Freundinnen, ich aber nicht."

„Wie lange lief eure Beziehung?"

„Nicht lange. Zwei Wochen. Peer ist einer von den beliebtesten Jungs in der Schule. Alle Mädchen stehen auf ihn. Er ist zwar nicht so groß und muskulös, aber er sieht toll aus."

„Also Peer ist der dunkelhaarige junge Mann, der neben der zierlichen blonden Frau im Jogginganzug steht?"

„Ja, das ist seine Mutter. Den Bachs gehört das Reiterhotel in Rehlingen. Seine Mutter ist Turnierreiterin und der Vater …", Lea stockte, „weiß ich eigentlich nicht so genau. Ich glaub, er züchtet irgend so eine amerikanische Rassepferdeart. Teuer und edel, wie alles bei den Bachs."

„Und dann bist du mit Konstantin zusammengekommen. Wie lange geht das schon mit euch?"

„Wir sind fast ein Jahr zusammen. Konstantin ist anders, er versteht mich. "

Inka nickte. „Wie ging es weiter?"

„Na ja, ich hab noch einen Augenblick gewartet und mir eingeredet, dass die Geräusche ein Reh oder ein Hirsch, ein Wildschwein oder ein Hase verursacht. Doch es knackte immer mehr im Gebüsch, und dann war da der stechende Geruch, faulige Eier, so etwas in der Art. Ich hab nach Konstantin gerufen, leise, aber so laut, dass er mich hätte hören müssen. Doch er tauchte nicht auf. Plötzlich griff jemand von hinten auf meine Schulter, und als ich mich umdrehte, sah ich Jannik ins Gesicht. Er stank nach Schnaps und sicher hatte er wieder einen Joint geraucht. Er zielte mit dem Gewehr auf mich und brüllte: *Hab ich dich erwischt, du Bitch.* Ich riss ihm das Gewehr aus der Hand und warf es ins Gebüsch. Er fluchte wie wild und krabbelte auf allen Vieren am Boden herum, um es wiederzufinden. Ich bin Richtung Kiosk davongerast und einmal rund ums Bad gelaufen. Hinter mir schrie Jannik – *ich kriege dich, ich kriege dich.* Er leuchtete mit der Taschenlampe hinter mir her, schoss, aber traf mich nicht. Jannik ist ein Zornkopf. Immer schnell auf hundertachtzig. Ein eingebildeter Spinner, genauso wie Peer. Beide haben so viel Hirn wie ein Eimer Pokémons."

Inka krauste die Stirn. Von Pokémons hatte sie gehört, doch einordnen konnte sie diese Dinger nicht. Bevor sie weiter überlegen konnte, begann Lea neu.

„Jedenfalls hab ich Jannik abgehängt oder er hat es aufgegeben, mich zu verfolgen. Dann bin ich zurück zum Waldbad, weil ich sehen wollte, ob Konstantin endlich da ist. Aus der Ferne hörte ich Geschrei und Geballere, aber um mich herum war alles ruhig. Mir war wieder so kalt und ich hatte auch keine Lust mehr, auf Konstantin zu warten. Als ich zum Parkplatz aufbrechen wollte, hörte ich ein Brummen und Knurren und roch wieder diesen widerlich stechenden Gestank. Das war echt spooky. Erst dachte ich, Jannik hat mich wieder erwischt, doch als ich mich umgedreht hab, sprang dieses Tier mit den roten glühenden Augen aus dem Gebüsch und starrte mich an. Aus seinem Maul kam Schaum, wie bei einem tollwütigen Hund. Es stand auf zwei Beinen, hatte große spitze Zähne und streckte seine Pranken nach mir aus."

„Ein Tier, das auf zwei Beinen stand?"

„Ja, auf den Hinterbeinen. Es war ein Werwolf, der mich fangen wollte."

„Ein Werwolf in der Lüneburger Heide. Bist du dir da sicher, Lea? Ich meine, es war dunkel und …"

„Nein! Ja, natürlich bin ich mir sicher! Ich weiß doch, wie diese Viecher aussehen", trotzte die Siebzehnjährige. „Außerdem war es hell, der Vollmond schien. Ich hab den Wolf genau gesehen. Er stand nur ein paar Meter von mir entfernt."

„Ein paar Meter reichen aus, um sich zu täuschen. Es war eine gespenstische Atmosphäre, der Vollmond schien und …"

Wieder unterbrach das Mädchen. „Nein. Ich hab mich nicht geirrt. Es war ein Werwolf. Er war mindestens zwei Meter groß, hatte lange spitze Zähne, war am ganzen Körper behaart und seine Augen haben rot geglüht“, wiederholte sie beharrlich. „Er machte einen Satz auf mich zu, packte mich an den Oberarmen und riss sein Maul noch weiter auf. Die langen spitzen Zähne sah ich deutlich vor mir. Er schüttelte mich erst an den Armen, dann an der Schulter. Ich hab so gut, wie ich konnte, wild um mich geschlagen und mit den Füßen an seine Beine getreten. Er hat gestöhnt und ließ mich für einen kurzen Augenblick los. Da konnte ich mich befreien. Ich bin einfach losgerannt. Immer weiter Richtung Parkplatz.“

„Hast du nicht um Hilfe gerufen?“

„Doch, natürlich. Ja, ich glaub schon. Ich weiß es nicht. Ich bin nur gerannt und gerannt. Aber ich war ja schon fast wieder an der Brücke und die anderen noch irgendwo im Wald. Hinter mir dieses unheimliche Schnaufen und Knurren. Auf der Brücke bin ich gestolpert und über etwas Weiches gefallen. Als ich aufstand, sah ich, dass es Hendrik ist, über den ich gefallen war. Überall war Blut. Dann kam Klara über die Brücke gerannt.“

„Klara?“

„Ja, sie ist meine beste Freundin. Amanda und Kristina auch, aber Klara und ich sind auf einer Wellenlänge. Wir wollen beide nach dem Abitur in Heidelberg Medizin studieren.“

„Verstehe. Wie ging es weiter? Was war mit der Bestie?“

„Die war verschwunden. Glücklicherweise kamen Max und Kristina aus dem Wald. Max hat alle auf ihren Handys angerufen und gesagt, sie sollen sofort zur Brücke kommen. Wir waren so entsetzt über … Hendrik war ein toller Lehrer."

„Du hast deinen Biologielehrer mit Vornamen angesprochen?"

„Das haben wir alle, er war Vertrauenslehrer. Er war echt cool."

„Habt ihr euren Lehrer auf der Brücke angefasst?"

„Er war tot und voller Blut! Nein!" Angewidert verzog Lea das Gesicht. Ihre Stirn- und Nasenpartie krauste sich wie bei einer alten Frau. „Natürlich haben wir ihn nicht angefasst! Nur ich, ich bin ja über ihn gestolpert und …" Lea wischte ihre Handflächen über die Seiten ihrer Jeans.

„Haben deine Schulkameraden die Bestie gesehen?"

„Ich sag doch, die waren nicht in meiner Nähe. Klar hab ich ihnen erzählt, dass mich ein Werwolf verfolgt hat, aber Peer meinte, ich sei verrückt, das wäre wohl mein Running Gag des Tages und ich hätte zu viele Horrorfilme gesehen. Jannik hat gesagt, ich hab ihm wohl einen Joint geklaut und heimlich im Wald geraucht. Sie haben mich ausgelacht."

„Und Maximilian Grünhagen?"

„Der hat natürlich mitgelacht. Klar. Wir Mädchen fanden es nicht lustig, außer Kristina, die hat sich zu den Jungs gesellt. Das hat mich echt geärgert, die kann sich meine Freundschaft abschminken. Aber irgendwie war das klar. Kristina von Kleist, reich und verwöhnt. Ihre Partys sind begehrt. Wer bei den von Kleists eingeladen wird, der gehört dazu. Ihnen gehört das riesige Gestüt am Ortsrand. Es ist noch größer als das Reiterhotel der Bachs in Rehlingen."

Lea verdrehte die Augen. „Mich interessiert dieses Gehabe nicht. Wer hat das größte Haus, Boot und Auto?"

„Wo war Konstantin? Hat er dich auch ausgelacht?"

„Nein. Konstantin hat sich mit Peer, Max und Jannik gestritten. Sie sollten mich in Ruhe lassen, sonst schickte er ihnen seine Rechte, das wäre dann der Running Gag des Tages, nicht ihr blödes Lachen." Lea strich sich eine blonde Strähne aus dem Gesicht, die an ihrer nassen Wange klebte. Über ihrer rechten Augenbraue und der rechten Wange hatte sie eine blutende Schürfwunde, und ihre Hände waren von Büschen und Zweigen zerkratzt. Auf ihrem dunkelblauen Blouson und ihrer Bluejeans zeigten sich Blutspuren, die von ihrem Sturz über ihren Lehrer herrührten.

„Er wollte es gleich mit allen dreien aufnehmen? Du hast einen tollen Freund, Lea", sagte Inka, dann: „Aber wieder zurück. Hat Konstantin gesagt, warum er nicht zu eurem verabredeten Treffpunkt gekommen ist?"

„Ich hab gar nicht gefragt. Ich war nur froh, dass er bei mir war."

„Natürlich. Ihr standet inzwischen alle auf der Brücke. Was geschah weiter?"

„Klara sagte, wir müssen sofort die Polizei rufen. Peer riss ihr aber das Handy aus der Hand. Er meinte, niemals würde er einen toten Biolehrer melden und schon gar keinen Werwolf. Wenn rauskäme, dass sie ein Paintballspiel veranstaltet hätten, er die Sachen aus der Halle des Kumpels seines Vaters heimlich ausgeliehen hätte, könne er sich für die nächsten Monate im Keller einquartieren. Sein Alter würde garantiert vor Wut kochen und ihm alle Vorzüge einschließlich der Kreditkarte streichen. Mir war das egal, ich hab mein Handy aus der Hosentasche gezogen und die Hundertzehn gerufen. Auch Jannik hat geflucht und mich wieder als Bitch beschimpft. War logisch, dass Ärger mit der Polizei auch Ärger mit den Eltern bedeutete, so angetrunken, wie er war. Peer sagte, er würde abhauen, auf den Zoff hätte er keinen Bock. Konstantin hielt ihn am Arm fest. Er müsse dableiben, wie wir anderen. Wenn nicht, hielte er garantiert nicht den Mund, sondern würde rausposaunen, wer am Spiel teilgenommen hat. Peer ist trotzdem abgehauen. Jannik auch, er meinte, seine Alten würden das schon klären."

„Wie hat er das gemeint? Klären?"

„Seine Eltern sind Rechtsanwälte. Macht Jannik Unsinn … na ja, er ist von den Herzog-Brüdern das schwarze Schaf in der Familie, aber seine Eltern pauken ihn immer wieder aus der Scheiße."

Inka nickte. „Das soll es geben."

„Max und Jannik sind Peer über die Laufstrecke der Seepromenade hinterher, die wir einmal die Woche mit unserem Sportlehrer laufen. Doch weit sind sie nicht gekommen, weil ein Streifenwagen die Auffahrt zum See hochkam und sie einfangen hat. Diese Idioten."

„Habt ihr den Fußabdruck über dem Kopf eures Lehrers gesehen?"

„Ja klar, aber dass mich ein stinkendes Ungeheuer, dieser Werwolf, verfolgt hat, hat trotzdem niemand geglaubt. Selbst Konstantin hat mich skeptisch angesehen. Ich kann es ja selber nicht glauben, aber es war so. Ich schwöre es. Einfach grauenhaft. Dieses Vieh wollte mich töten."

„Und das geschah, bevor du Hendrik gefunden hast. Ist das richtig?", vergewisserte sich Inka erneut.

„Ja, diese stinkende Bestie hat mich bis auf die Brücke gejagt, bis ich über Hendrik gestolpert bin. Als ich aufgestanden bin, war sie plötzlich verschwunden und Klara kam mir entgegen."

„Und das Zeichen der …"

„Sie meinen die Wolfsangel", nahm Lea Inka das Wort aus dem Mund. „Sicher haben wir das gesehen. Taucht ja geschichtlich im Unterricht immer wieder auf. Hermann Löns, Hitler, Himmler und so. Bei uns an der Hofeinfahrt liegt auch ein Grenzstein mit dem Zeichen."

„Ja, der ist vielerorts zu finden", bestätigte Inka. Sie erinnerte sich an ihren Vater, als der vor dem großen grauen Grenzstein an ihrer Hofeinfahrt stand. Mutter wollte den Stein entfernen, aber Vater war dagegen, weil es ein Stück Geschichte sei. Irgendwann pflanzte Mutter Bodendeckerpflanzen um den Stein, die im Laufe der Jahre mit immergrünen Blättern den Stein und seine Geschichte fest umschlossen. „Wie spät war es, als du Hendrik gefunden hast?"

„Es muss halb zwei gewesen sein. Es war so … so schrecklich", flüsterte Lea. Tränen rannen über das Gesicht der Schülerin. „Hendrik war ein wirklich netter Lehrer", schniefte sie. „Ich hör noch immer die schweren dumpfen Schritte, das Keuchen und Schnaufen, die brennenden Augen, die mich verfolgten. Ich hatte eine Höllenangst. Das Tier war so gewaltig groß. Und dann Hendriks blutiges Gesicht und sein zerfetzter Oberkörper. Ich glaub … ich glaub, mir wird schlecht." Lea eilte hinter die Schranke und erbrach sich neben einem Wacholder.

„Es tut mir sehr leid. Eine Leiche zu finden, ist schwer zu verkraften", sagte Inka, während sie sich neben Lea stellte, ihr den Rücken streichelte und ihr ein Paket Papiertaschentücher reichte. Im Hintergrund waren die Stimmen der Eltern und Schüler zu hören, die von ihren Kollegen befragt wurden. Im Licht der Scheinwerfer sah Inka, wie die letzten Fahrräder in Kofferräumen verstaut wurden. „Ich könnte dir einen Psychologen …"

„Nein", wehrte Lea ab und wischte sich mit einem Taschentuch über den Mund. „Ich schaff das schon. Außerdem sind meine Eltern Psychologen. Ich will nur nach Hause, die Klamotten ausziehen und unter die Dusche." Sie sah an ihrer blutverschmierten Jacke und der Jeans herunter.

„Das kannst du auch", sagte Inka.

Sie sah Lea nach, wie sie in die Arme ihrer Eltern flüchtete, als wäre wieder eine Bestie hinter ihr her. Ein Werwolf. Wie sollte sie das nur glauben? Doch was hatte das Mädchen dann im Wald gesehen? Konnte es ein verkleideter Mitschüler gewesen sein, der Lea erschrecken wollte? Aber warum? Und wer hatte Stunden zuvor den Lehrer getötet? Oder spielten dem Mädchen in der Dunkelheit ihre Wahrnehmung und der Alkohol, den sie getrunken hatte, einen Streich? Womöglich war nicht nur die Flasche Gin, sondern auch ein Joint herumgereicht worden. Unmerklich schüttelte Inka den Kopf.

Jannik Herzog debattierte mit seinen Eltern, wobei er heftig schwankte und sich immer wieder an den Kotflügel des SUV seiner Eltern lehnen musste, um nicht umzufallen. Inka sah, wie sein Vater ihn an den Oberarmen packte und aufrichtete. Beim Vorbeigehen schnappte sie Wortfetzen auf. „Verdammt! Reiß dich zusammen! Wieder mal du! Beispiel an deinem Bruder! Angestellt! Ehrenrunde! Nachspiel!“

Kapitel 2

Wolfgang Kohlhase, der Reporter des *Hanstedter Heideblattes*, traf am Tatort ein.

„Du meine Güte, der hat mir noch gefehlt. Hat er am See geschlafen oder warum taucht er jetzt schon auf, es ist gerade kurz vor drei am Morgen?", fragte Inka ihre Kollegen Mark und Amselfeld, als sie den Reporter in seinem weißen Transporter über die schmale asphaltierte Auffahrt bis vor die Absperrung fahren sah. Sie konnte den Kerl einfach nicht ausstehen. Mit seinem Transporter, in dem es aussah wie in einer Raumstation, war er zu jeder Tageszeit an jedem Heideort präsent. Und ob Diebstahl, Wohnungsbrand oder Mord, seine Mediengeilheit fand keine Grenzen. Grenzen, die er gerne in seinen Artikeln mit eigener Meinung überschritt und ausufernd ausschmückte.

Wolfgang Kohlhase wuchtete seine massigen Kilos aus dem Wagen und winkte Inka mit seinem Basketballcape zu. Knapp eins sechzig groß, untersetzt und kaum Haare auf dem Kopf, sah der Reporter in seiner Jogginghose aus, als käme er gerade aus dem Bett. Inka konnte sich dem Gedanken nicht verwehren, dass er tatsächlich in seinem Transporter nächtigte, um so schneller am nächsten Geschehen zu sein.

„Kohlhase, was treiben Sie hier?", fragte Inka. Mit schnellen Schritten eilte sie auf den Reporter zu, der sich unter dem Absperrband hindurchzudrücken versuchte.

„Was ist los, Frau Brandt? Schlecht geschlafen? Ich mach nur meine Arbeit.“ Er richtete sich vor Inka auf.

„Es gibt keine Auskunft.“ Sie verwies den Reporter zurück hinter die Absperrung.

„Aber ein Mädchen …“, er nickte in die Gruppe der Eltern und Schüler, „… ist über eine Leiche gestolpert. Wie ich hörte, war der Täter ein Werwolf. Das ist eine Sensation, die die Heidebevölkerung erfahren muss.“

„Wir haben einen Toten, ja, aber mehr gibt es für Sie nicht zu schreiben. Es gibt keinen Namen oder weitere Ermittlungen, die ich Ihnen preisgeben werde, und es gibt keinen Werwolf. Also verschwinden Sie.“

„Haben die Schüler etwas mit dem Mord zu tun? Den Wolf mit Silberkugeln erlegt? Wurde jemand gebissen? Wird es eine Gestaltwandlung geben?“ Kohlhase war nicht zu stoppen. „Ich sehe Grünhagen aus der Steuerkanzlei und die Bachs vom Reiterhotel. Und da drüben stehen Anwalt Herzog und der vom Autohaus, der Sahlmann, Arztfamilie Ohlsen, das Hübner Schauspielerehepaar, die von Kleists sind da und die Doktoren Waldmann ebenfalls. Ihre Kinder gehen alle auf das Eliteprivatgymnasium unseres Heidepastors Wilhelm Bode in Amelinghausen. Stimmt's, Frau Brandt?“ Er hob die Hand und stach mit einem seiner Wurstfinger durch die Luft in Richtung des Cafés, neben dem sich die Schüler in kleinen Grüppchen mit ihren Eltern aufhielten.

„Ende der Woche gibt es eine Pressekonferenz, auf der Sie sich informieren können.“ Ohne einen Gruß drehte sich Inka um. Sie hörte, wie der Kameraauslöser klickte und kleine Blitze wie Pfeile an ihr vorbeischossen. Inka warf dem Reporter einen Schulterblick zu. „Verschwinden Sie, Kohlhase, sonst lass ich mir für Sie etwas einfallen."

Als Kohlhase zu seinem Wagen schlurfte, trudelte der nächste Nachrichtenvan ein. Die Nachricht, dass ein Werwolf in der Lüneburger Heide am Lopausee in Amelinghausen gesichtet wurde, verbreitete sich wie ein Lauffeuer. Eine hochgewachsene Brünette stieg aus ihrem Wagen. Wie bei Kohlhase hing ihr eine Kamera um den Hals, die bei jedem ihrer schweren Schritte über ihrem Bauch hin und her baumelte. Auf der Seite ihres schwarzen Vans las Inka in weißer Aufschrift *LAN-Fernsehen*.

„Guten Morgen", sagte sie. „Entschuldigung, das Händeschütteln hab ich mir abgewöhnt." Sie lächelte. „Sie müssen Frau Brandt sein." Ohne auf Inkas Antwort zu warten, plauderte sie munter weiter. „Ich bin Beas Mutterschaftsvertretung." Sie winkte Mark zu, der inmitten der Eltern stand und Personalien aufnahm. „Mark weiß Bescheid, dass ich hier bin."

„So, na dann. Was kann ich für Sie tun?", fragte Inka.

„Mir erzählen, was hier los ist. Ein Werwolf soll am Lopausee sein Unwesen treiben und gemordet haben. Was sagen Sie dazu, Frau Brandt? Was ist wahr daran und was nicht?"

„Frau …"

„Entschuldigung, ich hab mich nicht vorgestellt. Helma Flöter."

„Frau Flöter, ich weiß nicht, was Sie mit meinem Kollegen Mark Freese besprochen haben, aber ich werde Ihnen zu diesem Zeitpunkt keine Auskunft erteilen." Inka spiegelte sich in den Brillengläsern der Reporterin. Und auch ohne in einen Spiegel zu sehen, erkannte sie, dass sie verdammt müde aussah.

„Och, kommen Sie, Frau Kommissarin. Nur ein paar kleine Details, so unter dem Tisch. Ich muss doch was über den Sender laufen lassen. Sind Drogen und Alkohol bei den Kids im Spiel? Das Elitegymnasium war ja vor einem Jahr bereits in den Schlagzeilen. Nur die eine Frage, Bea ist doch …", begann sie munter ohne einen Anflug von Müdigkeit zu dieser frühen Morgenstunde.

„Woher stammen Ihre Informationen über den Werwolf, Frau Flöter?"

„Aber, aber, Frau Brandt, Sie wissen doch, wir Reporter dürfen unsere Quellen nicht preisgeben." Helma Flöter blinzelte verschwörerisch. „Aber so unter der Hand, ein paar Informationen austauschen, das …", begann die Reporterin, als Inka sie barsch unterbrach.

„Ich weiß nicht, was Sie für eine Vorstellung von meiner Arbeitsmoral haben, Frau Flöter, aber um es klar auszudrücken, es gibt keine Sonderbehandlung, nur weil Bea mit meinem Kollegen verheiratet ist. Sie werden die Pressekonferenz, die möglicherweise in der nächsten Woche stattfindet, abwarten müssen. Einen schönen Tag."

Inka drehte sich um und ließ die Fernsehreporterin stehen, die hinter ihr herrief, sie möge ihr wenigstens eine Frage beantworten. In der Vergangenheit waren die Presse und das Fernsehen bei der Suche nach Zeugen oder Verdächtigen öfter eine Hilfe gewesen, und die Frage der Reporterin nach Alkohol war, so wie Jannik schwankte, durchaus berechtigt. Trotzdem konnte sie die neugierigen Fragen der Reporter nicht ausstehen. Bea, mit vollem Namen Joulie Sophie Beatrice de Leclerc, seit vier Monaten Marks Ehefrau, benahm sich zurückhaltend und bewies Diskretion, bis Fritz Lichtmann, Inkas Chef, ihren Artikel abgesegnet hatte. Eine Übereinkunft, die funktionierte. Mit Helma Flöter würde er nicht warm werden, das war gewiss. Sie sah zu Mark, der seinen Notizblock zuklappte und mit großen Schritten auf sie zueilte.

„Na, bist du durch?", fragte Inka und beobachtete, wie sich die letzten Elterngruppen mit ihren Kindern auflösten.

„Ja. Rommel nimmt die letzten zwei Personalien auf", sagte Mark. „Das war die Flöter." Mark wippte mit dem Kinn zum Fernsehvan, der über den Sandweg Richtung Hauptstraße davonrollte. „Sag mir nicht, sie wusste, was hier los war?"

„Sie meinte, du wüsstest, dass sie hier auftaucht."

„Sicher nicht!", protestierte Mark. „Bestimmt hat sie sich mit Kohlhase zusammengerottet."

Inka nickte. „Ich frag mich nur, woher die beiden das mit dem Werwolf haben."

„Na, woher wohl? Kohlhase hat wieder den Polizeifunk abgehört, was sonst?", sagte Mark und wippte mit dem Kinn zum Transporter, in dem der Reporter weiter auf Nachrichten hoffend ausharrte.

Inkas Handy klingelte. *Amselfeld ruft an*, las sie auf dem Display.

„Ja, Kollege", sagte sie.

„Wir haben den Platz gefunden, an dem Schubert angegriffen wurde."

Inka suchte mit den Augen die Umgebung ab. Weit konnte Amselfeld nicht sein, seine Stimme klang, als würde er neben ihr stehen. „Wo sind Sie?"

„Neben dem Parkplatz. Ungefähr zehn Meter von Ihnen entfernt."

Inka scannte erneut die Umgebung. Durch das winterlich lichte Buschwerk auf dieser Seite des Sees stachen die Scheinwerfer der restlichen Autos, die kreuz und quer auf dem Parkplatz standen. Hinter dem Absperrband auf dem Weg der Seepromenade stand Amselfeld und winkte mit den Armen in der Luft, als wolle er eine Schar Fliegen vertreiben.

„Ja, ich sehe Sie, Amselfeld. Ich komme."

Fridolin Kärcher und sein Team der Spurensicherung stellten erneut Scheinwerfer auf, verteilten, wie am Tatort, Schildchen mit Nummern. Vom gleißenden Licht angelockt, umschwärmten ganze Heerscharen von Insekten die von einem Metallgeländer umzäunte kleine Plattform, die in den See hineinführte. Neben einer Holzbank standen eine Flasche Champagner und zwei Gläser. Ein brauner Ledersneaker lag in einer Blutspur.

Inka sah über den See, der vom Mondlicht und von den Scheinwerfern angestrahlt wie eine große ausgebreitete silberne Folie glänzte. Rechts hinter dem See lag die rasenbewachsene Lichtung, dann der dichte Wald und dahinter die Hauptstraße, die in weitere Heideorte führte.

„Habt ihr hier auch Fußabdrücke gefunden?", fragte Mark.

„Du meinst von einem Werwolf.“ Fridolin Kärcher schmunzelte. „Sieh her. Zwei große Abdrücke, Größe achtundfünfzig, wie neben dem Opfer. Was für ein Tier hinterlässt solche riesigen Abdrücke?”

„Ein Bär.“ Mark musterte den Fußabdruck skeptisch.

„Hier in der Heide? Ein Bär? Du hast dich wohl in der Landschaft geirrt. Oder hast du irgendwo gehört, dass bei uns heutzutage noch Bären rumlaufen?“

„Mir fällt gerade ein … vor einer Woche gastierte ein Zirkus in Amelinghausen“, sagte Amselfeld. „Der ließ zwei Tanzbären im Programm auftreten.“

„Sollte diese Quälerei nicht längst verboten sein?“, brüskierte sich Inka.

„Ja. Ich bin mit meinen Kleinen nur hingegangen, weil nichts von Tierakrobatik in der Werbung stand. Ansonsten boykottiere ich den Zirkus, der mit Tieren arbeitet.“

„Das ist richtig“, mischte sich der Kriminaltechniker ein. „Ebenso im Zoo. Was haben eine Giraffe, ein Zebra, ein Nilpferd und was weiß ich noch, eingesperrt hinter Gittern, bei uns in Deutschland zu suchen? Noch schlimmer sind die Delfinarien, in denen die Tiere im Kreis in einem gefliesten Becken herumschwimmen“, empörte sich Fridolin.

Inka wusste, dass sich Fridolin in seiner Freizeit für den Tierschutz einsetzte und Mitglied in einer Organisation war, die sich gegen Missstände des vermeintlichen Tierwohls auflehnte. „Ich stimme euch ja zu, aber kommen wir für den Augenblick auf den Fall zurück.“ Sie nickte zum Fußabdruck. „Ist es möglich, dass der Abdruck auch von einem Menschen stammt?“

„Das wäre Schuhgröße achtundfünfzig. Den Riesen musst du mir zeigen."

„Vielleicht ein Waldarbeiter, der …?"

„Um diese Jahreszeit sind keine Waldarbeiter unterwegs, Inka. Und selbst wenn, gäbe es einen Schuhabdruck und keinen Fußabdruck." Kärcher wies auf die langen Zehen und Krallenspuren, die sich deutlich in den Sand und das Blut gegraben hatten.

„Was soll es sonst gewesen sein? Ein Werwolf, den Lea Ohlsen gesehen haben will und der Hendrik Schubert und eine Frau angefallen hat, die sich hier", Inka wies auf die Champagnerflasche und die Gläser, „bei einem Stelldichein, einem Heiratsantrag oder was auch immer getroffen haben?"

„Wir haben nur ein Opfer", resümierte Amselfeld.

„Möglich, dass die Frau vom Angreifer verschleppt wurde."

„Wohin, Fridolin? Vielleicht in eine Wolfshöhle? Verdammt, jetzt sag mir nicht, dass du, trotz deiner Tierliebe, diesen Unfug glaubst. Das sind doch alte Geschichten, die irgendwer verbreitet und Hermann Löns irgendwann zu Papier gebracht hat. Werwolf, so ein Blödsinn." Lea Ohlsens Aussage kam ihr in den Sinn. Eine riesige stinkende Bestie mit roten glühenden Augen, die sie verfolgt hatte.

„Das hab ich ja nicht gesagt, aber …"

Inka winkte ab. Wie konnte Fridolin Kärcher an solch einen Unsinn glauben? „Was ist mit der Flasche Champagner und den Gläsern?"

„An einem der Gläser befinden sich Lippenstiftspuren."

„Das passt zu dem Ring in Schuberts Hand. Das ganze Drumherum sieht tatsächlich nach einem Heiratsantrag aus", sinnierte Inka.

„Wobei er gestört wurde“, ergänzte Mark.

„Ich hab noch etwas für euch.“ Fridolin sah sie süffisant schmunzelnd an. In der Hand hielt er den dunkelbraunen Sneaker, der Inka bereits bei Betrachtung der Plattform aufgefallen war.

„Was ist mit dem Sneaker?“, wollte sie wissen.

„Es ist ein Damenschuh der Größe achtunddreißig. Braunes Leder, kaum getragen und ein Markenschuh der Firma *Dassenberg*. Ziemlich teuer. Meine Frau hat sich vor vier Wochen die gleichen Schuhe gegönnt, nur in Knallrot. Hier, sieh auf das Emblem an der Innenseite“, erklärte er. „Es sollte nicht schwer festzustellen sein, welchem Aschenputtel dieser Schuh gehört. Es gibt nur ein Geschäft in der Heide, das diese Schuhe führt, und das hat seinen Sitz in der Bahnhofstraße der Lüneburger Innenstadt.“

„Einen zweiten Schuh habt ihr nicht gefunden?“, fragte Inka. Erst ein Werwolf und jetzt Aschenputtel. *Es reicht*, dachte sie, während sie die goldfarbene Stickerei des Schuhs betrachtete.

Kärcher verneinte. „Aber einen weiteren Fußabdruck mit Faserspuren, der von schwarzen Socken stammt und Richtung See weist. Die Frau hat den Schuh verloren, als sie in den See gesprungen ist.“

„Die Frau ist in den See gesprungen, bist du dir da sicher, Fridolin?“

„Absolut. Der Abdruck zeigt Richtung See und hört kurz vor der Kante der Plattform auf. Möglicherweise ist sie im See ertrunken, weil …“

„… die Bestie sie vorher getötet hat“, vervollständigte Mark den Satz des Kriminaltechnikers.

„Dann hätte sie schwer springen können“, berichtigte Fridolin.

„Ich glaub da nicht dran“, mischte sich Inka ein. „Die Blutspuren entfernen sich vom Geländer der Plattform.“

„Die Blutspuren ja, Inka, aber nicht der Fußabdruck, der eindeutig von einer Frau stammt. Sie ist in den See gesprungen oder meinetwegen wurde sie geschubst, geworfen oder was euch lieber ist. Aber es sind die einzigen Abdrücke in Größe achtunddreißig, die hier zur Plattform führen und hier enden. Ihr müsst davon ausgehen, dass nur der Lehrer angegriffen wurde. Vielleicht hat er von der Frau abgelenkt und seinen Angreifer Richtung Brücke gelockt. Ich sag den Soltauer Kollegen, sie sollen Taucher schicken.“

„Ich verstehe das nicht, Mark“, sagte Inka, während sie nachdenklich die Plattform verließ. „Wieso rennt der Lehrer zur Brücke? Hatte er kein Auto dabei? Der Parkplatz ist nur zehn Meter entfernt.“

Inka drehte sich dem Kriminaltechniker entgegen und rief: „Habt ihr einen Personalausweis gefunden?“

„Nein. Wir haben nur das, was Teresa gefunden hat. Am Tatort und im nahen Umkreis lag nichts, aber wir suchen weiter.“

„Danke. Also gut“, sagte sie wieder an Mark gewandt. „Dann fahren wir jetzt in die Schule.“ Sie ging Richtung Parkplatz, auf dem sich die letzten Eltern mit ihren Kindern auf den Heimweg machten.

„Jetzt?“

Inka sah auf ihre Armbanduhr. Kurz nach drei Uhr. „Hast recht, ist etwas früh. Fahren wir nach Hause und treffen uns um neun Uhr am Gymnasium.“

Kapitel 3

Direktor Willibald Busch öffnete seine Anzugjacke und setzte sich schnaufend in seinen Ledersessel hinter seinen Schreibtisch. Ein kleiner stämmiger Mann, der mit ruhigen Bewegungen und einem Lächeln auf dem Gesicht Gemütlichkeit ausstrahlte.

„Hendrik Schubert, tot, ermordet. Ich kann es nicht fassen", sagte er, verblüfft über diese Neuigkeit. Er griff sich an seine rosenbedruckte Krawatte, die gelockert über seinem weißen Hemd lag, und rückte sie ein Stückchen nach rechts. „Wer hat das getan?"

„Das wissen wir leider nicht. Aber darum sind wir hier. Acht Schüler Ihres Gymnasiums haben gestern Abend seine Leiche am Lopausee gefunden. Eigentlich hat nur Lea Ohlsen das Opfer gefunden", verbesserte Inka und setzte sich in den von Busch angebotenen Besucherstuhl vor seinem Schreibtisch.

„Sie sagten, es waren acht Schüler unseres Gymnasiums."

„Ja. Sie haben am See ein Paintballspiel veranstaltet."

„Paintball?" Willibald Busch schüttelte den Kopf und auf seiner Stirn bildeten sich Falten. „Bestimmt gehörten Peer Bach und Jannik Herzog auch zu der Gruppe. Oder?" Der Direktor registrierte Marks Nicken.

„Sind diese Schüler auffällig an Ihrem Gymnasium?", fragte Mark nach.

„Auffällig. Was meinen Sie?“ Busch wartete keine Antwort ab. „Welcher Schüler ist heutzutage nicht auffällig?“, sagte er schnell.

„Wir denken an Alkohol und Drogen, nicht an dumme Jungenstreiche wie: *Hurra, die Schule brennt*“, sagte Mark.

„Verstehe. Natürlich. Ja, wir sind mit diesen Problemen konfrontiert worden. Leider. Vor einem guten halben Jahr wurden wir aufmerksam. Genauer, Hendrik, also Herr Schubert, bemerkte Veränderungen an den Schülern. Er kam zu mir ins Büro und äußerte seinen Verdacht, dass ein paar Schüler der elften Klasse sich eigenartig aufführten, schwankten, nach Alkohol rochen. Ich sagte ihm, er könnte sich getäuscht haben und dass wir abwarten und keinen Wirbel machen sollten. Schließlich sind wir eine Privatschule, und wenn die Presse davon wieder Wind bekommt, dann …“ Busch griff zum Wasserglas, das neben einer Mineralwasserflasche stand. „Verstehen Sie, es sind viele Akademikerkinder, die wir unterrichten. Das macht schnell die Runde. Und dieser Mord wirft auch kein gutes Licht auf unsere Schule.“ Er stellte das Glas, ohne getrunken zu haben, wieder neben die Flasche.

„Sie meinen, so wie vor einem Jahr, als ein Dealer vor Ihrer Schule gefasst wurde und sich herausstellte, dass es einer Ihrer Schüler war, der die Drogen vertickte.“

Willibald Busch wand sich auf seinem Stuhl und druckste herum, dann sagte er: „Dieser Schüler wurde umgehend unserer Einrichtung verwiesen. Seitdem ist kein Fall mehr aufgetreten. Die Lehrerschaft veranlasste eine weitreichende Aufklärung, um die Schüler über den Alkohol- und Drogenmissbrauch und die katastrophalen Folgen aufzuklären."

„Und dennoch haben wir am Lopausee die Reste eines Joints gefunden."

Willibald Busch zuckte nervös die Schultern. „Und der ist von einem Schüler unserer Einrichtung?"

„Davon gehen wir aus."

„Sie haben einen Verdacht, Herr Kommissar?"

„Wir arbeiten daran."

„Ich werde mich ebenfalls persönlich darum kümmern", antwortete Willibald Busch. Nickend, seine Worte unterstreichend, sah er von Inka zu Mark.

„Wie viele Schüler ausnahmslos reicher Eltern unterrichten Sie an Ihrem Gymnasium?", wollte Mark wissen.

Willibald Busch räusperte sich, dann sagte er: „Um die zweihundert Kinder. Ich müsste nachsehen."

„Das ist nicht nötig. Aber mich würde interessieren, wie hoch das monatliche Schuldgeld ist."

„Sie wollen ein Kind an unserer Schule anmelden?", stellte Busch die Gegenfrage.

„Nein. Für die Schule ist mein Sohn noch zu klein. Also?"

„Um die dreitausend Euro. Der Betrag hängt von den finanziellen Mitteln der Eltern ab und wird individuell errechnet."

„Das ist ordentlich." Mark pustete. „Kommen wir zurück auf Hendrik Schubert. War er verheiratet?"

„Ja, das war er. Allerdings ist Hendrik aus dem gemeinsamen Haus ausgezogen."

„Sie haben persönliche Einblicke in die Familiensituation der Schuberts?“

„Hendrik hat es mir erzählt. Wir gehen untereinander offen mit den Lebenssituationen des jeweiligen Kollegen um. Hendrik hat sich wegen einer anderen Frau von Susanne getrennt. Anna Weiler. Vielleicht kennen Sie sie sogar. Ihr gehört die Windparkfirma Kobarski & Weiler in Schwindebeck.“

„Nein.“ Inka schüttelte den Kopf und sah zu Mark, der ebenfalls verneinte. „Sie kennen Herrn Schuberts Frau?“

„Susanne. Natürlich. Sie unterrichtet an unserer Schule Religion.“

„Wir brauchen Hendrik Schuberts neue Adresse. Und wir müssen mit seiner Frau sprechen.“

„Natürlich. Meine Sekretärin wird Ihnen die aktuelle Adresse heraussuchen. Ich weiß aber, dass er zu seinem Vater auf den Campingplatz Mühlenkamp gezogen ist.“

„Das ist einer der zwei Campingplätze, die am Lopausee liegen?“

„Am Lopausee. Ja, ganz genau, Frau Kommissarin.“

„Hendrik Schubert war Biologielehrer und Vertrauenslehrer. Wie war er so zu den Schülern? Eher streng oder eher locker? Gab es Schwierigkeiten, hatte er Streit mit einem Schüler? Wir hörten, die Schüler sprachen ihn mit dem Vornamen an.“

„Hendrik war bei jedem Schüler beliebt. Und bei uns ist es üblich, dass die Schüler ihre Lehrer beim Vornamen ansprechen. Es sind junge Erwachsene, und ein *Du* ist vertraulicher und einfacher auszusprechen.“

„Und bei den Schülerinnen war er ebenfalls beliebt?“

„Natürlich auch bei den Schülerinnen. Was soll das heißen?“

„Herr Schubert war sechsunddreißig Jahre alt und durchaus als attraktiv anzusehen.“ Inka blickte auf eine Bilderfront an der linken Wandseite, die Lehrerporträts zeigte.

„Sie meinen, ob er … Nein, das muss ich verneinen.“ Willibald Busch folgte Inkas Blick. „Hendrik hätte nie und nimmer … Nein. Obwohl, ja, es gab die ein oder andere Schülerin aus der zwölften Klasse … Hendrik erzählte darüber im Lehrerzimmer. Marlene ist achtzehn geworden und die einzige Tochter einer Arztfamilie, verwöhnt und durchaus eine hübsche junge Frau. Sie war, Schüler würden sagen, rattenscharf auf Hendrik. Sie ist ihm nach der Schule hinterher, hat ihn ein paar Wochen gestalkt. Als dies nicht aufhörte, habe ich sie in die Parallelklasse versetzt, in der Anja, Frau Matthiesen, den Biologieunterricht gibt. Ab da war Schluss und auch, als sie merkte, dass Hendrik ihre Verführungskünste ignorierte.“

„So einfach, Schluss? Weiter nichts?“

„Weiter nichts. Hendrik hätte es erzählt. Wie ich sagte, wir gehen sehr offen mit allen Problemen um.“

„Gab es unter den Kollegen Reibereien? Neid?“

„Nein, bei uns herrscht ein harmonisches Lehrerkollegium. Ich hätte es bemerkt, hätte es Unstimmigkeiten oder sogar Streit gegeben.“

„Seit wann unterrichtete Herr Schubert an Ihrer Schule?“

„Drei Jahre. Er kam zusammen mit seiner Frau.“

Susanne Schubert war eine zweiunddreißigjährige Brünette. Kurze Ponyfransen umrundeten ihr schmales Gesicht.

Ihr dezentes Make-up belief sich auf Wimperntusche und einen roséfarbenen Lippenstift. Sie trug Bluejeans und einen kakifarbenen dicken Wollpullover mit V-Ausschnitt, unter dem ein dunkelblauer Blusenkragen hervorstach. Sie war nicht größer als Inka mit ihren ein Meter zweiundsechzig, auch wenn sie in ihren hochhackigen Pumps so wirkte oder wirken wollte.

„Das ist ja grauenhaft. Wie schrecklich." Susanne Schubert drückte die Fingerspitzen der rechten Hand vor den Mund. In ihre Augen traten Tränen. „Wer, ich meine, wer kann das getan haben?", fragte sie und nestelte nach einem Taschentuch aus ihrer Hosentasche.

„Wir haben gehofft, dass Sie uns darüber etwas sagen könnten. Hatte Ihr Mann Streit mit einem Kollegen, Freund, Nachbarn oder …?"

„Nein, nicht dass ich wüsste. Außer mit unserem Direktor."

„Worum ging es bei dem Streit?"

„Eigentlich um eine Lappalie. Hendrik wollte mehr Stunden für seinen Unterricht, um seinen Schülern die Heide und die Natur noch näher zu bringen. Busch hat es abgelehnt. Der Topf für die Finanzierung wäre leer. Sie haben darüber gestritten. Immer wieder. Hendrik meinte, er könne ja die Eltern der Schüler um eine Spende bitten. Aber Busch setzte dagegen. Der letzte Spendenaufruf wegen des neuen Bodenbelags der Turnhalle sei gerade zwei Monate her und er könne nicht schon wieder die Hand ins Portemonnaie der Eltern stecken." Susanne Schubert schnäuzte ins Taschentuch und lehnte den Rücken stützend gegen die Flurwand.

„Herr Busch erzählte, Ihr Mann würde bei seinem Vater auf dem Campingplatz Mühlenkamp wohnen."

„Ja, das ist richtig. Er ist zu seinen Eltern in das Mobilheim gezogen, vorübergehend, bis er eine Wohnung findet, finden wollte."

„Warum haben Sie sich getrennt?"

„Hendrik …" Susanne zog ein weiteres Papiertaschentuch aus der Hosentasche und schnäuzte sich die Nase. „Hendrik hatte nur seine Arbeit im Kopf. Er war mit Leib und Seele Biologielehrer. Aber nicht nur das, nach der Schule war er in der Heide mit Flora und Fauna beschäftigt. Unsere Ehe … ich saß ständig alleine zu Hause. Mit der Zeit haben wir uns voneinander entfernt. Irgendwann lebten wir nur noch als Bruder und Schwester zusammen. Wir haben uns respektiert, vertraut, aber … Na ja, es fehlte das Zusammensein, die gemeinsame Zeit, die Zärtlichkeit und die Leidenschaft, wenn Sie verstehen. Er hat mich nicht mehr als Frau gesehen, eher als Partner einer Wohngemeinschaft. So konnte es nicht weitergehen. Das haben wir beide eingesehen und die Scheidung eingereicht", ergänzte sie.

„Frau Schubert, war der Grund Ihrer Trennung nicht eher eine andere Frau?"

„Nein! Natürlich nicht! Hendrik hätte mich nie betrogen."

„Kennen Sie Anna Weiler?"

„Nein. Wer soll das sein?"

„Frau Weiler ist die Inhaberin der Windparkfirma Kobarski & Weiler aus Schwindebeck."

„Nein. Noch nie gehört. Mich interessieren diese Türme nicht."

„Aber Ihren Mann als Biologielehrer, und, wie Sie selbst sagen, als Naturfreund hätten diese Anlagen interessiert. Es ist doch möglich, dass er auf seinen Naturexkursionen durch die Heide Frau Weiler begegnet ist."

„Alles ist möglich. Nur können wir ihn nicht mehr fragen", antwortete Susanne scharfzüngig.

„Warum hat Ihr Mann sich keine eigene Wohnung gesucht?"

„Woher soll ich das wissen? Mir hat er nichts mehr von seinen Zukunftsplänen erzählt. Ich weiß nur, dass die Hilde, Walters Frau, Hendriks Mutter, in Bayern bei ihrer Schwester zu Besuch ist. Hendrik meinte, sie käme in zwei oder drei Wochen zurück und dann würde er aus dem Mobilheim wieder ausziehen. Er hätte noch viel vor in seinem Leben. Was es ist, hat er mir nicht verraten. Nur, dass es für mich sowieso nichts wäre."

„Wollte Ihr Mann ebenfalls in ein Mobilheim ziehen? Das Haus aufgeben und ohne Schulden leben? Meinte er diese Veränderung, die nichts für Sie gewesen wäre?"

„Nein, Hendrik würde nie in so eine kleine Bude ziehen, dazu ist er zu freiheitsliebend. Er braucht Platz und die Weite um sich herum. Enge, wie in einem Mobilheim, würde ihn erdrücken."

„Ihr Schwiegervater wohnt auf einem Campingplatz. Vielleicht wollte Ihr Mann sich einschränken, um in der Nähe seiner Eltern zu leben."

„Niemals. Haben Sie nicht zugehört? Hendrik war kein Campingtyp. Und seine Eltern hatten keine andere Wahl. Walter war als Schlosser selbstständig und hat kaum für seine Rente einbezahlt. Hilde war Hausfrau. Es ging ihnen gut. Doch jetzt ist nichts übrig geblieben. Das, was er an Rente hat, reicht zum Überleben, aber nicht für eine normale Miete. Für ihr Angespartes haben sie das Mobilheim gekauft."

„Haben Sie und Ihr Mann Kinder?"

„Nein, wir wollten noch zwei Jahre warten, bis das Haus abbezahlt ist, und uns dann entscheiden, aber …" Susanne schluckte.

„Gibt es eine Lebensversicherung?"

„Ja. Wir haben beide eine abgeschlossen, schon vor Jahren."

„Sie werden das Haus erben."

„Ich denke ja. Wie gesagt, es gibt keine Kinder."

„Wird die Versicherungssumme reichen, um das Haus abzubezahlen?"

„Wenn Sie glauben, dass ich meinen Mann umgebracht habe, weil ich das Haus erben will, sind Sie auf dem falschen Weg. Wir haben ab und an gestritten, ja, aber … ich hätte ihn nie umgebracht, ich … ich habe ihn geliebt, irgendwie."

„Ihr Mann hatte zwanzigtausend Euro bei sich, als wir ihn fanden. Haben Sie eine Ahnung, woher das Geld stammt?"

„Nein. Zwanzigtausend? Nein. Wir haben kaum zweitausend auf unserem Konto. Der größte Teil, den wir verdienen, geht für die Abzahlung des Hauses drauf."

„Wo waren Sie gestern Abend gegen zweiundzwanzig Uhr?", wollte jetzt Mark wissen.

„Zu Hause, alleine, ich hab die Geschichtsstunde für heute vorbereitet."

„Sie sind Religionslehrerin."

„Nicht nur, ich unterrichte auch Geschichte. Allerdings nur einmal die Woche, als Aushilfe für meine Kollegin. Wir teilen uns die Stelle."

„Kann es sein, dass Sie in der Vergangenheit mit Ihren Schülern über das Zeichen der Wolfsangel gesprochen haben?"

„Das Thema bearbeiten wir seit drei Wochen. Warum fragen Sie?"

„Weil neben dem Kopf Ihres Mannes dieses Zeichen gemalt wurde." Dass das Zeichen mit Blut geschrieben wurde, wie der Fußabdruck des imaginären Werwolfs, verschwieg Inka.

Susanne Schuberts Blick wanderte aus dem Flurfenster hinunter auf den Schulhof. Eine Gruppe Jugendlicher stand an der roten Backsteinmauer neben dem Eingang und lachte laut.

„Glauben Sie, es war einer der Schüler, der meinen Mann ermordet hat?", fragte sie, ohne die Kommissare anzusehen.

„Das können wir derzeit nicht sagen. Wie war das Verhältnis Ihres Mannes zu den Schülern? War er beliebt oder gab es Streitigkeiten?"

„Er war beliebt. Besonders bei den Schülerinnen. Sie haben ihn angehimmelt, doch er hat sich nichts daraus gemacht. Klar, er war stolz und fühlte sich geehrt, welcher Mann wäre das nicht, aber mehr wurde nicht daraus. Er ist da ganz souverän mit umgegangen und hat es als Jungmädchenschwärmereien abgetan. Er hat sie ignoriert, wenn sie ihm nach der Schule nachgestellt haben. Ihnen klargemacht, dass er verheiratet ist.“ Susanne lehnte sich mit dem Rücken an das Fensterbrett. Die Sonne schien in den Raum und verlieh ihren brünetten Haaren einen rötlichen Schimmer.

„Und das hat funktioniert? Ich kann mir vorstellen, dass die ein oder andere Schülerin das nicht so locker gesehen hat.“

„Na ja, da gab es eine, die war schon hartnäckig. Marlene hieß sie. Manchmal stand sie stundenlang vor unserem Haus, schickte ihm Liebesbriefe, Pralinen, Blumen, rief mitten in der Nacht an, sie buchte sogar einen gemeinsamen Wochenendflug nach New York. Das ging ein halbes Jahr. Als sie nicht aufhörte, hat Busch sie in eine andere Klasse versetzt.“

„Und dann war Ruhe?“

„Nein, dann ging es erst richtig los. Sie war wütend und hat unsere Fenster und Hauswände beschmiert. Herzchen, kopulierende Paare, Liebesschwüre, dann Totenköpfe und grässliche Monstergestalten.“

„Ein Werwolf vielleicht?“, mischte sich Mark ins Gespräch.

„Ja, alles Mögliche. Werwolf, Vampir, Teufelgestalten und, und, und. Sie war da sehr kreativ und auch begabt, das muss ich zugeben. Aber warum fragen Sie?“

„Ihr Direktor erzählte, Marlene hätte nach der Versetzung das Stalking eingestellt“, sagte Mark, ohne Susannes Frage zu beantworten.

„Nein, hat sie nicht. Wir haben es im Lehrerkollegium nur nicht mehr an die große Glocke gehängt. Wir wollten die Geschichte unter uns klären und mit Marlene und ihren Eltern reden. Wir führten ein vernünftiges sachliches Gespräch. Marlene hat eingesehen, dass wir gezwungen gewesen wären, sie anzuzeigen, wenn sie nicht aufgehört hätte, Hendrik nachzustellen. Das hat gewirkt."

„Ab da war der Spuk vorbei?"

„Ja." Susanne Schubert nickte und rieb die Hände über ihre Oberarme, als würde sie frösteln. Mit skeptischem Blick sah sie die Kommissare an. „Marlene ist eine verzogene Göre. Ihre Eltern arbeiten als Schönheitschirurgen in der Hamburger Rothenbaumchaussee. Mit einer Anzeige hätten wir für die Schule und die Westmann-Hofs einen Skandal heraufbeschworen, das musste nicht sein."

Mark hielt Inka die Fahrstuhltür des Schulgebäudes auf. „Nimmst du ihr die Geschichte ab?", fragte er, während er im Display auf das Erdgeschoss drückte. „Ich meine, gut, es kommt immer wieder vor, dass Schülerinnen sich in ihre Lehrer vergucken, aber so drastisch mit Wochenendtrip und an die Wände geschmierten Monstergestalten?"

„Liebe geht seltsame Wege und kann schon recht sonderbare Formen annehmen. Und eine junge Frau, gerade dem Teeniealter entwachsen, fühlt sich schnell zurückgewiesen, nicht schön oder begehrenswert. Wer weiß, was in ihrem Kopf herumspukt, um ihr Ziel zu erreichen. Vielleicht sucht sie nur Aufmerksamkeit, die sie zu Hause selten oder gar nicht findet." Inka dachte an Kollege Fallers Worte der alleingelassenen und vernachlässigten Kinder.

„Du meinst, diese Marlene kriegt alles, was sie sich wünscht, nur keine elterliche Zuwendung." Die Kabinentür schloss sich und der Fahrstuhl setzte sich sanft ruckelnd in Bewegung.

„Genau. Ein Pflänzchen, das in der Kindheit zu wenig gewässert wird, verkümmert und wächst schief und krumm."

Ein *Pling* verriet ihren Halt. Die Kabinentür öffnete sich und ein Schwall kaltes Nikotin strömte mit drei männlichen Jugendlichen in die Kabine, bevor Inka und Mark aussteigen konnten.

„Hm, ein außergewöhnlicher Vergleich", erwiderte Mark, als sie sich an den Jugendlichen vorbeigedrängelt hatten und über den verlassenen Schulhof zum Parkplatz gingen.

„Ja, aber es ist so. Kinder brauchen Urvertrauen, und wenn sie das nicht bekommen, kann das früher oder später zu traumatischen Folgen führen. Ich hatte das Thema in Lübeck bei der Geburtsvorbereitung", sagte Inka erklärend und rutschte auf den Beifahrersitz in Marks Wagen, dann klingelte ihr Handy. *Fritz ruft an*, stand auf dem Display.

„Morgen, Fritz, was macht deine Erkältung?"

„Sie hält sich hartnäckig."

„Hast du schon gehört, was bei uns los ist?"

„Ich hab mit Frauke telefoniert, als ich euch nicht erreichen konnte. Sie sagt, wir haben einen toten Lehrer, der von einem Werwolf angegriffen wurde. Warum habt ihr euer Telefon ausgestellt?"

„Weil wir dich mit deiner Erkältung nicht in die kalte Nacht scheuchen wollten. Außerdem waren wir eben in der Schule des Lehrers und haben mit seiner Frau, die dort ebenfalls unterrichtet, und mit dem Direktor gesprochen."

„Was ist das für ein Blödsinn? Werwolf. Was ist am See los? Wer hat das Hirngespinst in die Welt gesetzt?“

„Acht Schüler des Amelinghausener Pastor-Bode-Eliteprivatgymnasiums haben ein nächtliches Paintballspiel veranstaltet. Eine Schülerin, Lea Ohlsen, behauptet, sie wurde von einem Werwolf angegriffen und verfolgt, bis sie über den toten Biologielehrer auf der Holzbrücke gestolpert ist.“

„Aus dem Pastor-Bode-Eliteprivatgymnasium? Verdammt! Sind da wieder Drogen im Spiel, so wie vor einem Jahr?“

„Möglich. Lea erzählte von einem Joint, den ein Mitschüler am See geraucht hat, bevor das Paintballspiel begann.“

„Wundert mich, dass es nur ein Joint war. Die Kinder, die dort in die Schule gehen, sind so stinkreich, dass sie an mehr als nur Joints rankommen könnten. Wann begreifen die endlich, wie sie sich schaden? Früher …“, begann Lichtmann und stöhnte kurz auf, „… na ja, das kann man nicht vergleichen. Früher hatten wir auch einen Kaiser.“ Inka hörte, wie ihr Chef am anderen Ende der Leitung nieste.

„Gesundheit. Mark und ich glauben nicht an den Quatsch über den Werwolf, der die Schülerin verfolgt und womöglich Hendrik Schubert getötet hat. Du kennst unsere Meinung zu diesem paranormalen Kram. Dennoch vermutet Teresa, nach der ersten Sichtung des Toten, dass der Lehrer durchaus von einem Bären oder einem anderen großen Tier angefallen worden sein könnte.“

„Ein Bär? Bei uns in der Heide? Ist das eine Löns-Geschichte, in der es noch Haide anstatt Heide hieß und wo noch Bären in der Haide lebten und die Bauern noch Haidjer waren?", fragte Fritz Lichtmann erstaunt.

„Und die Haidjer die Römer aus dem Land trieben, weil sie keinen Zins zahlen wollten, und es erbitterte blutige Kämpfe gab, die die Haidjer allerdings verloren. Woraufhin sie dann doch Zins zahlten, sich taufen ließen und Christen wurden. Was aber nur scheinheiliges Getue war, denn pflügten sie auf dem Feld, lagen neben ihnen der Speer und die Armbrust. Und noch etwas: An Werwölfe glaubten die Haidjer nur bedingt. Es gab einen Bauern, der Wulf hieß, dieser rief eine Gruppe ins Leben, die sich ab da Werwölfe nannte und jeden niedermetzelte, der sich an Alten, Kindern und Frauen vergriff, ihn tötete oder ausraubte. Zumindest schrieb das Hermann Löns in seinem Werk *Der Werwolf*", mischte sich Mark geschichtlich ein.

„Wow, und ich dachte, du hast den Geschichtsunterricht verpennt." Inka lachte und Fritz stimmte ein. „Aber zurück", sagte sie. „Wir sind auf dem Weg zum Vater des Lehrers, der in einem Mobilheim auf dem Campingplatz Mühlenkamp lebt. Dort wohnte Hendrik Schubert, seitdem er sich von seiner Frau getrennt hatte."

„Der Platz liegt nur ein paar Meter neben dem Lopausee. Wir vermuten, er wollte nach dem Angriff von der Plattform dorthin flüchten, auf der er sich mit einer Frau, möglicherweise seiner Geliebten, getroffen hat. Allerdings schaffte er es nur bis zur Holzbrücke, auf der hat ihn der Täter eingeholt. Einen Raubmord schließen wir aus, da wir das Opfer mit einem Diamantring und zwanzigtausend Euro in der Tasche fanden", setzte Mark nach.

„Moment. Das Opfer hat sich auf der Aussichtsplattform am See mit einer Frau, aber nicht mit seiner Frau getroffen? Und er hatte einen Haufen Geld und ein teures Schmuckstück dabei?", fragte Lichtmann nach.

„Ja. Wir vermuten, dass er mit Anna Weiler, der Unternehmerin der Windparkfirma Kobarski & Weiler, am See war. Laut Auskunft des Schuldirektors war sie Hendriks neue Flamme."

„Die Weiler war in der Nacht auch am See? Ich kenne sie, oberflächlich, ein Bekannter beim … das führt zu weit. Aber neulich waren Charlotte und ich auf ihrer Veranstaltung der geplanten Windparkanlage eingeladen, die sie nahe Schwindebeck hochziehen will. Die Weiler und ihr Partner, der Kobarski, haben ordentlich aufgetischt und damit meine ich nicht das Büfett, sondern die Windkrafträder, die sie am Naturschutzgebiet aufstellen wollen. Allerdings las ich vor ein paar Tagen von einem Baustopp. Es geht um eine bedrohte Vogelart." Fritz Lichtmann zögerte. „Wie hieß der Flattermann noch, irgendetwas mit Pfeifer … na ja, fällt mir wieder ein."

„Ob sie die Frau war, mit der sich Schubert getroffen hat, können wir nicht eindeutig sagen, dazu fehlt uns der zweite Schuh", erklärte Mark.

„Ein Schuh?"

„Richtig. Aschenputtel hat einen Sneaker verloren, als sie laut Spusi in den See gesprungen ist oder geschubst wurde. So lautet Fridolins Aufstellung der Untersuchung."

„Du hast das mit Blut gemalte Zeichen der Wolfsangel neben Schubert vergessen, Mark“, setzte Inka nach. Sie hörte, wie ihr Chef am anderen Ende erneut nieste.

„Eine Wolfsangel? Sagt mir jetzt nicht, wir bekommen es mit den Nazis zu tun?“, näselte Fritz.

„Wir hoffen nicht. Kurier du dich aus und lass dich von Charlotte verwöhnen.“

„Charlotte soll mich verwöhnen, wann denn? Sie arbeitet, falls du es vergessen hast. Meinen Männerschnupfen werde ich alleine los.“ Fritz lachte ins Telefon. „Meldet euch, sobald es Neuigkeiten gibt oder ihr Hilfe braucht.“

„Jawohl, Chef“, antwortete Inka schmunzelnd und legte auf.

Zehn Minuten später lenkte Mark den Wagen durch die Einfahrt auf den Campingplatz Mühlenkamp und ließ das Fahrerfenster herunter. Walter Schubert stand vor seinem Mobilheim und rauchte. Aufmerksam beobachtete er den fremden Wagen, der vor seinem Gartenzaun parkte.

„Sind Sie Herr Schubert?“, fragte Mark aus dem Fahrerfenster.

„Der bin ich. Und Sie?“ Er drückte die Kippe in einen Aschenbecher, der auf dem Boden neben einer geöffneten Fliegengittertür stand. „Wissen Sie schon, wer es war?“, fragte er leise, als Mark Inka und sich dem Senior vorgestellt und den Grund ihres Besuches erklärt hatte.

Inka musste sich Mühe geben, ihre Tränen zurückzuhalten. In den Jahren bei der Polizei fiel es ihr immer schwerer, ihre Emotionen zu kontrollieren und einen neutralen Blick auf den Fall zu bewahren. Besonders nachdem Paula am Timmendorfer Strand verschwunden war und sie zwei Tage mit ihren Kollegen und Sebastian nach ihr gesucht hatten. Sie hatte Höllenqualen ausgestanden. Ein Kind zu verlieren, egal in welchem Alter, war das Schrecklichste, was Eltern passieren konnte. Ob nun durch einen Unfall, Mord, Entführung oder nur durch Verlassensein. Verlassene Eltern. Erwachsene Kinder, die von heute auf morgen den Kontakt zu ihnen abbrechen. Hanna erzählte ihr von einem befreundeten Ehepaar, dem es mit seiner Tochter so erging. Sie sagte, die Eltern sprachen davon, es hätte ihnen das Herz herausgerissen und sie wären von einem auf den anderen Tag um Jahre gealtert. Genauso hatte sich Inka in Lübeck gefühlt. Auch nachdem sie Paula wieder gesund in die Arme schließen konnte, war der Schmerz heute noch fühlbar. Und jetzt stand vor ihr ein Vater, der seinen Sohn verloren hatte und den er nie mehr in die Arme schließen konnte. Beim Anblick des trauernden Elternteils zog sich Inkas Herz schmerzhaft zusammen. Sie schluckte schwer. Sie war fest entschlossen, den grausamen und mysteriösen Tod von Hendrik Schubert aufzuklären.

„Es tut mir sehr leid, Herr Schubert", sagte sie. „Können wir etwas für Sie tun? Es gibt eine Psychologin, die ich Ihnen schicken und die Ihnen beiseitestehen könnte."

„Nein. Ich möchte nur alleine sein und meine Frau anrufen."

„Ich verstehe", antwortete Inka, „doch müssten wir Ihnen eine oder zwei Fragen stellen. Meinen Sie, das wäre möglich?“ Sie sah den Mittsechziger, der auf einem Gartenstuhl Platz genommen hatte, fragend an.

„Ja“, sagte er schwach, den Kopf gesenkt.

„Seit wann hat Ihr Sohn bei Ihnen gewohnt?“

„Seit drei Monaten. Anfang August ist er eingezogen.“

„Was war der Grund?“

„Den hat er uns nicht gesagt. Er meinte nur, wir sollen uns nicht beunruhigen, es wird alles gut. Wir haben gedacht, dass sich mit Susanne alles wieder einrenkt. Manchmal braucht man eine Auszeit von der Ehe.“ Walter Schubert zitterte. „Muss ich meinen Sohn identifizieren?“

„Nein“, antwortete Inka. Susanne Schubert hatte sich bereit erklärt, und das, obwohl Inka sie wegen des Zustandes der Leiche vorgewarnt hatte. „Seine Frau ist einverstanden, Ihren Sohn …“

„Ich will ihn sehen und meine Frau auch, das weiß ich“, presste Schubert zwischen Inkas Satz hervor. „Schnappen Sie den Kerl, der das getan hat.“

„Ja“, erwiderte Mark. „Noch eine Frage: Besaß Ihr Sohn ein Auto?“

„Nein, er ging zu Fuß oder ist mit dem Rad gefahren. Er war ein Naturfreund. Die Luft mit Abgasen zu verpesten, war gegen seine Überzeugung.“

„Ihr Sohn hatte eine Beziehung mit Anna Weiler. Hat er erzählt, dass er wieder heiraten will?“

Schubert lächelte angespannt. „Also war es doch schon so weit. Nicht nur eine kleine Auszeit, wie Hilde und ich gedacht haben. Auf dem Kühlschrank lagen Papiere, Hendrik wird sie vergessen haben. Sie kamen vom Gericht, aber … es könnte sich ja auch um andere

Dinge gehandelt haben als … Wie will er heiraten, wenn er nicht geschieden ist?", fragte Walter Schubert besinnend, dass sein Sohn sich weder scheiden lassen noch heiraten konnte. Unmerklich schüttelte er den Kopf, dann sah er Inka mit glasigen Augen an. „Und wer ist Anna Weiler?"

„Ihr gehört die Firma Kobarski & Weiler in Schwindebeck."

„Das sagt mir nichts."

„Frau Weiler plant den Bau einer neuen Windparkanlage."

„Unser Sohn war mit einer Frau zusammen, die eine Windparkanlage bauen will? Das kann ich nicht glauben. Dem hätte er nie und nimmer zugestimmt, er war ein militanter Naturschützer."

„Sind Sie sicher, ich meine …"

„Natürlich bin ich sicher. Er hat diese Anlagen verteufelt. Wisst ihr, hat er gesagt, wie viele Vögel diese Windräder das Leben kosten? Die Tiere geraten in die Rotorblätter oder fliegen gegen Masten. Es ist die zentrale Ursache des Artenschwundes, bei dem jedes Jahr Tausende Tiere sterben. Diese Offshoreanlagen seien das *Aus* für Vögel und Fledermäuse. Ich kann mich genau an seine emotionsgeladenen Ausführungen erinnern. Gerade letzte Woche, da sprachen wir …" Der Senior zögerte kurz, schluckte, dann sagte er: „Hendrik war aufgeregt. Diese Anlagen seien ‚Vogel-Schredderanlagen', gegen die massiv vorgegangen werden müsse."

„Und doch scheint es so gewesen zu sein, Herr Schubert."

„Ich kann das alles nicht glauben und ich würde jetzt wirklich gerne alleine sein."

„Nur noch eine Frage. Erlauben Sie uns, ins Haus und in das Zimmer Ihres Sohnes zu gehen?"

„Bitte. Hendrik hat auf dem Sofa geschlafen, wir haben nur zwei Zimmer auf fünfundvierzig Quadratmetern."

Das Wohnzimmer des Mobilheims war spartanisch und doch modern mit einer dunkelblauen Polstercouch, über deren Armlehne eine graue Wolldecke hing, einem weißen Sideboard, auf dem ein Flachbildschirm stand, und einem Highboard gleicher Farbe ausgestattet. Ein Gummibaum rankte seine Verzweigungen über die Fensterfront. Der Boden war mit praktischem PVC in heller Holzoptik ausgelegt. Die Wände schmückten Landschaftsbilder.

„Wo hat Ihr Sohn seine persönlichen Sachen aufbewahrt?"

„Er hat nur ein paar Kleidungsstücke, seine Schulunterlagen und seinen Laptop mitgebracht. Alles andere ist im Haus bei seiner Frau. Sobald er eine Wohnung gefunden hat, wollte er sich um den Rest kümmern."

„Wohin?", fragte Mark, als er Hendriks Laptop auf den Rücksitz gelegt und den Motor des Wagens gestartet hatte. „Zur Weiler oder zur Schülerin Marlene?"

„Wie? Weiß ich nicht", antwortete Inka nachdenklich. Sie hatten einen traurigen verzweifelten Mann zurückgelassen. Sie sah aus dem Beifahrerfenster. Zwei Jungen spielten auf der Sandstraße Fußball, als Mark den Campingplatz durch die hochgelassene Schranke verließ. „Lass uns zur Schülerin fahren, ich will wissen, was an der Aussage der Ehefrau dran ist." Es war kein neues Phänomen, dass Schüler, ob Mädchen oder Jungen ihre Lehrer anhimmelten. Doch bei Marlene hatte sie das Gefühl, dass die Schwärmerei weit darüber hinausging.

Marlene zuckte gleichgültig die Schultern, als Inka und Mark sie auf ihre Beziehung zu Hendrik Schubert ansprachen.

„Ich hab meine Eltern in der Klinik angerufen. Sie sind auf dem Weg. Sie werden nicht begeistert sein, dass Sie sie von ihrer Arbeit fernhalten. Meine Eltern sind die Inhaber der Schönheitsklinik Westmann-Hof, wenn Sie verstehen", erinnerte sie Marlene.

Inka wechselte einen schnellen Blick mit Mark, dann schmunzelte sie. Hier hatte sie eindeutig einen überheblichen Fall von ‚Ich bin etwas Besseres' vor sich. „Wir haben Ihre Eltern nicht angerufen. Aber Sie können wählen, ob wir Sie hier verhören oder mit aufs Revier nehmen." Marlenes arrogantes Gehabe ging Inka gehörig auf die Nerven und das Wort *verhören* zeigte meist einsichtiges Benehmen. Nicht so bei Marlene.

„Sie dürfen mich überhaupt nicht verhören."

„Sie sind volljährig. Außerdem ist uns gleichgültig, wer Ihre Eltern sind", setzte Mark dagegen. Sein Geduldsfaden riss sekündlich. „Es wird unsere Fragen, die wir an Sie haben, nicht beeinflussen. Ob mit oder ohne Ihre Eltern."

Inka sah ihrem Kollegen an, wie er sich um Fassung bemühte. Mark war ein ruhiger besonnener Polizist, doch verwöhnte Töchter, die glaubten, mit ihrem Geld auch Macht kaufen zu können, hatte er zum Fressen gern.

„Ich sagte ja, dass ich Ihre Fragen beantworte, aber nur im Beisein meiner Eltern. Und da Sie anscheinend keinen Haftbefehl haben, werden Sie entweder gehen oder warten, bis meine Eltern eintreffen.“ Marlene wartete keine Antwort der Kommissare ab, sondern wies auf ein weißes Ledersofa, das eingerahmt zwischen zwei leeren, mannshohen blumenbemalten Vasen stand und der Wartezimmeratmosphäre eines Schönheitschirurgen entsprach. „Mich müssen Sie so lange entschuldigen. Ruth wird Ihnen eine Erfrischung bringen.“ Sie winkte dem Hausmädchen, das aus der Küche eilte. Die Achtzehnjährige drehte sich um, warf ihre langen blonden Locken über die Schulter und stolzierte mit vorgerecktem Kinn Richtung Treppe. Marlene Westmann-Hof war eine wirkliche Schönheit, die sich nicht hinter einem berühmten Model verstecken musste. Ihre Wespentaille, Beine, die unendlich schienen, und ein Gesicht wie ein Kirchenengel bescherten jeder Agentur ein Welthonorar, zumindest, sollte Marlene diesen Berufswunsch einschlagen. Wie Inka und Mark von Direktor Busch erfuhren, beabsichtigte sie, in die elterlichen Fußstapfen zu treten.

„Ich glaub es ja nicht, dieses Miststück“, sagte Mark.

„Lass dich von so einer verzogenen Göre nicht provozieren“, flüsterte Inka, griff Mark am Arm und zog ihn auf das weiße Ledersofa im Foyer der Landhausvilla.

Wie Inka befürchtet hatte, gestaltete sich das Gespräch mit den Westmann-Hofs schwierig. Ihre Tochter sei seit zwei Wochen volljährig und es sei durchaus nicht verwerflich, wenn sie für Männer in reiferem Alter schwärmte, sagten die Ärzte aus, während sie die Kommissare ins Wohnzimmer baten.

Dass Marlenes Schwärmerei für einen verheirateten Lehrer Stalking sei, davon wollten die Eltern nichts wissen. Es sei alles lange her und ihre Tochter habe längst einen Freund in ihrem Alter. Gero Büchner, zwanzig Jahre, Autoschlosser, wohnhaft im Amelinghausener Kastanienweg.

„Wir stehen in der Öffentlichkeit, was denken Sie? Die Situation mit der Schule ist vollends geklärt. Schließlich hat auch die Schule, wie unsere Tochter, einen Ruf zu verlieren", meinte Torben Westmann-Hof zu verkünden. Ein gebräunter Mittfünfziger in noblem Zwirn, weißem Hemd und mit makellosen Zähnen. Als Arzt nahm man ihm seine vertrauenswürdige und kompetente Erscheinung ab, jedoch nicht als Privatperson. Von Äußerlichkeiten ließ sich Inka nicht blenden, schon zu viele hatte sie bröckeln sehen. Er reichte den Kommissaren die rechte Hand zum Gruß.

„Haben Sie sich verletzt?", fragte Inka, während ihr Blick auf einem Pflaster lag, das die linken Handknöchel vollends bedeckte.

Torben Westmann-Hofs Mund ging zweimal auf und zu. Es schien, als wollte er Zeit schinden, bevor er antwortete. „Ein kleiner Unfall. Ich bin kein guter Handwerker, wenn es um grobmotorige Arbeiten geht." Mit der Hand wies er auf zwei schwarze Chesterfieldsofas, die sich getrennt von einem ovalen Couchtisch mit schwarzer Glasplatte gegenüberstanden. Eine düstere Kombination, die bei Inka keinen Zuspruch fand. Die Einrichtung eines

Schönheitschirurgen hatte sie sich moderner, heller und geordneter vorgestellt.

„Genau so ist es", bestätigte Simone Westmann-Hof. Sie war hochgewachsen, blond und mit langen Beinen, wie die ihrer Tochter. In ihrem dunkelblauen, eng am Körper anliegenden Kostümchen wirkte sie wie eine Schaufensterpuppe. Sie reckte ihre, wie Inka vermutete, gerichtete, etwas kantige Nase in die Höhe und sagte: „Der Tod des Lehrers ist eine schreckliche Sache, aber wir haben damit nichts zu tun", meinte sie erklärend schnell hinzufügen zu müssen. Zur Tatzeit des Mordes seien alle Familienmitglieder im Hause gewesen und hätten ferngesehen. Dies könne das Hausmädchen bestätigen, das spät am Abend eine geplante Feier mit Freunden für den nächsten Tag vorbereitet hatte.

„Und wer könnte mit der Tat etwas zu tun haben?", fragte Inka.

Simone Westmann-Hof zuckte die Schultern. „Seine Frau vielleicht. Vielleicht gab es Streit und sie hat ihn umgebracht. Wie wurde er eigentlich umgebracht?"

„Darüber können wir, solange die Ermittlungen laufen, keine Auskunft geben. Doch zurück auf die Ehestreitigkeiten der Familie Schubert. Kamen diese öfter vor? Worum ging es?"

„Man hört nur, was im Dorf getratscht wird."

„Tratsch interessiert uns brennend", sagte Inka und sah Simone Westmann-Hof auffordernd an.

„Ja, wie es ist, wenn man nur an der Karriere arbeitet. Man lebt sich auseinander und das Zwischenmenschliche, die Ehe, bleibt auf der Strecke." Simone warf ihrem Mann einen kurzen Seitenblick zu. „Angeblich wollten sie ein Kind, aber es hat wohl nicht geklappt, hört man." Die Ärztin hob die Hände in die Luft. Ihre rot lackierten Fingernägel glänzten im Licht des riesigen Kronleuchters. „Nicht dass ich Gerüchte in die Welt setze. Jedenfalls soll das die Ehe zerfressen haben, auch weil Susanne an Depressionen leidet. Aber wie gesagt, es ist Getratsche. Was daran wahr ist …?" Wieder hob sie die Hände.

„Erzählt das Dorfgetratsche auch, wer die neue Frau an Hendrik Schuberts Seite war, Frau Doktor?"

Simone Westmann-Hof zuckte kaum wesentlich die Schultern und rückte ihren Blazer zurecht. „Sie soll eine aus dem Nachbardorf sein. Ich weiß nicht, wie sie heißt."

„Anna Weiler", mischte sich Marlene ins Gespräch.

„Du kennst sie?", fragte Torben Westermann-Hof. „Woher?", kam er Inka mit der Frage zuvor.

„Sie ist Benedikts Mutter. Benny geht in meine Klasse. Seine Mutter ist die Besitzerin der Windparkfirma Kobarski & Weiler." Marlene setzte sich neben ihren Vater.

„Ach was, darüber las ich letzte Woche im *Hanstedter Heideblatt*", setzte Simone Westmann-Hof erklärend hinzu, während sie Inka einen schnellen Blick schenkte. „Ich las, die Kobarski & Weiler wollen einen Windpark in Schwindebeck gleich hinter der Luhe in Richtung Rehrhof entstehen lassen. Aber die Errichtung wurde vorerst abgelehnt, weil der Park an das Naturschutzgebiet und die Schwindequelle reicht. Außerdem würden viele Tiere gestört werden, die die Quelle auch im Winter als Wasserzugang nutzen, weil sie nie zufriert. Jetzt soll eine andere Stelle für einen Park gefunden werden", erläuterte sie weiter.

„Ja, das stimmt, Mutter. Benny aus meiner Klasse hat es auch erwähnt, auch das mit der Quelle. Sie ist die zweitwasserreichste Quelle Niedersachsens nach der im Harz. War spannend zuzuhören."

„Wie schön, dass du dich noch für die Schule interessierst", warf Torben Westmann-Hof mit tadelndem Ton ein.

Marlene schenkte ihrem Vater ein bissiges Lächeln. „Ja", sagte sie daraufhin, „wie gut, dass dein monatlich abgedrücktes Schulgeld nicht ganz umsonst ist."

Marlene strahlte die reine Unschuld aus, doch hatte es faustdick hinter den Ohren. Aber immerhin untermauerte sie mit Anna Weilers Namen Direktor Buschs Angabe.

„Haben Sie die Adresse, Marlene?", fragte Inka schnell, das Gespräch zwischen Vater und Tochter entschärfend.

„Nicht genau. Benny kommt meist mit dem Auto zur Schule. Er wohnt in Soderstorf. Aber es gibt eine Telefonliste, die kann ich Ihnen geben."

„Na, dann machen wir uns mal auf den Weg zu Marlenes Freund und fahren danach zu Anna Weiler, oder was denkst du?", fragte Inka, als sie in Marks Wagen stieg.

Mark nickte wortlos und startete den Siebensitzer. Konzentriert lenkte er aus der Einfahrt der Villa in der Straße Am Kirchwald auf die Bergstraße und gab Gas, während Inka die Rufnummer des Büros wählte. Frauke Bartels, ihre Kollegin aus der Zentrale, hob ab.

„Inka hier. Frauke, sei so lieb und such uns die Telefonnummer und die Adresse, privat wie geschäftlich, einer Anna Weiler heraus. Sie soll das Unternehmen Kobarski &

Weiler betreiben, die in Schwindebeck einen neuen Windpark bauen wollen. Und ich will wissen, wer Kobarski ist."

„Ach, die kenn ich", sagte Frauke. Im Hintergrund hörte Inka die Computertastatur klappern. Frauke Bartels konnte beides, sich unterhalten und im Zehnfingersystem Berichte tippen. „Neulich", erzählte sie weiter, „war ich mit Schatzi auf einer Feier, da wurde der Park für alle umliegenden Anwohner vorgestellt. Ist ja ordentlich Wald, den die plattmachen müssten. Erst gab es Sekt, edle Schnittchen und reichlich fröhlichen Small Talk. Als es dann zur Sache ging und der Park vorgestellt wurde, wurde es laut und hitzig. Einige Anwohner protestierten, andere schimpften und verließen die Feier. Die Weiler hatte Mühe, die Gäste zu beruhigen. Was jetzt aus ihrem geplanten Projekt wird, keine Ahnung. Schatzi und ich sind jedenfalls dagegen, obwohl er einen Auftrag für ihre Elektrik in der Firma übernommen hat. Aber einen Windpark bei uns in der schönen Heide errichten, auch wenn er nur an das Naturschutzgebiet und die Schwindequelle angrenzt, geht gar nicht. Was das für die Tiere und die Natur in der Heide bedeutet. Undenkbar."

„Okay, Hirsch und Heidekraut stehen erst einmal nicht auf unserer Liste. Hast du die Firmenadresse für uns?", stoppte Inka, bevor Frauke ihr energisches Veto fortsetzte.

„Schon da. Privat wohnt die Weiler in Soderstorf im Moorweg 110 a. Die Firma ist in Schwindebeck in der Steinbecker Straße 255 ansässig. Kobarski ist ein Rüdiger

Kobarski, wohnhaft in Bad Schwartau. Seine Adresse und die Telefonnummern Weiler und Kobarski schick ich dir auf dein Handy. Aber bevor du auflegst, Inka: Von Amselfeld soll ich euch ausrichten, dass in der Mordnacht kein Taxi zum See gefahren ist. Und Fridolin hat mitgeteilt, dass auf Hendrik Schuberts zwanzigtausend Euro eine Menge Fingerabdrücke sind. Einige sind von Schubert, andere kann er nicht zuordnen."

Nadine Büchner, eine blonde dünne Frau, öffnete die Tür eines Endreihenhauses in Amelinghausen. Hinter ihr tauchte ein ebenso dünner Mann mit grauen kurzen Haaren auf.

„Bitte kommen Sie herein", sagte Frank Büchner, als Inka und Mark sich vorgestellt hatten. „Was ist mit unserem Sohn? Ist ihm etwas zugestoßen? Sind Sie hier, weil …?" Er wechselte einen besorgten Blick mit seiner Frau.

„Nein, wir wollen nur mit ihm sprechen. Wir möchten ihn zu seiner Beziehung mit Marlene Westmann-Hof befragen", begann Mark.

Nadine und Frank Büchner atmeten gleichzeitig auf.

„Entschuldigung, wir dachten schon …", begann Frank Büchner, dann: „Eine Beziehung zu Marlene? Die beiden haben keine Beziehung. Wenn Sie das von Marlene haben – die spinnt. Gero bringt der verwöhnten Göre Mathematik bei, das ist alles. Seit drei Jahren verdient er sich etwas nebenbei. Wenn es da eine andere Beziehung gäbe, wüssten wir es. Marlene fasst er nicht mit der Kneifzange an. Sie ist nicht Geros Typ. Außerdem ist er seit zwei Jahren mit Marie zusammen."

„Woher kennen die beiden sich, Marlene und Ihr Sohn?“

„Ich kenne Torben Westman-Hof“, erwiderte Frank Büchner. „Wir waren zusammen in der Schule. Und bevor Sie fragen, warum er eine riesige Villa und eine Schönheitsklinik sein Eigen nennt und wir nur ein popliges Reihenhaus und eine Autoschlosserei … ich hab mein Studium abgebrochen und das gemacht, was ich wollte. Aber uns geht es gut.“ Er legte den Arm um die Taille seiner Frau. „Vor ein paar Jahren, kurz vor Weihnachten, da kam er zu uns in die Werkstatt“, berichtete Büchner weiter. „Obwohl er und wir in einem Ort wohnen, haben Torben und ich uns über fünfzehn Jahre nicht gesehen. Gestört hat es mich nicht, in der Schule waren wir auch nicht die besten Freunde. Wie auch immer. Ich wollte noch etwas aus der Werkstatt holen und dann über die Feiertage abschließen, da rollte er mit seinem protzigen Amischlitten auf den Hof. Erst hab ich ihn gar nicht erkannt, so braun gebrannt, wie er aussah, als käme er gerade von einem Segeltörn zurück.“

„Was wollte er von Ihnen?“

„Na, was wird man in einer Autowerkstatt wollen?“ Büchner sah Mark irritiert an. „Nach fünfzehn Jahren fiel ihm ein, dass ein ehemaliger Mitschüler eine Autowerkstatt betreibt. Seine Werkstatt in Hamburg hatte vor den Feiertagen geschlossen, ich war nur sein Notnagel, sonst nichts. Aber ich konnte ihm nicht helfen. In seinem Schlitten ist eine Elektrik verbaut, für die ich bestimmte Werkzeuge benötige, mit denen wir nicht arbeiten. Torben und ich haben ein paar Worte gewechselt. Urlaub,

Beruf und so ein Zeug. Dann hat er mich gefragt, ob sich Gero etwas dazuverdienen möchte. Marlene bräuchte dringend Nachhilfe und Direktor Busch hätte ihm Gero empfohlen, weil er in der Schule so ein Mathegenie gewesen ist. Marlene war damals gerade fünfzehn und Gero bereits aus der Schule. Leider wollte er nach dem Abi nicht studieren, wie der Vater, so der Sohn", sagte Büchner kopfschüttelnd mit einem gewissen Humor im Blick, „sondern lieber im eigenen Betrieb arbeiten. Wir hätten uns einen Arzt oder Lehrer in der Familie gewünscht." Büchner holte tief Luft und drückte seine Frau enger an sich. „Aber wenn er glücklich ist, soll es uns recht sein. Na ja, ich hab Gero von Torbens Anfrage erzählt und er sagte, klar gebe er der eingebildeten Westmann-Hof Nachhilfe, das Geld könnte er für den Führerschein und sein Auslandsjahr in Australien gebrauchen. Er will zu den Goldsuchern und sehen, ob er fündig wird und als Millionär zurückkommt." Büchner lachte. „Mehr haben wir nicht über die Familie zu erzählen. Weißt du noch etwas, Dinchen?"

„Nein. Ich kenne die Westmann-Hofs eigentlich auch nicht. Nur was man sich im Dorf erzählt, dass sie eingebildet sind, nicht grüßen, oft beim Bäcker oder Schlachter anschreiben lassen und auf den letzten Drücker bezahlen, trotzdem die Nase in den Wind recken und ihr Hausmädchen unfreundlich behandeln. Die arme Ruth, sie ist alleinerziehend mit einem zweijährigen Sohn und auf das Geld ihrer Arbeit angewiesen. Wenn sie könnte, wäre sie bei den Westmann-Hofs längst weg."

„Ja, ich denke", Inka sah zu Mark, „dass wir vorerst alles haben. Oder hast du noch eine Frage?"

„Nur noch, wo Sie, Herr Büchner, und Sie, Frau Büchner, sowie Ihr Sohn sich gestern zwischen einundzwanzig und zweiundzwanzig Uhr aufgehalten haben?"

„Wir waren alle drei zu Hause und sind unsere Urlaubspläne für das nächste Jahr durchgegangen."

„Wo wird es hingehen?"

„Nach Schweden, mit dem Wohnmobil. Vier Wochen. Im April."

„Ihr Sohn fährt mit?"

„Nein. Er hat einen Flug mit Freunden nach Mallorca gebucht. Zwei Wochen Ballermann, solange dort noch Party erlaubt ist. Wird ja immer weniger. Die Spanier beschweren sich. Ist ja auch verständlich, so wie sich die Touristen da am Ballermann daneben benehmen. "

„Wir finden Ihren Sohn in der Werkstatt?"

„Da gehe ich von aus", sagte Büchner. „Aber verraten Sie uns nach der netten Plauderei endlich, warum die Mordkommission auftaucht, wenn es nur um Nachhilfestunden geht?"

„Der Biologielehrer Hendrik Schubert ist gestern am Lopausee von Schülern aus dem Amelinghausener Gymnasium tot aufgefunden worden. Er wurde ermordet."

„Hendrik Schubert. Der nette Biologielehrer ist tot. Wie schrecklich. Wer hat das getan?"

„Das versuchen wir herauszufinden."

„Aber Gero hat da sicher nichts mit zu tun. Er ist bereits aus der Schule und gestern war er hier bei uns."

„Das mag stimmen, Frau Büchner, dennoch müssen wir jeder kleinsten Information nachgehen."

Nadine Büchner nickte schwach und nahm die Visitenkarte entgegen, die ihr Inka reichte.

„Die Westmann-Hofs haben uns Lügen bezüglich ihrer Tochter und der Beziehung zu Gero aufgetischt", sagte Inka, als sie den schmalen gepflasterten Weg der Reihenhaussiedlung zur Straße hin verließen.

„Hmhm. Die wollten Gero Büchner als Alibi ihrer Tochter verkaufen, dabei läuft bei denen nichts, zumindest wenn wir den Büchners glauben."

„Ich halte die Aussage der Eheleute für verlässlich. Fahren wir in die Werkstatt und fragen den Sohn. Mal sehen, ob wir mit unserer Menschenkenntnis richtigliegen. Die Weiler suchen wir am Nachmittag auf, nachdem wir Hannas Möhreneintopf verputzt haben."

Gero Büchner stand unter einem auf der Hebebühne hochgefahrenen Wagen in der Werkstatt Büchner & Sohn in Amelinghausen, drei Straßen von seinem Zuhause entfernt.

„Herr Büchner?" Inka trat an den Mechaniker heran und zeigte ihren Ausweis.

„Ja." Der Mechaniker im Blaumann drehte einen blonden Haarschopf unter dem Auto hervor.

„Könnten wir Sie kurz sprechen?"

Gero Büchner nickte. „Klar", sagte er, dann an eine Kollegin gewandt: „Konni, machst du für mich weiter?" Er reichte einer sportlichen Brünetten in einem ebensolchen Blaumann den Hammer und die Stableuchte, wischte sich an einem Lappen die ölverschmierten Hände ab und sagte: „Gehen wir ins Büro."

„Herr Büchner, wir hörten, Sie sind mit Marlene Westmann-Hof befreundet", begann Inka und setzte sich mit Mark auf die angebotenen Holzstühle vor einen Schreibtisch. Das Holz war vergilbt und Unmengen schwarze glänzende Flecken übersäten die äußere Optik. Ein Stapel Papierakten lag neben einem Computer. Ein Monstrum aus den Achtzigerjahren, das die Hälfte des Schreibtisches einnahm. Schrauben und kleinere Motorenteile sowie ein grünes Wählscheibentelefon quetschten sich an die linke äußerste Ecke des Tisches. Inka fröstelte. Im Büro war es eiskalt. Sie zog den Reißverschluss ihrer Jacke unter den Hals.

„Ich gebe Marlene Nachhilfe in Mathematik, mehr nicht. Befreundet kann man dazu kaum sagen. Aber damit ist in vier Monaten Schluss."

„Warum?"

„Weil ich mein Geld für meine Auslandsreise zusammengespart habe. Aber das werden Ihnen meine Eltern erzählt haben." Er schmunzelte.

„Dass Sie nach Australien zu den Goldsuchern wollen, ja."

„Meine Eltern sagten, Hendrik ist ermordet worden. Ich war es nicht, sollte das der Grund Ihres Besuches sein. Ich war mit meinen Eltern zu Hause. Was nicht unbedingt ein verwendbares Alibi ist. Aber ich bin seit zwei Jahren aus der Schule. Ich hab mit Hendrik nichts mehr zu tun. Warum also sollte ich ihn umbringen?"

„Schlechte Noten oder Streit wären da ein Motiv. Und auch nach zwei Jahren können Rachegelüste …"

„Nein. So ein Quatsch“, unterbrach Büchner. „Ich stand in Bio auf Zwei und Streit gab es zwischen uns nicht. Er war ein super Lehrer. Ich fand ihn klasse.“

„Marlene soll ein wenig in ihn verliebt gewesen sein. Haben Sie davon etwas mitbekommen, Herr Büchner?“, wechselte Inka das Thema.

„Alle Mädchen standen auf Hendrik. Zumindest alle aus der Oberklasse. Und ein wenig, bei Marlene?“ Gero Büchner grinste. „Die war krass hinter Hendrik her, was ich so mitgekriegt hab.“

„Was haben Sie mitgekriegt?“

„Na, das mit den Einladungen nach New York, Wochenendtrips nach Rom und Paris. Marlene ist bekannt und unter unseren Kunden sind auch Schüler aus dem Gymnasium. Schräg, die Tante. Aber Geld hat sie wohl trotzdem noch genug.“

„Wohl noch genug?“, hakte Mark nach.

„Ja, inzwischen wird's eng für die Westmann-Hofs. Aber auch das hab ich nur gehört. Angeblich mussten sie Insolvenz anmelden. Ihre Superklinik an der Rothenbaumchaussee läuft nicht mehr so gut, nachdem sie in den Schlagzeilen standen.“

„Erklären Sie uns das genauer, Herr Büchner.“

„Ein Arzt, ob der Westman-Hof oder ein anderer aus der Klinik, hat Mist gebaut. Ich hörte, es ging um eine Straffung, also eine Hodensackstraffung, damit die Dinger, na ja …“ Er zögerte kurz. „Jedenfalls soll da unten jetzt alles schief sitzen.“ Trotz des Ernstes seiner Aussage schmunzelte Büchner. „Ein Hamburger Schauspieler, den Namen hab ich vergessen, der sich in der Klinik die Nase hat richten lassen, war ebenso unzufrieden. Und einige weitere Patienten haben den Westmann-Hof auch am Wickel. Eigentlich interessiert mich das Schönheitsgelabere nicht, aber Small Talk gehört zu den Kundengesprächen. Auf jeden Fall geht es um Ärztepfusch in Folge und der hat sich herumgesprochen. Tja, nicht immer tritt Erfolg ein, nur weil man studiert hat."

„Mit Marlene ist es eine geschäftliche Beziehung?"

„Richtig. Mit der eingebildeten Ziege will keiner etwas zu tun haben."

„Sie ist eine hübsche junge Frau. Ihr müssten doch die Jungen der Schule hinterherlaufen."

„Ja, das tun sie, aber nur für eine Nacht, wenn Sie verstehen."

Inka nickte. „Herr Büchner, noch eine Frage: Was sagt Ihnen das Zeichen der Wolfsangel?"

„Die Wolfsangel", Gero schnaufte und zog die Mundwinkel nach unten, „im Geschichtsunterricht hörte ich von dem Zeichen. Es wurde in der Forstwirtschaft eingesetzt. Es war ein Jagdgerät, um Wölfe zu fangen, und ist heutzutage noch auf einigen Gemeindewappen zu finden. Als Fanggerät ist es allerdings inzwischen verboten."

„Ging es im Unterricht auch um Fabelwesen? Werwölfe vielleicht?"

Gero Büchner lachte auf. „Nein. Obwohl wir natürlich den ‚Werwolf' von Hermann Löns gelesen haben. Aber da geht es ja nur um das Bauernvolk, das sich gegen die Braunschweiger, Dänen und wen immer zusammenrottete, sich blutige Kämpfe lieferten und sich dann Werwölfe nannte, nicht um so einen Shadow-Quatsch, der im Fernsehen ausgestrahlt wird."

„Und die NS-Wolfsangel, wie ist es damit?"

„Mit denen hab ich nichts am Hut", wehrte Büchner ab.

„Mit denen?"

Gero biss sich auf die Unterlippe, als hätte er ausgeplaudert, was er eigentlich verschweigen wollte. „Mit den durchgedrehten Braunen, die sich einmal im Monat im Wald in der alten Höhle treffen und was weiß ich ausbaldowern", setzte er schulterzuckend nach.

„Wo ist diese Höhle?", wollte Mark mit dem Stift auf seinem handgroßen Spiralblock wissen.

„In der Kronsbergheide."

„Weiter", drängelte Mark.

„Wenn Sie aus Lüneburg kommen, finden Sie sie am Ortseingang von Amelinghausen. Sie liegt nahe der B 209, dort, wo der Sagenhafte-Hühnen-Weg beginnt."

„Das ist schräg gegenüber dem Lopausee", sagte Inka, dann: „Sie kennen die Mitglieder?"

„Es sind vier in meinem Alter. Sie nennen sich *Schwarze Sonne*. Einer von ihnen lässt seinen Wagen bei uns reparieren. Und wie ich schon sagte: Kundengespräche sind ein Muss. Als er beim dritten Mal hier auftauchte, rückte er so langsam mit der Sprache raus. Erst dachte ich, er will mich anbaggern, aber dann ... irgendwie kamen wir auf die Flüchtlingsflut zu sprechen und ich hörte gleich, dass er auf der nationalsozialistischen Schiene schwimmt. Als ich ihm sagte, dass wir uns auch nicht anders verhalten und vor dem Krieg fliehen würden, hörte er mit der braunen Scheiße gar nicht mehr auf. Unglaublich, mit welchem Müll der mich zugetextet hat." Gero warf Inka einen entschuldigenden Blick zu. „Ich wollte ihn nicht vergraulen, auch wir brauchen unsere Kunden, und wenn sich schlechter Service rumspricht …" Gero Büchner zuckte die Schultern. „Das nächste Treffen ist übermorgen, das hat er mir noch gesagt und sogar gewartet, bis ich es auf meinem Kalender angestrichen hab." Gero wies mit dem Daumen über seine Schulter zu einem Kalender. Mit einem roten Kreis war der morgige Tag umrundet.

Inka holte tief Luft und warf Mark einen genervten Blick zu. Das fehlte ihnen noch, dass Fritz recht behielt und sie es jetzt mit einer nationalsozialistischen Gruppe zu tun kriegten.

„Ich hab ihn labern lassen und gesagt, ich würde mir seine Einladung durch den Kopf gehen lassen", sagte Gero. Er beugte den Oberkörper vor und kramte in der untersten Schublade seines Schreibtisches. „Ich habe doch … hier", sagte er und reichte Inka einen Handzettel über den Schreibtisch. Ein einfacher Papierflyer, auf dem eine rot gezeichnete Wegbeschreibung abgebildet war.

„Wie heißt Ihr Kunde?"

Gero Büchner druckste. „Jens Pohl."

„Und er wohnt?" Mark sah Gero auffordernd an.

„Muss ich nachsehen", sagte Gero und tippte auf der Computertastatur. „Er wohnt in Oldendorf Luhe Totenstatt in der Straße Auf der Kalten Hude Nummer 2."

„Kennen Sie auch die Namen der anderen drei Mitglieder der Gruppe? Wo sie wohnen, arbeiten?"

„Nein, tut mir leid, da kann ich Ihnen wirklich nicht weiterhelfen. Aber bitte, wenn Sie meinen Namen nicht erwähnen würden. Getratsche ist nicht gut fürs Geschäft."

„Das lässt sich machen. Für heute war es das. Sollte Ihnen noch etwas einfallen, vielleicht ein Name", Inka hob den Handzettel in die Luft, „dann rufen Sie uns bitte an." Sie schob ihre Karte neben das grüne Wähltelefon und stand auf.

Hanna hatte einen deftigen Wurzeleintopf mit Schweinefleisch für ihre Feriengäste gekocht. Als Inka mit Mark auf dem *Sundermöhrenhof* ankam, war der Zwölflitertopf fast ausgelöffelt. Gerade noch zwei kleine Schöpfkellen füllten ihre Teller. Der Hof, den Hanna und Tim von ihren Eltern übernommen und zu einem Biohof mit Tierhaltung und Ferienzimmern umgebaut hatten, war beständig über das Jahr ausgebucht. Ob Sommer oder Winter trudelten Buchungen von Singles, Ehepaaren und Familien ein. Hanna und Tim schnürten für ihre Gäste ein Rundum-sorglos-Paket, das auch das Mittagessen einschloss. Niemand widerstand Hannas Suppen und Eintöpfen, dem frisch gebackenen Brot und den Brötchen, die immer auf dem Tisch bereitstanden. Jetzt lag nur noch ein verlassenes Dinkelbrötchen in einem der drei Brotkörbe, die auf dem langen Küchentisch in der gemütlichen Bauernhausküche standen.

„Warum hast du nicht angerufen, dass ihr zum Essen kommen wollt, Schwesterlein?", fragte Hanna lächelnd, während sie Mark umarmte.

„Ich hab es vergessen und gehofft, es ist noch Eintopf für hungrige Heidepolizisten übrig."

„Nur ein kläglicher Rest. Aber wenn ihr noch hungrig seid – ich hab für morgen vorgekocht. Was haltet ihr von einem Linseneintopf mit Hackbällchen als Nachschlag?“

„Her damit, Hanna“, antwortete Mark, als er den letzten Löffel der Möhrensuppe in den Mund gesteckt hatte.

Hanna grinste und hob den Deckel des zweiten Topfes hoch, dem sofort ein unverkennbarer Geruch entströmte. Sie füllte Inka und Mark die Teller und schnitt eine dicke Scheibe Hirsebrot von einem Laib, der groß und rund wie ein Suppenteller war.

„Noch warm, nicht dass ihr Bauchschmerzen bekommt“, sagte sie und stellte ein Schälchen Kräuterschmalz auf den Tisch. „Es sollte bis zum Abendbrot abkühlen, aber zwei schwer arbeitende Polizisten kann ich nicht hungern lassen.“ Hanna lachte. „Habt ihr euren Täter gefasst?“

„Nein, bisher nicht“, murmelte Mark mit vollem Mund.

„Wer ist das Opfer?“

„Ein Biolehrer aus dem Amelinghausener Gymnasium. Er lag am Lopausee auf der Holzbrücke.“ Mark hangelte nach dem rosa Keramikschwein auf der Fensterbank und fütterte es mit einem Zehneuroschein.

„Danke schön, Mark, aber das sollst du nicht. Für euch beide ist jederzeit etwas zu essen da, falls ihr rechtzeitig kommt“, sagte Hanna lächelnd. „Aber jetzt erzählt. Was ist passiert?“ Hanna rutschte ihrer Schwester und Mark gegenüber auf einen der hölzernen Küchenstühle vor der Eckbank am Fenster.

„Hanna!“, fuhr Inka auf.

„Ja. Du darfst nichts sagen, weiß schon. Aber wenn ich morgens um zwei Uhr aus dem Schlaf gerissen werde, dann …“

Als wäre sein Stichwort gefallen, stand Tim in der Küchentür. „Na, wen haben wir denn da? Der Hanstedter Herr Kommissar und meine liebreizende Schwägerin Inka, die dienstbeflissene Hauptkommissarin. Habt ihr schon wieder Feierabend?“, fragte er mit einer weißen Gummischürze um den Bauch, die mit roten Sprenkeln erahnen ließ, von welcher Arbeit er gerade kam.

„Grüß dich, Tim. Nein, wir haben keinen Feierabend. Wie du siehst, sind wir beim Mittag. Unser Dienst endet um sechzehn Uhr.“

Tim drehte den Kopf zur Küchenuhr, deren Zeiger sich auf dreizehn Uhr zubewegte. „So gut wie ihr möchte ich es auch haben. Um sechzehn Uhr den Schreiber fallen lassen und die Tür abschließen. Aber dann kannst du ja heute Abend deinen frühmorgendlichen Weckruf wiedergutmachen. Schließlich ist Hanna die Extratour gefahren und hat Paula zur Tagesmutter gebracht.“ Der blonde Hüne grinste Inka auffordernd an.

„Und was hast du dir diesmal ausgedacht, lieber Schwager? Hühner und Katzen füttern, Schweinestall ausmisten oder was steht auf deiner Liste?“, fragte Inka. Sie war genervt. Tim Sundermöhren war der Meinung, dass eine Polizeistation in Hanstedt mit ihren Beamten ebenso überflüssig war wie konventionell hergestellte Leberwurst. Nun, der Vergleich hinkte. Auch wenn sie zugab, dass Tims Bioleberwurst von eigenen Tieren und aus eigener Herstellung unübertrefflich lecker schmeckte. Aber musste er jedes Mal so einen Aufriss machen? Es war eine Abmachung mit ihrer Schwester, dass sie sie jederzeit um Hilfe bitten konnte, wenn ihr Beruf es erforderte.

„Gar nichts braucht sie wiedergutzumachen, Tim. Sie hilft uns freiwillig und ohne Bezahlung jeden Samstag im Hofladen, das reicht."

„Dir reicht es, Hanna, aber mir reicht es nicht. Auch mein Schlaf wird gestört oder hast du vergessen, dass wir verheiratet sind?"

„Tim, das geht zu weit. Ich denke, wir sprechen am Abend. Wie weit bist du mit der Vakuumierung des Fleisches?", lenkte Hanna ab.

„Fertig. Ich bringe es dir in den Hofladen, vorausgesetzt, du hast mit den Kommissaren alles Wichtige des Tages besprochen."

Hanna Sundermöhren stöhnte kopfschüttelnd auf. „Tim, halt die Luft an und lass uns weiterplauschen." Lächelnd wedelte sie mit einer Geste ihrer Hand Tim aus der Küche. „Dieser Mann ist ein Original", sagte sie, als Tim sich wortlos umdrehte und in Gummistiefeln über den Hof Richtung Schlachthaus stapfte.

„Mehr als das", erwiderte Inka und steckte sich den Rest Hirsebrot in den Mund.

„So", sagte Hanna und beugte sich ein Stückchen über den Tisch, „nur ein Krümelchen, warum …"

„Einige Schüler des Pastor-Bode-Gymnasiums haben ein nächtliches Paintballspiel veranstaltet. Eine Schülerin behauptet, sie sei von einem Werwolf angefallen worden. Auf ihrer Flucht ist sie über den toten Biologielehrer gestolpert", nahm Mark seiner Kollegin die Antwort ab.

„Nein, das gibt es doch nicht! Das Privatgymnasium?“ Hanna warf sich an die Rückenlehne des Stuhles. „Ein Werwolf hat den Lehrer getötet. Das ist ja wieder eine typische mystische Geschichte für die Lüneburger Heide. Wundert mich, dass da noch kein Regisseur vom Fernsehen drauf gekommen ist. Das wäre ein gefundenes Fressen, hier bei uns in der Gegend eine Krimiserie zu starten. Undeloh, Hanstedt, Schneverdingen, Amelinghausen, Wehlen, das sind geniale Orte für Dreharbeiten, meint ihr nicht? Und genug los ist hier auch.“

Mark lachte. „Da hast du recht, Hanna, unsere Heide bietet wirklich herrliche Schauplätze für Kriminalfälle und das zu jeder Jahreszeit. Aber ob wirklich ein Werwolf der Täter ist, wissen wir erst, wenn Teresa den Toten untersucht hat. Wir müssen auf die Ergebnisse warten.“ Mark biss vom Schmalzbrot ab und kaute.

„Sag mal, Schwesterherz“, sagte Inka, während sie mit dem Zeigefinger auf drei Hirsekörner tippte, die neben ihrem Teller lagen. „Liegt in der Hofeinfahrt noch der Grenzstein mit dem Zeichen der Wolfsangel?“ Sie leckte am Finger.

„Ich glaube ja. Allerdings ist er vollständig zugewachsen. Vater wollte ihn nicht entfernen, obwohl Mutter immer wieder gedrängt hatte, weil ihre Eltern im Krieg … na ja.“ Hanna verstummte für einen Augenblick. Oft hatte ihre Mutter ihr weinend von den Kriegsjahren ihrer Oma erzählt. „Erinnerst du dich nicht, wie sie auf dem Markt Unmengen an Bodendeckerpflanzen gekauft und sie rundherum um den Stein gepflanzt hat?“

Inka nickte.

„Was ist mit dem Zeichen?“

„So ein Zeichen wurde neben dem Toten gefunden“, übernahm Mark.

„Ihr meint, dass ein …“ Hanna stockte.

„Es gibt eine nationalsozialistische Gruppe, die sich angeblich in der Kronsbergheide in einer Höhle trifft. Hast du schon einmal davon gehört?“

„Nein. Die Kronsbergheide kenne ich natürlich. Es ist ein historischer Platz für Amelinghausen. Jedes Jahr im August wird die Amelinghausener Heidekönigin dort gewählt. Wusstet ihr, dass Jenny Elvers, die Schauspielerin und Sängerin, die bekannteste dieser Heideköniginnen, aus Amelinghausen stammt? Na, ist ja auch nicht so wichtig.“ Hanna winkte ab. „Mit Tim bin ich oft den Königinnen-Weg und den Sagenhafter-Hünen-Weg durch die Heide, in die Oldendorfer Totenstatt und um den Lopausee gewandert. Allerdings war das vor der Zeit unserer Racker.“ Sie wischte mit der Hand weitere Hirsekörner vom Tisch. „Aber ein Werwolf ist uns nie begegnet, das ist doch Medienblödsinn. Habt ihr einen Verdächtigen?“

„Wir sortieren“, beendete Inka das Gespräch. Mehr Ermittlungswissen durfte sie auch ihrer Schwester nicht verraten.

Kapitel 4

Anna Weiler saß hinter einem Glasschreibtisch und tippte auf der Tastatur eines Laptops.

„Ja bitte?“, fragte sie. Neben der Tastatur stand eine geöffnete Box Kosmetiktücher. Ein Teebeutelfähnchen baumelte am Rand eines hellblauen Keramikbechers, aus dem eine weiße Rauchsäule aufstieg und das Büro mit Pfefferminzgeruch füllte.

„Hauptkommissarin Inka Brandt und Kollege Mark Freese der Hanstedter Mordkommission“, stellte sich Inka vor, während sie ihren Ausweis Anna Weiler über den Schreibtisch entgegenhielt.

„Was kann ich für die Polizei tun?“, fragte sie näselnd. Sie schien irritiert.

„Sie sind Hendrik Schuberts Freundin“, begann Mark.

„Ja. Beziehungsweise nein, nicht mehr. Entschuldigung.“ Sie nieste, riss ein Kosmetiktuch aus der Box und schniefte hinein. „Ich hab mich ein wenig erkältet.“ Sie unterdrückte ein Husten.

„Seit wann sind Sie getrennt?“

„Warum will die Polizei wissen, ob ich einen Freund habe oder nicht?“

„Sobald dieser Freund tot aufgefunden wird, Frau Weiler. Also, seit wann?“, drängelte Mark.

„Hendrik ist … ist tot?" Anna Weiler sah mit geweiteten Augen auf die Kommissare.

„Seit wann?", wiederholte Mark.

„Vor drei Wochen haben wir uns getrennt."

„Warum?"

„Was ist Hendrik geschehen?"

„Er wurde ermordet. Also?"

„Es gab Unstimmigkeiten zwischen uns."

„Was waren das für Unstimmigkeiten?"

„Er wollte ein Kind, weil seine Frau nach einer Fehlgeburt keine mehr bekommen konnte. Ich hab gesagt, ich hätte bereits einen erwachsenen Sohn. Er hat mich bedrängt, bis ich die Beziehung beendet habe."

„Wann haben Sie Hendrik das letzte Mal gesehen?", fragte Inka, als ihr Handy klingelte. „Entschuldigung", sagte sie, sah auf das Display und las *Spurensicherung*. Sie machte ein paar Schritte zur Eingangstür und nahm das Gespräch an.

„Fridolin hier, Inka. Die Fingerabdrücke auf der Champagnerflasche stammen ausnahmslos vom Opfer. Nur auf einem der zwei Gläser, dem mit dem Lippenstift, fanden wir auch andere Abdrücke. Wir haben sie durch die AFIS-Datenbank gejagt, aber die spuckt nichts aus. Der Lippenstift am Glas trägt die verführerische Marke *Amour Rosé*. Eine teure französische Marke, die nur Parfümerien führen. Der Sneaker, den wir gefunden haben, wurde tatsächlich in Lüneburg, wie ich vermutete, letzte Woche gekauft. Die Verkäuferin erinnerte sich an die unschlüssige Kundin. Zierlich und blond soll sie gewesen sein. Erst wollte sie schwarze Pumps, dann blaue, dann wieder

Turnschuhe und so ging es immer hin und her, bis sie sich für die Sneaker entschieden hat."

„Und was ist mit dem Blut auf der ..., na, du weißt schon, stammt sie nur vom Opfer oder auch von einer anderen Person?", fragte Inka flüsternd.

„Ah, du kannst gerade nicht reden. Verstehe. Nein, es gibt keine weitere DNA. Wir fanden nur das Blut des Opfers. Allerdings muss sich die Sneakerfrau im kalten See ordentlich unterkühlt und am rechten Fuß bis zur Wade mindestens Hämatome und möglicherweise sogar Holzsplitter zugezogen haben, weil sie an einer hölzernen Bodenplatte hängen geblieben ist. Längsseits des Holzes fanden wir Faserspuren eines Baumwollgewebes, das entweder von einem Rock, was aber unwahrscheinlich ist – welche Frau zieht schon Sneaker zu einem Rock an? –, oder von einer Hose stammen. Die Fingerabdrücke, die wir auf dem Metallgeländer fanden, können wir ebenfalls der Frau zuordnen. Apropos Fingerabdrücke, hat Frauke dir ausgerichtet, dass wir auf den zwanzigtausend Euro nur Hendrik Schuberts Fingerabdrücke sichern konnten? Alle anderen sind nicht registriert oder brauchbar."

„Ja, hat sie, danke."

„Super. Kollege Amselfeld war im Zirkus, der in Amelinghausen Station macht. Dort ist keiner der Bären ausgebüxt. Auf Schuberts Laptop ist nichts, was uns weiterbringt. Seine Dateien sind mit Berichten und Bildern mit Vogelbeobachtungen, Naturkunde und Vorbereitungen für seinen Lehrplan vollgestopft. Er hat nicht einmal eine Mailadresse, wie hinterwäldlerisch. Und zum Schluss: Im See haben die Soltauer Taucher außer verrosteten Fahrrädern, Reifen und sonstigem Unrat keine Leiche gefunden."

„Dein Anruf kommt zur richtigen Zeit, Fridolin. Herzlichen Dank." Inka legte auf und wandte sich wieder dem Gespräch mit Anna Weiler zu. „Wo waren wir stehengeblieben … ach, richtig, wann Sie Ihren Freund zuletzt gesehen haben."

„Letzte Woche irgendwann. Ich weiß es nicht mehr genau."

„Das war nicht zufällig erst vor zwei Tagen am Lopausee, in dem Sie sich erkältet haben, als Sie in den See gefallen sind?"

„Nein. Das war letzte Woche in Schneverdingen, wir waren zum Essen verabredet. Was soll ich denn am See?"

„Sie haben vor drei Wochen die Beziehung beendet und gehen mit Ihrem Ex-Freund zum Essen?", fragte Inka weiter, ohne auf Annas Frage einzugehen.

„Na und, nachdem wir alles geklärt hatten, haben wir uns im Guten getrennt."

„Eben sagten Sie, es hätte Streit gegeben."

„Ja, erst ja, dann haben wir uns vertragen und sind als Freunde auseinandergegangen, die zivilisiert zusammen essen gehen."

„Marlene Westmann-Hof hat Hendrik Schubert gestalkt. Was wissen Sie darüber?"

„Ich hörte es."

„Herr Schubert wird mit Ihnen darüber gesprochen haben."

„Nein, es war kein Thema zwischen uns."

„Besitzen Sie braune Sneaker der Marke *Dassenberg*?"

„Nein."

„Aber Sie haben sie besessen."

Anna Weiler stand auf, ging zum Fenster und lehnte sich mit dem Rücken an den Sims. „Was wollen Sie von mir? Ich hab Hendrik nicht umgebracht."

„Sie waren vorgestern mit ihm am See verabredet."

Stille.

„Frau Weiler, wir haben auf einem Sektglas Fingerabdrücke und Lippenstiftspuren der Marke *Amour Rosé* sowie einen Sneaker und Faserspuren einer Frau gefunden. Waren Sie diese Frau?" Inka nickte zum Teebecher, an dem Lippenstiftspuren einen roséfarbenen Abdruck hinterlassen hatten.

Anna Weiler druckste, drehte den Kommissaren wortlos den Rücken zu und sah aus dem Fenster.

„Es ist für uns ein Leichtes, die gefundenen Spuren Ihrer DNA zuzuordnen und …", mischte sich Mark ein.

„Na und, wenn schon. Ja, ich war am See", sagte Anna und drehte sich zurück in den Raum. „Und? Deswegen hab ich Hendrik noch lange nicht umgebracht." Annas Stimme klang zunehmend heiserer.

„Was ist geschehen?"

„Er wollte, dass wir uns wieder vertragen. Wir haben Champagner getrunken und uns unterhalten, bis ... bis dieses Vieh aufgetaucht ist. Mit einem Mal stand es da. Wir konnten nicht ausweichen."

„Ein Vieh?"

„Kein Vieh in dem Sinne. Es war ein Werwolf. Mindestens zwei Meter groß, behaart, mit roten Augen, die mich an glühende Kohlen erinnerten. Er hatte riesige Pranken und Krallen, die mit schwarzem Fell überzogen waren und wie Messerklingen blitzten und sich gierig nach uns ausstreckten. Hendrik stellte sich schützend vor mich und sagte, ich solle in den See springen und ans andere Ufer schwimmen, dort wäre ich in Sicherheit. Erst wollte ich nicht, aber als die Bestie näher kam, bekam ich Panik und bin gesprungen, dabei hab ich einen Schuh verloren."

„Was haben Sie getan, als Sie auf der anderen Seeseite ankamen?"

„Ich …" Anna zögerte. „Ich bin nicht auf die andere Seite geschwommen, nur zehn Meter links ein Stückchen weiter an die untere Uferseite. Dort bin ich aus dem Wasser und zurück in meinen Wagen, der auf dem Parkplatz am Café stand."

„Und Ihnen kam nicht der Gedanke, die Polizei zu rufen, als Sie aus dem See herauskamen?", fragte Mark vorwurfsvoll.

„Das wollte ich ja, aber … ein Werwolf. Wer hätte mir diesen Angriff abgenommen?"

„Wir", bestätigte Mark. „Wir wären der Anzeige nachgegangen, hätten Ihren Ex-Freund gefunden und vielleicht hätte er überlebt." Mark holte tief Luft. Das Wort Hilfeleistung hing in der Luft und blähte sich wie ein Ballon kurz vor dem Platzen auf.

„Ja, ich habe einen Fehler gemacht. Es tut mir leid. Ich war so durcheinander." Anna Weiler setzte sich an ihren Schreibtisch zurück. Sie zog den Teebeutel aus dem Becher und nahm einen Schluck vom inzwischen kalten Pfefferminztee.

„Das hilft Hendrik nicht mehr“, konstatierte Mark wütend.

Sie nickte zaghaft. „Wie, ich meine, es gibt keine Werwölfe, das ist doch alles … Mist, ausgemachter Blödsinn oder wie man das nennen will.“ Sie zupfte ein weiteres Kosmetiktuch aus der Box. „Warum wurde Hendrik umgebracht?“

„Das wüssten wir auch gerne, Frau Weiler“, antwortete Inka. „Aber vielleicht können Sie uns einen Grund nennen.“

„Nein, woher soll ich das wissen?“

„Immerhin hatten Sie … wie lange eine Beziehung zu Hendrik Schubert?“

„Ein Jahr“, antwortete Anna kurz.

„Wusste Hendriks Frau von Ihrer Beziehung?“

„Nein, bestimmt nicht. Niemand wusste von uns, auch Benedikt nicht. Hendrik kam zu mir, wenn er eine Freistunde hatte und mein Sohn in der Schule war. Oder wir haben uns in einem Hotel getroffen.“

„Das glaube ich Ihnen nicht, Frau Weiler. Eine Schülerin wusste, dass Sie die neue Frau in Hendrik Schuberts Leben sind. Warum also sollte nicht auch Ihr Sohn oder Hendriks Frau, die ebenfalls am Gymnasium unterrichtet, von Ihrer Beziehung gewusst haben?“

„Wie ich sagte, wir sind getrennt.“

„Und treffen sich mit Ihrem Geliebten zum Essen und zu einem Stelldichein am See und wollen sich nicht über Ihre Beziehung unterhalten haben. Worum ging es dann bei Ihrem gemeinsamen Treffen?“

„Es war kein Stelldichein!“, fuhr Anna auf. Ihre Stimme krächzte. „Zumindest nicht für mich.“

„Sie haben Champagner getrunken."

„Ich sagte doch, Hendrik wollte unsere Beziehung wieder aufnehmen. Die Scheidung von seiner Frau lief und ich sei die Frau, die er heiraten wollte. Ich hab ihm gesagt, dass das so nicht funktioniert. Eine Frau gegen eine andere Frau austauschen, nur weil Eheprobleme auftauchen."

„Sie haben ihn nicht abblitzen lassen, weil sie vermuteten, dass Hendrik eine weitere Frau, eine viel jüngere, am Start hat?", fragte Mark und sah Anna fest ins Gesicht.

„Nein. Davon wusste ich nichts. Wer soll das sein?"

„Frau Weiler, eine Frage wäre noch offen", begann Mark, ohne Anna zu antworten. „Rüdiger Kobarski, wann …?"

„Rüdiger gibt es seit einem halben Jahr nicht mehr", würgte Anna Marks Frage ab. „Er hat die Firma verlassen. Er will in Ostholstein, wo er wohnt, sein eigenes Projekt starten."

„Aber er war auf der Veranstaltung, bei der Sie Ihr neues Projekt vorgestellt haben."

„Ja, aber nur, weil die Firma noch so heißt und ich bisher keine Zeit fand, eine Änderung vorzunehmen."

„Was war der Grund seiner Anreise?"

„Wir haben die endgültige Übergabe besprochen."

„Wie kam es zu Ihrer damaligen Zusammenarbeit?"

„Ich hab in Ahrensbök gewohnt. Rüdiger in Bad Schwartau. Eines Tages stand er bei mir im Büro und sagte, er würde gerne mit mir arbeiten und Teilhaber werden. Ich hatte gerade ein paar Ungereimtheiten zu bewältigen und wollte mich auch wohnlich verändern. Er kam zur rechten Zeit. Auch finanziell war er eine Stütze. Zudem kannte er sich im Metier, da er bereits in einer anderen

Windparkfirma gearbeitet hatte, bestens aus. Er stand mit dreißig Prozent im Handelsregister als stiller Teilhaber. Irgendwann wollten wir zu gleichen Teilen die Firma leiten. Nach einem halben Jahr, nachdem wir mit der Firma nach Schwindebeck gezogen waren, wollte er plötzlich nicht mehr mit mir arbeiten, sondern nach Bad Schwartau zurück und sein eigenes Projekt starten."

„Gab es dafür einen Grund? Hatten Sie Streit?"

„Er wollte fünfzig Prozent der Firmenanteile. Ich war nicht einverstanden, sondern pochte auf unseren Vertrag, der besagt, dass eine Prozenterhöhung erst nach sechs Jahren eines neuen Projekts befugt werden würde. Er war stinksauer und hat unsere Zusammenarbeit aufgelöst."

„Das ging so einfach?"

Anna Weiler zuckte die Schultern. „Wer will schon mit einem unzufriedenen Partner zusammenarbeiten?"

„Verstehe. Nun arbeiten Sie ohne Partner, wobei Ihr neues Windanlagenprojekt gestoppt wurde."

„Es ist nicht gestoppt, nur verschoben." Anna verzog das Gesicht. „Die Ordnungsamtfuzzis müssen ja immer etwas zu mosern haben, diese Wichtigtuer. War es das jetzt? Ich würde gerne weiterarbeiten." Sie nickte in Richtung eines Stapels Unterlagen, eines kleinen rechteckigen Turmes, der auf der linken Seite ihres Schreibtisches umzufallen drohte.

„Wo finden wir Ihren Sohn?"

Anna warf einen Blick auf ihre Armbanduhr, dann: „Er wird beim Sport sein. Nach der Schule geht er dreimal in der Woche zum Fußballtraining auf den Platz nach Soderstorf."

„Die lügt uns doch die Hucke voll", begann Inka, als sie auf den Beifahrersitz von Marks Wagen rutschte. „Hast du gesehen, wie sie nervös wurde, als wir von einer jüngeren Frau erzählten? Keine Silbe nehme ich ihr ab."

„Ich auch nicht, und sie hat ein Motiv. Möglich, dass sie am See mit Schubert gestritten hat, weil sie herausgefunden hat, dass es Marlene gab. Sicher hat er ihr von dem Stalking erzählt. Doch dann kriegt sie mit, dass an der Geschichte mehr dran war. Sie ist wütend, dass Hendrik sich mit Marlene, einer weitaus jüngeren Frau, einlässt und sie abserviert."

„Dann hätte Hendrik aber keinen Verlobungsring in der Tasche gehabt und mit der Weiler Schampus am See getrunken."

„Stimmt auch wieder, Inka. Aber das Sprudelwasser kann auch zur Versöhnung mit der Weiler gewesen sein und der Ring für Marlene."

„Das würde erklären, warum er ihn in der Hosentasche behalten hat."

„Wie auch immer. Die Weiler hat ein ebenso starkes Motiv, ihren Geliebten umzubringen, wie die gehörnte Ehefrau, die, ich bin mir sicher, ebenfalls von der Weiler und Marlene gewusst haben wird. Eine Geliebte ist ja vielleicht noch zu ertragen, aber zwei ..."

„Aber was ist, wenn Marlene ihren Geliebten umgebracht hat? Wenn der Ring doch für Anna war und es stimmt, was sie sagt, und Hendrik sich mit ihr versöhnen wollte?"

„Weil er eingesehen hat, dass Marlene zu jung für ihn war. Meinst du das?"

„Genau. Dann nämlich hat Marlene ein Motiv."

Den weiteren Nachmittag saß Inka an ihrem Schreibtisch ihrem Kollegen Mark Freese gegenüber. Sie streckte die Arme über den Kopf und gähnte. Draußen wollte es nicht so richtig hell werden. Eine feuchte Kälte lag in der Luft, zwängte sich durch den geöffneten Fensterschlitz und ließ sie frösteln. Sie stand auf, drehte die Heizung von Zwei auf Vier und kehrte wieder an ihren Schreibtisch zurück. Am heißen Kaffeebecher wärmte sie kurz ihre Hände, nahm einen Schluck und ging erneut die Informationen durch, die sie am Tatort zusammengetragen und gestern auf ihrem Computer gespeichert hatte. Bereits zum zweiten Mal las Inka die Aussagen der Jugendlichen und Hendriks Angehöriger durch. Sie stieß auf nichts Neues, das den Fall voranbrachte. Außer dass Konstantin noch immer vehement verschwieg, warum er sich nicht mit Lea am verabredeten Treffpunkt getroffen hatte. Was ihn zu Susanne und Anna auf die Verdächtigungsliste ganz nach oben katapultierte. War er der Werwolf? Aber warum wollte er seine Freundin erschrecken? Hatte er seinen Lehrer getötet? Konstantin war groß und kräftig und wäre durchaus ein ernst zu nehmender Gegner für den eher schmalen Hendrik Schubert gewesen. Was dagegen sprach, war sein Alibi, zur Tatzeit mit Lea zusammen gewesen zu sein.

Nach dem Besuch bei Anna Weiler waren sie auf den Sportplatz nach Soderstorf gefahren. Benedikt Weiler war mit neunzehn Jahren ein blonder junger Mann, der seine Sporteinheiten unter dem engen weißen T-Shirt nicht verheimlichte. Seinem Auftreten zufolge war er von seiner Mutter über ihren Besuch bereits informiert worden. Von dem nächtlichen Paintballspiel am See habe er gewusst, doch der kindische Quatsch interessiere ihn nicht. Außerdem war an diesem Abend ein Spiel gegen die Hanstedter Mannschaft angesetzt, bei dem er auf keinen Fall fehlen wollte. Vehement stritt er ab, mit Alkohol oder Drogen etwas zu tun zu haben, weder in der Schule noch in seiner Freizeit. Er wolle Profifußballer werden, da käme es nicht gut, wenn er sich zudröhnte. Auf die Frage, ob er die Baustoppverschiebung seiner Mutter genauer erklären könne, wich er aus. Es gehe um irgendein Getier in der Nähe beim Naturschutzgebiet, gab er lapidar Auskunft.

Benedikt hielt mit irgendetwas hinter dem Berg, das spürte Inka. Zwar schien er tatsächlich nichts von der Beziehung seiner Mutter mit Hendrik gewusst zu haben, was nicht bedeutete, dass er es nicht vor ein paar Tagen erfahren hatte. Was ihn für die Tatzeit freisprach, war sein Alibi, auf dem Fußballfeld mit seinen Sportkameraden einem Ball hinterhergerannt zu sein. Lea Ohlsens ängstlicher Gesichtsausdruck fiel Inka ein. Konstantin, ihr Freund, ein hübscher Junge, der seine Freundin im Arm hielt und versuchte zu trösten. Jemand oder etwas kam aus dem Gebüsch auf sie zu, und sie beharrte darauf, es sei ein Werwolf gewesen.

„Wie läuft's bei dir? Hast du was gefunden, was uns weiterbringt?“ Marks dunkelbraune Augen blickten sie an. Seit er vor drei Monaten Vater geworden war, erschien er ihr noch wachsamer, noch aufmerksamer als zuvor.

„Nein.“ Inka schüttelte den Kopf.

„Ich hoffe, Teresa schickt uns bald den Obduktionsbericht. Ich will endlich wissen, ob Hendrik von einem Bär oder einem Werwolf getötet wurde."

„Mark, hör auf. Wir wissen beide, dass weder Bären noch Werwölfe in der Heide leben."

„Dann war es doch ein Tierwesen oder wie heißen die anderen noch, von denen Amselfeld erzählt hat … Petplayer?"

„Weder noch. Faller sagt, es gab weder eine Sichtung, noch hat irgendeine Veranstaltung am See oder in der Heide dieser Fellnasen stattgefunden. Was ist mit Hendriks Anrufprotokoll, liegt es inzwischen vor?"

„Nein. Ich frag bei Frauke nach, ob sie schon was hat", sagte Mark.

„Mach das, wir müssen wissen, wer ihn zuletzt angerufen hat. Vielleicht erfahren wir so, ob diese Marlene ihn noch immer gestalkt hat. Es ist traurig, Mark. Ein Mädchen, das zu Hause keine Liebe und Aufmerksamkeit bekommt, weil die Eltern sich nur um sich selbst kümmern. Und von den Jungs in der Schule meint es auch keiner ehrlich mit ihr."

„Na ja, sie ist ja auch nicht gerade die freundlichste Person."

„Sie ist kein kleines Mädchen mehr, Mark, sondern eine junge Frau, die sich nach Zuneigung sehnt, die sie von ihren Eltern anscheinend nicht bekommt. Sie ist auf der Suche, aber dass sie durch ihre Abenteuer ihre Situation verschlimmert, ist ihr nicht bewusst. Das wird der Grund gewesen sein, warum sie sich an Hendrik gehängt hat. Sie hat in ihm keinen Geliebten gesehen, sondern einen Vater.

Vielleicht hat er ihr irgendwann im Unterricht ein Lächeln mehr geschenkt, vielleicht gab es eine unbeabsichtigte Berührung, die sie falsch interpretiert hat. In ihrem Alter lassen sich Mädchen leicht von Gefühlen leiten."

„Wow, Frau Psychologin Inka Brandt. Wann machst du eine Praxis auf? Vielleicht mit Sebastian zusammen. Wie geht es ihm überhaupt? Hat er neue Erkenntnisse bezüglich des *Kreuzers* gesammelt?"

Inka stöhnte und rutschte mit dem Rücken an die gepolsterte Stuhllehne. „Gestern Abend hab ich mit ihm telefoniert. Dass der *Kreuzer* nicht der ist, den er vermutet hatte und auf den alle Beweise hinausliefen ..." Inka schüttelte den Kopf. „Zurzeit ist er in Hessen. Wo, wollte er mir nicht sagen. Dort gab es einen neuen Mord an einer jungen Perserin. Wieder die gleiche Vorgehensweise wie in Wilhelmsburg. Erst wurde ihre Begleitung angeschossen, dann die Frau erwürgt. Der Freund musste wieder alles mit ansehen. Es ist einfach grausam. Ich wünschte, ich könnte ihm helfen." Inka senkte den Blick auf die Tastatur, als hoffe sie, sie würde sich mechanisch in Bewegung setzen und den Namen des Täters, der deutschlandweit persische oder indische Frauen ermordete und auch Sebastians Frau und Tochter getötet hatte, auf ihren Bildschirm schreiben.

„Wir haben getan, was wir konnten, um ihm zu helfen. Jetzt müssen wir uns um unseren Fall kümmern. Vielleicht kriegen wir unseren Wolf ja schnell in den Käfig. Wann wollte Sebastian wiederkommen?", fragte Mark.

Inka zuckte die Schultern und spürte, wie sich ihre Muskeln anspannten. „Ich weiß es nicht", sagte sie und wandte sich der Namensliste der Schülerinnen und Schüler zu, die am See auf dem Parkplatz mit ihren Eltern gestanden hatten. Einige Jugendliche wirkten nachdenklich und bedrückt, andere verhielten sich aufsässig und arrogant, wie Ebenbilder ihrer Eltern. Wer hatte den Biologielehrer umgebracht? Wer war so wütend auf ihn, dass er seinen Oberkörper und Teile seines Gesichtes regelrecht zerfetzt hatte? Und was für ein Monster hatte Lea Ohlsen und Anna Weiler gesehen und angegriffen? So unglaubwürdig, wie die Aussagen der Schülerin und der Unternehmerin klangen, sie sollte das Pferd nicht von hinten aufzäumen, sondern erst einmal abwarten, was Teresa bei der Obduktion herausfinden würde.

„Wir sollten den Kobarski auf jeden Fall befragen. Wer weiß, ob die Weiler uns den wahren Grund des Firmenausstiegs genannt hat?", fuhr Mark in Inkas Gedanken.

„Ich hab ihm auf seinen Anrufbeantworter gesprochen und um Rückruf gebeten. Bisher hat er sich nicht gemeldet. Und morgen Abend ist das Treffen der *Schwarzen Sonne*. Was sind es überhaupt?", fragte Inka nachdenklich. „Nazianhänger? Können wir sie so betiteln?"

„Bis wir wissen, was sich in der Kronsbergheide abspielt … ja", bestätigte Mark. „Lass uns Feierabend machen, morgen ist auch noch ein Tag."

„Stimmt", erwiderte Inka, „und Bea und dein Kleiner warten bestimmt schon auf dich."

„Ich vermisse ihn jede Sekunde. Ich mache mir Sorgen, ob es ihm gut geht. Jeden Abend, wenn ich nach Hause komme, entdecke ich Neues an ihm, obwohl er erst drei Monate alt ist."

„Das gehört zum Elternsein. Die Sorge, ob es dem Kind gerade in dieser Minute gut geht, ob es einen ebenso vermisst oder fröhlich in sein Spiel vertieft ist und gar nicht an Mutter oder Vater denkt. Genieße die Zeit, in der er so klein ist, sie geht rasant schnell vorbei." Sie lächelte. „Aber noch einmal zum ehemaligen Partner der Weiler. Ich denke, es langt, wenn wir es vorerst telefonisch weiter versuchen, bevor wir uns auf die Reise nach Ostholstein machen. Wir haben hier genug zu tun. Sollte er sich bis morgen nicht melden, bitte ich die Bad Schwartauer Kollegen um Amtshilfe."

„Ich versuche es noch einmal bei ihm", sagte Mark und griff zum Telefonhörer.

„Nein, lass es gut sein, Mark. Mach du Feierabend. Ich kümmere mich um das Telefonat", sagte Inka. „Ich hab noch ein paar Minuten, bevor ich Paula von Tilly holen muss."

Rüdiger Kobarski war noch immer nicht zu erreichen. Inka hinterließ eine weitere Nachricht auf seinem Anrufbeantworter.

Nachdenklich blickte sie auf ihren Computerbildschirm und Hendrik Schuberts Leiche. „Wer war nur so wütend auf dich?", fragte sie flüsternd, als Frauke Bartels in der Bürotür auftauchte.

„Na, Inka, findest du nicht nach Hause?"

„Ich bin gleich verschwunden. Ich will nur noch einmal das Umfeld des Lehrers durchsehen."

„Da komm ich ja gerade recht. Mark sagte, ihr wartet auf das Anrufprotokoll des Lehrers. Es kam gerade rein." Frauke Bartels, die Mittzwanzigerin, war heute mit

Kleidung und Make-up in die Flower-Power-Zeit eingetaucht. Eine bunte blumenbedruckte Hose, die ab dem Knie in Falten aufsprang, eine rosafarbene Tunika, ein Haarband, das mit vielen kleinen weißen Stoffmargeriten verziert war, froschgrüne Plastikohrringe sowie knallig gelb lackierte Fingernägel. Die Flower-Peace-Kette mit roten, blauen, gelben und lila Glassteinen rundeten die verflogenen Sechziger- und Siebzigerjahre ab. Täuschte sich Inka, oder hörte sie durch den Flur *Mrs. Robinson*, den Song des Gesangsduos Simon & Garfunkel, trällern? *And here's to you, Mrs. Robinson, Jesus loves you more than you will know.* Eindeutig. Inka schmunzelte und nahm die Unterlagen entgegen, die ihr Frauke über den Schreibtisch reichte.

„Sag mal, Frauke, da du schon hier bist. Ich hörte, dein Schatzi hat für die Weiler mit seiner Elektrofirma einen Auftrag übernommen. Hat er zufällig etwas über den Baustopp gehört?"

„Bei Schatzis Auftrag geht es nicht um den Windpark, sondern nur um einen neuen Anschluss im Büro der Weiler. Aber er hat tatsächlich gehört, wie die Weiler am Telefon mit wem auch immer vom Bauamt, Ordnungsamt heftig debattiert hat. Der Baustopp wurde ausgesprochen, noch bevor die Weiler einen Spatenstich setzen konnte, weil am Bauort eine bedrohte Vogelart lebt. Warte, lass mich kurz überlegen, was hat Schatzi gesagt … der …" Frauke zog die Stirn kraus. „Genau, der vom Aussterben bedrohte Goldregenpfeifer. Angeblich haben ihn Ornithologen am Rande des Naturschutzgebietes in der Nähe der Schwindequelle gesichtet, genau an der Stelle, an der die Weiler den ersten Turm errichten wollte."

„Weißt du auch was von der Affäre zwischen dem Lehrer und der Weiler?“

„Nur vage. Schatzi hat die Weiler beim Knutschen in ihrem Büro mit einem Mann überrascht, den sie ihm als Hendrik vorgestellt hat. Denkst du an die Ehefrau des Lehrers als Täterin?“

„Sie hätte ein Motiv.“

Frauke Bartels nickte. „Hier, vielleicht helfen dir die Listen. Mir ist aufgefallen, dass die Handynummer von Marlene Westmann-Hof sehr häufig auftaucht. In den letzten zwei Wochen zu jeder Tages- und Nachtzeit.“ Frauke rutschte auf Marks Schreibtischstuhl und tippte mit dem gelb lackierten Zeigefinger auf eine markierte Rufnummer.

„Und es war nicht nur ein Abheben und Auflegen. Sogar um Mitternacht haben sie eine Viertelstunde telefoniert.“

„Ja, ist mir aufgefallen. Und hier, ein Dienstagabend um zweiundzwanzig Uhr, eine halbe Stunde.“ Fraukes Zeigefinger rutschte eine Spalte weiter. „Die lügen euch die Hucke voll. Von wegen, diese verwöhnte Göre hat ihn nicht mehr gestalkt.“

„Sie hat ihn nicht gestalkt, Frauke, die hatten eine Beziehung. Warum sonst telefonieren sie zusammen so lange mitten in der Nacht? Wir werden sehen, ob uns diese Erkenntnis weiterhilft. Wir brauchen die Protokolle und die GPS-Daten von Anna Weiler, Susanne Schubert und Marlene Westmann-Hof. Wo haben sie sich aufgehalten, wo sind sie hingefahren? Die letzten drei Wochen reichen. Kannst du dich darum kümmern?“

„Sicher", sagte Frauke, stand auf und verließ das Büro.

Inkas Blick lag auf den weiteren Telefonnummern, die Frauke bereits mit Absendernamen versehen hatte. Hendrik hatte mit seiner Frau, seinem Vater, der Schule, dem Zahnarzt, einem Sportgeschäft und drei weiteren Anschlüssen telefoniert, bei denen Frauke niemanden erreichte. Inka versuchte es erneut und sprach ihre Bitte um Rückruf nach der blechernen Telefonnummerangabe und dem Piepton auf das Band.

Hendrik Schuberts Foto, das ihnen seine Ehefrau überlassen hatte, blinkte vom Computerbildschirm. Ein attraktiver Sechsunddreißigjähriger mit dunklen Haaren und Augen, verwegen sein Dreitagebart und sein Lächeln. Er stand an eine hüfthohe Mauer gelehnt, das weiße Hemd offen, leicht im Südwind wehend, zeigte stramme Bauchmuskeln. Das blaue Meer, Sonnenschein und Badeurlauber im Hintergrund. Ein Urlaubsbild, aufgenommen in Marokko aus verliebten Zeiten, hatte Susanne wehmütig gesagt.

Deck dein Geheimnis auf. Wer hat dir das angetan?, fragte sich Inka und betrachtete Hendrik, der, den Arm gehoben, mit der Hand auf einen Gleitschirm wies, der mit seinem Flieger über das Meer hinwegschwebte.

Kapitel 5

Inka öffnete verschlafen die Augen, als Paula zu ihr aufs Bett hüpfte.

„Mama, Mama, du schläfst ja immer noch. Aufstehen!", tönte die Fünfjährige munter. „Ich hab schon Zähne geputzt und mich angezogen." Sie zog an Inkas Bettdecke.

Ein Blick auf den Wecker zeigte Inka, dass es tatsächlich Zeit wurde, aufzustehen. Warum hatte das blöde Ding nicht geklingelt?, fragte sie sich noch, als Paula ihr schon die Decke wegriss.

„Brr, ist das kalt", rief Inka, während sie ihre Tochter umarmte. „Komm her, du kleines Energiebündel, du musst mich wärmen."

Paula gluckste vor Vergnügen und rollte sich, um ihrer Mutter zu entkommen, auf die andere Bettseite. Ehe sich die beiden versahen, waren sie in eine wilde gackernde Herumtollerei geraten. Inkas Müdigkeit war wie weggeblasen.

Als Paula mit ihrer Oma telefonierte, die mit ihrem Mann und Wohnmobil inzwischen in Frankreich angekommen war, huschte Inka unter die Dusche. Während sie sich einseifte, dachte sie an die vergangenen Minuten mit ihrer Tochter. Es war wunderbar, wenn ein Tag so humor- und liebevoll begann. Dann übernahm die merkwürdige Aussage Lea Ohlsens die weiteren Minuten. Ein Werwolf, der sie am Lopausee verfolgt hatte. Eine unglaubliche Geschichte. Inka spülte sich den Schaum aus den Haaren und stieg aus der Dusche. Durch die geöffnete Badezimmertür hörte sie, wie Paula noch immer mit ihrer Oma telefonierte. Wortfetzen wie: „Ich will auch mitfahren", „das Meer sehen", „Mama fragen", drangen aus der Küche. Inka schnappte sich das Badetuch vom Handtuchtrockner, hüllte sich in das warme weiche Frottee und wickelte ein zweites Handtuch um die nassen Haare. Sie hatte Hunger wie ein Wolf. *Schon wieder. Dieser Wolf verfolgt mich.* Sie griff zur Zahnbürste und tapste barfuß und Zähne putzend ins Schlafzimmer. Fertig angezogen, die Haare zu einem feuchten Pferdeschwanz gebunden, verließ sie das Schlafzimmer Richtung Bad, spülte den Mund aus und eilte in die Küche. Paula saß am Küchentisch der Zweieinhalbzimmer-Einliegerwohnung, in der sie auf dem Hof ihrer Schwester Hanna und ihres Schwagers Tim lebten. Munter plapperte sie in Inkas Handy. Auf dem Hof tobten Linus und Lennart, ihre Neffen, bis Tim sie zur Ruhe mahnte und ins Auto dirigierte. Sie waren ebenso spät dran wie Inka und Paula heute Morgen, um in die Schule gebracht zu werden.

„Süße, gib mir die Oma", sagte Inka und winkte ihrem Schwager durch das Küchenfenster zu.

„Gleich, Mama, ich will nur noch …"

„Nein, sofort." Inka streckte auffordernd die Hand aus. Auf die Telefonrechnung war sie jetzt schon gespannt. Sie sollte sich endlich eine Flatrate für Handygespräche einrichten. Sie hasste all dieses technische Zeug, aber anscheinend kam sie nicht drum herum, wenn Paula sie mit ihren Endlosgesprächen nicht ruinieren sollte. Nachdem ihre Eltern Hanna und Tim den Hof vor fünf Jahren übergeben hatten, kutschierten sie seit zwei Jahren mit dem Wohnmobil durch die Weltgeschichte. Erst waren es nur kleinere Städtereisen innerhalb Deutschlands. Nachdem ihre Reiselust wuchs, zog es sie immer weiter in die Welt hinaus. Inzwischen hatten sie die abgelegensten Orte in den entferntesten südlichsten und nördlichsten Ländern bereist.

„Mama, wir telefonieren heute Abend. Ich muss mich beeilen", sagte sie ins Handy, nickte, sagte „ja" und „nein" und legte auf. Paula verschränkte die Arme vor der Brust und schürzte beleidigt die Lippen. „Ich wollte mit Oma telefonieren", maulte sie.

„Iss deine Cornflakes", sagte Inka und drückte auf dem Display der Kaffeemaschine den Knopf für Cappuccino. Sie griff nach einem Erdbeerjoghurt aus dem Kühlschrank und einer Banane.

„Mama?", fragte Paula, während sie über ihre Cornflakes schielte, „was für ein Tier ist ein Werwolf?"

„Was? Woher hast du denn das?" Inka legte den Löffel zur Seite.

„Aus dem Fernsehen. Die haben gesagt, in der Heide läuft ein Werwolf herum, der sein Unwesen treibt."

„Wann hast du das im Fernsehen gehört?"

„Als du geschlafen hast. Was ist ein Unwesen? Das sieht nicht schön aus."

„Steh auf, Paula, wir müssen los", sagte Inka unruhig. „Ich erkläre es dir ein anderes Mal."

„Aber ich bin noch gar nicht mit dem Frühstück fertig", protestierte die Kleine.

„Hier, nimm die Banane. Ich sag Tilly, sie soll dir ein Brot schmieren."

„Aber ich will Cornflakes essen", lehnte sich die Kleine auf, ohne sich vom Fleck zu rühren auf.

„Das geht jetzt nicht mehr. Wir sind zu spät. Ich muss zur Arbeit."

Als Inka Paula zu Tilly gefahren hatte und eine halbe Stunde später auf den Hofparkplatz der Hanstedter Wache am Rathaus einbog, hatte sie ununterbrochen den Sender im Radio gewechselt. Doch entweder verpasste sie die Nachrichten oder es wurde kein Bericht über einen Werwolf in der Lüneburger Heide gesendet. Hatte Paula das Wort nur irgendwo aufgeschnappt und es war ihr am Morgen wieder eingefallen?

Inkas Laune verschlechterte sich zusehends. Außerdem fröstelte sie und ihre Müdigkeit kehrte zurück. Träge schleppte sie sich in den ersten Stock. Mark saß bereits an seinem Schreibtisch und telefonierte. Auf dem Tisch lag ein Berg transparenter Kekstüten. Gebäck mit Schokolade und ohne, in allen Formen, rund, eckig und länglich. In der Luft lag der unverkennbare Zimtduft, der ihren Kollegen seit ihrer gemeinsamen Schulzeit umgab. Nach dem Abitur hatte sich Inka bei der Polizei beworben, Mark studierte Betriebswirtschaft und war in die elterliche Keksfabrik eingestiegen. Nach sechs Jahren folgte er Inka zur Polizei. Heute arbeitete er sporadisch in der Firma seiner Eltern, entwickelte mit seinem Vater neue Gebäck- und Geschmackskreationen, die die Kollegen der Wache gerne als Testpersonen annahmen, um für die neue Saisonware der *Keksfabrik Freese & Söhne & Söhne* ihre Meinung abzugeben.

Wortlos plumpste sie auf ihren Bürostuhl und lauschte Marks Worten.

„Nein, natürlich nicht. Das kann niemand von uns gewesen sein. Meine Frau? Wie kommen Sie darauf? Sie ist in Elternzeit und … Natürlich." Mark hielt inne. „Wir werden uns darum kümmern. Es gibt keinen Grund zur Sorge." Er warf Inka einen kurzen Blick zu. „Auf Wiederhören, Herr Staatsanwalt." Mark legte den Hörer zurück auf die Gabel und wandte sich an Inka. „Herr Jankowitz hat von seiner Tochter erfahren, dass im Netz ein Video läuft, das den toten Hendrik Schubert zeigt, und im Frühstücksfernsehen wird von einem Werwolf in der Lüneburger Heide erzählt. Und er fragt uns, wer diese Meldungen ins Netz gestellt hat, so mit Hashtag Werwolf, und ob wir es waren, die zusätzlich noch Informationen an die Presse weitergegeben haben."

„Und er denkt, dass Bea …"

„Ja, er hat es tatsächlich angesprochen. Einen wunderschönen Morgen, liebe Inka", sagte Mark und stand auf. „Möchtest du Kaffee?"

„Guten Morgen. Ja, ich kann dringend einen Muntermacher gebrauchen." Sie hangelte nach dem Keksteller. Dabei fiel ihr ein halbseitig in dunkle Schokolade getauchtes goldgelbes Gebäckstück auf.

„Lecker", sagte sie mit vollem Mund. „Vanille?"

„Jupp." Mark sah Inka nachdenklich von der Seite an, die sich einen weiteren Keks in den Mund steckte.

„Was ist mit dir denn los?“ Er nickte zum Keksteller.

„Mein Frühstück fiel aus“, sagte Inka knapp.

„Aha.“ Mark schenkte Inka Kaffee ein, gab anstatt drei nur noch ein Stück Zucker in den Becher, aber dafür einen ordentlichen Schuss Sahne. Ein karamellfarbenes Gebilde, das sich wie ein herbstliches Eichenblatt ausbreitete, entstand auf dem schwarzen Kaffee.

„Dann hat Paula also doch nicht nur das Wort Werwolf aufgeschnappt“, sinnierte Inka, während sie nach dem dritten Keks griff.

„Paula?“, fragte Mark erstaunt. Seine Stimme klang skeptisch.

„Sie hat mich heute Morgen beim Frühstück gefragt, was für ein Tier ein Werwolf ist. Im Fernsehen hat sie gesehen, wie darüber berichtet wurde.“

„Es stimmt also. Wer hat denn da das Maul nicht gehalten?“, fluchte Mark. Er stellte den Kaffeebecher auf Inkas Schreibtisch. „Nur noch ein Stück Zucker, wie du es möchtest“, sagte er, bevor er sich auf seinen Bürostuhl setzte.

„Danke. Vielleicht einer der Schüler? Wer sonst sollte ein Video in den sozialen Medien verbreiten?“

„Ja“, sagte Mark, als das Radio die Nachrichten einspielte.

„Und hier die regionalen Nachrichten. Vor zwei Tagen wurde der sechsunddreißigjährige Biologielehrer Hendrik Schubert tot und mit zerfetztem Oberkörper auf der Holzbrücke des Lopausees gefunden. Zu gleicher Zeit veranstalteten einige Schülerinnen und Schüler des Pastor-Bode-Eliteprivatgymnasiums Amelinghausen im Lopaupark

ein Paintballspiel. Eine der Schülerinnen behauptet, ein Werwolf hätte sie angegriffen. Auf ihrer Flucht vor dem Untier sei sie über den toten Lehrer gestolpert. Ist der Lehrer tatsächlich das Opfer eines Werwolfes geworden? Nun, wir haben Vollmond, das mag ausreichend sein, um mystische Kreaturen aus ihren Höhlen zu locken …" Es folgte eine kleine Pause, dann: „Vielleicht suchte der Wolf eine Partnerin. Niemand ist gerne alleine, auch kein Werwolf." Wieder entstand eine Pause. „Wir wissen alle – die Wölfe sind in unsere heimischen Wälder zurückgekehrt. Doch ist es eine Verwechslung der Größe, der die Schülerin unterlegen ist? Oder ist es nur wieder eine dieser Geschichten, die immer wieder durch die Heide kreisen? Vielleicht hat sich auch jemand einen vorzeitigen Halloweenscherz erlaubt. Doch wie kam dann der Lehrer zu Tode? Die Hanstedter Polizei hüllt sich bisher in Schweigen über den mysteriösen Fall. Wir werden am Geschehen dranbleiben und weiter für Sie berichten und Sie auf dem Laufenden halten."

Das Telefon klingelte. Fritz Lichtmanns Rufnummer leuchtete auf. Inka nahm ab.

„Guten Morgen, Inka. Ich hab es gerade in den Nachrichten gehört. Wer hat da nicht dichtgehalten?"

„Guten Morgen, Fritz. Das wissen wir nicht. Mark und ich sind ebenso ahnungslos. Aber nicht nur das Radio bauscht die Sichtung der Kreatur auf, auch das Fernsehen schmeißt seinen Schmutz jede Stunde über den Schirm. Zudem läuft ein Video in den sozialen Medien, das den toten Hendrik Schubert zeigt."

„Das ist ja … Hat das einer der Schüler am See gedreht?"

„Davon gehen wir aus, Fritz."

„Es ist unglaublich. Und es geht nicht nur um diesen unklaren Schwachsinn, sondern auch um Einzelheiten wie den zerfetzten Oberkörper. Seit wann geben wir bekannt, wie ein Opfer ermordet wurde?"

Inka hörte die Wut aus Fritz Lichtmanns Stimme.

„Wir kriegen raus, wer das war, Fritz."

„Gut, und seht zu, dass ihr diesen Unsinn aus der Presse und den Medien bekommt. Ich würde euch ja helfen, aber wenn ich euch anstecke, bringt uns das auch nicht weiter. Und setzt Drohnen ein. Möglicherweise können wir somit den Blödsinn über einen Werwolf dementieren."

„Ich kann mir nicht vorstellen, Inka, dass einer unserer Kollegen bei der Presse gequatscht hat. Du?", fragte Mark, als das Gespräch mit ihrem Chef beendet war.

„Nein, aber ich glaube, ich weiß, wem wir die Fernsehberichte zu verdanken haben."

„Kohlhase?"

„Nein. Erinnerst du dich an die Redakteurin? Als wir auf dem Parkplatz am See standen, die Vertretung für Bea", half Inka, als Mark den Kopf schüttelte. „Sie sprach mich auf den Werwolf und den Toten an."

„Du meinst Helma?"

„Helma Flöter. Ja. Sie war so dreist und wollte sogar einen Deal mit mir aushandeln. Geb ich ihr Informationen über den Fall, dann verrät sie mir, wer ihr den Tipp mit dem Werwolf und dem Toten gegeben hat."

„Die spinnt. Der trete ich auf die Füße, die hat wohl nicht alle im Oberstübchen", sagte Mark und griff zum Telefonhörer.

Während Mark telefonierte, fuhr Inka ihren Computer hoch und loggte sich in eine Suchmaschine ein. Sie gab „Wolfsangel" ein und wartete. Über siebenhunderttausend Einträge. Sie scrollte durch ein paar Seiten, dann änderte sie die Suche auf *Schwarze Sonne*. Heute Abend traf sich die Gruppe *Schwarze Sonne* in der Kronsbergheide. Stand Hendrik in einer Verbindung zu den nationalsozialistischen Mitgliedern? Sie hatten sein Umfeld gründlich durchleuchtet. Zweimal in der Woche besuchte er mit seinem besten Freund André Hübner und Raimund Allers das Amelinghausener Fitnessstudio. Frank und Eva Sielmann, ein befreundetes Ehepaar, sah er nach der Trennung seiner Frau selten. Zuletzt vor drei Wochen auf der Geburtstagsfeier der siebenjährigen Eileen, seines Patenkindes. Die Funkzellenortung ergab, dass er täglich ohne Umwege vom Campingplatz Mühlenbach zur Arbeit ins Gymnasium gefahren war. Die Zeit, die er dafür gebraucht hatte, bestätigte die Aussage seines Vaters, dass er mit dem Fahrrad gefahren sein musste. Ein Eintrag zeigte den Weg nach Schwindebeck in Anna Weilers Firma, und die letzte Bewegung konnte vor vier Tagen festgestellt werden, als Hendrik sich am See aufgehalten hatte.

Inkas Gedanken schweiften zu ihrem Ex-Mann Fabian. Auch er war ein begeisterter Radfahrer, während Inka lieber mit ihrem Rappen *Jonny* über den Timmendorfer Strand galoppierte. Sehnsüchtig dachte sie an ihre vielen Ausritte und Fabians Launen, mit denen sie zu kämpfen hatte, wenn sie vom Reiten nach Hause kam. Du stinkst wie ein Stallbursche, hatte er ihr gesagt. Er verstand ihre Liebe zu den Pferden nicht. Fabian war ein wunderbarer

Vater, aber ein lausiger Ehemann, der sie nach Strich und Faden betrogen hatte. Nach fünf Jahren war für Inka das Projekt Ehe gescheitert, und sie zog mit Paula nach Undeloh in die Lüneburger Heide zurück.

„Na, hat sie es zugegeben?", fragte Inka und verdrängte ihre melancholischen Gedanken.

„Dass sie es war, die die Nachrichten verbreitet hat – ja. Aber ihren Informanten wollte sie mir nicht preisgeben."

„Das kann jeder der Schüler oder einer der Eltern gewesen sein." Inka zuckte die Schultern. „Raus ist raus, da ist nichts mehr zu machen."

„Nicht ganz. Fridolin kann sicher den Provider und den Besitzer des Handys herausfinden."

„Gute Idee. Sind alle reserviert?" Inka nickte zu dem Kekstütenberg auf Marks Schreibtisch.

„Du isst Kekse?" Mark lächelte. „Nimm dir welche aus dem Karton. Es ist unsere Frühjahrskreation. Wir setzen nächstes Jahr auf achtzig Prozent weniger Zucker, dafür mehr natürliches Fruchtmus. Erdbeere, Kirsche, Pfirsich und Orange."

Inka drehte sich mit dem Bürostuhl Richtung Kühlschrank, neben dem zwei geschlossene Kartons mit dem Werbeaufdruck *Keksfabrik Freese & Söhne & Söhne* standen. Während sie den obersten Karton öffnete, hörte sie Mark fragen: „Glaubst du an einen Streich zu Halloween?"

„Nein", sagte Inka kopfschüttelnd. „Wie weit sind Faller, Amselfeld und Rommel mit den Befragungen der Kids?" Sie legte zwei transparente Tüten mit buttergelbem Gebäck und der Aufschrift *Orangengelee* und *Kirschgelee* zu ihrer Rechten auf die Fensterbank.

„Alle Befragungen sind abgeschlossen. Natürlich hat keiner einen Grund, den Biolehrer zu ermorden. Der eine mochte ihn, der andere nicht. Allerdings gab es bei Jannik Herzog, dem Sohn der Rechtsanwälte, kleinere Probleme. Das hat Konstantin Kollege Faller verraten. Hendrik hat Jannik vehement und beharrlich die gesundheitlichen Folgen erklärt, wenn er mit dem Rauchen der Joints nicht aufhört. Jannik war so genervt, dass er Hendrik eine gezimmert hat. Drei Wochen lief er mit einem blauen Auge herum. Zu einer Anzeige kam es nicht, nur ein Elterngespräch war fällig, was Jannik weiter in Rage brachte, woraufhin er Hendriks Sportfahrrad demolierte. Die Ausbrüche hat er zugegeben, steht in den Unterlagen. Mit dem Mord will er nichts zu tun gehabt haben. Es sei nicht seine Art, lieber hätte er ihm, warte …" Mark blätterte in der Akte. *„Lieber hätte ich ihm noch eine gedonnert, dass ihm die Vogelscheiße aus dem Kopf rieselt.* Mitschüler bestätigten sein aufbrausendes Temperament und die kurze Toleranzgrenze, hielten ihn aber absolut für unschuldig, einen Mord zu begehen."

„Das hat Konstantin dem Kollegen Faller verraten? Gerade der, der noch immer nicht mit der Sprache rausrückt, wo er sich am See aufgehalten hat, als Lea auf ihn beim Waldbad gewartet hat. Ich finde das verdächtig. Außerdem ist er groß genug, um in einem Kostüm auf die zwei Meter zu kommen."

„Wir sollten uns Jannik trotzdem noch einmal vornehmen, Inka. Mit geeigneter Größe und Statur steht Konstantin nicht allein da. Max Grünhagen und Jannik Herzog sind auch keine unterentwickelten Bürschchen. Ich glaube, die heutige Jugend schießt immer weiter in die Höhe", sinnierte Mark.

„Du wirst doch keine Minderwertigkeitskomplexe entwickeln. Mit deinen ein Meter neunzig brauchst du dich nicht zu verstecken", setzte Inka dagegen.

„Lass uns erneut das Umfeld des Lehrers durchgehen", schlug Mark vor. „Hendrik war nicht zu der Zeit am Seeufer, als das Paintballspiel seiner Schüler stattfand, sondern zwei bis drei Stunden früher, um Anna Weiler einen Heiratsantrag zu machen oder sich mit ihr zu versöhnen. Die wiederum sagt, sie hätte sich vor drei Wochen von Hendrik getrennt und wollte nichts mehr mit ihm zu tun haben. Was ist, wenn es zwischen den beiden am See zu einem Streit kam? Unsere Hypothese könnte sich bewahrheiten, dass sie eifersüchtig auf Marlene und der Ring nicht für sie bestimmt war."

„Und dann hat die Weiler Hendrik mit ihren Fingernägeln zu Tode gekratzt." Inka schaute auf ihr Smartphone, das eine SMS von Sebastians Vater meldete. Er bat um einen Anruf. Sie ließ die Nachricht unbeantwortet. Sie wusste, dass es Sebastian war, der ihr geschrieben hatte. Seit er wieder in Hamburg war, benutzte er das Handy seines Vaters, seiner Mutter oder einer vertrauenswürdigen Nachbarin. Inwieweit der *Kreuzer* technische Mittel einsetzte, um ihn und Inka abzuhören, wusste er nicht und er wollte nichts riskieren. Er sollte denken, dass sie und Sebastian kein Paar mehr waren. Eine kleine Sicherheit.

„Okay, gewonnen, Kollegin", sagte Mark, dann klopfte es an der Bürotür.

Wolfgang Kohlhase, der Reporter des *Hanstedter Heideblattes*, steckte seinen Kopf ins Büro. „Guten Morgen wünsche ich den Kommissaren", flötete er fröhlich und trat ein.

„Guten Morgen, Herr Kohlhase", begann Mark. „Was treibt Sie zu uns?"

„Ach, ich fuhr so durch unsere schöne Heidegegend. Leider ist in Amelinghausen kein Durchkommen. So einen Menschenauflauf hab ich zuletzt im Jahr 1990 bei der Krönung der Heidekönigin Jenny Elvers, der Schauspielerin, Sängerin und ich glaub, sie war sogar Playboy-Model, gesehen." Der Reporter grinste. „Meine Kollegin schrieb vor ein paar Tagen einen Artikel über sie. Sie wohnt ja wieder in der Heide. Gleich um die Ecke in Salzhausen."

Inka und Mark sahen sich irritiert an.

„Wie ich Ihren Gesichtsausdrücken entnehme, haben Sie keine Ahnung."

„Wovon, Kohlhase?", brummelte Inka. „Was soll das Gefasel über eine ehemalige Heidekönigin?"

„Es geht nicht um eine Heidekönigin, Frau Brandt, sondern darum, dass eine Hundertschaft Jäger auf der Fährte des Werwolfes durch Amelinghausen pirscht."

„Was erzählen Sie für einen Unsinn? Es gibt keine Werwölfe."

„Das wissen Sie und das weiß ich, sonst hätte ich mir die Story nicht entgehen lassen. Aber für diesen abergläubischen Blödsinn ist mir jede Zeile zu viel, die ich dafür schreiben würde."

„Sie lassen sich eine Geschichte entgehen? Das hörte sich am See aber ganz anders an. Sagen Sie nicht, es geschehen noch Wunder in der Lüneburger Heide." Inka lächelte süffisant.

„Nun ja." Wolfgang Kohlhase wiegte den Kopf. „Da war ich ein wenig impulsiv. Aber ein Werwolf? Wer will denn darüber lesen? Geheimnisvolle Geschichten aus der Heide sind doch für unsere Bürger nichts Neues."

Irgendwie traute Inka Kohlhases Worten nicht. Bisher hatte den Reporter nie interessiert, ob sich eine Nachricht als spätere Zeitungsente herausstellte. Er war immer auf der Suche nach der großen Story und je ausgefallener, desto besser. Er schrieb seine Artikel, wie ihm der Schnabel gewachsen war, und das meist überbordend schlecht und übertrieben und gegen jegliche Reporterregel. Und eine Werwolfsichtung, ob nun wahr oder unwahr, war eine Story, für die er sicher nicht den Stift fallen ließ.

„Ich erinnere Sie nur an Ihre Worte, dass die Heidebevölkerung von der Existenz eines Werwolfes erfahren sollte."

„Ja, das war am See, aber bei reifer Überlegung … nein." Er winkte mit seinem Basketballkäppi in der Hand ab.

„Was wollen Sie dann hier?", wiederholte Mark seine Eingangsfrage.

„Ihnen etwas Nettes tun."

„Und das wäre?"

Der Reporter kam gleich zur Sache. „Wie ich sagte, in Amelinghausen beginnt eine Treibjagd. Und nicht nur die Jäger sind bis zu den Zähnen bewaffnet, sondern auch meine Zeitungskollegen aus Hanstedt, Schneverdingen, Soderstorf, Salzhausen. Bis nach Winsen und Harburg haben die Verlage ihre Mitarbeiter mit Kameras und Aufnahmegeräten in die Heide gejagt. Und, wenn ich richtig gesehen habe, sind sogar Fernsehsender aus Hamburg darunter."

„Kohlhase, ist das wieder …?", begann Inka.

„Nein. Glauben Sie es ruhig." Kohlhase nahm seine Kamera vom Hals, tippte auf ein paar Knöpfen und ließ ein Video laufen.

Inka und Mark trauten ihren Augen nicht. An die fünfhundert Personen hatten sich in Amelinghausen versammelt. Fahrzeuge blockierten die Fahrbahn, es wurde gehupt und geschimpft. Geschäftsinhaber traten auf die Straße, versuchten Jäger und Reporter aus ihren Geschäften und von ihren Kunden fernzuhalten.

„Das darf nicht wahr sein", sagte Inka, als Frauke aufgeregt ins Büro stürmte.

„Leute, ihr glaubt nicht, was in Amelinghausen los ist. Ich hab es gerade im Radio gehört und gleich den Niedersachsensender im Fernsehen eingeschaltet."

Inka sah zu Kohlhase, der wie ein Aufziehmännchen zustimmend mit dem Kopf nickte. „Hab ich doch gesagt."

„Seht runter auf den Hof." Mit erhobenem Arm wies Frauke zum Bürofenster.

Mark sprang auf. „Ach du Scheiße!", polterte er los, als es an der Bürotür klopfte. Ohne Aufforderung wurde die Tür geöffnet, und in Sekunden war das Büro mit einer Schar Reporter bevölkert.

„Raus! Sofort!", befahl Inka. „Alle!" Sie nickte Kohlhase zu und verzog die Mundwinkel zu einem knappen Lächeln. Blitzlichter zuckten durch das kleine Büro, Mikrofone streckten sich Inka und Mark entgegen. Eine Frage nach der anderen überhäufte die Kommissare. Zwei

Kollegen der Streife drängten die Schreiberlinge über die Treppenstufen den Hof hinunter.

„Habt ihr die Reviertür abgeschlossen?“, fragte Inka, als die Beamten schweißgebadet wieder im Büro ankamen.

„Alles erledigt. Wie lange die Schreiberlinge allerdings wegbleiben …?“ Der Kollege zuckte die Schultern. Auf dem Hof heulten Motoren, wurde gehupt.

„Was für ein verfluchter Mist“, sagte sie, als auch schon das Telefon läutete. Schlecht gelaunt sah sie auf das Display. „Das ist Staatsanwalt Jankowitz.“

„Ich geh ran“, sagte Mark.

Inka nickte und verließ mit Frauke das Büro Richtung Zentrale. Sie wollte sehen, was das Fernsehen über die ausgebrochene Jäger- und Reporterflut berichtete. Während Inka auf den Minibildschirm starrte, liefen die Diensttelefone in der Zentrale heiß. Sie hörte, wie die Kollegin neugierige Reporter auf die Pressekonferenz in der nächsten Woche verwies.

„Diese Federhelden bringen unsere ganze Arbeit durcheinander. Sieh hier“, sagte Inka und tippte mit dem Zeigefinger auf den Bildschirm. Maximilian Grünhagen stand vor einem weißen kastenförmigen Architektenhaus und gab großspurig Einzelheiten über den toten Hendrik Schubert bekannt. In der nächsten Sequenz kam Lea Ohlsen ins Bild. Inka drehte den Ton lauter.

„Erik Gerke, vom *Hamburger Magazin*. Vielleicht kennst du ja unseren Sender, Lea. Wir sind spezialisiert auf Naturkunde und interessieren uns brennend für deine Zusammenkunft mit dem Werwolf, der dich durch den Lopaupark gejagt hat. Entspricht dies der Wahrheit?“

„Woher wissen Sie das? Ich hab niemandem etwas erzählt.“

„Deine Schulkameraden waren auskunftsfreudig. Zudem ist es das Amelinghausener Dorfgespräch.“

„Diese Idioten. Und meine Adresse haben sie Ihnen sicher auch gegeben. Oder?“, fragte Lea genervt.

Der Reporter nickte lächelnd. „Ja, wie ich sagte, der ein oder andere war sehr auskunftsbereit. Also noch einmal: Du hast eine grauenhafte Kreatur gesehen und die hat dich verfolgt. Sind die Kratzer in deinem Gesicht und an deinen Armen von dem Untier?“

„Und wenn schon, wen geht es etwas an?“

„Wenn deine Angaben stimmen, wäre es eine Sensation. Ich habe einen Freund beim Fernsehen, der würde dich gerne zu einer seiner Sendungen einladen, in der es um merkwürdige Phänomene geht. Er möchte, dass du ihm den Abend erzählst.“

„Ich soll ins Fernsehen und sagen, dass ich einen Toten gefunden habe?“

„Na ja, eben das, was dir passiert ist und was du gesehen hast. Du kannst es dir überlegen. Hier ist seine Adresse. Du wirst eine kleine Berühmtheit. Denn wer kann schon von sich sagen, dass er einem Werwolf ins Auge geblickt hat?“ Erik Gerke reichte ihr eine Karte. „Es wäre schön, wenn du ihn anrufst.“ Der Reporter drehte sich kurz um und grinste in die geschulterte Kamera eines Fernsehmitarbeiters.

„Ich weiß nicht, ob es wirklich ein Werwolf war, den ich gesehen habe. Vielleicht hab ich mich auch getäuscht. Es war dunkel und ich mag den Wald schon im Hellen nicht betreten", antwortete Lea unsicher. „Ich kann Ihnen da nicht weiterhelfen."

„Du würdest gut daran verdienen, wenn du deine Geschichte erzählst", drängelte der Reporter.

„Nein!", stieß Lea hervor. „Ich werde das nicht machen!" Sie schlug Erik Gerke die Haustür vor der Nase zu.

„Das war das *Hamburger Magazin*, Ihr Fernsehsender mit den aktuellsten Neuigkeiten, diesmal live aus Amelinghausen, einem idyllischen Heidedorf der Lüneburger Heide. Ich bin Erik Gerke und die junge Frau war Lea Ohlsen, eine Schülerin des Pastor-Bode-Eliteprivatgymnasiums hier aus dem Dorf", sagte der Reporter in sein Mikrofon und lächelte erneut in die Kamera. „Lassen wir dem Fräulein noch etwas Zeit, sich von dem entsetzlichen Geschehen zu erholen, und hoffen, dass sie es sich anders überlegt und in der *Sandmann-Show Der Merkwürdigen Phänomene* ihre Geschichte erzählen wird. Wir würden uns freuen und sind wieder live vor Ort, wenn es heißt – gibt es Werwölfe wirklich? Ihr Erik Gerke." Eine neue Kameraeinstellung zeigte den Lopausee und die Holzbrücke.

„Das wird ja immer besser", schnaufte Inka. „Die Reporter belagern und beeinflussen unsere Zeugen."

Der Morgen, der mit Paula so schön begonnen hatte, verwandelte sich minütlich mehr in eine Katastrophe. Sie ging zurück in ihr Büro, in dem Mark noch immer telefonierte. Doch jetzt schien es Inka, als hätte er einen neuen Gesprächspartner an der Strippe.

„Nein, es ist kein Termin für eine Pressekonferenz festgesetzt", hörte sie ihn sagen. Dann: „Ja, es waren Schüler des Eliteprivatgymnasiums, die Hendrik Schubert gefunden haben, das kann ich bestätigen. Nein, ich nehme keine Stellung dazu, ob Alkohol und Drogen konsumiert wurden. Warten Sie die Pressekonferenz ab. Weiter gibt es keinen Kommentar und das Gespräch ist hiermit beendet." Mark legte den Hörer des Festnetztelefons auf.

„Wer war das denn?", fragte Inka, als es bei ihr auf dem Diensttelefon klingelte. Ein Reporter aus Bremen meldete sich in der Leitung.

„Frau Brandt, mein Name ist Zirwitsch, ich schreibe für die Bremer Wochenzeitung. Entspricht es der Wahrheit, dass in der Lüneburger Heide ein Werwolf gesichtet wurde?"

„Wo haben Sie diesen Blödsinn her?"

„Ein Hamburgkanal sendet es jede Stunde und es steht in den sozialen Netzwerken."

„Es gibt keinen Werwolf", konterte Inka. Sollte das jetzt so weitergehen, sie Reporter abwimmeln, die ihre Durchwahlnummer herausgefunden hatten?

„Aber die Menschen interessieren sich für solche Fabelwesen. Und sie haben ein Recht auf Aufklärung. Immerhin sind diese Wesen ja nicht ungefährlich."

„Herr …, entschuldigen Sie, ich habe Ihren Namen vergessen. Sollte es so ein Wesen geben, dann ist es genauso gefährlich wie der Hamster Ihrer Tochter."

„Woher wissen Sie, dass ich eine Tochter habe?", fragte der Reporter überrascht.

Inka ging auf die Frage nicht ein. Manchmal pokerte sie und manchmal gewann sie. „Wenn Sie mehr wissen wollen, wenden Sie sich an die polizeiliche Pressestelle. Ich kann Ihnen nicht helfen." Inka legte auf. Diese Pressefuzzis gingen ihr reichlich auf die Nerven, aber sich aufzuregen, brachte nichts. Sie hatte einen Fall zu klären und auf den musste sie sich konzentrieren.

„Treffen wir uns heute Abend an der Kronsbergheide oder soll ich dich abholen?“, fragte Mark, als sein Diensttelefon läutete. *Teresa ruft an*, las er.

„Terry, schön, dass du es bist. Hier stehen die Telefone nicht mehr still. Alles Presseheinis, die eine Sensation wittern. Hast du was Erfreulicheres für uns?“

„Grüß dich, Mark. Hört Inka mit?“

„Ja. Kannst loslegen.“

„Ich habe den vorläufigen Obduktionsbericht für euch. Die Wunden an eurem Opfer könnten tatsächlich von den spitzen Krallen eines Tieres stammen. Wobei wir wieder bei einem Bären oder Wolf wären.“

„Terry, das hatten wir schon. Hast du nicht eine andere Erklärung für seine Verletzungen?“ Glaubte Teresa tatsächlich, dass ein Werwolf die Lüneburger Heide auf der Suche nach Opfern durchstreifte? Nein, dafür war sie zu bodenständig, als an diesen herbeigezogenen Irrsinn zu glauben.

„Rasierklingen?“

„Rasierklingen. Wie soll das gehen?“

„Keine Ahnung. Das ist eure Aufgabe.“

„Wie sieht es mit Tierhaaren aus, die einen Angriff eines Wolfes oder Bären bestätigen?“

„Mein lieber Mark. Ich hätte euch gesagt, wenn ich etwas in der Art gefunden hätte, aber nein. Nicht das kleinste Härchen oder der Hauch einer Faserspur, die an Hendriks Körper oder der Kleidung haftete. Aber, und das wird euch interessieren – euer Opfer ist nicht an den Wunden gestorben, die ihn so zugerichtet haben."

„Wie?", entfuhr es Mark. „Was hat ihn dann umgebracht?"

„Nun, es wären unschöne Narben zurückgeblieben, keine Frage, doch was bei der ersten Untersuchung am See nicht offensichtlich war, ist, dass er an einem Stich ins Herz gestorben ist."

„Wenn du uns jetzt noch sagst, mit welchem Messer er erstochen wurde, gebe ich einen aus", sprach Mark ins Telefon.

„Darauf nagle ich dich fest. Übrigens, euer Opfer hatte ein paar Promille im Blut. Genauer gesagt, 0,3 Promille. Er wird zwei, höchstens drei Gläser von dem Blubberwasser getrunken haben, das ihr auf der Aussichtsplattform gefunden habt."

„Was ihn aber auch nicht umgebracht hat. Nun, spuck's schon aus, um was für eine Tatwaffe es sich handelt", drängelte Inka.

„Nicht um ein Messer. Obwohl es ein Stich war, der das Opfer getötet hat. Der Stichkanal ist gut sechzehn Zentimeter tief. Der Täter hat mit der Waffe genau die Lücke zwischen der fünften und sechsten Rippe getroffen und dann auf dem weiteren Weg die rechte Herzkammer und die Aorta durchstoßen. Es war eine sehr scharfe Tatwaffe." Teresa liebte es, mit langen Ausführungen ihre Kollegen in Spannung zu versetzen.

„Terry!", mischte sich Inka auch sofort energisch ein.

Ein Kichern am anderen Ende der Leitung. „Die Tatwaffe war ein Brieföffner."

„Wie?“, fragte Mark.

„Ja, du hast richtig gehört. Ein hölzerner Brieföffner. An der Eintrittswunde fand ich einen minimalen Splitter Kirschbaumholz und kleinste Reste Dextrin, ein hergestellter Mischleim, der durch Erhitzen von Weizen- und Maisstärke gewonnen wird. Meist wird er bei der Nassklebung eingesetzt. Ihr müsst euch das so vorstellen: Wenn ihr die Klebung eurer Briefumschläge anleckt, beginnt sie durch den Speichel zu kleben. So einfach ist das.“

„Igitt, ich weiß schon, warum ich selbstklebende Umschläge verwende“, antwortete Inka.

„Alles halb so schlimm, außer dass er nicht gut schmeckt, ist der Klebstoff gesundheitlich unbedenklich. Aber entweder euer Täter hatte Glück mit seinem Stich oder gute anatomische Kenntnisse.“

Inkas Gedanken ratterten. „Hast du sonst noch etwas für uns, Terry?“

„Er hat Hämatome an den Oberarmen und das blaue Auge, das ich euch am See gezeigt habe. Die Verletzungen sind nach meiner Untersuchung zwei bis drei Stunden vor seinem Tod entstanden. Er hat sich mit einem Linkshänder geprügelt, aber das hatten wir bereits geklärt. Unter seinen Fingernägeln fand ich Haut- und Blutspuren, die nicht vom Opfer stammen. Hätten wir Vergleichsspuren, könnte ich da was machen. Sonst war er mit seinen sechsunddreißig Jahren pudelgesund durchtrainiert. Sollte der toxikologische Test, der noch läuft, Drogen oder andere Medikamente in seinem Blut hervorzaubern, melde ich mich.“

„Stopp, Terry. Die Hämatome, du sagst, die sind bei einer Rangelei vor seinem Tod entstanden. Dazu gehört doch Kraft."

„Ganz sicher, Süße. Aber wenn du darauf hinauswillst, ob die Kraft auch eine Frau haben könnte ... ja, möglich ist alles. Die Untersuchung der Haut unter seinen Fingernägeln, ob es eine Frau oder ein Mann war, läuft."

„Hast du inzwischen den genauen Todeszeitpunkt?"

„Der liegt zwischen einundzwanzig und zweiundzwanzig Uhr. Genauer kann ich dir nichts sagen. Was machen denn eure Drohnenflüge? Ich hörte, ihr habt zwei der Dinger am Start, ausgestattet mit Nachtsichtgeräten." Teresa lachte.

„Bisher keine Sichtung eines Werwolfes", antwortete Mark.

„Viel Glück weiterhin und wenn ihr sonst keine Fragen habt, kann ich ja Feierabend machen. Flora mault schon, weil ich so lange arbeite, dabei steigt heute Abend bei den Nachbarn eine riesige Halloweenparty und ich muss noch die Kostüme aus der Innenstadt abholen. Was ist mit euch? Wie vertreibt ihr euch den gruseligen Abend, meine Freunde?"

Halloween, das hatte Inka schon fast wieder vergessen. Wie gut, dass sie mit Paula das Feenkostüm gekauft hatte. Aufgeregt hatte Paula das Kostüm angezogen und war bis zum späten Abend hinein durch nichts zu bewegen gewesen, das lindgrüne Tüllröckchen mit dem gleichfarbigen Satinoberteil und den zarten goldglänzenden Flügeln wieder auszuziehen.

„Jonte ist noch zu klein“, antwortete Mark. „Außerdem ist Bea übers Wochenende zu ihren Eltern gefahren und Inka und ich haben noch einen Termin.“

„Na dann habt einen schönen Abend. Bis bald, ihr zwei“, antwortete Teresa und legte auf.

„Einen Mord mit einem Brieföffner zu begehen, das denkt sich kein Fabelwesen aus“, überlegte Mark laut.

„Sicher nicht, Mark. Doch was oder wer hat den Schubert und die Weiler auf der Aussichtsplattform angegriffen und Lea Stunden später durch den Park gejagt? Und wer hat Hendrik zwei Stunden vor seinem Tod eine verpasst?“, fragte Inka, mit letzten Gedanken an Paula und den heutigen Abend.

„Ich weiß es nicht, Inka. Aber ich will verdammt noch mal nicht an den alten Aberglauben eines Werwolfs festhalten. Die rangeln nicht und schlagen auch kein blaues Auge, bevor sie zubeißen.“

„Ja.“ Inka stöhnte. „Wir brauchen die Tatwaffe. Schicken wir die Spusi noch einmal los. Holz schwimmt. Alles rund um den See muss abgesucht werden. Wir beide fangen bei den Eltern der Schüler an. Vielleicht fehlt in einem Büro oder einem Zuhause ein hölzerner Brieföffner“, sagte Inka und stellte die Heizung auf volle Leistung.

Kapitel 6

Inka folgte Mark die Stufen hinunter auf den Polizeihof. „Es gibt keine Informationen“, sagte sie, während sie ihren Ausweis einer Reportermeute entgegenhielt. „Nächste Woche findet eine Pressekonferenz statt, dazu lade ich Sie gerne ein.“ Inka schob sich an einem aufdringlichen Reporter vorbei, der sein Mikrofon vor ihr Gesicht hielt.

„Haben Sie nicht gehört, was meine Kollegin gesagt hat?“, blaffte Mark, drückte die Fernbedienung seines Siebensitzers und hielt Inka die Beifahrertür auf.

Inka fröstelte. Es war kalt im Wagen. Sie zog den Schal weiter über den Nacken. „Heute Abend ist Halloween, Mark.“

„Ja, und wir haben Vollmond“, antwortete er und stellte die Sitzheizung ein.

Inka dachte an Sebastians SMS. Sie hatte ihn nicht zurückgerufen. Später, entschied sie. „Was wollte Jankowitz?“, fragte sie, während sie sich dichter in den warm werdenden Sitz kuschelte.

„Na, was glaubst du wohl?“, antwortete Mark und bog in die Rathausstraße ein. „Jannik Herzog, klingelt es?“

„Es klingelt nicht nur, bei mir läuten Alarmglocken. Väterchen Anwalt hat mit Staatsanwalt Jankowitz gesprochen, damit wir uns bezüglich seines Sprosses zurückhalten. Stimmt's?“

„Jupp."

„Und? Was sagt Jankowitz?"

„Wir sollen keinen der Schüler schonen, sie seien alle keine Unschuldslämmer. Außerdem sei der Fall zu wichtig für die Lüneburger Heide. Schließlich seien wir ein Ausflugsziel, das auch von den Touristen lebt, und seine Spinnereien könnten wir nicht gebrauchen."

„Ach was! Das hat er gesagt?"

„Hat mich auch gewundert. Dennoch drängt er auf rasche Aufklärung."

„Hast du ihm gesagt, dass Fritz krank ist und wir auf Hochtouren arbeiten?"

„Darauf hat er nicht reagiert. Wir sollen ihm nur schnellstmöglich einen Verdächtigen präsentieren. Der hat Nerven. Ich weiß schon nicht mehr, wo wir anfangen und aufhören sollen, nach Verdächtigen zu suchen. Zwar könnte ich mir die Schubert, die Weiler und sogar Marlene als Mörderin vorstellen. Doch wusste Marlene oder die Schubert, dass sich Hendrik am Lopausee aufhält? Und was ist mit den Schülern?" Die Heizung wärmte den Innenraum des Wagens mollig warm auf. Inka streifte sich den Schal vom Hals und öffnete ihre Winterjacke. Hatte Lea am See die dieselbe Kreatur gesehen wie die Weiler? Etwas Großes, Schauriges und Furchteinflößendes? Oder gab es die Kreatur und einen Mörder?

„Wir kriegen es raus, Inka. Es ist lediglich eine Frage der Zeit."

„Hm", brummte Inka unzufrieden. „Halt bitte auf dem Hof an. Ich hab Hunger. Lass uns erst Mittag essen, bevor wir zu den Eltern fahren."

Zwanzig Minuten später lenkte Mark den Wagen über die Heimbucher Straße auf den Sundermöhrenhof neben die Birke. Sofort, als sie das Auto verließen, stieg ihnen der verführerische Duft nach Geräuchertem in die Nase. Gustav und Gloria, die Hausgänse, schnatterten über den Hof und Bonny, die grau-braun getigerte Katze, die auf einem Stapel leerer Obstkisten jeden Ankömmling beobachtete, sprang mit einem Satz vom Holz und verschwand in der Scheune. Überall auf dem Fenstersims und neben Türeingängen lagen und standen Kürbisse mit lachenden und schaurigen geschnitzten Gesichtern. An den Fenstern hingen von Linus und Lennart gebastelte weiße Geisterkugeln. Sogar ein riesiges Spinnennetz, in dem viele kleine schwarze Gummispinnen hingen, hatte Tim gestern an der Hauswand neben dem Eingang aufgehängt. An der Eingangstür baumelte eine Hexe auf einem Besen. Sobald sich die Tür bewegte, begann ein grausiges krächzendes Lachen und die Hexe mit rot leuchtenden Augen vibrierte, als wolle sie auf ihrem Besen davonfliegen.

Es war kurz vor zwölf und der Mittagstisch in der großen Bauernküche bis auf vier Plätze bereits besetzt. Niemand der Gäste ließ sich Hannas täglichen Eintopf entgehen.

„Hallo, ihr zwei. Schön, dass ihr es heute vor eins geschafft habt.“ Hanna, Inkas acht Jahre jüngere Schwester, nickte zum Zehnlitertopf, in dem eine orangefarbene Suppe blubberte. „Setzt euch.“ Sie wies auf zwei der noch vier freien Plätze am Fenster. „Ich hole das Brot aus dem Ofen.“ Sie lächelte zu ihren Feriengästen. Zwei Rentnerehepaare, eine Familie mit drei Kindern und ein Single verteilten sich um den großen Holztisch.

Inka rutschte neben Mark auf die gepolsterte Bank, wünschte „Mahlzeit“ in die Gästerunde und schenkte zwei Gläser Wasser ein.

„Lasst es euch schmecken.“ Hanna stellte zwei tiefe Teller mit Suppe, in der fingerdicke Abschnitte von Mettwürsten schwammen, vor Inka und Mark auf den Tisch.

„Wo ist deine gestrige Linsensuppe?“

„Eingefroren, Schwesterlein. Heute ist doch Halloween und da gibt es Kürbissuppe.“

„Apropos Halloween, gehst du mit Linus und Lennart heute Abend durch das Dorf?“

„Das hatten wir vor. Warum? Kommst du etwa nicht mit?“

„Ich …“, zögerte Inka, „wir haben einen Termin, ich weiß nicht, wie spät es wird. Würdest du Paula mitnehmen? Sie freut sich so, dass sie ihr Feenkleid anziehen darf.“

„Sie würde sich mehr freuen, wenn …“ Hanna hielt inne, als ihre Feriengäste neugierig aufsahen. „Wir reden später darüber.“

„Gehen wir auch durchs Dorf und Süßes sammeln, Mama?“, fragte ein zehnjähriger Junge. Er war strohblond und sprach mit einem kleinen Akzent, den Inka keinem Bundesland zuordnen konnte.

Bevor die Mutter antwortete, sagte Hanna: „Wir können alle gemeinsam gehen, das wird bestimmt lustig.“

„Oh, das wäre wunderbar“, antwortete die Mutter. „Nicht, Rainer? Das ist doch eine tolle Idee von Frau Sundermöhren.“

Der Vater nickte. „Klar, machen wir."

„Wir kommen auch mit", sagten im Kanon zwei vierjährige Mädchen.

„Aber sicher, wir gehen alle. Habt ihr denn auch lustige oder gruslige Kostüme dabei?" Hanna sah von einem Kind zum anderen. Das Lächeln der Kinder verschwand schlagartig.

„Na, das macht nichts. Wenn ihr aufgegessen habt, dann kommt ihr mit mir mit und wir sehen, was wir in unserer Zaubertruhe finden. Bestimmt ist da für jeden von euch etwas dabei."

„Konntest du Amselfeld erreichen?", fragte Inka, als sie nach dem Mittagessen mit Mark auf dem Innenhof stand. Sie sah, wie die Ferienkinder Hanna in ein gemauertes Nebengebäude folgten. Hier wurde alles aufbewahrt, was sonst in einem Keller Platz fand. Auch die Zaubertruhe, die es seit ihrer Kindheit gab. Schon ihre Mutter hatte darin allerlei Kostüme aus Inkas und Hannas Schulzeit aufgehoben. In den Jahren kamen von Linus und Lennart immer mehr hinzu.

„Er ist mit Faller auf den Weg nach Hamburg in die Westmann-Hof-Klinik. Hinterher fährt er zum Privathaushalt der Ärzte. Ist ja möglich, dass es auch dort Brieföffner gibt", sagte Mark.

Inkas Handy klingelte, als sie bereits in Marks Wagen saß. Sie wühlte in ihrer Handtasche. Frauke aus der Zentrale rief an. „Frauke, was gibt es?"

„Ihr wolltet die Anrufprotokolle und GPS-Daten von der Weiler, der Schubert und Marlene haben. Fangen wir bei Marlene an. Ihr Handy war nur in der Schule eingeschaltet. Sobald der Unterricht aus war, muss sie die Ortung mit einer App, fragt mich bloß nicht wie, ausgeschaltet haben. Sie wurde in keiner Funkzelle mehr erreicht. Ihre Eltern versicherten, sie hätten Marlenes Handy von einem Fachmann so einstellen lassen, dass es jederzeit zu orten gewesen wäre. Aus Sicherheitsgründen. Sie waren besorgt, Marlene könnte entführt werden. Doch das Mädchen war schlauer. Sie hat die Eltern, den Fachmann und uns ebenfalls ausgetrickst. Nix ist mit Kontrolle. Das Bewegungsprotokoll der Schubert war auch nicht besonders aufschlussreich. Sie fuhr zur Schule und zurück. Zum Einkaufen, Friseur, ihren Freunden, den Sielmanns nach Döhle, ins Café nach Rehlingen und saß für zwei Stunden bei einer Nachbarin in Amelinghausen. Alles verteilt über drei Wochen. Die Weiler war etwas aktiver. Viermal fuhr sie nach Bad Schwartau. Wie wir wissen, wohnt dort ihr ehemaliger Geschäftspartner. Dann stand sie dreimal in der letzten Woche jeweils für zwei Stunden vor dem Gymnasium in einer Nebenstraße. Sie war beim Friseur, Nageldesigner, zum Einkaufen und zur gleichen Zeit im Rehlinger Café wie die Schubert. Ob ihr Treffen zufällig war, das dürft ihr rauskriegen."

„Das ist super, Frauke. Gute Arbeit. Was wir jetzt noch brauchen, sind die Kontodaten. Wer hat größere Summen abgehoben, eingezahlt oder sogar bereits Insolvenz angemeldet? Ist beim Nachlassgericht ein Testament von Hendrik Schubert hinterlegt? Erbt das Haus die Ehefrau, wie sie es gesagt hat? Gibt es einen Ehevertrag? Hatte

Schubert Vorstrafen? Und alles, was du an Hintergrundinformationen herauskriegen kannst."

„Für heute wird das nichts, die Bank und die Ämter haben geschlossen. Ich erledige alles am Montag. Die drei Anschlüsse der Telefonnummern aus Hendriks Anrufprotokoll, denen du auf den Anrufbeantworter gesprochen hast, haben zurückgerufen. Einmal ein Nachbar, der den Rasenmäher zurückbringen wollte, ein Lehrerkollege bat um einen Reisetipp und der dritte, ein weitläufiger Bekannter, hatte vor, Hendrik zum Lottogewinn zu gratulieren. Wer es glaubt? Dann hat Kollege Amselfeld angerufen. Faller, Rommel und er haben die Reporter und Fernsehheinis aus Amelinghausen verscheucht. Die Jäger sind ihnen in die Heide entwischt. Mit Stöckern, Mistgabeln und Gewehren, wie zu mittelalterlichen Zeiten. In der Klinik Westmann-Hof gab es keinen hölzernen Brieföffner. Im Privathaushalt der Ärzte befanden sich zwei Öffner aus Edelstahl und die sind laut Faller alle an ihrem Platz."

„Danke. Richte Amselfeld aus, er möge mit Faller und Rommel bei den Bachs, Hübners, Waldmanns und Sahlmanns ebenfalls nach hölzernen Öffnern sehen. Mark und ich übernehmen die Weiler, die von Kleist, Herzog, Ohlsen und Grünhagen. Alles Weitere Montag um neun Uhr zur Besprechung."

„Okay, aber dann bin ich weg zum Einkaufen. Tante Frieda feiert ihren achtzigsten Geburtstag und nächsten Freitag ist großes Familientreffen angesagt. Wenn ihr noch etwas braucht, Emma löst mich in einer halben Stunde ab."

Kapitel 7

„Gut delegiert, Inka." Mark lächelte und startete den Motor. Von der Wilseder Straße lenkte er weiter auf die K27 Richtung Evendorf. Eine knappe halbe Stunde dauerte die Fahrt nach Amelinghausen zum Gestüt der Familie von Kleist, das nur eines der vielen imposanten Anwesen aus der Lüneburger Heide war. Mark setzte den Blinker und bog in die Auffahrt ein. Ein Sandweg führte sie zu einem zweigeschossigen Bau aus rotem Backstein mit zwölf doppelseitigen Sprossenfenstern im Untergeschoss und sechs ebensolchen Fenstern im Obergeschoss. Das Gebäude war von einer hüfthohen Mauer aus Natursteinen und einem geschmiedeten ellenhohen Eisenzaun umgeben, den links und rechts Blumenkästen mit üppig bepflanzter lila Glockenheide und weißen Chrysanthemen schmückten. Die Kommissare stiegen die terrassenförmig angelegten Stufen des Eingangsbereichs hinauf, dessen ausladendes Vordach mit roten Dachpfannen jedem Besucher Schutz vor Wetterkapriolen bot. Zwei messingverzierte Jugendstillaternen schwebten wie aus einer anderen Welt an Eisenketten neben der Eingangstür von der Decke.

Das Gestüt gehörte zu den älteren Gebäuden der Heide und wurde bereits in sechster Generation bewirtschaftet. Neben dem Haupthaus lagen weitere Nebengebäude, die alle im gleichen Stil erbaut waren. Scheunen und Pferdeställe, Weidefläche und die Weite der Heidelandschaft vervollständigten den Blick auf das beeindruckende Anwesen. Inka hörte Pferde wiehern. Drei Reiter trabten mit ihren Tieren rechtsseitig zu den Ställen. Zwei junge Mädchen striegelten vor einer der sieben Boxreihen, aus denen neugierig Pferdeköpfe lugten, einen Fliegenschimmel. Inka drückte auf die Klingel und lauschte dem Läuten, das bis weit in das Haus hineintönte. Kristina von Kleist, die siebzehnjährige Schülerin, öffnete die Haustür des Landhauses.

„Guten Tag, Hauptkommissarin Inka Brandt von der Hanstedter Wache und Kollege Hauptkommissar Mark Freese", stellte Inka sich und Mark vor. „Wir würden gerne mit dir und deinen Eltern sprechen."

„Geht es immer noch um Hendrik?", fragte Kristina. Mit ihren platinblonden Haaren, den strahlend blauen Augen und dem porzellanweißen Teint hielt sie sich im Aussehen nur knapp hinter der ein Jahr älteren Marlene.

„Kannst du uns bitte zu ihnen führen?", bat Inka freundlich. Sie hatte keine Lust, der Schülerin zu antworten.

„Sie sind im Büro", sagte Kristina knapp und drehte sich um. Ihre neongrünen Turnschuhe quietschten, als sie über die elfenbeinfarbenen hochglänzenden Fliesen der Diele mehr schlenderte als ging.

Inka und Mark folgten kopfschüttelnd. Was hatte Faller noch gesagt – alles reiche Schnöselkinder, die nichts weiter zu tun hatten, als die Nase in den Wind zu halten. Hier trafen seine Worte ins Schwarze.

„Bitte." Kristina öffnete eine weiße hölzerne Flügeltür. „Meine Eltern. Mom, Dad, die Polizei ist wieder hier. Diesmal Frau Brandt und Herr Freese."

Inka staunte, dass sie sich ihre Namen gemerkt hatte. Die meisten Menschen vergaßen sie sofort, nachdem sie sie gehört hatten. Inka und Mark folgten der Schülerin in das Büro mit der Größe einer Einzimmerwohnung. In der Mitte des Raumes blieben sie stehen.

Den größten Teil der rechten Wandseite füllten vom Boden bis zur Decke Bücher über Turniersport, Pferderassen und Sachbücher über Pferdepflege. Die Wand gegenüber zierten goldgerahmte Pferdebilder. Auf drei Regalen standen Pferdetrophäen und goldene und silberfarbene Pokale. An zwei wuchtigen Schreibtischen aus dunklem Eichenholz, deren Kanten und Beine aufwendige Schnitzereien von Blumen und Tierköpfen zeigten, saßen eine blonde Frau und ein grauhaariger Mann.

„Guten Tag", sagte der Mann und stand aus einem schwarzledernen Chefsessel auf. „Friedhelm von Kleist, meine Frau Serena von Kleist." Er drehte sich kurz zum Schreibtisch. Serena von Kleist hatte sich ebenfalls erhoben und ging den Kommissaren entgegen. Sie reichte erst Inka, dann Mark die Hand. Sie war kalt und so zierlich, dass Inka sich kaum traute zuzudrücken.

„Was können wir für Sie tun?", fragte sie lächelnd mit einer zarten, singenden Stimme aus einem Gesicht, das ebenso porzellanweiß war wie das ihrer Tochter.

„Gar nicht viel", begann Mark. „Wir möchten nur Ihre Brieföffner sehen."

„Unsere Brieföffner. Wie außergewöhnlich", bemerkte Friedhelm von Kleist. Er war groß und schlank und trug zu einer dunkelblauen Hose ein weißes faltenfreies Hemd. Über seiner Schulter lag ein dunkelblauer Strickpullover, den er vor der Brust zu einem losen Knoten geschlungen hatte. „Bitte. Meinen finden Sie …“ Der Mittfünfziger wies mit erhobener Hand auf seinen Schreibtisch. „Es ist ein Small Horse Letter Opener, falls Sie die Marke interessiert. Er wurde in Italien aus Azetat mit einem holzartigen Finish handgefertigt ausgearbeitet, um die Merkmale des Pferdekopfes und seiner Mähne genau nachzuahmen. Die Klinge ist aus Messing und die Verzierung aus einer Schildpattmuschel. Den Brieföffner meiner Frau …“ Er zögerte. „Serena, Schatz, wo ist dein Öffner? Er steckt nicht in der Glaskugel.“ Er nickte zu einer wasserblauen, faustgroßen Kugel, in deren Mitte ein leerer Schlitz den Öffner vermisste.

„Weiß ich nicht, vielleicht hab ich ihn ja …“ Serena von Kleist ging zu ihrem Schreibtisch zurück und zog die erste der drei Schubladen auf. „Hier ist er ja.“ Sie hielt einen Brieföffner in der Hand, in dessen Oberteil ein schillernder Pfau mit leuchtendem blaugrünen Federkleid eingearbeitet war und der mit einer geschwungenen goldfarbenen Spitze auslief. „Es ist ein Peacock Letter Opener. Nur zur Vervollständigung.“ Sie schenkte ihrem Mann ein Lächeln.

„Sehr schön“, antwortete Inka. Das Wort *Dekorationskitsch* sparte sie sich. Für ihre Briefe reichte ein Messer oder sie riss sie einfach auf. In dem Hause von Kleist wurden die Briefe mit Stil geöffnet. „Wir würden gerne auch deinen Brieföffner sehen“, bat Inka die Tochter.

„Meinen?“, fragte die Schülerin erstaunt. „Warum denn das?“

„Geh ihn einfach holen“, kam Friedhelm von Kleist Inka mit einer neuen Bitte zuvor.

„Dürfen wir Ihnen, während wir auf unsere Tochter warten, etwas anbieten? Einen Kaffee, Tee, Wasser?", fragte Serena von Kleist mit Singsangstimme.

„Nein, vielen Dank", entschied Inka.

„Es geht um den Mord an dem Biologielehrer Hendrik Schubert. Ist das richtig?"

Inka nickte.

„Glauben Sie, er wurde mit einem Brieföffner ermordet?"

„Es ist zu früh, um darüber Auskunft zu geben. Unsere Nachforschung ist nur ein Teil unserer Arbeit", erwiderte Mark.

„Bitte, setzen wir uns doch", bat Friedhelm. Er wies zu einer braunen Ledergarnitur. „Es ist eine schreckliche Geschichte."

„Jeder Mord ist eine schreckliche Geschichte", bemerkte Inka, während sie ins weiche Leder rutschte.

„Natürlich", versicherte Friedhelm und setzte sich Inka gegenüber. Er schlug die Beine übereinander und faltete die Hände vor dem flachen Bauch. „Wie wir auch immer helfen können, helfen wir Ihnen gerne weiter, das sagten wir bereits auch Ihren Kollegen."

„Das ist wunderbar. Jede Kleinigkeit könnte bei der Aufklärung des Falles weiterhelfen. Sie kannten Herrn Schubert?"

„Kennen ist zu viel gesagt, Frau Kommissarin. Auf den Elternabenden haben wir ihn kennengelernt und ein paar Worte gewechselt. So wie mit jedem anderen Lehrer auch. In der Schule ist es üblich, dass jeder Lehrer an den Elternabenden anwesend ist. Natürlich auch jedes Elternpaar."

„Verstehe. Sie kennen die anderen Eltern der Schüler?"

„Ja, einige kommen zum Reiten oder haben ihre Pferde bei uns untergestellt."

„Und privat, wie ist es damit?"

Friedhelm von Kleist zögerte kurz, dann sagte er: „Anwalt Herzog und seine Frau sind unsere Hausanwälte und Notare und die Steuerkanzlei Grünhagen ist ebenfalls mit uns befreundet. Die Bachs bewirtschaften das Reiterhotel in Rehlingen, wir kennen uns durch unsere Tiere, tauschen uns aus und reiten zusammen aus. Letizia Bach ist, wie meine Frau, Turnierreiterin. Der Verein für Turniersport trifft sich monatlich in einem Saal ihres Hotels."

„Herr Schubert war bei seinen Schülern sehr beliebt, besonders bei den Schülerinnen. Wie war es bei Ihrer Tochter?"

„Wenn Sie meinen, ob sie ihn gestalkt hat, wie Marlene Westmann-Hof, nein, das hat sie nicht." Friedhelm von Kleist lachte leise auf. „Oder weißt du mehr, Serena?"

„Nein. Sie ist doch in den spanischen Antonio verknallt", sagte sie und an Inka gewandt: „Wir waren vor einem halben Jahr in Bermeo, das ist ein kleines spanisches Küstendorf an der Atlantikküste, dort hat sie sich in den gleichaltrigen Sohn des Restaurantbesitzers verliebt. Seitdem schreiben sich die beiden Liebesbriefe. Für einen Lehrer hatte sie keinen Blick."

„Und in der Schule? Wie war es mit Jungen ihrer Altersklasse?"

„Wie bei allen Jugendlichen ihres Alters. Schwärmereien, kleine Abenteuer, nichts Ernstes." Serena von Kleist schob eine blonde Strähne, die sich aus ihrem Pferdeschwanz gelöst hatte, hinter das Ohr zurück.

„Haben Sie in der letzten Zeit Auffälligkeiten an ihr festgestellt? War sie unruhiger, lethargischer oder sogar aggressiver, als Sie sie kennen? Trinkt sie Alkohol?"

„Sie spielen auf die Vorkommnisse in der Schule an. Richtig?", fragte Friedhelm von Kleist.

„Auch", sagte Mark. „Ein Schüler brachte Alkohol mit an den See und es wurden Joints geraucht."

„Jannik Herzog." Der Hausherr nickte. „Kristina hat es erzählt. Aber uns versichert, dass sie nur einen Schluck Gin getrunken und nichts geraucht hat. Leider sind Schule und Alkohol und Drogen nichts Neues. Das Pastor-Bode-Gymnasium ist da keine Ausnahme. Jannik ist manchmal etwas unkontrolliert. Sein älterer Bruder ist strukturierter. Seine Eltern sind ebenso unglücklich über die Entwicklung ihres jüngsten Sprosses", ergänzte von Kleist.

„Sie kennen die Familie Herzog näher?"

„Wir Eltern kennen uns alle untereinander, das sagte ich bereits."

„Sie haben nur eine Tochter?"

„Ja. Mehr Kinder waren uns nicht vergönnt", antwortete Serena knapp.

„So, da ist er. Hat etwas gedauert. Sorry." Kristina von Kleist stürmte atemlos ins Büro.

„Ein schönes Stück", bemerkte Inka, als sie den Öffner in der Hand hielt.

„Ja, er stammt auch aus Italien. Von der Insel Murano. Ein silberfarbener Bortoletti mit Gravur und bunten Muranoglaskugeln."

„Sind das die einzigen Brieföffner, die Sie besitzen?"

„Ja. Wollen Sie sie mitnehmen?"

„Nein, das ist nicht erforderlich. Aber verrate uns doch, wie du die Situation am See empfunden hast. Fangen wir da an, als du auf der Holzbrücke ankamst. War das euer Treffpunkt?"

„Aber das hab ich doch schon alles Ihren Kollegen erzählt", maulte Kristina und schob die Unterlippe vor.

„Dann wirst du es eben noch einmal erzählen, Kristina. Setz dich", forderte der Vater.

Widerwillig plumpste die Schülerin in einen Sessel. „Also, was wollen Sie wissen?" Sie zog die Beine an. Eine rosa Kaugummiblase platzte und benetzte ihre Oberlippe.

Inka sah, wie Friedhelm von Kleist die Augenbrauen hochzog. Auf seiner Stirn stand geschrieben, was er dachte, aber nicht aussprach. Inka fielen Paulas trotzige Proteste ein. Eine Fünfjährige und eine Siebzehnjährige.

„Die Holzbrücke am See – war sie euer Treffpunkt?", erinnerte Inka die Siebzehnjährige an ihre Frage.

„Nein. Das Spiel war ja noch nicht beendet. Ich kam nur dazu, weil … ich war mit Max zusammen, keine zehn Meter entfernt. Als Lea so geschrien hat, sind wir zu ihr gelaufen. Klara war auch schon da und alle anderen trudelten nach und nach ein. Max hat sie angerufen, sie sollen zur Brücke kommen." Sie kaute weiter auf ihrem Kaugummi.

„Hast du ein Tier gesehen? Einen Wolf?"

Kristina lachte. „Sie meinen einen Werwolf. Nein, natürlich nicht. Lea spinnt. Aber das ist normal. Sie will immer auf sich aufmerksam machen. Sie ist eine verrückte Psychotante, genauso wie ihre Eltern."

„Kristina!", mahnte der Vater.

„Entschuldigung." Die Schülerin zog einen Flunschmund, der Kaugummi verschwand in einer Wangentasche. „Aber ist doch wahr", setzte sie sofort nach, „die sieht überall Gespenster."

„Wie meinst du das?"

„Ach, die war doch in der Klapse, weil sie …"

Friedhelm von Kleist nahm seiner Tochter das Wort aus dem Mund. „Die Ohlsens wohnen seit einem Jahr in Amelinghausen. Sie sind aus Würzburg in die Heide gezogen, weil Lea in ihrer vorherigen Schule das Opfer von Cyberbullying geworden ist. Deswegen war sie stationär ein halbes Jahr in einer österreichischen Kurklinik", erklärte er Inka. „Was aber nicht heißt, dass sie verrückt ist", setzte er streng an seine Tochter gewandt nach. „Ich will das nie wieder hören, verstanden? Sei lieber froh, dass du von diesen miesen Attacken verschont bist."

Kristina zog die Stirn kraus, beugte sich vor und griff nach einer goldfarbenen Praline, die in einer runden, mit blauen Streifen durchzogenen Glasschüssel auf dem Tisch stand. Knisternd wickelte sie die Praline aus der Folie, füllte diese mit dem rosafarbenen Kaugummi und steckte sich die Praline in den Mund.

„Gut", sagte Inka. Sie wartete den Moment ab, bis Kristina die Praline aufgegessen hatte. „Wie ging es weiter?"

„Sie haben sich gestritten. Lea und Peer. Peer wollte nicht die Bullen anrufen."

„Kristina, es langt", fuhr Friedhelm von Kleist auf, „benimm dich gefälligst deinem Alter entsprechend."

„Ja, ist ja gut, Herr von Kleist", sagte Kristina angriffslustig. Sie schürzte die Lippen und zog die Augenbrauen zusammen. „Lea wollte Sie anrufen, also die Polizei. Wir anderen haben gesagt, dass wir dann alle dran sind und sie das lassen soll. Hendrik sei tot und irgendwer würde ihn schon finden und die … die Polizei rufen."

„Das heißt, du warst mit Max Grünhagen im Park unterwegs. Wir hörten, die Jungen gaben den Mädchen einen zehnminütigen Vorsprung und ihr habt euch alle getrennt. Du sollst Richtung Campingplatz Mühlenkamp gelaufen sein. Was wolltest du da?"

„Nichts, einfach nur so."

„Nicht, weil Hendrik Schubert dort seit ein paar Wochen bei seinem Vater in einem Mobilheim wohnte? Warst du mit deinem Biologielehrer verabredet?"

„Frau Brandt", begann Friedhelm von Kleist, besann sich jedoch zu schweigen.

Inka warf dem Hausherrn einen kurzen Blick zu und drängelte auf Kristinas Antwort.

„Nein. Hendrik war Marlenes Typ, nicht meiner. Was soll ich mit so einem alten Knacker?"

„Hendrik Schubert war sechsunddreißig und ein attraktiver Mann", mischte sich Mark ein.

„Sag ich doch, uralt. Stehen Sie auf Männer?", fragte Kristina süffisant lächelnd, während sie nach einer weiteren Praline griff.

„Nein, das tue ich nicht. Ich bin verheiratet", antwortete Mark in abwehrbereitem Ton.

Kristina zuckte die Schultern.

„Marlene ist eine Klasse über dir. Ist das richtig?", übernahm Inka das Gespräch.

Nicken. Kauen. „Die Beziehung zwischen Hendrik und Marlene war vielen Schülern bekannt. Sie hat keinen Hehl daraus gemacht, dass sie auf den Bioheini steht." Kristina leckte sich über die Oberlippe, auf der ein Stück Vollmilchschokolade hängen geblieben war.

„Aber Herr Schubert wollte nichts von Marlene. Im Gegenteil, er wollte sie anzeigen, weil sie ihn massiv gestalkt hat."

„Ja, zu Anfang, als Marlene noch minderjährig war. Aber seitdem sie volljährig ist, ging bei denen die Luzie ab."

„Euer Lehrer hatte also eine feste Beziehung zu Marlene. Gab es weitere Schülerinnen, die er bevorzugt behandelt hat?"

„Sie meinen, ob er Schülerinnen gefickt hat? Mag sein, man hört so dies und das. Aber bei Marlene bin ich sicher."

Inka sah, wie Serena von Kleist den Kopf senkte. Die offenen Worte ihrer Tochter hauchten ihrem porzellanweißen Teint einen zarten Roséton auf die Wangen. Friedhelm von Kleist war aufgestanden. Er ging zu einer dunkelbraunen Kommode, auf der etliche Kristallkaraffen standen, deren Inhalt Hochprozentiges vermuten ließ. Er zog den Dekanterverschluss aus einer Karaffe, griff nach einem Glas und füllte es halbhoch mit einer goldbraunen Flüssigkeit.

„Sie sind ja im Dienst. Mich müssen Sie entschuldigen." Er nippte an der Flüssigkeit, leckte sich die Lippen und fragte: „Serena, willst du auch?"

„Nein, Friedhelm. Du weißt doch, dass ich um diese Uhrzeit nie trinke."

„Noch eine letzte Frage, Kristina. Wer von euch hat euren toten Lehrer auf der Brücke gefilmt und das Video ins Netz gestellt, Hashtag Werwolf, Hashtag Leiche, Hashtag Lopausee, Hashtag Lüneburger Heide?"

„Davon weiß ich nichts", sagte sie stotternd.

„Kristina! Ist das wahr? Habt ihr einen Toten gefilmt und das Video ins Netz gestellt? Das glaub ich wohl nicht. Sag sofort, wer das gewesen ist." Mit einem Knall landete Friedhelm von Kleists Glas auf der Kommode. Er drehte sich zurück in den Raum.

„Ich weiß es nicht!", fuhr Kristina ihren Vater an. „Einer der Jungs wird es gewesen sein. Wir Mädchen sind vor ihnen von der Brücke. Es war so grausam, Hendrik da liegen zu sehen, das Blut und alles. Wir wollten nur weg."

„Kristina!", begann der Vater erneut, als Inka ihn stoppte.

„Lassen Sie es gut sein, Herr von Kleist. Ihre Tochter hat Schreckliches gesehen. Und vielleicht weiß sie es ja wirklich nicht. Geben Sie ihr ein wenig Zeit, alles zu verarbeiten. Unsere Techniker bekommen es heraus, wer von den Schülern das Video gedreht und verbreitet hat. Es dauert nur ein wenig länger."

Die nächste Adresse führte Inka und Mark in Amelinghausen drei Straßen weiter zur Steuerkanzlei Grünhagen. In einer Seitenstraße gelegen, befand sich die Kanzlei im Erdgeschoss eines Mehrfamilienhauses. Inka drückte auf den Klingelknopf und ein leises Summen öffnete die verglaste Tür.

„Schon wieder die Polizei", knurrte der Steuerberater, als er Inka erkannte.

„Guten Tag. Ja, es sind weitere Fragen aufgetaucht, die es zu klären gibt."

„Bitte." Sigfried Grünhagen wies auf ein kastenförmiges schwarzes Ledersofa, vor dem ein grauer rechteckiger und niedriger Wohnzimmertisch stand, an dem sich Inka sofort das Schienbein stieß. „Autsch", sagte sie, zuckte kurz zusammen und setzte sich. Eine handhohe schwarze Vase, die einen mit vielen Blättern gebundenen Strauß einer orangefarbenen Gerbera und zwei weißer Rosen trug, stand auf dem polierten Tisch.

„Herr Grünhagen", hörte sie Mark sagen. „Wir würden gerne Ihre Brieföffner sehen."

„Unsere Brieföffner?", wiederholte der Steuerberater. Mit der flachen Hand fuhr er sich über seinen fast kahlen Schädel. „Ja, sicher. Bitte. Meine Sekretärin …" Er zog sich an den kantigen Armlehnen in die Höhe, stöhnte kurz und rief: „Frau Herlein, holen Sie doch unsere Brieföffner."

„Alle?" Eine schlanke Blondine in den Vierzigern lugte um die Ecke des Vorraumes.

„Ja. Alle."

Es dauerte keine Minute, bis die Sekretärin zurückkehrte. In der Hand hielt sie vier Brieföffner. Jeder war aus einfachem Edelstahl mit einem bunten Kunststoffgriff. Ein roter, ein gelber, ein weißer und ein blauer Griff. Nichts Besonderes und kein Vergleich zu den italienischen handgearbeiteten Stücken, die sie zuvor bei der Familie von Kleist gesehen hatte.

Ein Auto hielt vor der Kanzlei, der Motor verstummte und Maximilian Grünhagen stieg aus. Er schloss die Kanzleitür auf und trat ein. Als er Inka und Mark sah, stockte er kurz. Es schien, als ob er überlegte, auf dem Absatz kehrtzumachen.

„Max, schön, dass du da bist. Du erinnerst dich sicher an Frau Brandt und Herrn Freese. Die Kommissare waren am See, als ihr euren Lehrer gefunden habt."

Max nickte kurz. „Ja, ich weiß. Ich kenne sie." Er drehte sich zu seinem Vater. „Vaddern, ich bin hier, weil ich Geld zum Tanken brauche."

„Und was ist mit deinem Taschengeld?"

Maximilian griff in seine Jeanstaschen und krempelte sie nach außen. „Wie du siehst, alles leer. Und ich will mit Peer und Jannik heute Abend in die *Grotte* nach Döhle. Party ist angesagt, wegen Halloween."

„Was ist die *Grotte*?", fragte Mark nach.

„Unsere Stammkneipe. Wir treffen uns da ab und an. Quatschen, feiern und na ja, andere Mädchen gibt es auch."

„Andere?"

„Ja, nicht das, was Sie denken. Mädchen aus den anderen Dörfern und Schulen. Eben nicht aus Amelinghausen."

„Du hast morgen Schule, was ist damit?", mischte sich der Senior ein.

„Es ist Halloween, Vaddern, Feiertag, schon vergessen? Ich bleib nicht lange, nur ein paar Stunden."

Der Senior nickte. „Deine Mutter ist für dein Taschengeld zuständig."

Der Achtzehnjährige war schon im Begriff zu gehen, als Inka ihn aufhielt. „Max, einen Moment. Gibt es bei euch zu Hause Brieföffner?"

„Brieföffner?" Max fuhr mit den gespreizten Fingern seiner Hände durch blonde Strubbelhaare. „So was brauch ich nicht. Du hast einen, Vaddern, das weiß ich."

„Ja, aber meiner liegt hier." Er wies auf den silberfarbenen Öffner mit dem dunkelblauen Kunststoffgriff.

„Aber zu Hause liegt doch auch einer …" Max stoppte seinen Satz.

„Ja?", fragte Inka interessiert.

„Stimmt", antwortete der Steuerberater, „ich hab noch einen zu Hause in der Schreibtischschublade liegen."

„Einen wie diesen?" Inka nickte zum Tisch, auf dem die vier Brieföffner wie Soldaten nebeneinanderlagen.

„Nein. Er ist aus Messing und an der Oberseite befindet sich mein Monogramm."

Aus den Augenwinkeln sah Inka, wie Max nickte. Eine weitere Überprüfung würde sie nicht brauchen. Was sie suchten, war ein Brieföffner aus Kirschbaumholz.

„Wir würden dir gerne ein paar Fragen stellen", sagte Mark.

„Über euren Lehrer Hendrik Schubert", fügte Inka hinzu.

„Er war nicht mein Lehrer, ich kannte ihn kaum", brummte Max und verschränkte die Arme vor der Brust. „Er ist ... war der Biolehrer der elften Klasse, ich bin in der zwölften. Wir haben Frau Matthiesen. Hendrik bin ich nur ein paarmal begegnet oder wenn er Vertretung für Anja gemacht hat. War es das jetzt, ich wollte eigentlich los?"

„Es dauert nicht lange. Fangen wir da an, was du gemacht hast, bevor du zum See geradelt bist."

„Ich war mit Jannik in der *Grotte* verabredet. Wir haben eine Cola getrunken."

„Nur ihr beide? Du und Jannik?"

„Ja."

„Und da hat euch wer gesehen?"

„Na ja, der Besitzer und ein paar Kumpels, die, die sonst da auch immer rumhängen."

„Als du mit Kristina zusammen auf die Brücke gekommen bist, was hast du gesehen? Seid ihr zusammen unterwegs gewesen?"

„Ja. Aber sagen Sie es nicht den anderen, das war gegen die Spielregeln." Sein Handy piepte und kündigte eine Textnachricht an. Er sah auf den Absender und steckte es, ohne zu antworten, wieder in die Hosentasche.

Inka erinnerte sich an Lea, die sich mit Konstantin am Waldbad treffen wollte. So ganz hielt anscheinend keiner der Schüler die Spielregeln ein.

„Lässt sich machen", versicherte Mark. „Und jetzt weiter."

„Na ja. Wir kamen auf der Brücke an und sahen, wie Lea und Klara sich in den Armen lagen. Sie haben auf Hendrik gestarrt, geschrien und geheult, alles zusammen."

„Wie ging es weiter?", forderte Mark den Schüler auf.

„Brauche ich einen Anwalt?" Sein Ton wurde angriffslustig. Mit zusammengekniffenen Augenbrauen sah er zu seinem Vater, dann zu Inka und Mark.

„Ich denke nicht, wir möchten lediglich ein paar Dinge klären, die uns unstimmig erscheinen", beruhigte Mark.

„Ich hab Peer, Jannik, Konstantin und Amanda auf ihrem Handy angerufen, dass sie sofort zur Brücke kommen sollen, weil hier ein Toter liegt."

„Wer von euch hat mit seinem Handy den toten Lehrer gefilmt?" Mark sah dem Achtzehnjährigen fest ins Gesicht.

„Wie, Hendrik gefilmt? Nein. Niemand." Sein Blick wanderte unstetig durch den Raum. Der auffallende Ausdruck von jemandem, der log.

„Max, ob du es uns erzählst oder nicht. In ein bis zwei Tagen haben unsere Techniker den Provider herausgefunden und dann ist es nur noch eine Sache eines einzigen Telefonats. Und solltest du es gewesen sein, dem Respekt einem anderen Menschen gegenüber scheißegal ist, dann kommt richtig Ärger auf dich zu. Eine Freiheitsstrafe von bis zu zwei Jahren kann durch das Verbreiten des Videos anrollen. Und ich verspreche dir, ich werde persönlich dafür sorgen, dass du für dieses abstoßende Verhalten, das moralisch auf der untersten Stufe des Anstandes steht, bestraft wirst. Also, besser, du machst jetzt den Mund auf." Natürlich wusste Mark, dass die Gesetzgebung bisher kein endgültiges Urteil über das Filmen von Straftaten oder Toten getroffen hatte, doch die Drohung zeigte Wirkung.

„Ja, einer von uns hat das Video gemacht und ins Netz gestellt. Aber ich war es nicht", beteuerte er. Er rieb sich mit der Faust über das Kinn.

„Wer?"

„Spielt das jetzt noch eine Rolle? Es ist drinnen und wurde schon über fünfhunderttausendmal angeklickt."

„Das ist euch wichtig, ja? Wie viele Klicks ihr bekommt. Seid ihr nicht mehr bei Trost? Merkt ihr Kids überhaupt nicht, was das Netz mit euch macht?" Mark funkelte den Achtzehnjährigen wütend an.

Inka legte Mark ihre Hand auf den Unterarm und warf ihm einen auffordernden Blick zu, ruhig zu bleiben.

„Wer?", wiederholte Mark.

„Ich hab genug gesagt. Finden Sie es selber raus, wer es war. Ich verpfeife keinen Kumpel."

„Okay, dann kannst du uns ja dein Handy geben und wir sehen selber nach, ob du Mister Hashtag Werwolf, Hashtag Leiche und so weiter bist."

„Was? Nein! Niemals! Das dürfen Sie überhaupt nicht. Dafür brauchen Sie einen richterlichen Beschluss oder wie das heißt."

„Du siehst zu viel fern, Max. In einem Mordfall dürfen wir so einiges", antwortete Mark und streckte die Hand aus.

„Vergessen Sie es", sagte Max und sprang vom Sofa auf, auf dem er neben seinem Vater gesessen hatte.

„Bitte, wenn du uns nicht helfen willst, dann werten wir deine Verweigerung als Verschleierungen von Informationen in einem Kapitalverbrechen und geben dich als Mitwisser an. Dazu kommt, dass du einem Fernsehreporter gegenüber Insiderwissen weitergegeben und dadurch unsere Ermittlungen behindert hast."

„Wir sind alle Mitwisser, alle acht Schüler. Warum wollen Sie nur mir an den Karren pissen? Außerdem hab ich nur das gesagt, was sowieso jeder weiß."

„Tja, einer ist immer der Dumme." Inka grinste.

„Aber so geht das nicht, Frau Kommissarin", mischte sich jetzt der Senior ein. „Vielleicht sollten wir doch unseren Anwalt anrufen."

„Anwalt Herzog, aber sicher. Nur zu", pflichtete Inka bei. „Das steht Ihnen frei, sobald wir hier fertig sind."

„Alle acht Schüler sind übrigens keine Mitwisser. Wir wissen, dass das Video nur ein Schüler und keine Schülerin gedreht haben kann, weil die Mädchen inzwischen alle die Brücke verlassen hatten, während du mit deinen Kumpanen erst später zum Parkplatz nachgekommen bist."

Maximilian schüttelte energisch den Kopf. „Ja, das stimmt, aber ich war das trotzdem nicht."

„Gut, das nehmen wir zur Kenntnis."

Wenn Maximilian Grünhagen der Videofilmer war, dann war er ein ziemlich guter Schauspieler, der mehr wusste, als er zugab.

Kapitel 8

„Den Besuch bei den Ohlsens schaffen wir noch, bevor wir in die Kronsbergheide fahren.“ Mark sah auf seine Armbanduhr. Es war kurz nach sechzehn Uhr, es dämmerte bereits und von der untergehenden Abendsonne, die die Heidelandschaft in zarte Rottöne tauchte, zog nur noch ein schwacher Streifen durch die Sträucher, Tannen, Büsche und Wacholder. Noch ein paar Minuten, dann würde die Heide in Finsternis versinken.

Auf der Fahrt in den Binsenweg zu Lea Ohlsen kamen ihnen lustig und schaurig verkleidete Kinder mit ihren Eltern entgegen. Einäugige Piraten, Hexen mit wallenden Röcken und Besen und viel zu großen Hüten auf kleinen Köpfen, Vampire mit langen Zähnen, Prinzessinnen in rosa Tüll gehüllt und laufende weiße Bettlaken, in die Löcher für die Augen geschnitten wurden. Auf der Jagd nach Süßigkeiten strömten sie, bewaffnet mit Tüten und Eimerchen, durch das Heidedorf Amelinghausen. Inka dachte an Paula und Fallers Meinung von Eltern, die nur an ihre Arbeit dachten. War sie auch so eine Mutter? Eine Rabenmutter? Wieder überfiel sie dieses gierige schlechte Gewissen. Warum hatte sie Mark nicht mit einem Streifenbeamten in die Kronsbergheide zu den Mitgliedern der *Schwarzen Sonne* fahren lassen? Sie verscheuchte ihre Gedanken, als Mark vom Röthenweg rechts in den Binsenweg einbog.

Das Haus der Ohlsens war das erste auf der rechten Seite. Ein weiß geklinkertes Einfamilienhaus mit einem dunkelblauen eingedeckten Pfannendach. Mark fuhr die Auffahrt hinauf und hielt vor der offenen Garage, in der ein SUV mit abgedunkelten Seitenscheiben stand. Zumindest war jemand zu Hause, dachte Inka und löste den Sicherheitsgurt.

„Na, dann wollen wir mal sehen, was uns hier erwartet", sagte sie und stieg aus dem Auto.

Anthrazitfarbene Granitbodenplatten führten Inka und Mark durch den Vorgarten. Zwei hüfthohe Ilex-Stämmchen mit goldgrünem Blattlaub und leuchtend roten Beeren flankierten die Haustür in kobaltblauen Keramikkübeln. Ein kleines, kaum buchgroßes gläsernes Schild verriet, dass sich im Hause auch die Praxis der Psychologen Daniela und Veit Ohlsen befand. Mark drückte den messingfarbenen Klingelknopf. Ein *Ding Dong* hallte ins Haus. Nach ein paar Sekunden öffnete eine schlanke blonde Frau in Jeans und signalrotem Strickpulli die Haustür. Mit einer Hand hielt sie eine Schüssel mit Zuckerwerk an ihren Körper gedrückt, in der Lollis, Weingummitüten, Kaugummis und Äpfel sowie Kinderzahnbürsten lagen. Sie hatte an alles gedacht.

„Ach, ich dachte …" Sie sah in die Schüssel in ihrer Hand und lächelte. „Was kann ich für Sie tun?"

Inka schmunzelte. War das die obligatorische Frage einer Psychologin? Sie stellte sich und Mark vor.

„Ich erinnere mich", sagte die Psychologin. „Sie waren am Lopausee, als die Schüler das Spiel veranstaltet haben und Lea ihren Biologielehrer gefunden hat."

„Das ist richtig. Dürften wir hereinkommen? Wir bräuchten noch eine Antwort", fragte Mark.

„Aber sicher. Allerdings bin ich gerade in einem Gespräch. In zehn Minuten wäre ich für Sie da. Wenn Sie im Wohnzimmer auf mich warten würden." Daniela Ohlsen trat ein paar Schritte rückwärts und ließ die Kommissare eintreten. „Bitte geradeaus und dann nach links. Darf ich Ihnen etwas zum Trinken anbieten? Einen Kaffee, Tee oder …?" Sie stellte die Schüssel mit den Süßigkeiten auf die Ecke einer Flurkommode.

„Nein, vielen Dank, unser Besuch ist wirklich nur kurz", sagte Inka und ging, gefolgt von Mark, durch die Diele und den Flur weiter ins angewiesene Wohnzimmer.

Eine handhohe, weiße, mit Glitzerpunkten verzierte LED-Kerze in einem kristallenen Kerzenständer spendete mageres Raumlicht.

„Leben die hier im Dunkeln?" Mark suchte den Lichtschalter, fand aber keinen.

Ein Raum, der in opulenter Größe bestach und Inkas Wohnzimmer dreimal beherbigen könnte. Eine Eckgarnitur aus nachtblauem Leder, weiße Hochglanzmöbel, eine Vase mit weißen Lilien, die einen süßen Duft verbreiteten, stand auf einer Kommode neben einem mit weißen Steinkacheln versehenen Kamin, der so groß war, dass der Weihnachtsmann keine Mühe hätte hindurchzuschlüpfen. Inka dachte an ihren Vater, die letzten zwei Jahre hatte er als Weihnachtsmann verkleidet für Paula die Geschenke gebracht. Ob sie ihn dieses Jahr erkannte?

„Die sparen Strom", sagte Inka, als ihr Handy zu klingeln begann. *Papa Sebastian ruft an,* las sie auf dem Display.

„Hallo", begann sie das Gespräch.

„Ich bin es, Sebastian."

„Sebastian, grüß dich. Wie geht es dir?"

„Danke, alles gut. Hast du mich vergessen? Ich hatte dir gestern eine SMS von dem Handy meines Vaters geschrieben, dass ich auf einen Rückruf von dir warte."

„Nein. Ja. Irgendwie schon. Entschuldige. Was gibt es?"

„Ich wollte wissen, wie es dir geht."

„Alles in Ordnung. Mach dir keine Sorgen."

„Das freut mich."

„War es der *Kreuzer* in Hessen? Du hattest nur eine kurze Nachricht gesandt, dass du wieder bei deinen Eltern bist."

„Nein. Die Vorgehensweise war ähnlich, doch gibt es zu viele Ungereimtheiten, darum bin ich auch gleich zurück nach Hamburg gefahren."

„Wir haben Vollmond. Glaubst du, es gibt in Hamburg einen neuen Mord?"

„Sehe ich mir die Abstände der vergangenen Morde an, könnte es hinkommen."

„Du hast an Paula und mich gedacht, oder?"

„Ich denke immer an euch. Ich vermisse euch."

„Wir dich auch. Wann kommst du in die Heide?"

„Erst einmal nicht. Wir haben darüber gesprochen, Inka. Ich will euch nicht in Gefahr wissen. Du weißt, dass er uns beobachtet. Und solange ich in Hamburg bin, wird er denken, dass wir uns getrennt haben und du und Paula für ihn nicht mehr interessant seid. Zumindest hoffe ich, dass er so tickt."

Inka nickte wortlos, dann trat Daniela Ohlsen ins Zimmer. „Du, ich muss auflegen. Können wir heute Abend noch einmal telefonieren?"

„Nein, besser nicht. Ich weiß nicht, wie er technisch aufgestellt ist und uns überwachen kann. Ich schreib dir wieder."

„Frau Brandt, Herr Freese." Daniela Ohlsen fuhr mit ihrer Hand über ein kleines weißes Display am Türrahmen, das Inka erst jetzt auffiel. Sofort wurde es hell im Raum.

Inka kniff die Augen zusammen, die plötzliche Helligkeit blendete sie.

„Was führt Sie zu mir?" Daniela Ohlsen setzte sich Inka und Mark gegenüber auf einen nachtblauen Lederhocker.

„Wir würden gerne Ihre privaten und geschäftlichen Brieföffner sehen. Die von Ihnen, Ihrem Mann und sollte Ihre Tochter ebenfalls einen besitzen, dann auch diesen."

„Ein sehr außergewöhnlicher Wunsch, aber dem kann ich nachkommen. Einen Moment." Daniela stand auf und eilte aus dem Wohnzimmer. Es brauchte keine zwei Minuten, dann war sie mit drei Brieföffnern in der Hand wieder zurück. Zwei waren aus Edelstahl und mit einem Blumenmuster verziert. „Dieser hier ist aus dem Ersten Weltkrieg, es ist ein Erbstück an meinen Mann von seinem Vater. Er ist aus einem Granatsplitter gefertigt", erklärte Daniela. „Mein Geschmack ist er nicht, aber … Möchten Sie sie mitnehmen?" Sie hielt den Kommissaren die Öffner entgegen.

„Nein, das ist nicht nötig. Ihre Tochter, ist sie im Hause?“

„Nein, sie ist bei ihrer Freundin Klara. Halloween feiern. Aber Lea besitzt keinen Brieföffner, dafür haben die jungen Leute keinen Sinn. Der Brief wird aufgerissen und fertig.“ Daniela Ohlsen lächelte.

„Wie geht es Ihrer Tochter?“, fragte Inka besorgt.

„Noch nicht sehr gut. Albträume quälen sie und die Dunkelheit macht ihr Angst. Es braucht Zeit, bis die Bilder in ihrem Kopf verblassen und sie sie dahin schieben kann, wo sie mit ihnen umgehen kann.“

„Dann ist sie bei Ihnen ja in besten Händen. Ihr Mann ist ebenfalls Psychologe?“

„Ja.“

„Sie arbeiten mit Ihrem Mann zusammen.“

„Wir haben eigene Sprechzimmer und Patienten, aber wir tauschen uns aus, wenn Sie das meinen. Wir besprechen Lösungen, vorausgesetzt, unsere Patienten sind einverstanden. Kann ich sonst noch etwas für Sie tun?“

„Nein, oder doch, da wäre tatsächlich noch etwas. Am Mittag sahen wir Ihre Tochter im Fernsehen. Erik Gerke vom *Hamburger Magazin* für Naturkunde interessierte sich brennend für einen Bericht mit Ihrer Tochter, und die *Sandmann-Show Der Merkwürdigen Phänomene* möchte, dass Ihre Tochter ihre Geschichte im Fernsehen erzählt.“

„Wenn Sie meine Tochter gesehen haben, dann haben Sie sicher auch ihre Antwort zu diesem Spektakel gehört. Nein. Sie wird weder ein Interview für eine Zeitschrift abgeben, noch wird sie im Fernsehen auftreten, um als esoterische Verrückte abgestempelt zu werden. Es gibt keine

Werwölfe, das wissen Sie so gut wie unsere Tochter. Lea braucht Ruhe. Sie hat mehr erlebt in diesen paar Stunden am See, als es ihr guttut. Und wenn wir das Gespräch beenden könnten", Daniela Ohlsen sah auf ihre Armbanduhr, „in einer Viertelstunde beginnt ein weiteres Patientengespräch und ich würde mich gerne etwas vorbereiten."

„Selbstverständlich, Frau Ohlsen. Gute Besserung für Ihre Tochter. Sollte Ihnen noch etwas einfallen, das uns weiterhelfen könnte, rufen Sie uns bitte an." Inka stand auf und Mark tat es ihr gleich.

„Es ist kurz vor siebzehn Uhr, Inka, was denkst du, wollen wir nachsehen, ob die *Schwarze Sonne* schon in ihrer Höhle untergegangen ist?", fragte Mark, als sie über die anthrazitfarbenen Bodenplatten zurück zum Auto gingen.

„Versuchen wir es." Inka ließ sich in den Beifahrersitz fallen und schnallte sich an.

Für den Weg in die Kronsbergheide fuhren sie gerade vier Minuten. Die freundliche Frauenstimme aus dem Navigationsgerät brachte sie auf den Parkplatz vor die Kronsbergheide. *Immer sind es Frauenstimmen*, dachte Inka. Siri, die Stimme aus ihrem iPhone, Alexa oder auch auf ihrem Navi. Selbst auf ihrer Fernsehzeitung lachte ihr wöchentlich eine Blondine entgegen.

Mark parkte vor dem Naturschutzgebiet und holte aus dem Handschuhfach eine Taschenlampe. „Wollen wir?", fragte er.

„Ja, sicher." Inka löste den Sicherheitsgurt und stieg aus. Auf ihrem Handy schaltete sie die Taschenlampe ein und folgte Mark über den schmalen Sandweg ins Naturschutzgebiet. Bereits nach einigen Metern fiel ihnen ein merkwürdiger Gesang auf.

„Was ist das für ein Gejaule?" Mark beschleunigte seine Schritte. Das Licht der Taschenlampe zappelte durch die Dunkelheit, erhellte Wacholder, Bäume und Büsche, einen aufgeschreckten Hasen und ein Reh, das geblendet im Heidekraut verharrte.

„Keine Ahnung. Ich hab gestern Abend noch einmal das Internet über die *Schwarze Sonne* befragt. Leiergesänge fand ich nicht", sagte Inka, bemüht, Marks schnellen Schritten zu folgen. „Allerdings, dass das Ornament der *Schwarzen Sonne* in den 1930er-Jahren von nationalsozialistischen Okkultisten entworfen wurde. So versuchte die SS, eine eigene Form von Brauchtum zu erschaffen. Das Zeichen, das aussieht wie drei übereinandergelegte Hakenkreuze, wurde aber erst in den späteren Neunzigerjahren in der Neonaziszene verstärkt als Ersatzsymbol für das verbotene Hakenkreuz verwendet. Sie tätowierten sich das Symbol der *Schwarzen Sonne* auf ihren Ellenbogen. Es soll als Erkennungszeichen der Gruppenidentität zeigen, dass sie außerhalb der Gesellschaft stehen. Sogar einige prominente Sänger und Sängerinnen verkauften Ketten mit diesem Symbol auf ihren Fanshopseiten", fügte Inka hinzu.

„Unglaublich." Mark schüttelte den Kopf, dann blieb er kurz stehen und nahm ein Gespräch von Emma auf seinem Handy an.

„Emma, was gibt es? Inka und ich sind in der Kronsbergheide auf dem Weg zur Gruppe *Schwarze Sonne*."

„Ja, ich weiß, hat Frauke mir schon gesagt. Ich wollte euch auch nur mitteilen, dass ihr auf euch aufpasst.

Die Kronsbergheide grenzt an den Lopausee und den Park und dort ballern die Jäger ohne Rücksicht auf alles, was sich bewegt. Diese Verrückten haben tatsächlich einen Wolf geschossen. Bestimmt ohne zu wissen, dass jeder Abschuss genehmigt werden muss, weil Wölfe in Deutschland streng geschützt sind. Das ist das eine, doch das andere: Jetzt laufen sie mit dem erlegten Tier durch Amelinghausen und verbreiten, sie hätten die Bestie erlegt und die Bevölkerung könne wieder sorglos in der Heide spazieren gehen. Als wenn ein einziger erlegter Wolf für den angeblichen Tod dieses Lehrers verantwortlich wäre und sie nicht wüssten, dass Wölfe Rudeltiere sind und von Hendrik Schubert sicher nicht viel übrig geblieben wäre, hätte ihn ein Wolf erwischt. Diese Idioten, ausgerechnet zu Halloween, wenn Kinder unterwegs sind. Ich hab Lietz und Wegener losgeschickt, damit sie die Jäger in ihre Jagdhütten verbannen."

„Super, Emma. Melde dich wieder, wenn weitere Nachrichten reinkommen." Mark drückte die Austaste und steckte sein Handy wieder in die Jackentasche. „Ich glaub es ja nicht. Gerade jetzt spielen die Heidejäger verrückt, wo sowieso schon überall in Deutschland die Wolfsjagd brodelt."

„Ja, zurzeit sind Wolfsaktionen aktuell wie nie, dabei gibt es seit der Jahrtausendwende bereits wieder Wölfe in Deutschland. Sie breiten sich aus und vermehren sich in manchen Regionen so stark, dass der Abschuss sogar von Mischlingen aus Wölfen und Hunden in der freien Natur erlaubt ist. Tim erzählte, er hätte vor ein paar Tagen ein

Wolfsrudel am Rande seiner Rinderherde gesichtet. Allerdings wurde bisher kein Tier gerissen."

Je näher sie der Höhle kamen, desto lauter wurde der Gesang. Wortfetzen wie: „Freiheit", „Alles für Deutschland", „Meine Ehre heißt Treue" und „Unterdrückung", wechselten sich in der Lautstärke ab, wurden zu einem leiernden Singsang oder zu einem kräftigen Ton. Inka und Mark folgten einen zehn Meter langen Tunnelgang in einen Raum, in deren sandigen Wänden Tannenzweige und Äste steckten. Der Gesang verstummte, als sie eintraten.

„Oh, wen haben wir da? Hoher Besuch der Hanstedter Polizei." Ein junger Mann Mitte zwanzig trat aus dem Kreis der vierköpfigen Männerrunde und kam auf Inka und Mark zu. Er trug eine schwarze Jeans zu einem tannengrünen gefütterten Windblouson. Sein dunkles Haar war kurz geschnitten und streng zurückgekämmt. Zwei Meter vor den Kommissaren blieb er mit vor der Brust verschränkten Armen stehen.

Am liebsten hätte Inka auf dem Absatz umgedreht, was möglicherweise an dem arroganten, ins Gesicht geklebten Grinsen des Mannes lag. Für heute hatte sie genug von überheblichen, aus dem Ei geschlüpften Möchtegernmachos, die sich die Karriere als Dumpfbacke, Angeberarsch und Altmacho ausgesucht hatten.

„Hauptkommissarin Inka Brandt von der Hanstedter Wache und mein Kollege Hauptkommissar Mark Freese", stellte sich Inka dennoch vor und hielt ihren Ausweis in die Runde. „Schön, dass Sie uns alle bereits kennen. Dann wissen Sie auch, warum wir hier sind."

Kopfschütteln.

„Es geht um den Mord an dem Biologielehrer Hendrik Schubert. Herr Schubert war Lehrer am Pastor-Bode-Eliteprivatgymnasium in Amelinghausen und wurde auf der Holzbrücke am Lopausee tot aufgefunden“, erklärte Inka, obwohl sie sicher war, dass die Männer über den Mord bereits bestens informiert waren. „Doch zuvor hätten wir gerne Ihre Personalien.“ Inka holte ihren Spiralblock und den Stift aus der Handtasche. „Fangen wir gleich mit Ihnen an“, sagte sie, während sie auf den Mittzwanziger sah, der noch immer mit verschränkten Armen vor ihr stand.

„Oliver Koch.“

„Weiter. Wo wohnen Sie?“

„Weiter nichts.“

„Fein. Möchten Sie mir Ihren Personalausweis geben oder mit auf die Wache kommen und warten, bis wir Ihre Personalien dort festgestellt haben? Was allerdings ein wenig dauern könnte. Aber wir haben sehr gemütliche Gästezimmer. Vielleicht kennen Sie die ja auch schon.“ Inka lächelte den jungen Mann auffordernd an.

„Oliver Koch. Ich bin vierundzwanzig und wohne bei meinen Eltern in Salzhausen Am Dahl 114 b. Und nein, ich kenne Ihre Gästezimmer nicht, aber Ihren Kollegen.“ Er warf einen kurzen Blick zu Mark. „Keksfabrik Freese & Sohn. Richtig? Weiß man doch, dass Sie auch bei der Polizei arbeiten.“

„Keksfabrik Freese & Söhne & Söhne. Richtig“, verbesserte Mark.

Inka blickte zu einem weiteren jungen Mann, der ein paar Zentimeter kleiner war als Oliver. Ebenso trug er schwarze Jeans und einen tannengrünen Windblouson.

Seine blonden Haare standen wie Stacheln vom Kopf ab und ließen die rosige Kopfhaut durchscheinen. Sein Gesicht war voller Pickel, an denen zu sehen war, dass sie kürzlich bearbeitet wurden.

„Paul König. Hier ist mein Ausweis“, sagte er ohne Aufforderung.

Während Inka Königs Personalien aufschrieb, zückten auch die anderen zwei Männer ihre Ausweise und drückten sie Mark in die Hand. Wie Koch und König trugen sie Jeans und Blousons, deren Jackenellenbogen mit dem Zeichen der *Schwarzen Sonne* mit rotem Faden bestickt waren.

„Was wollen Sie von uns wissen?“ Oliver Koch verzog missmutig das Gesicht.

„Sind Sie der Rädelsführer der Gruppe?“

„Ganz recht, doch ich sagte schon, wir sind eine Gemeinschaft. Was bedeutet, dass wir Entscheidungen gemeinsam treffen.“

Inka sah sich in der Höhle um. Die knappe Höhe von zwei Metern ließ das Gefühl aufkommen, sogleich erdrückt und durch die sandigen Wände verschüttet zu werden. Inka zählte zehn armdicke Kerzen, die in der linken Ecke der Höhle ein unwirkliches Licht spendeten. Am hinteren Ende der Höhle standen sechs kniehohe Baumstämme um eine Holztruhe, die als Tisch diente. Drei aufgerissene Packungen Zigaretten, ein übervoller Aschenbecher und vier Smartphones füllten den Truhendeckel. Auf der Bierkiste, die neben der Holztruhe stand, lagen zwei unterschiedliche angebrochene Chipstüten. Gäbe es nicht die rot-weiß-schwarze Flagge mit dem aufgedruckten Reichsadler, sähe dieser Treffpunkt wie ein heimliches Versteck Jugendlicher aus, die sich im Rauchen ausprobierten oder Freundinnen trafen.

„Ah ja, und was sind das für Entscheidungen, die Sie gemeinsam treffen?“ Inka sah auf ihren und Marks Notizblock. „Herr Koch, Herr König, Herr Ziegler und Herr Pohl?“

Koch zögerte. „Wir besprechen, an welchem Datum wir uns zum Kaffeekränzchen treffen.“ Seine Abneigung den Kommissaren gegenüber strahlte aus wie die Hitze aus einem aufgeheizten Backofen.

„Sehr nett“, sagte Inka, ohne weiter auf die angriffslustige Antwort des Mannes einzugehen.

„Warum nennen Sie sich *Schwarze Sonne*?“, wollte jetzt Mark wissen.

„Wir haben ein Faible für altgermanische Naturreligionen“, drängte Jens Pohl vor. Mit zweiundzwanzig war er das jüngste Mitglied dieser Vereinigung, allerdings ebenso arrogant und zynisch wie seine Kameraden.

„Glauben Sie eigentlich, dass Sie die Einzigen sind, die sich mit der Vergangenheit auskennen?“ Mark trat zwei Schritte auf Pohl zu. Sein Gesichtsausdruck verfinsterte sich und er machte eine längere Pause, um die Fassung nicht zu verlieren. „In der Braunszene gehörten die Reichskriegsflagge und das Keltenkreuz zur irischen Mythologie und galten und gelten noch heute als Hakenkreuzersatz. Angeblich ist sie die Ära der altgermanischen Naturreligion. Dabei ist das alles Bullshit und nichts als eine Ausrede. Die *Schwarze Sonne* war in Nazideutschland eine Schöpfung der SS und die Kombination der Reichsfarben war sehr beliebt." Mark nickte mit dem Kinn zur Flagge. „Schwarz, Weiß und Rot sind die Parteifarben der NPD, das lernt jeder Sechstklässler in der Schule. Und Sie, Sie halten kein Kaffeekränzchen ab, sondern überlegen, wen Sie als Nächstes ermorden, weil er Ihnen nicht nach dem Mund redet, nicht in die Gesellschaft passt oder, schlimmer noch, die arische Rasse nicht fortsetzen kann. Und jetzt ist Schluss mit dem leeren Gerede. Wo waren Sie letzte Woche am Mittwoch in der Zeit von einundzwanzig bis zweiundzwanzig Uhr, Herr Pohl?" Mark hatte bewusst so ausführlich gesprochen, um die Reaktion des Mannes zu beobachten. „Und wenn es für Sie nicht passt, vor Ihren Kameraden zu sprechen, dann kann dies auch mit jedem Einzelnen von Ihnen allein geschehen."

Jens Pohl schluckte, und Mark bemerkte, dass seine Hände zitterten, als er sie in die Jackentaschen steckte.

„Nein, ich hab keine Geheimnisse. Hat keiner von uns." Pohl sah in die wortlos verneinende Runde der Männer, bevor er an Mark gewandt sagte: „Am Mittwochabend … warten Sie, da war ich bei meiner Schwester zum Babysitten", antwortete er. Seine Stimme zitterte wie zuvor seine Hände.

„Den ganzen Abend?"

„Ja, meine Schwester war mit ihrem Mann bei Freunden zu einer Geburtstagsparty eingeladen. Warum wollen Sie das wissen?"

Ohne zu antworten, wandte sich Mark an Malte Ziegler. „Wie ist es mit Ihnen? Wo waren Sie am Mittwochabend?"

„Ich war mit Oliver bei Paul. Er ist der Einzige von uns, der bereits eine eigene Wohnung besitzt. Wir haben ferngesehen."

„Und das kann wer bezeugen?", fragte Mark ungeduldig.

Schulterzucken.

„Soll das Schulterzucken bedeuten, dass Sie drei kein Alibi haben?", ahmte Mark den Mann ebenso schulterzuckend nach.

„Wir waren zusammen, das bestätigen wir uns gegenseitig."

„Gegenseitig. Also kein Alibi", sagte Mark, während er die Aussage als Notiz in seinem Block vermerkte. „Welchen Film haben Sie gesehen?"

„Weiß ich nicht mehr. Irgendwas auf Netflix. Könnt ihr euch erinnern, wie der Streifen hieß, Paul, Oliver?", erkundigte sich Malte Ziegler.

„Nein. War ein Abenteuerfilm", antwortete Oliver König.

„Gibt es bei Netflix einen Programmverlauf, Inka?"

„Was fragst du mich das? Wann komme ich dazu, fernzusehen? Außerdem hab ich von dem technischen Kram sowieso keine Ahnung. Aber ich wüsste jemanden, der sich auskennt. Ich geh eben vor die Tür zum Telefonieren." Inka schmunzelte bei dem Wort – ich geh eben vor die Tür, wo es keine Tür gab.

Nach knapp drei Minuten betrat sie wieder die Höhle. Sie nickte Mark zu.

„Warum treffen Sie sich in dieser Gruft, wenn Sie, Herr König, eine eigene Wohnung haben?"

„Es ist nicht … es ist eine Einliegerwohnung bei meinen Eltern, für die ich zwar Miete zahle, aber …“

„... in der Sie unter Beobachtung stehen“, vervollständigte Mark den Satz des Gruppenmitgliedes.

Nicken.

„Dann können Ihre Eltern Ihren Besuch bestätigen.“

„Nein. Sie waren zum Essen ausgegangen.“

„Dumm gelaufen. Aber ob Ihre Angabe des Abenteuerfilmes stimmt, werden wir herausfinden. Der Programmverlauf lässt sich nachverfolgen und …“

„... zwei Kollegen sind bereits auf dem Weg zu Ihrer Wohnung, um genau diesen Verlauf durchzusehen“, setzte Inka Marks Satz fort.

„Das dürfen Sie nicht. Ich hab nichts getan und Malte und Oliver auch nicht. Diesen Toten vom See kennen wir überhaupt nicht.“

„Hendrik Schubert.“

„Ja, Hendrik Schubert. Wir sind lange aus der Schule. Unser Biolehrer hieß … nee, Moment, das war eine Frau. Anja Matthiesen hieß sie.“ König sah zu Koch und Ziegler. „Hast du ihn gekannt?“, fragte er, sich an Pohl wendend.

„Nein. Ich war nicht auf eurer Schule, schon vergessen, meine Eltern haben nicht den Schotter für die High-Society-Klasse.“

„Keiner von Ihnen ist also letzten Mittwochabend am Lopausee gewesen?“, drängte Inka.

Oliver Kochs Kiefer mahlten. Inka konnte es ihm förmlich ansehen, wie er sich eine Lüge zurechtlegte. „Nein“, antwortete er dann, „wie Jens schon gesagt hat, wir haben uns bei Paul getroffen.“

„Sie alle drei?“ Inka wies mit dem Zeigefinger von einem Gruppenmitglied zum anderen.

„Ja, natürlich, Jens konnte ja nicht, weil er Babysitter gespielt hat.“ Koch nickte. Sein Adamsapfel hüpfte.

„Aber Sie haben im Radio oder Fernsehen von dem Mord gehört.“

„Ja, war nicht zu überhören, dieser Quatsch mit dem Angriff eines Werwolfs. Aber was geht es uns an? Wir haben mit der kryptischen Scheiße nichts zu tun.“

„Und das Zeichen der Wolfsangel, das für Sie und Ihre Gemeinschaft nicht unbekannt ist, haben Sie auch nicht mit Blut neben den Toten gemalt.“

„Nein! Warum sollten wir das tun? Ich sagte schon, wir kannten Hendrik Schubert nicht und waren nicht am Lopausee“, wiederholte Oliver Koch.

Inkas Fragenfeuerwerk zeigte Wirkung. Über Olivers Stirn rollte eine Schweißperle, die er geschickt mit dem Handrücken in den Haaransatz wischte. Koch war aufgeregt. Offenbar dachte er darüber nach, wie er auf die weiteren Fragen der Kommissare reagieren sollte.

„Seit wann existiert Ihre Gemeinschaft?“

„Erst seit vier Monaten.“

„Kommen wir auf den Mittwochabend zurück. Sie, Herr Pohl, waren bei Ihrer Schwester und Sie drei bei Ihnen, Herr König. Wie lange blieben Sie bei Ihrer Schwester und wie lange haben Sie drei ferngesehen?“ Inka ließ der Gruppe keine Zeit zum Überlegen.

„Ich hab bei meiner Schwester übernachtet und bin von dort am anderen Morgen zur Uni.“

„Was studieren Sie?“

„Mathematik."

„Und Sie, gehen Sie auch zur Uni?", fragte Inka, den Blick auf Ziegler, König und Koch gerichtet.

„Ich studiere Architektur und arbeite sporadisch bei meinen Eltern in der Firma", antwortete Paul König. „Sie sind freiberufliche Innenarchitekten."

In dieser düsteren Umgebung bekam das Wort Innenarchitekten für Inka eine neue Bedeutung.

„Geblieben sind Malte und Oliver noch bis kurz vor Mitternacht", mischte sich Paul König in Inkas Gedanken. „Nach dem Film haben wir ein bisschen gequatscht, ein Bier getrunken und dann sind sie nach Hause."

„Genauso war es. Ich arbeite auch bei meinem Vater im Betrieb. Er stellt Maschinenteile für Traktormotoren her. Ich muss früh raus", sprudelte Ziegler los.

„Ziegler, daher kommt mir der Name so bekannt vor. Sie reparieren auch Traktoren, ist das richtig?"

„Ja, das kommt vor", bestätigte er Inkas Frage.

Inka nickte, sich an Tims Traktor erinnernd, der vor drei Wochen den Geist aufgegeben hatte. Wie hatte er über Zieglers hohen Werkstattpreis geflucht.

„Dann bleiben Sie übrig, Herr Koch. Womit verdienen Sie Ihren Lebensunterhalt?"

Der Fünfundzwanzigjährige zögerte. „Meine Eltern möchten, dass ich in ihre Produktionsfirma für Lebensmittelhandel und Gastronomie einsteige. Ich überlege aber zurzeit, ob ich ein Jahr aussteige und als Rucksacktourist durch die Welt reise."

„Ein Jahr Auszeit könnten wir auch gebrauchen, oder, Mark?"

„Hätte was, Kollegin.“

„So, aber bevor wir in Zukunftsplänen versinken und Sie wieder Ihren Gesängen von ‚Alles für Deutschland' und ‚Meine Ehre heißt Treue' überlassen, würde ich gerne Ihre Handys sehen.“ Inkas Blick huschte zu den Smartphones auf der Holzkiste.

„Warum?“, kam wie im Kanon von den Männern.

„Weil wir so gerne Videos von Fremden sehen“, antwortete Inka.

Nur widerwillig übergaben die Mitglieder ihre Handys den Kommissaren. Auf allen Telefonen befand sich weder in der Video- noch in der Bildergalerie ein Anhaltspunkt, der die Anwesenheit der Männer am Tatort belegte.

„Ich denke“, sagte Inka an Mark gewandt, „das war es fürs Erste. Oder hast du noch eine Frage, bevor die Herren am Montag bei uns auf der Wache das Protokoll unterschreiben?“

„Die Öffner?“, flüsterte Mark.

„Schon in Auftrag“, gab Inka schmunzelnd zurück.

„Nein, eigentlich nicht, wobei mir eine letzte Frage unter den Nägeln brennt. Mich beschäftigt das Jeans-Windjacken-Outfit der Herren. Herr Koch, heißt es in Ihren Kreisen nicht, dass eindeutige martialische und nationalsozialistische Zeichen durch Kleidung abzudecken sind? Sie aber tragen die *Schwarze Sonne* auf Ihren Jackenärmeln aufgestickt.“

„Wir tragen unsere Jacken nicht in der Öffentlichkeit, aber hier sind wir unser eigenes Gesetz. Es ist eine offene Unterkunft, wer zu unserem Kreis gehört, der kann immer kommen und tragen, was er möchte.“

„Verstehe. Wie Sie schon sagten: Die rechte Szene scheint ein Faible für altgermanische heidnische Symbole zu haben und weiß, wie sie diese Erkennungs- und Heilzeichen stilisieren und missbrauchen kann. Haben Sie die *Schwarze Sonne* auch auf Ihre Ellenbogen tätowiert? Es gehört sich doch so."

„Nein, wir sind nicht tätowiert. Keiner von uns. Und nur für Sie, Herr Kommissar – es gibt weitaus mehr Runen als die *Schwarze Sonne*."

„Die Einzelsigrune, die Doppelsigrune, die Triskele, ein dreiarmiges Hakenkreuz und, und, und …", begann Mark aufzuzählen. „Dennoch ist alles auf dem gleichen nationalsozialistischen KZ-System aufgebaut, wie es auch im Hauptlager KZ Niederhagen/Wewelsburg in Paderborn zu finden ist und auf derselben organisatorischen und grausamen Stufe wie in Buchenwald und Sachsenhausen. Ist Ihnen überhaupt klar, wonach Sie hier streben? Intelligente junge Männer mit einer Zukunft, die Sie sich alle selber versauen, wenn, und das wird es, Ihre Gemeinschaft, Kameradschaft oder wie immer Sie dies hier auch nennen, irgendwann auffliegt. Glauben Sie, dass Sie als Architekt einen Auftrag bekommen? Oder Sie als Firma bestehen, sobald rauskommt, dass der Sohn ein Brauner ist? Sie als Mathematiklehrer einen Lehramtsposten übernehmen dürfen oder Sie mit Ihrer Weltumrundung weiter kommen als bis zum Ortsausgang?"

Kapitel 9

„Es ist achtzehn Uhr, Inka“, sagte Mark. „Wollen wir heute noch zu Herzog und Weiler? Ich hätte Zeit. Bea ist mit dem Kleinen bei ihren Eltern und kommt erst Sonntagabend zurück. Aber ich wollte …“

„Warte kurz“, antwortete Inka, als ihr Handy einen Anruf meldete. Emma aus der Zentrale war in der Leitung. „Hallo, Emma. Hast du noch was vergessen?“

„Ja. Ist Mark noch bei dir?“

Inka drückte die Mithörfunktion an ihrem Handy. „Ja. Leg los.“

„Amselfeld, Faller und Rommel haben sich gemeldet. Sie waren bei Konstantin Sahlmann, Peer Bach, Klara Waldmann und Amanda Hübner. Ist das nicht das Schauspielerehepaar Hübner aus Amelinghausen? Die, die immer in diesen venezianischen Liebesfilmen mitspielen? Ja, klar. Ihre Tochter ist auch oft dabei. Na, wie auch immer. Nirgendwo sind privat oder geschäftlich Brieföffner aus Holz zu finden. Dann geht es um einen Netflix-Verlauf und um Babysitting. Hat seine Richtigkeit, soll ich euch von Rommel ausrichten. Könnt ihr damit etwas anfangen?“

„Können wir“, bestätigte Mark. „Weiter, was hast du noch?“

„Mehr hab ich nicht, und wenn ihr nichts für mich habt, wünsche ich euch einen schönen Feierabend.“

Ein paar Minuten später saß Inka neben Mark im Siebensitzer auf dem Weg ins zwölf Kilometer entfernte Betzendorf mit seinen knapp über eintausend Einwohnern.

„Wusstest du, Inka, dass die Menschen in Betzendorf, wie ihr in Wehlen hinter Undeloh, das Waldgebiet zum Nacktwandern nutzen?"

„Hast du einen neuen Freizeitsport für dich entwickelt?", feixte Inka. „Übrigens, dein Navi sagt, dass du die nächste Straße rechts in den Holtorfer Weg abbiegen sollst." Sie wedelte mit der Hand vor der Frontscheibe.

Mark lachte und setzte den Blinker.

Das Haus des Anwaltehepaars Herzog war das letzte in einer Sackgasse. Ein Rotklinkerbau mit grauem Ziegeldach und zwei Balkonen an linker und rechter Vorderfront. Der englische Rasen war eingerahmt von Wacholderbäumen und großzügig in Kübeln arrangiertem lila blühenden Heidekraut. Inka überlegte, ob ein Gärtner die Pflege übernahm oder der Hausherr selbst Hand anlegte. Auf das Läuten an der weißen doppelflügeligen Eingangstür öffnete Jannik Herzog. Er trug kobaltblaue Boxershorts und dunkelblonde Dreadlocks hingen ihm über der nackten Brust. Er sprach in ein Handy, das er waagerecht wie ein Pizzastück vor den Mund hielt.

„Ich ruf zurück, ich krieg gerade Besuch", sagte er kurz und legte auf. „Ich weiß, wer Sie sind. Sie waren am See in der Nacht." Er musterte Inka und Mark und ihre Ausweise, die sie ihm vor die Nase hielten.

„Richtig. Wir sind uns begegnet. Dürfen wir reinkommen?"

„Und was wollen Sie hier? Ich war bereits bei Ihnen auf der Wache, und Kollegen von Ihnen haben mich und meine Eltern zu Hause besucht.“ Er warf ein paar Dreadlocks über die Schulter und stellte sich breitbeinig in die Tür, ohne die Kommissare ins Haus zu bitten.

„Das wissen wir. Doch leider tauchen immer neue Fragen auf“, fuhr Inka fort.

„Meine Eltern wollen nicht, dass ich mit Ihnen spreche, wenn sie nicht dabei sind.“ Er setzte ein verächtliches Grinsen auf.

„Sie sind volljährig. Wo ist das Problem, alleine zu entscheiden? Das können Sie doch sonst auch recht gut“, erwiderte Inka mimiklos.

„Sehr witzig.“ Jannik drehte sich um und verschwand in der Diele des Hauses. Barfuß ging er mit seinen gebräunten Beinen voran durch das Erdgeschoss mit der offenen Küche, die in ein großzügiges Wohnzimmer wechselte. Erdfarbige Polstermöbel, cremefarbene hochflorige Kunstfelldecken und gleichfarbige Kissen brachten einen harmonischen Übergang. Ein schwarzer Flügel mit aufgeklapptem Tastendeckel stand nahe der rechten Wandseite vor der bodentiefen Fensterfront. Ein silberner Kandelaber hielt sieben weiße LED-Kerzen, deren unechte Dochte flackerten und ein angenehmes Licht spendeten. Jannik knipste die Oberbeleuchtung an. Ein reifengroßer Kristallleuchter über einem weißen Esstisch im Landhausstil, um den sechs karamellfarbene Lederstühle mit Armlehnen standen, ließ ein familiäres gemütliches Mittag- oder Abendessen vermuten.

„Also, was wollen Sie wissen?“ Er setzte sich auf die Klavierbank und legte das rechte Bein angewinkelt über das linke. Auffordernd wippte er mit dem Fuß.

„Wir suchen den Schüler, der am See das Video über den toten Lehrer Hendrik Schubert gedreht hat. Waren Sie Mister Hashtag Werwolf, der das Video ins Netz gestellt hat?“

„Nein, bin ich bescheuert? Meine Eltern sind Anwälte und …“, konterte er, als ein Mädchen, Inka schätzte sie auf sechzehn, in BH und Stringtanga die offene Treppe hinuntertapste.

„Jannik, Schatz, du wolltest gleich wiederkommen“, sagte sie und blieb mitten auf der Treppe stehen, als sie Inka und Mark entdeckte. Ruckartig drehte sie sich um und lief die Treppe wieder hinauf.

„Wer war das?“, fragte Inka.

Jannik Herzog rieb sich mit den Fingern der rechten Hand die Stirn. „Karoline Steier“, antwortete er zögerlich.

„Wie alt ist sie? Sechzehn?“

Jannik stand von der Klavierbank auf und eilte zu einer Kommode. Er griff nach der Schachtel Zigaretten und dem Feuerzeug. Es dauerte einen Augenblick, bis er, nachdem er sich die Zigarette angezündet hatte, antwortete. „Sie ist fünfzehn.“ Er zog an der Zigarette und blies den Rauch an die Decke.

„Nett. Was fällt uns dazu ein, Mark? Verführung Minderjähriger, eine Anzeige, ein Aufenthalt in unserem Gästezimmer, vielleicht der Haftrichter, ein bis zu sechsmonatiges Warten auf eine Anhörung oder …“

„Hören Sie schon auf. Ich weiß ja, dass ich … Verdammt. Ist es möglich, noch einmal von vorne zu beginnen und die Szene von eben zu vergessen?"

„Ich weiß nicht? Mark, was denkst du?"

„Schwierig, Inka. Wenn rauskommt, dass wir einen Pädophilen haben laufen lassen, dann …"

„Mensch, ich bin doch keiner von denen, die auf Kinder stehen. Karoline ist eine Schülerin aus dem Rehlinger Gymnasium und sie nimmt bei mir Klavierunterricht."

„In Unterwäsche?"

„Nein, natürlich nicht. Wir … wir kennen uns schon lange. Also, ihre Eltern sind mit meinen befreundet. Bitte, das darf keiner wissen, dass wir …"

„… nicht nur Klavier spielen. Sie eine Beziehung zu jungen Mädchen aufbauen, weil die leichter zu beeinflussen sind", ergänzte Mark.

Inka vernahm ein Räuspern hinter ihrem Rücken und drehte sich um.

„Entschuldigung", sagte die Fünfzehnjährige, die in Bluejeans und weißem Strickpullover vor den Kommissaren stand. Ihr rotes Haar stand von ihrem Kopf ab wie aufgeplatzte Karotten. „Jannik, ich gehe jetzt besser."

„Noch einen Moment", bat Inka. „Herr Herzog ist Ihr Freund?"

„Er lehrt mich Klavier", antwortete Karoline schüchtern. Ihre seegrünen Augen verrieten Unsicherheit.

„Wie uns schien, nicht nur Musik."

Das Mädchen nickte zurückhaltend.

„Gehen wir einmal vor die Tür", sagte Inka und begleitete die Schülerin vor den Hauseingang.

„Nun, wie war es wirklich? Wir wollen Ihnen keine Vorwürfe machen. Aber wissen Ihre Eltern von Ihrer Beziehung zu Herrn Herzog junior?“

„Nein. Sie dürfen es auch nicht wissen. Ich bin ja erst fünfzehn und Jannik ist schon neunzehn. Und Sie können mich gerne duzen.“

Inka nickte. „Hat er dich auf irgendeine Art beeinflusst, sich mit dir einzulassen?“

„Nein. Ich finde ihn toll. Er sieht doch gut aus und ist echt süß. Ja, ich weiß, was über ihn geredet wird. Dass er ein Zornkopf ist und Joints raucht und schon so einiges an Blödsinn angestellt hat, was nicht okay ist. Aber zu mir ist er echt lieb und er will gar nicht mit mir schlafen, wir haben nur gekuschelt. Nichts weiter.“

„War dies deine erste Zusammenkunft der Art?“ Inka schmunzelte. Die Wahl ihrer Worte hätte eher zu einer Alienentführung als zu einer Liebesbeziehung gepasst.

„Nein. Wir sind schon ein Jahr zusammen, aber mehr ist nie passiert. Wirklich.“

Innerlich atmete Inka auf. Sie hatte die Situation falsch interpretiert. Dennoch gab es für Jannik Herzog keinen triftigen Grund, ein fünfzehnjähriges Mädchen anzufassen.

„Wenn ich dir einen Rat geben darf, Karoline, such dir einen Jungen in deinem Alter. Du willst sicher nicht, dass Jannik Ärger bekommt.“

„Nein, natürlich nicht. Werden Sie uns verraten?“

„Ich kann nicht versprechen, dass ich Janniks Straftat, und es ist eine Straftat, sich einer Minderjährigen zu nähern, unter den Tisch fallen lasse. Außer, du versprichst mir, dass du dich zukünftig von Jannik fernhältst. Zumindest bezüglich eurer intimen Beziehung. Wenn ihr euch so liebt, kann er drei Jahre warten, bis du volljährig bist. Bis dahin kann eure Liebe wachsen. Wartet er nicht, weißt du, dass er nicht der richtige Partner für dich ist. Was denkst du, ist es machbar?", sagte Inka in einem Tonfall, der kein bisschen belehrend klang, sondern eher fürsorglich.

„Ja. Danke", sagte Karoline Steier schüchtern.

Inka sah der Schülerin nach, wie sie auf ihr Fahrrad stieg und die Straße hinunter durch die Dunkelheit davonradelte.

Als Inka zurück ins Haus kam, saß Jannik wieder auf der Klavierbank. Inzwischen trug er Jeans und einen dunkelblauen Hoodie.

„Nun?", fragte sie Mark, „sind wir schon weiter?"

„Herr Herzog bittet, dass wir seinen Eltern nichts von Karoline Steier und ihm erzählen."

„Wie? Nicht, dass er zwar volljährig, aber absolut nicht erwachsen ist und die Finger nicht von Minderjährigen lassen kann?"

Mark grinste. „Ich denke, Herr Herzog besinnt sich zukünftig nur auf die Klavierlehre mit Karoline. Sollte dies nicht der Fall sein, wird es für ihn sehr, sehr unangenehm. Wir verstehen uns doch, Herr Herzog?"

„Selbstverständlich, Herr Kommissar."

„Sehr schön, dann fangen wir noch einmal von vorne an. Wer ist Mister Hashtag Werwolf?"

„Peer hat das Video gedreht. Er meinte, wie cool es für die Heide ist, wenn dieser Unsinn im Netz stehe. Dann sei hier endlich mal was los." Jannik zündete eine zweite Zigarette an.

„Und das Zeichen der Wolfsangel, wer hat das von Ihnen neben den Kopf des toten Lehrers gemalt?"

„Das waren wir nicht. Ich schwöre." Demonstrativ hob Jannik die Hand.

„Haben Sie den Werwolf gesehen?"

„Nein, Mann, den hat nur Lea hergezaubert. Sie steht gern im Mittelpunkt, auch in der Schule."

Dann ging die Haustür auf.

„Was ist denn hier los?" Eine Frau in einem schwarzen Wollmantel, signalrotem Schal und gleichfarbigen Handschuhen betrat das Wohnzimmer. Ihre blonden Haare waren zu einer Banane gesteckt, aus der sich im Laufe des Tages einige Strähnen gelöst hatten. „Wer sind Sie?" Sie starrte Inka und Mark an.

„Hauptkommissarin Inka Brandt und mein Kollege Mark Freese von der Hanstedter Wache. Wir trafen uns bereits letzte Woche am Lopausee."

„Worum geht es bei Ihrem Besuch? Doch wohl nicht darum, dass unser Sohn etwas mit dem bedauernswerten Tod des Lehrers zu tun hat?"

„Wir versuchen, die Wahrheit herauszufinden, und dazu ist es erforderlich, Zeugen auch mehrmals aufzusuchen. Ein Vorgehen, das Ihnen als Anwältin sicher bekannt ist", beschwichtigte Inka.

„Und hat Ihnen mein Sohn weitergeholfen?", fragte die Anwältin gerade, als hinter ihr ein Mann mittleren Alters auftauchte. Er schälte sich aus dem Mantel und warf ihn über einen der Esszimmerstühle.

„Guten Abend", sagte er. „Frau Brandt und Herr Freese, wenn ich mich entsinne. Darf ich erfahren, was Sie zu uns führt?" Er ging auf die Kommissare zu und reichte ihnen die Hand.

„Es gab noch ein paar Fragen mit Ihrem Sohn zu klären und ja, er hat uns weitergeholfen." Trotz ihrer ruhigen Stimme war die Schärfe in Inkas Worten zu hören.

„Sie glauben doch nicht, dass mein Sohn etwas mit dem Mord an dem Lehrer zu tun hat?"

„Selbige Frage stellte uns Ihre Frau, Herr Herzog. Doch bisher glauben wir nur, was uns unsere Fakten sagen. Und Ihr Sohn hat zugegeben, dass er dabei war, als Peer Bach ein Video des toten Hendrik Schubert gedreht und ins Internet gestellt hat."

„Es ist unschön, aber nicht strafbar, Frau Brandt. Und da es nicht unser Sohn war, der diese scheußliche Sache ins Netz gestellt hat, bitte ich Sie, zu gehen."

„Einen Moment noch. Wir würden gerne Ihre Brieföffner sehen."

„Unsere Brieföffner? Wie skurril." Herzog griff nach seiner Brille vom Oberkopf und setzte sie auf die Nase. „Nun, ich denke, dem ist zuzustimmen. Oder, Schatz, was denkst du?"

Nicken.

„Jannik, geh in mein Arbeitszimmer und hole für die Kommissare meinen Brieföffner."

„Ihren, und falls Ihre Frau und Ihr Sohn ebenfalls einen besitzen, möchten wir diese auch sehen", fügte Mark hinzu.

Marks Wagen war ausgekühlt, bis sie die Befragung der Herzogs beendet hatten. Er startete den Motor, schaltete die Sitzheizung ein und stellte sie auf volle Laufleistung. Dann sah er nach links und rechts, setzte den Blinker und fuhr aus der Sackgasse der Gemeinde Betzendorf.

„Die halten ihren Sohnemann tatsächlich für unschuldig. Hast du gesehen, wie der geschwitzt hat, als er die Brieföffner holen sollte? Der hatte ordentlich Muffensausen, dass wir seine überbordenden Hormone bei seinen Eltern erwähnen. Meinst du, wir haben richtig gehandelt, dass wir ihn nicht zur Rechenschaft gezogen haben?", fragte Mark und fuhr auf die Hauptstraße.

Inka stöhnte auf. „Karoline hat versichert, dass sie auf Jannik steht, ihn aber drei Jahre zappeln lässt. Sie sind jung, Mark, wenn wir jeden Jugendlichen mit Altersunterschied zur Rechenschaft ziehen, haben wir viel zu tun."

„Na, dann lassen wir der jungen Liebe ein wenig Zeit. Und dieser Peer Bach … wie die Herzog schon sagte, es ist nicht strafbar, Tatorte zu fotografieren. Wir können nicht eingreifen."

Ihr letzter Stopp an diesem Halloweenabend führte die Kommissare nach Soderstorf zu Anna Weilers Privatadresse.

Der Abgleich der Brieföffner der Anwälte Herzog hatte nichts ergeben. Edelstahl mit Verzierung und auch in ihrem Büro, wie die Anwälte versicherten, lagen nur Öffner aus Metall. Weitere Untersuchungen diesbezüglich anzustellen, würde ihnen nur Zeit rauben.

Mark stellte den Motor aus. Er warf einen Seitenblick zu Inka. „Wollen wir lieber nach Hause? Du siehst müde aus."

„Nein, jetzt sind wir schon hier", antwortete sie und gähnte. „Außerdem ist sowieso alles zu spät."

„Zu spät für was?", fragte Mark und ließ sich vom Gähnen anstecken.

„Zu spät für mein schlechtes Gewissen, dass ich nicht mit Paula und Hanna und den Ferienkindern auf Halloweentour durch Undeloh marschiert bin. Ich bin eine Rabenmutter, die nur ihren Beruf im Kopf hat."

„Oh, wow, die Menge an Selbstmitleid muss erst einmal verdaut werden."

„Mach dich nicht lustig, Mark. Ich meine das ernst. Kinder werden so schnell groß und ich will nicht, dass Paula später sagt, du hattest ja nie Zeit für mich, weil du immer Mörder gejagt hast."

„Ich mach mich nicht über dich lustig, Inka. Ich sehe an meinem Kleinen, wie schnell er wächst. Aber eins verrate ich dir: Meine Eltern waren auch nie dabei, wenn ich mit den Nachbarskindern an Halloween unterwegs war. Und darüber war ich mehr als froh, weil sie mir garantiert nicht erlaubt hätten, die Hälfte meines Süßigkeitenertrags schon unterwegs zu verputzen."

„Super, Mark. Wenn Paula morgen früh vor Bauchschmerzen nicht zu Tilly kann, kannst du alleine am Fall weiterarbeiten."

„Morgen? Ich hab eigentlich gedacht, dass wir die Ermittlungen für das Wochenende unterbrechen. Ich wollte dir das vorhin schon sagen, aber Bea möchte, dass ich zu ihren Eltern nachkomme. Es gibt französische Küche. Ihre Mutter kocht fantastisch, und das darf ich mir auf keinen Fall entgehen lassen", schmunzelte Mark.

„Nur zu gern, Mark. Dann kann ich endlich mit Paula zum Schlittenfahren in den Snow Dome nach Bispingen, ich hab ihr das schon so lange versprochen."

Mark lachte „Da freu ich mich mit klein Jonte auch schon drauf. Hast du den Firmenpartner der Weiler, den Kobarski, erreicht?"

„Nein. Wieder nur seinen Anrufbeantworter. Ich hab die Bad Schwartauer Kollegen gebeten, sie mögen sich umhören. Gestern Abend haben sie zurückgerufen. Kobarskis Nachbarn gaben an, er wäre möglicherweise verreist, da sein Wagen bereits tagelang nicht auf dem Parkplatz steht. Wohin er gereist sei, konnten die Kollegen leider nicht herausfinden", sagte Inka und drückte den Klingelknopf an der Reihenhaustür.

Benedikt Weiler öffnete den Kommissaren. Mit seinen fast ein Meter neunzig und gut hundert Kilo stand er in seiner vollen Größe vor den Kommissaren. Er trug Fußballkleidung und blickte Inka und Mark skeptisch an.

„Ich komme vom Training und will in die Dusche", sagte er, als Inka und Mark sich erneut ausgewiesen und vorgestellt hatten. „Aber Sie wollen sicher meine Mutter sprechen. Sie ist im Wohnzimmer." Mit erhobenem Arm wies er den Flur entlang und rief: „Die Kommissare aus Hanstedt sind da", dann eilte er mit der Sporttasche in der Hand eine schmale Treppe hinauf.

Anna Weiler saß an einem Esstisch und tippte auf der Laptoptastatur.

„Guten Abend. So später Besuch?"

„Wir haben noch ein paar Fragen", begann Inka.

Anna Weiler klappte den Laptop zu. „Setzen Sie sich. Möchten Sie auch ein Glas Rotwein?“ Sie nickte zu ihrem Glas und dem burgunderroten Wein, der eine Dekanterflasche zu drei Vierteln füllte.

Inka und Mark verneinten.

„Frau Weiler“, begann Inka. „Wir sind hier, weil es neue Ermittlungsansätze im Todesfall Hendrik Schubert gibt.“

„Und da kommen Sie zu mir?“

„Nicht nur. Wie geht es Ihnen inzwischen? Haben Sie den Schrecken der Bestie, die Sie am See angefallen hat, verdaut?“

„Ja. Nur Hendriks Tod …“ Anna Weiler senkte den Blick.

„Frau Weiler, Sie erzählten uns, Ihr ehemaliger Partner, Rüdiger Kobarski, würde nicht mehr in der Firma arbeiten.“

„Ja, das stimmt.“

„Auf seinem Handy erreichen wir ihn leider nicht. Haben Sie eine Mailadresse für uns?“

„Die muss ich raussuchen.“ Anna Weiler öffnete den Laptop, tippte auf der Tastatur und riss einen Zettel aus einem Block, der neben ihr auf dem Tisch lag. „So, bitte schön.“ Sie reichte Inka die aufgeschriebene Mailadresse. „Kann ich sonst noch etwas für Sie tun?“

„Benutzen Sie Brieföffner?“

„Ja, in der Firma.“

„Aus welchem Material bestehen die Öffner?“

„Ich habe zwei. Einer ist aus rotem Kunststoff, ein ganz einfaches Teil, der andere ist aus Metall und mit einer Rose am oberen Ende verziert.“

„Und Ihr Sohn?"

„Benedikt? Nein, sicher nicht. Seine Briefe sehen aus wie aus dem Reißwolf." Anna lächelte. „Aber darf ich fragen, warum Sie das wissen wollen? Ist Hendrik mit einem Brieföffner ermordet worden?"

„Es ist zu früh, um darauf zu antworten", sagte Inka, obwohl ihre Frage nach Brieföffnern unmissverständlich jedem Zeugen das Tatwerkzeug erklärte. „Wann werden Sie mit dem Bau Ihrer Anlage beginnen? Gibt es ein Datum?", versuchte sie das Gespräch auf ein anderes Thema zu lenken.

„Nein. Wenn Sie wüssten, was da im Ordnungsamt, Bauamt, Umweltamt oder wo auch sonst los ist. Die machen einen riesigen Aufstand. Aber dass Windkraftanlagen kein Kohlendioxid ausstoßen und somit nicht zur Erderwärmung beitragen, davon wird kein Wort erwähnt. Wissen Sie, dass über achtzehn Millionen Vögel jährlich in Deutschland an Glasscheiben, Stromleitungen, im Straßenverkehr oder durch Agrargifte sterben? Selbst die seltenen und bedrohten Vögel bleiben davon nicht verschont. Singvögel, Zugvögel, Spechte, alles bis hin zum Storch. Dann die Straßen- oder Bahnnetze. Die Vögel werden durch den Luftwirbel angesaugt. Was dann passiert, brauch ich Ihnen wohl nicht zu erklären. Aber nicht nur dort, sondern auch in den Netzen und Reusen der Fischer ertrinken Seevögel. Sie sterben einen elendigen Tod. Es gibt noch so viel, was ich Ihnen darüber erzählen könnte. Doch es regt mich einfach nur auf, denn immer sind wir, die Offshorebetreiber, schuld an dem Sterben der Vögel. Natürlich weiß ich, dass die Vögel die Rotorblätter der Anlage zu spät entdecken. Und ja, es ist schrecklich. Und ja, es tut mir um jedes Tier leid. Und ja, wenn ich eine Möglichkeit sehen würde, dies zu verhindern, würde ich es tun. Es gibt bundesweit ungefähr zwanzigtausend Anlagen. Dennoch sind wir, die Betreiber, nicht für jede Vogelart verantwortlich, die ausstirbt. Mit unseren Anlagen leisten wir einen wertvollen Beitrag zum Klimaschutz, nur das wird leider vergessen. Zumal eine vernünftige Aufklärung der Bevölkerung nicht erfolgt. Warum auch, dann würde es schnell der Bahn, den Bauern oder dem oder dem an den Kragen gehen. Es ist einfacher, alle Schuld auf uns abzuwälzen."

„Wir hörten, es geht um den vom Aussterben bedrohten Goldregenpfeifer, den Ornithologen nahe der Schwindequelle kurz vor dem Naturschutzgebiet gesichtet haben und der jetzt Stein des Anstoßes ist beziehungsweise den Baustopp verursacht hat?"

„Ein einziger Naturfreund will den Vogel gesehen haben. Und der hatte nichts Besseres zu tun, als zu den Behörden zu rennen."

„Was hat Herr Schubert zu Ihren Plänen, eine neue Anlage zu bauen, gesagt? Wir wissen, dass er sich sehr für die Natur eingesetzt hat."

„Er war zwiegespalten, aber er hat eingesehen, dass eine Anlage einen größeren Nutzen für die Welt und das Klima darstellt als Atomenergie. Mit ihm konnte ich reden, aber mit den Behörden …" Anna trank einen kräftigen Schluck Wein.

„Wer war dieser eine Ornithologe, der den Goldregenpfeifer gesichtet hat?"

„Ja, das wüsste ich auch gern. Leider hüllen sich die sturen Beamtenheinis in Schweigen. Es sei Datenschutz. Namen weitergeben wäre nicht erlaubt.“ Anna Weiler holte tief Luft und sah zu ihrem Sohn, der mit einer Colaflasche in der Hand im Wohnzimmer auftauchte.

Benedikt trug einen steingrauen Jogginganzug. Seine Haare waren feucht und ein herber Duft nach Hölzern ging von ihm aus. Er nahm einen ordentlichen Schluck aus der Einliterflasche und setzte sich, die Kniekehlen über die Armlehne einer rotbraunen Polstercouch geschwungen. Inkas Blick lag auf seinen langen schaukelnden Beinen, dem durchtrainierten Körper eines Fußballspielers und den großen Füßen. Benedikt Weiler war auf jeden Fall kräftig genug, Hendrik Schubert zu verprügeln und mit seiner Größe in einem Werwolfkostüm Lea Ohlsen und seine Mutter in Todesangst zu versetzen. „Ich hab Hunger. Wann essen wir?“, fragte er, den Blick auf seine Mutter werfend.

„Bald“, gab sie kurz zur Antwort.

„Benedikt, ich darf doch Du sagen, oder?“, fragte Inka.

Schulterzucken.

„Benedikt, du kennst Marlene Westmann-Hof.“

Der Schüler nickte. „Wir kennen uns alle. Na ja, manche mehr, manche weniger. Aber so viele Schüler sind wir ja nicht.“

„Wir haben erfahren, dass Marlene ein Verhältnis mit ihrem Biologielehrer Hendrik Schubert hatte.“

„Marlene nimmt jeden, den sie kriegen kann. Ob Hendrik oder uns Jungs. Sie ist nicht wählerisch. Aber Hendrik hat sie ordentlich in der Mangel gehabt, wenn Sie verstehen, was ich meine.“

„Wie war es denn mit dir, hat sie dich auch in der Mangel gehabt?"

„Ich steh nicht auf Flittchen, die für jeden die Beine breitmachen." Er strich sich eine nasse Haarsträhne aus dem Gesicht, dann ein paarmal mit den Handflächen über die Oberschenkel.

„Kommen wir auf das vorherige Thema zu sprechen. Hendrik Schubert. Wer, glaubst du, könnte ihn ermordet haben? Von der Hypothese eines Werwolfes einmal abgesehen."

„Vielleicht einer meiner Schulkollegen. Nicht alle waren gut auf ihn zu sprechen."

„Ach, dabei soll er ein netter Lehrer gewesen sein, sogar Vertrauenslehrer."

„Na ja, das haben *Sie* gehört, wir Schüler …" Benedikt Weiler machte eine kurze Pause. „Jannik hatte einen gehörigen Rochus auf ihn, weil er ihn immer wieder wegen seines Jointkonsums gerügt und belehrt hat. Peer mochte ihn auch nicht, weil Hendrik auf das Gestüt raus ist und mit seinen Eltern gesprochen hat. Peer hat erzählt, er müsste im Reiterhotel aushelfen und käme dadurch oft zu spät in die Schule. Raus kam, dass Peer nur am Abend ab und zu für eine Stunde an der Rezeption aushilft, auf eigenen Wunsch, um sich ein paar Euro dazuzuverdienen. Wo er war, wenn er die Schule schwänzte?" Benedikt zuckte die Schultern, dann vibrierte sein Handy in der Hosentasche. Er sah auf das Display. „Was, das gibt es doch nicht?", sagte er, und: „Ich schalt mal kurz die Glotze an. Lea ist in der *Sandmann-Show Der Merkwürdigen Phänomene*."

Lea Ohlsen saß in einem dunkelblauen Polstersessel in einer Runde von vier weiteren Gästen und dem Moderator John Sandmann. Einem vierzigjährigen Engländer, der es mit seiner Show in das deutsche Fernsehen geschafft hatte. Seine grauen Haare trug er, als wäre ein Sturm über seinen Kopf gefegt. Das graue Jackett, das schwarze T-Shirt, die gleichfarbige Jeans saßen maßgeschneidert.

In der Mitte der Gäste, auf einem riesigen Glastisch, standen allerlei skurrile Gebilde. Ein kleegrünes, menschenähnliches einäugiges Wesen, mit Armen, die bis zu den drei Zehen reichten. Dann ein kugelförmiges, braun behaartes Ding, das sich alle zwei Minuten oberhalb öffnete und eine breiige grünschleimige Masse offenbarte, in der ein gelbes Auge zum Vorschein kam. Das jedoch keinen Vergleich zu der vierarmigen Kreatur mit gelbem quadratischen Körper darstellte, der aussah wie Schweizer Käse, sich bewegte wie eine indische Tempeltänzerin und den Mund aufriss und tausend spitze Zähne zeigte. Weiter fand sich auch Leas Werwolf in der Mitte des Tisches. Ellenlang, grauschwarz behaart mit riesigen Pranken stand er aufrecht auf seinen Füßen, wie eine Spielzeugroboterfigur, und blickte mit aufleuchtenden roten Augen in die Kamera. Rund um diese abscheulichen Miniaturkreaturen füllten Hackbällchen, Käse-Weintrauben-Spieße und Bruschetta mit Tomaten die Teller. Für Fans des Süßen, passend zum Halloweenabend, standen Glubberaugen, Zombiefiguren, Vampirzähne und Fledermäuse aus Weingummi bereit.

„Das glaub ich jetzt nicht!", sagte Inka empört, als der Moderator bereits seinen nächsten Gast ankündigte.

„Wir haben heute Abend ein sehr interessantes Programm. Wir dürfen Ihnen eine neue Sichtung, ein neues Phänomen, vorstellen. Ein Werwolf streift durch die Lüneburger Heide. Diese Sensation hat es noch nie gegeben. Und von Angesicht zu Angesicht stand ihm die siebzehnjährige Schülerin aus dem Pastor-Bode-Eliteprivatgymnasium in Amelinghausen gegenüber." Der Moderator machte eine bedeutungsvolle Pause, bevor er sagte: „Lea Ohlsen, meine Damen und Herren." Ein Kameraschwenk zeigte die Schülerin in Großaufnahme. Ihre Haare waren zu zwei Zöpfen gebunden und bis auf ein wenig transparenten Lipgloss war sie ungeschminkt. Ihre zurückhaltende Aufmachung zeigte ein unschuldiges Schulmädchen, das der grauenhaften Bestie entkommen war. Gekonnt in Szene gesetzt stand hinter Lea eine zwei Meter große Pappfigur eines Werwolfes. Die riesigen Pranken nach Lea ausgestreckt, so, als wolle er sie fangen. „Wie sie der Kreatur des Waldes entkommen ist", plauderte der Moderator munter weiter, „verrät sie uns gleich mit ihren eigenen erschütternden Worten. Sie sind hier in der *Sandmann-Show Der Merkwürdigen Phänomene* und mein Name ist John Sandmann, Ihr Gastgeber. Nach einer kurzen Pause geht es gleich weiter. Bleiben Sie bei uns."

Applaus brandete auf. Männer und Frauen standen voller Enthusiasmus im Publikum auf, hoben ihre Smartphones, filmten und jubelten den Gästen der Talkrunde und dem Zähne zeigenden lächelnden Moderator zu.

„Hat Lea nicht vorgestern diesem Reporter des *Hamburger Magazins,* Erik Gerke, die Tür vor der Nase zugeschlagen, als er sie bat, in der Show seines Freundes aufzutreten?", fragte Inka.

„Hat sie", bestätigte Mark nickend. „Sie hat es sich wohl anders überlegt."

„Mann, das ist ja echt spooky. Habt ihr gesehen, die tragen sogar T-Shirts mit ihren Erscheinungen." Benedikt lachte, dann nahm er einen kräftigen Schluck aus der Colaflasche und setzte sich weiter auf das Sofa. „Dass es Verrückte gibt, die diese Spinnerei glauben." Er schüttelte den Kopf.

„Sie glauben nicht daran?", fragte Mark.

„Nee, das ist doch alles nur, weil die sich da wichtigmachen wollen. Und Lea, ein Werwolf, bestimmt hat sie zu viele Geschichten von den verrückten Patienten ihrer Mutter gehört."

„Genug", sagte Inka, stand auf und griff nach der Fernbedienung. Entschlossen schaltete sie den Fernseher aus.

„Hey", protestierte Benedikt. „Was zur Hölle soll das werden? Ich will das sehen."

„Wenn wir auf unsere Fragen alle Antworten haben, können Sie weiter fernsehen."

Benedikt verzog wütend das Gesicht und griff nach seinem Smartphone, das auf dem Wohnzimmertisch lag. Mit flinken Fingern huschte er über das Display. Nur kurz nach seiner Nachricht piepte es ununterbrochen. Die Kommunikation der Schüler hatte begonnen. Inka nutzte die Werbepause im Fernsehen, um Fritz anzurufen und zu bitten, die Show aufzunehmen. Sie wollte wissen, was Lea zu sagen hatte.

Es war zweiundzwanzig Uhr, als Inka nach Hause kam. Ihr Magen knurrte und ihre Füße taten ihr weh. Das Video, das Fritz aufgenommen hatte, würde sie sich mit Mark und den Kollegen am Montag gemeinsam auf der Wache ansehen. Das Wochenende gehörte ihr und Paula. Als sie die Wohnungstür aufschließen wollte, tauchte Tim aus dem Dunkeln hinter ihr auf.

„Na, ist die viel beschäftigte Kommissarin endlich zu Hause angekommen?" Er wartete nicht auf Inkas Antwort, sondern polterte sofort weiter: „Du weißt schon, dass Hanna wieder Kindermädchen für Paula spielt, oder? Sie hat sie von Tilly abgeholt und mit zum Rundgang durchs Dorf genommen. Es war Halloween und du hast nicht einmal deinem Kind das Kostüm angezogen", blaffte Tim sie an. „Falls es dich interessiert, liebe Schwägerin, deine Tochter schläft bei den Jungs wie ein Murmeltier. Die Menge Süßkram haben wir einkassiert. Die Dorfbewohner waren mehr als spendabel. Wir konnten die Kinder gerade noch davon abhalten, ihr Abendbrot mit Schokolade, Lolli und Co. einzunehmen. Paulas vollgepackte Stofftüte liegt bei dir in der Küche auf dem Küchentisch."

„Danke. Ich weiß eure Hilfe wirklich zu schätzen, Tim. Es tut mir auch leid. Aber es war mit Hanna abgesprochen. Ich hatte noch Außeneinsätze."

„Lagen Pferdeäpfel auf einer Dorfstraße oder wurde ein Kartoffelsack geklaut, um dessen Verbleib du dich kümmern musstest? So ein Außeneinsatz war bestimmt auch der Grund, warum Paula am Timmendorfer Strand …"

„Hör auf, Tim, du weißt genau …" Inka verschluckte die Worte. Tränen füllten ihre Augen. Der wahnsinnige

Schmerz, dass Paula etwas zugestoßen sein könnte, als sie am Timmendorfer Strand bei einem Ausflug mit den Ordensschwestern verschwand, schnürte ihr Herz noch immer zusammen. Zwei Tage hatten sie gesucht, bis …

Tim scheuchte sie aus ihren Gedanken. „Inka, so kann das nicht weitergehen. Hanna kann sich nicht noch um ein drittes Kind kümmern. Sie hat die Ferienzimmer herzurichten, die Reservierungen, die Buchhaltung, die Küche und den Hofverkauf, das wird zu viel. Sie sagt es nicht, aber ich weiß es." Tims Worte wurden ruhiger.

„Ja, du hast recht", gab Inka zu und wischte die Tränen von den Wangen.

„Entschuldige, ich wollte nicht so aufbrausen und dich zum Weinen bringen. Aber ich sorge mich um meine Frau."

„Ich verstehe dich, Tim. Es ist auch gut und richtig von dir. Und dass ich so nah am Wasser gebaut bin, sind sicher die Nachwirkungen aus Timmendorf. Ich hatte solche Angst um Paula."

„Ja, wir auch. Komm her", sagte der blonde Hüne und drückte Inka an seine Brust.

„Hab ich hier etwas verpasst?", fragte Hanna, die in diesem Moment hinter dem eng umschlungenen Paar auftauchte.

„Vielleicht wenn du etwas später gekommen wärst." Inka drehte sich aus Tims Umarmung. Sie lachte und Tim stimmte ein. „Dein Mann hat mich nur getröstet."

„Na dann." Hanna schmunzelte. „Brauchst du noch Nachschlag von meinem Großen, oder kann ich ihn jetzt mitnehmen?"

„Er gehört dir. Bis auf Weiteres." Inka lächelte.

Sie suchte nach dem Haustürschlüssel in der Handtasche. Wie immer lag er auf dem Grund. Sie wischte die letzte Träne von der Wange und schloss die Tür auf. *Komisch*, dachte sie. *Es riecht anders als heute Morgen, als ich die Wohnung verlassen habe.* Der Duft nach Thymian zog in ihre Nase und in der Küche leuchtete das Backofenlicht. Sie konnte sich nicht erinnern, dass sie morgens den Backofen eingeschaltet und vergessen hatte auszuschalten. Aber bestimmt hatte Hanna ein Essen für sie warm gestellt. Ihre Schwester war ein Schatz.

Inka streifte die Schuhe von den Füßen, schlüpfte in ihre Hausschuhe, zog die Jacke aus und hängte sie zusammen mit ihrer Handtasche an den Garderobenhaken. Müde schlurfte sie ins Bad. Sie brauchte erst einmal eine Dusche. Hannas Essen musste ein paar Minuten warten.

Das warme Wasser und das nach Orange duftende Duschgel ließen sie ein wenig munter werden. Sie zog die Leggins und das weiße T-Shirt mit den kleinen bedruckten schwarzen Katzen an. Neugierig, was Hanna gekocht und im Ofen warm gestellt hatte, ging sie in die Küche. Das Ofenlicht war aus. Irritiert öffnete Inka die Backofentür. Leer. Doch der Ofen strahlte noch immer eine Restwärme aus. Hier stimmte was nicht. Wer war in ihrer Wohnung? Aus dem Wohnzimmer hörte sie leise Musik. Auf Zehenspitzen schlich sie in den Flur und griff aus der Jacke nach ihrer Dienstwaffe. Vorsichtig, die Waffe entsichert, schlich sie weiter den kleinen Flur entlang. Am Eingang des Wohnzimmers blieb sie stehen und sah um den Türrahmen. Zwei Kerzen brannten auf dem gedeckten Tisch und ein bunter Blumenstrauß stand neben einer Flasche Rotwein.

„Jetzt komm endlich rein, sonst wird das Essen kalt", hörte sie eine Stimme.

„Du?", fragte sie erstaunt, als sie die Stimme erkannte.

„Ja. Und nimm bloß das Ding runter."

„Was tust du hier, Sebastian?" Inka ließ die Waffe sinken, die sie noch immer schussbereit in Höhe ihres Gegenübers gehalten hatte.

„Nach was sieht es denn aus? Ich warte auf dich, damit wir zusammen essen." Sebastian stand auf.

„Aber ich dachte …" Inka sicherte die Waffe und legte sie neben den Fernseher. „Wie schön." Mehr Worte brauchte es nicht, dann lag sie in Sebastians Armen und leidenschaftliche Küsse raubten ihr den Atem. Als sie wieder Luft bekam, sagte sie: „Wie bist du reingekommen?"

„Hanna war so lieb."

„Ich hab sie eben vor der Tür getroffen. Sie hat nicht gesagt, dass du hier bist."

„So war es geplant."

„Aber warum …"

Sebastian legte Inka den Zeigefinger auf den Mund. „Ich hab es ohne euch einfach nicht mehr ausgehalten. Ich musste dich und Paula sehen."

„Wo ist dein Auto? Es stand nicht vor der Tür."

„Weil ich mit Bus und Bahn gefahren bin. Ich wollte, dass der *Kreuzer* denkt, dass ich in Hamburg bin. Lange wird er sich nicht an der Nase rumführen lassen, aber bis Montagfrüh … Oh, Inka, was hab ich dich vermisst." Wieder zog er sie an sich.

„Du hast gekocht?“, fragte Inka zwischen Sebastians Küssen.

„Ja. Spaghetti Bolognese mit viel Thymian in der Soße, so, wie du sie am liebsten magst.“

„Weißt du, was ich jetzt gerade am liebsten mag?“ Inka lächelte.

„Fast kann ich es mir denken.“ Sebastian hob Inka hoch und trug sie ins Schlafzimmer.

Kapitel 10

Nach dem Wochenende mit Paula und Sebastian fuhr Inka am Montagmorgen mit einem weinenden und einem lachenden Auge auf die Hanstedter Wache. Diese Auszeit mit ihren Lieben hatte sie gebraucht, um wieder Energie zu tanken.

Sebastian war früh um sieben Uhr zu seinen Eltern nach Hamburg abgereist. Paula weinte bitterlich, als sie sich von ihm verabschiedete. Wieder spürte Inka, wie tief in Paulas Seele der Verlust eines Menschen verankert war. Das Trauma, als Inka sich von Fabian getrennt hatte und Paula ihren Papa nur einmal im Monat sehen konnte, flammte mit der erneuten Trennung von Sebastian wieder auf. Auch das Versprechen, er käme bald wieder, brachte nur Schluchzen hervor. Selbst Tilly konnte Paula nur schwer mit ihrem anstehenden Winter-Bastelmarathon ablenken. Sie hätte zu Hause bleiben und mit ihrer Tochter etwas unternehmen sollen, sie ablenken sollen von ihrem Schmerz. Ihr schlechtes Gewissen nahm überhand.

Eine halbe Stunde später lenkte sie ihren Wagen auf den Hofparkplatz. Mark saß bereits an seinem Schreibtisch, auf dessen rechter Ecke ein geöffneter Karton mit transparenten Kekstüten stand.

„Guten Morgen, Inka", flötete er fröhlich. „Na, wie war dein Wochenende?"

„Wunderbar. Und deins?"

„Klasse. Samstag sind wir mit dem Kleinen in der Therme zum Schwimmen gewesen und gestern sind wir nach Hamburg an die Alster gefahren. Ein ausgefülltes Wochenende."

„Wie schön. Paula und ich, wir waren mit … im Snow Dome zum Schlittenfahren", sagte sie schnell. Sie hatte Sebastian versprochen, seine Anwesenheit in der Heide zu verschweigen. „Hat Fritz uns das Video von der *Sandmann-Show* geschickt?", lenkte sie ab. Mark war seit Schulzeiten ihr bester Freund und Kollege. Sie konnte sich hundertprozentig auf ihn verlassen. Nie würde er ausplaudern, was im Geheimen bleiben sollte, doch versprochen war versprochen.

„Fritz ist hier. Er sitzt im Besprechungszimmer."

„Geht es ihm besser?"

„Glaub ja. Wollen wir?" Mark stand auf, griff nach vier Kekstüten aus dem Karton und nahm zwei Teller aus dem Schränkchen neben dem Kühlschrank.

Das Besprechungszimmer war mit dem Team belegt, das am Fall Werwolf arbeitete. Fritz Lichtmann saß wie immer an der Stirnseite. Der Beamer stand startbereit auf dem Konferenztisch und die Leinwand zeigte das Standbild der *Sandmann-Show*.

„Guten Morgen, Inka, Mark. Schön, dann sind wir ja vollzählig. Die Kollegen Faller, Amselfeld und Rommel haben mich auf den neuesten Stand gebracht. Legen wir mit der Aufzeichnung los." Lichtmann drückte den Startknopf auf dem Beamer, das Programm lief an, zeigte das überfüllte Studio. Alle aufgestellten Stühle waren mit neugierigen Zuschauern belegt. Links und rechts an den Wänden standen die Menschen dicht gedrängt.

„Und da sind wir wieder." John Sandmann lachte in die Kamera. „Weiter geht es mit Lea Ohlsen, der siebzehnjährigen Schülerin aus dem Pastor-Bode-Eliteprivatgymnasium aus Amelinghausen. Für alle Zuschauer, die eben gerade eingeschaltet haben … Lea Ohlsen, meine Damen und Herren, stand Auge in Auge einem Werwolf gegenüber. Lea", der Kameramann schwenkte zu der Schülerin, „in den sozialen Netzwerken und den hiesigen und überregionalen Zeitungen steht dein unheimliches Erlebnis mit der grauenhaften Kreatur", begann der Moderator. „Erzähle uns allen doch im Studio und den Menschen zu Hause an den Bildschirmen, wie es dazu kam."

Langsam und ruhig erzählte die Schülerin, was sich am Lopausee zugetragen hatte. Vom Paintballspiel durch den Park und den Wald, bis sie auf den Werwolf und die Jagd zu sprechen kam, als der plötzlich mit rasiermesserscharfen Pranken und roten glühenden Augen vor ihr stand. Dann wurde es still in den überfüllten Zuschauerreihen. Kein Getuschel mehr, Husten, Aufstehen oder Herumlaufen. Gebannt hing jeder in diesem Studio an Leas Lippen.

„Nun", sagte Sandmann, „die Lüneburger Heide ist prädestiniert für Wölfe. Sie sind zurückgekehrt. Und wen wundert es, wenn der ein oder andere Werwolf sich unter das Rudel gemischt hat und bei uns eingewandert ist. Hier findet er die perfekte Umgebung, um sich im über eintausend Quadratkilometer großen Territorium auszutoben. Nur leider hat er vergessen, Asyl zu beantragen. Aber wofür braucht er auch einen Pass?"

Die Zuschauer jubelten und klatschten. Hatte es Skeptiker unter ihnen gegeben, hatte Sandmann sie jetzt alle auf seiner Seite. Er nahm sie ein wie ein Prediger seine Zuhörer in einer dieser abendlichen Bibelsendungen, die regelmäßig im Fernsehen ausgestrahlt wurden.

„Wie wir sehen, sind die Wunden, die du davongetragen hast, noch nicht verheilt. Befürchtest du, auch zum Werwolf zu mutieren?“ Sandmann wandte sich zurück an Lea und lächelte. Es war kein ehrliches Lächeln. Eher ein spöttisches, hinterhältiges Lächeln, eines, bei dem die Augen nicht mitlächelten. „Ich meine, jeder weiß – werde ich von solch einem Untier angefallen, droht mir selbiges Schicksal. Fühlst du dich bereits unwohl, wachsen dir Haare, wo es vorher keine gab?“

In Großaufnahme zeigte die Kamera Leas Schürf- und Kratzwunden im Gesicht und an den Armen, die im Licht des Scheinwerfers deutlich gefährlicher aussahen, als sie es in Wirklichkeit waren.

„Nein, mir geht es gut. Ich bin dankbar und froh, dass ich dem Monster entkommen bin“, sagte Lea.

„Aber die Bestie hat dich mit ihren Pranken eingefangen und festgehalten. Das stimmt doch, oder?“ Wieder dieses eingefrorene Lächeln.

„Ja, aber …“

„Und daher hast du die Verletzungen?“

„Aber doch nicht alle. Ich hab mich befreien können und bin durch den Wald gelaufen. Die Wunden kommen auch von den Büschen und Steinen, der Holzbrücke, auf der ich hingefallen bin.“

„Genau, du sagtest – auch. Und hier haben wir den Einwurf. Was ist, wenn ein einziger Kratzer ausreicht, um von einem Menschen zu einem Werwolf zu mutieren? Wer weiß das genau? Bist du ärztlich untersucht worden, ob irgendwelche Wolfsgene in deinem Blut umherschwimmen, die dich stündlich, minütlich, vielleicht sogar sekündlich verändern, womöglich, während wir gemütlich plaudern? Müssen wir hier in der Runde und im Publikum einen Angriff von dir befürchten?"

„Nein. Meine Mutter und mein Vater sind Ärzte, sie werden ..."

„Ja, sie sind Psychologen", schnitt Sandmann Lea das Wort ab.

Ein Kameraschwenk zeigte Leas Eltern, die hinter dem Pappwolf in der ersten Reihe der ausverkauften Showbühne saßen und aussahen, als würden sie jeden Moment aufstehen und Sandmann an den Hals springen.

„Wie auch immer, wir sind erleichtert, dass dieses tapfere Mädchen offenbar keine weiteren körperlichen Schäden davongetragen hat. Das Dorf Amelinghausen allerdings liegt in Angst und Schrecken", plauderte Sandmann weiter. „In der Lüneburger Heide lauert ein gefährlicher Werwolf auf sein nächstes Opfer. Oder sind gar schon mehr Menschen von diesem Untier angegriffen worden? Ich weiß es nicht und Sie alle wissen es auch nicht. Vielleicht Ihr Nebenmann, Ihr Nachbar, die Verkäuferin oder Ihr Kind, das aus dem Wald vom Spielen nach Hause kommt. Bleiben Sie da, wo Sie jetzt sind, wir tun es auch, denn gleich geht es weiter in der *Sandmann-Show Der Merkwürdigen Phäno-*

mene. Hier erfahren Sie mehr von dem, was Sie wissen sollten."

Der zweite Werbeblock begann und Lichtmann spulte das Video bis zur nächsten Showeinspielung vor.

„Doch während wir hier sitzen, meine Damen und Herren, sind wieder Jäger auf der Pirsch, um den Werwolf zu fangen. Gerade vorgestern wurde ein Wolf erlegt, der sich nahe an den Lopausee herangetraut hat. Doch leider war es nur ein gewöhnlicher Wolf. Aber die Jäger aus den Heidedörfern suchen weiter. Wie ich vor der Show erfahren habe, wurden die ersten Zelte rund um den Lopaupark aufgebaut. Tag und Nacht wird zum Schutz der Dörfer von einer zusammengefundenen engagierten Bürgerwehr und einigen Jägern Wache gehalten."

„Ja, so ist es richtig! Wir müssen diese Bestien ausrotten!" Ein Mann stand aus dem Publikum auf und reckte den Arm in die Luft, die Hand zu einer Faust geballt.

„Ich mach auch mit!" Ein zweiter und ein dritter Mann erhoben sich und grölten durch die Zuschauerreihen, die immer unruhiger wurden.

„Lasst uns diese Viecher umbringen, bevor sie uns alle töten!", schrie jetzt ein weiterer Mann durch das Studio. „Gehen wir Werwölfe jagen! Helfen wir den Jägern! Beschützen wir unsere Frauen und Kinder! Wer kommt mit?"

„Nun ist es gut", beschwichtigte Sandmann die Männer, die auf eine Schar von zwanzig angewachsen waren. „Wir sind nicht hier, um diese Wesen, auch wenn sie uns feindlich gesinnt sind, zu jagen, sondern um sie zu studieren. Woher kommen sie? Was hat sie zu dem gemacht, was sie sind?"

„Ja, aber dazu müssen wir erst mal einen erwischen!", grölte es von der anderen Zuschauerseite. Die Kamera schwenkte hin und her, bis sie einen kleinen dicken Mann erwischte, der in die Menge geschrien hatte. „Wenn wir keinen erlegen, können wir ihn auch nicht aufschnippeln und studieren", bekräftigte der Dicke weiter.

„Aber so weit wollen wir jetzt nicht gehen. Ich möchte, dass Sie sich alle wieder hinsetzen und Lea weitererzählen lassen. Die Werwolfsichtung war ja nicht die einzige fürchterliche Begegnung, die Lea in dieser Nacht in Angst und Schrecken versetzt hat. Leider gab es auch einen grausamen Mord in dieser Vollmondnacht. Hendrik Schubert, der Biologielehrer des Gymnasiums, ist brutal zerstückelt worden. Nun fragen wir uns natürlich – war der Werwolf der Mörder? Wird der Lehrer uns bei unserem nächsten Waldspaziergang auflauern?"

„Der ist doch kein Zombie! Nur Zombies stehen wieder auf, wenn sie mal hin waren!", brüllte wieder ein Mann aus dem Zuschauerraum. Die Kamera des Kameramannes flog hin und her, doch fing die verstummte Stimme nicht ein.

„So ist es", bekräftigte der Moderator. „Und außerdem wissen wir, dass Wölfe scheue Tiere sind. Wer weiß, ob der Werwolf nicht mit Lea kuscheln wollte, weil er sich in der Heide allein fühlt."

Wieder brach tosendes Gelächter im Zuschauerraum aus.

„Erzähle uns doch von deinem grässlich zugerichteten Biologielehrer, Lea. Im Internet kursiert ein Video. Hast du ihn gefilmt, wie er da mit verdrehten Gelenken in seinem Blut auf der Brücke lag?"

„Nein, ich war das nicht." Lea war kalkweiß im Gesicht, was die roten Kratzer noch leuchtender hervorbrachte.

„Aber du weißt, wer das war?"

„Nein."

„Nun gut, einer von deinen Mitschülern wird es schon gewesen sein." Sandmann nickte Lea aufmunternd zu. „Weiter wollen wir auch nicht auf den toten Lehrer eingehen und Lea zu sehr strapazieren. Außerdem gehört der Fall der Hanstedter Polizei. Hoffen wir, dass sie den Täter bald fassen. Bisher sind leider keine weiteren Informationen aufgetaucht, die die Bürger der Lüneburger Heide beruhigen könnten. Bleiben wir daher bei unserem Thema in der Show *Der Merkwürdigen Phänomene*." John Sandmann stand aus seinem blauen Polstersessel auf und drehte sich mit dem Mikrofon zum Publikum. „In Leas Umfeld gibt es viele Zweifler, ob sie ein Werwolf angegriffen und verfolgt hat. Wie ist es bei Ihnen, liebes Publikum, glauben Sie der Schülerin Lea Ohlsen? Gibt es Werwölfe wirklich?" Freundschaftlich legte Sandmann der Wolfpappfigur den Arm über die Schulter.

Laute bejahende Rufe dröhnten durch das Studio. Die Begeisterung der Menge war kaum zu überhören. Eine blonde langbeinige Mitarbeiterin in einem hautengen Minikleid stöckelte mit einem Mikrofon von Zuschauerreihe zu Zuschauerreihe. Menschen jeglichen Alters wollten ihre Meinungen und Fragen an Lea und Sandmann richten. Wie groß war der Werwolf? Hat er mit dir geredet? Was hat er gesagt? Wollte er dich fressen? Hat er zwei oder drei Augen? Ob sie es noch anders beweisen könne, dass sie wirklich einem Werwolf begegnet war. Sogar, ob es ein männlicher oder ein weiblicher Werwolf gewesen sei, wurde gefragt. Doch auch, ob sie sich nur wichtigmachen wollte. Berühmt werden wollte. Sie das Geld gereizt hat, was sie in der Show verdiene. Lea war überfordert angesichts der vielen Menschen und ihrer Fragen. Vermutlich hatte sie das Recht darauf, nervös zu sein, dachte Inka. Hatte sie doch ausgesagt, dass sie den Wald schon am Tage nicht mochte. Und dann einer derart widerwärtigen stinkenden Kreatur zu begegnen, ließ sich kaum in ein paar Tagen verarbeiten.

Nach einer Viertelstunde bedankte sich Sandmann bei Lea und wandte sich einem Mann in grasgrüner Hose und mit dem T-Shirt-Aufdruck des grünen Männchens mit den langen Armen zu. Lichtmann stellte den Beamer aus. Das grüne Männchen leuchtete von der Leinwand.

„So, da haben wir den Salat", knurrte Lichtmann. „Nach dieser blödsinnigen Show werden weitere Jäger und Verrückte in die Heide nach Amelinghausen stürmen und unsere Arbeit erschweren. Wir brauchen das ganze Gelaber um einen Werwolf nicht, und eine Fernsehshow brauchen wir erst recht nicht." Er holte tief Luft. „Also, was sagen wir jetzt dazu?", forderte er seine Mitarbeiter auf, während er ein Eukalyptusbonbon aus einer grünen Papierhülle wickelte.

„Dass wir so schlau sind wie vorher", antwortete Inka und zog sich einen der zwei Keksteller heran, die Mark mit Zuckerwaffeln gefüllt hatte. „Lea hat nichts ausgesagt, was wir und die Presse nicht bereits wissen." Sie griff nach einer Waffel, steckte sie in den Mund und verzog das Gesicht.

Mark lachte. „Zimt mit Orange, Inka."

„Damit bin ich aus dem Rennen", sagte Inka, schenkte sich einen Becher Kaffee aus der Pumpthermoskanne ein und spülte den Keksrest mit einem Schluck Kaffee herunter. Kekse mit Zimt gingen gar nicht.

Dann stürmte Frauke mit zwei Computerausdrucken in den Besprechungsraum. „Ich hab die Kontodaten der Windparkfirma Weiler", sagte sie, wedelte mit den Blättern in der Luft und rutschte Inka gegenüber auf einen Stuhl. „Anna Weiler ist pleite. Zumindest, wenn sie den neuen Park nicht bauen kann. Susanne und Hendrik Schubert haben kaum ein Plus auf dem Konto, fast ihr gesamter Lohn geht für die Abzahlung ihres Hauses drauf. Die Schönheitsklinik Westmann-Hof steht in der Kreide. Sie haben Insolvenz angemeldet. Dem Gestüt von Kleist, dem Autohaus Sahlmann, dem Steuerbüro Grünhagen, den Anwälten Herzog und den Psychologen der Praxis Ohlsen geht es wirtschaftlich blendend. Auch dem Reiterhotel Bach. Der Provider hat uns die Handydaten des Sohnes übermittelt. Peer Bach war tatsächlich, wie Inka und Mark erfahren haben, der Videofilmer auf der Seebrücke. Ebenfalls keine finanziellen Engpässe gibt es beim Schauspielerehepaar Hübner. Das wäre ja auch was, so oft, wie die im Fernsehen zu sehen sind. Ihre Liebesfilme, ach, einfach zum Dahinschmelzen. Wie gern würde ich auch einmal nach Venedig fahren", schwärmte die Mittzwanzigerin in lila Leggins und dem knallgelben Pullover, über dem eine bunte Perlenkette baumelte. In ihren Haaren, die sie zu zwei Zöpfen geflochten und über den Ohren zu Schnecken gedreht hatte, steckte auf jeder Seite eine gelbe Stoffblume, ähnlich einer Lotusblüte. „Dann wolltet ihr noch die Auskunft über die Werkstatt Büchner. Hier ist auch alles im Lot. Sie kommen gut über die Runden. Keiner hat größere Summen auf die Konten eingezahlt oder abgehoben. So, das war es fürs Erste, wenn es wieder Neues gibt, melde ich mich, oder falls ihr was braucht … ihr wisst ja, wo ihr mich findet."

„Wo wollen wir weiter ansetzen?", begann Fritz Lichtmann. „Die Weiler ist pleite, wenn sie ihre neue Anlage nicht bauen kann. Was ist mit dem ehemaligen Partner, konnte den jemand erreichen?"

Kopfschütteln. „Nein, Mark und ich haben es mehrmals telefonisch versucht und Frauke hat ihm eine Mail geschrieben. Nichts. Er ist nicht erreichbar. Eine Handyortung war ebenso vergebens. Die Bad Schwartauer Kollegen haben seine Nachbarn befragt, die vermuten, Kobarski sei in den Urlaub gefahren."

Lichtmann nickte. „Wir bleiben dran. Irgendwann werden wir ihn erreichen. Dann steht die Handyortung der Weiler im Bericht." Fritz Lichtmann blätterte in den Unterlagen. „In den letzten drei Wochen hat sie sich vermehrt für Stunden in einer Nebenstraße des Gymnasiums aufgehalten. Danach fuhr sie in ein Rehlinger Café. Dort blieb sie eine Viertelstunde, bevor sie nach Hause aufbrach. Interessant ist jedoch, dass auch Susanne Schubert zur gleichen Zeit im Café saß. Fraglich ist, ob die beiden Damen verabredet waren?" Lichtmann blickte in die Runde seiner Mitarbeiter.

Inka nickte und griff nach einem runden Schokoladenkeks vom zweiten Teller. „Wenn, dann hat die Schubert uns angelogen und sehr wohl gewusst, mit wem ihr Mann seit einem Jahr eine Affäre hatte. Ehebruch gepaart mit Eifersucht ist ein starkes Motiv. Motiv und Gelegenheit, das ist doch wie aus dem Lehrbuch." Sie steckte sich den Keks in den Mund.

„Dazu kommt das Tamtam mit Marlene. Vielleicht war sie sich nicht sicher oder hat, wie wir auch, erfahren, dass Hendrik nicht nur mit der Weiler, sondern auch mit Marlene geschlafen hat. Bei einer um Jahre jüngeren Geliebten können bei Frauen Rachegelüste aufkommen", meinte Amselfeld erklärend.

„Da spricht ein Mann mit Erfahrung", bemerkte Inka. Es lag ihr fern, Amselfeld anzugreifen, obwohl sie sich beide nach seinem verbalen und körperlichen Angriff vor einem Jahr noch immer nicht grün waren. Der zugezogene Kölner Kollege wollte einfach nicht verstehen, dass nicht er den freien Posten des Hauptkommissars in Hanstedt bekommen hatte, sondern Inka, die nach fünfjähriger Lübecker Amtszeit in die Heide zurückgekehrt war und ihren alten Posten beziehen durfte.

Amselfeld fügte herausfordernd hinzu: „Nein, aber ich arbeite bei der Polizei und da kann ich eins und eins sehr wohl zusammenzählen." Er spuckte die Antwort förmlich aus.

„Lassen wir das einmal so stehen", mischte sich Lichtmann ein, einen festen Blick von Amselfeld zu Inka werfend. „Doch wenn es so wäre, hätte die Schubert gleich zwei Motive, ihren Mann umzubringen. Wobei, sie ist eine Pastorentochter und das fünfte Gebot – ‚Du sollst nicht töten' – ist für sie sicher von Bedeutung. Zumal sie in der Schule Religion unterrichtet."

„Das hat nichts zu sagen, Fritz“, bemerkte Mark. „Es ist möglich, dass sie eher das sechste Gebot – ‚Du sollst nicht ehebrechen‘ – verinnerlicht hat und deswegen auf ihren Mann losgegangen ist. Sie zieht sich ein Werwolfkostüm über und tötet ihren Mann mit einem Brieföffner. Obwohl, mit einem Brieföffner?“

„Gehen wir nur nach der Tatwaffe, sind alle Verdächtigen und alle Zeugen auszuschließen. Keiner besaß einen Öffner aus Kirschbaumholz, wobei er diesen längst hätte entsorgen können“, setzte Inka dagegen. „Und wenn wir weiter so mit unseren Verdächtigen umgehen, dann haben wir bald keine mehr.“

„In der sechsten Klasse hab ich einen Brieföffner im Werkunterricht gebastelt“, bemerkte Jörg Faller. „Ich mein nur, weil die Schubert in einer Schule arbeitet. Wer weiß, was dort im Werkunterricht zuletzt hergestellt wurde. Ich könnte nachfragen, auch, ob die Schule eine Kostümkiste im Keller aufbewahrt. Schulen veranstalten ab und an Aufführungen, warum nicht mit Fabelwesen?“

„Gut überlegt, Kollege“, lobte Lichtmann. „Und wenn in der Schule nichts zu finden ist, dann suchen Sie weiter. Gibt es einen Kostümverleih in der Heide, einen Theaterfundus oder was weiß ich auch immer? Irgendwo muss dieses Zottelteil aufzufinden sein.“

Inkas Handy klingelte. *Teresa ruft an,* leuchtete auf dem Display auf. „Das ist Teresa. Ich geh mal ran“, sagte sie und stellte die Mithörfunktion ein. „Terry, guten Morgen, kommst du mit Neuigkeiten?“

„Ja. Bin ich auf laut?“

„Kannst loslegen."

„Der Lehrer hatte Vogelkot unter seinen Schuhen. Und jetzt dürft ihr raten, um welchen Flattermann es sich gehandelt hat, in dessen …", Teresa räusperte sich kurz, „Exkremente er getreten ist."

„Die des Goldregenpfeifers", sprudelte Inka los.

„Ihr wisst es schon?" Teresa klang enttäuscht.

„Die Windparkbetreiberin Anna Weiler bekam den Baustopp verhängt, weil ein Ornithologe den vom Aussterben bedrohten Goldregenpfeifer genau in dem Gebiet gesichtet haben will, wo sie ihren ersten Turm aufstellen wollte. Sie konnte oder wollte uns jedoch nicht sagen, wer dieser Vogelbeobachter war, der die Behörde über seine Sichtung informiert hat."

„Hm, na ja, das waren meine Neuigkeiten. Sonst hab ich nichts für euch. Macht's gut."

„Und hier haben wir das Motiv für die Weiler", sagte Fritz Lichtmann, als Teresa Hansen aufgelegt hatte. „Sie ist pleite, wenn sie den Park nicht bauen kann. Sie trifft sich mit ihrem Geliebten am See, sie streiten und sie ersticht ihn, weil er bei der Behörde die Glocken geläutet hat, um dieses bedrohte Federvieh zu retten."

„Schön und gut, Fritz. Nur wissen wir nicht, ob Hendrik der Ornithologe war, der den Finger bei der Behörde gehoben und gesagt hat: ‚Hey, Leute, ich weiß was'", sagte Inka. „Und der Todesstoß mit dem Brieföffner ist definitiv, laut Teresa, auf der Holzbrücke des Sees erfolgt. Wenn sie Hendrik hat umbringen wollen, warum nicht gleich auf der Aussichtsplattform? Und warum der Diamantring in seiner Hand? Warum trinken sie Champagner? Auf einem

Glas war der Lippenstift der Weiler. Das Treffen sah nicht nach einem Streit aus, eher nach einem Heiratsantrag. Außerdem bleibt die Frage: Was war das für eine Kreatur, die sowohl Lea als auch die Weiler gesehen hat? Irgendwo haben wir einen Denkfehler eingebaut."

„Was ist, wenn sie gestritten haben und der Ring nicht für die Weiler, sondern für seine jüngere Geliebte Marlene bestimmt war?", wandte Fritz ein, während er nach einer Zimtwaffel griff. „Und was ist mit ihren Eltern? Wenn meine Tochter mit einem mehr als doppelt so alten Kerl losziehen würde, wäre ich nicht erbaut."

„Die Mutter ist ein zierliches Persönchen, als Täterin kommt sie nicht infrage. Im Gegensatz zum Vater. Er besitzt Kraft und die Größe. Doch alle drei haben ein stichfestes Alibi. Die Haushälterin bestätigte, die Westmann-Hofs hätten am Tattag das Haus nicht verlassen", sagte Mark.

„Hm", antwortete Fritz kauend. „Die Westmann-Hofs könnten das Hausmädchen bestochen haben, ihnen ein Alibi zu geben. Arbeit auf dem Dorf ist rar gesät und sie hat ein kleines Kind zu versorgen. Die andere Frage ist, wie kann sich ein Lehrer, der ein Haus abzuzahlen hat, einen Diamantring leisten? Habt ihr ihn auf Echtheit überprüft?"

Inka und Mark schüttelten verneinend den Kopf. „Daran haben wir nicht gedacht", sagte Inka. „Für uns …"

„Holt das nach", unterbrach Lichtmann sie. „Ebenfalls ausschließen können wir die Gruppe der *Schwarzen Sonne*. Jedes der vier Mitglieder hat ein Alibi, worüber ich froh bin. Wäre es anders gewesen – ich hätte mir nicht ausmalen wollen, was dann in den Medien los gewesen wäre“, sagte er erleichtert. „Dennoch sollten wir ihre Aktivitäten im Auge behalten. Ich kann Braune nicht ausstehen.“ In Lichtmanns Stimme lag Schärfe. „Und was ist mit den Schülern? Wer hatte Streit mit Hendrik und hat ihm zwei Tage vor seinem Tod das blaue Auge und die Hämatome an den Oberarmen verpasst? Wer aus der Liste hat ebenfalls Kampfspuren davongetragen? Es könnte der Täter sein.“

„Jannik Herzog war wütend auf Hendrik, weil der ihn mit seiner Jointraucherei vollgeseiert hat“, erklärte Faller. „Peer Bach, der Sohnemann vom Reiterhotel, schwänzt gern die ersten Stunden in der Schule, redet sich raus, dass er im Hotel helfen muss. Was aber gelogen ist, denn er arbeitet nur abends für ein oder zwei Stunden an der Rezeption. Beide Schüler hielten sich am Tattag am See auf. Allerdings wurde Hendrik zwei Stunden zuvor, bevor das Paintballspiel der Schüler begonnen hatte, ermordet.“

„Was aber nicht heißt, dass die beiden nicht früher am See eintrafen. Ein Schüler zieht ein Werwolfkostüm über und jagt Hendrik, der andere wartet am See, um ihn zu erstechen“, erläuterte Mark.

„Nur woher wussten die Schüler, dass Hendrik sich am See aufhielt und auf die Seebrücke laufen würde? Und was wollte der Werwolf von Lea und der Weiler? Sie zu Tode erschrecken?“, fragte Inka.

„Und schon sind wir wieder am Anfang“, sinnierte Fritz. „Wie sieht es mit den anderen Schülern aus? Wer, glaubt ihr, ist kräftig und groß genug, sich mit dem Lehrer zu prügeln und so ein Fellkostüm anzuziehen?“

„Da würden einige infrage kommen. Hendrik hat sich gewehrt. Teresa hat Hautabschürfungen unter seinen Fingernägeln gefunden. Wir brauchen einen Vergleich. Eine Speichelprobe würde genügen. Wir sollten alle Schüler, die sich am Tattag am See für ihr Spiel getroffen haben, auf die Wache zu einem Test bestellen, ob Mädchen oder Jungen. Es ist die einzige Möglichkeit, ein Stückchen weiterzukommen."

Kapitel 11

„Nun mach schon dein Geschäft, es ist kalt. Ich will wieder ins Auto und nicht hier in der Kälte warten", drängelte Rüdiger Kobarski. Mit seinem Beagle Rocky hatte er auf dem Parkplatz an den Schwindebecker Teichen angehalten. Er überflog die schwarzen Zeilen auf dem gelben Hinweisschild. *Parken nur für Mitglieder des Angelsportvereins Harburg-Wilhelmsburg. Der Eigentümer.* Rüdiger Kobarski schüttelte sich angewidert. *Wer will hier in diesen Tümpeln angeln und die moorigen Fische essen*, dachte er. In einer Viertelstunde, um siebzehn Uhr, war er mit Anna Weiler verabredet. Niemand wusste, wo er war. Ein Gespräch, eine Geldübergabe. Fünfzigtausend hatte er bei diesem Treffen verlangt, dann, hatte er gesagt, vergaß er, wie sie in Ahrensbök den Windpark gebaut hatte. Dann vergaß er auch die gefälschten Urkunden, die sie für die Investoren ausgestellt hatte, um für zehn weitere Türme, die sie nie aufgestellt hatte, eine opulente Summe zu kassieren. Glücklicherweise hatte nur Anna ihre Unterschrift unter den Vertrag gesetzt. Dass er jetzt ein paar Euros für sein Schweigen abhaben wollte, war nur gerecht.

Der Beagle Rocky strolchte weiter durch das dichte Gebüsch. Er schnupperte hier und dort, hob das Bein und strolchte weiter.

Rüdiger leuchtete mit der Taschenlampe hinter dem Hund her, der immer weiter in die Heide rannte. „Wo steckst du, Rocky? Komm her!", rief er in die Dunkelheit. „Verdammt!", fluchte er. Warum hatte sich Anna auch ausgerechnet diese abgelegenen Teiche als Treffpunkt ausgesucht? Hinter ihm leuchteten Scheinwerfer auf. Er sah noch einmal in die Heide hinein. Rocky war verschwunden, sicher nahm er ein Bad in einem der sechs modrigen Gewässer und würde hinterher stinkend in seinen Wagen steigen. Rüdiger schnaufte und verscheuchte die Gedanken an seinen Hund, erst die Übergabe. Der Wagen rumpelte über den unebenen sandigen Parkplatz, kam zum Stehen, der Motor verstummte, doch die Scheinwerfer stachen weiter durch die Dunkelheit. Schützend legte Rüdiger die Hände zu einem Schild über die Augen und blinzelte zum Fahrer, der langsam ausstieg. Doch wer oder was war das? Die Gestalt, die da aus dem Wagen stieg, sah aus wie ein riesiger Wolf. Ein Werwolf. Wie erstarrt sah er auf das behaarte Ding, das sich ihm immer weiter näherte. Was hatte dieses Vieh vor? Wie mechanisch schlossen sich seine Finger der rechten Hand fest um die Taschenlampe. Was hatte er noch zur Verteidigung? Mit der anderen Hand griff er in die Jackentasche, seine Finger angelten nach dem Autoschlüssel. Würde dieses Biest, das ihn fast einen Meter überragte, sich von Taschenlampe und Autoschlüssel abschrecken lassen? War es überhaupt ein Tier? Es sah aus wie ein Tier, aber wie konnte es dann Auto fahren? Seine Gedanken flogen durcheinander. Er sollte zu seinem Auto laufen, die Türen verriegeln und wegfahren. Nur wie sollte er an dieser Kreatur vorbei? Sein Wagen stand zwanzig Meter entfernt abseits in der kleinen Waldschneise gleich neben dem Angelteich. „*Verdammter Rocky!*“, fluchte er zum zweiten Mal, „*wenn er nicht* ... “ Ohne den Gedanken an seinen Hund weiterzuführen, rannte er los, so schnell er konnte, hinein in die Heidelandschaft.

Die Taschenlampe fiel ihm aus der Hand, der Autoschlüssel. Nichts mehr zur Abwehr. Er rannte und rannte, immer schneller und schneller über den Sandweg. Zehn Meter, zwanzig Meter, dreißig Meter. Hinter ihm das Schnaufen, das Donnern schwerer Schritte auf Waldboden. Vor sich sah er nichts als Dunkelheit. Er machte einen Schlenker, blieb hinter einer mächtigen Eiche stehen, den Rücken an den Baumstamm gelehnt. Sollte das Vieh ihn doch überholen. Hier könnte er einen Moment Atem schöpfen und dann zurück zu seinem Wagen laufen, die Türen verriegeln und wegfahren. Das war seine einzige Chance, diesem Untier zu entkommen, bevor es ihn erwischte und tötete. Nichts anderes hatte diese Kreatur mit ihm vor. Sein Atem ging in schnellen Stößen und jede Faser seines Körpers war angespannt. Durch die mächtigen Baumkronen des Waldes drang mager der Strahl des Vollmondes. Es roch nach Laub und Erde. Vor ihm bemooste Baumstämme, morsche Äste und kniehohes Gestrüpp. Er mochte die Heide nicht und hier an den Schwindebecker Teichen erst recht nicht. In der Heide, in Bispingen, war sein Geburtsort. Dort stand das frühere Haus seiner Eltern. Es war lange her, eine verdrängte Vergangenheit. Mehr böse als gute Tage. Hier hatte er sich von einem Kind zum Mann entwickelt. Hier hatte er zum ersten Mal ein

Mädchen geküsst und geliebt. Hier hatte er gewusst, dass er das nie wieder tun würde.

Ein heller Schrei drang durch die Baumkronen. Etwas flatterte an ihm vorbei. Dann Stille. Doch es war nicht die gewohnte Stille, die sich jeden Abend über die Heidelandschaft herabsenkte, es war eine andere, eine bedrückende, eine bedrohliche böse Stille. Hinter ihm hörte er ein tiefes Knurren, wie von einem großen Hund. Rocky? Nein. Ein schwarzes behaartes Untier sprang von links auf ihn zu, packte ihn an den Schultern und stürzte ihn zu Boden. Er ging in die Knie. Blut schoss aus seiner Nase und sein Gesicht brannte, als ein Schlag der Wolfspranke durch sein Gesicht fuhr. Ein grauenvoller und schmerzerfüllter Schrei zerriss die Stille. Er atmete kräftig ein und aus, spürte, wie das Blut an seinem Kinn herunterlief. „Was willst du von mir?", röchelte er, hilflos auf dem Boden liegend. Seine Worte wurden ihm abrupt abgeschnitten, als ein weiterer Schlag der rasiermesserscharfen Pranken seine Winterjacke zerfetzte, seinen Pullover und das Hemd in Stücke schnitt. Der dritte Schlag traf ihn auf dem nackten Oberkörper. Er schrie auf. Dieses Tier war zu stark, um sich vernünftig zu verteidigen. Auf dem Rücken liegend robbte er, die Absätze seiner Schuhe in den Waldboden gedrückt, rückwärts. Breitbeinig stand das Untier über ihm, folgte jeder seiner Bewegungen.

Sein Brustkorb brannte von den Schnitten, die diese Kreatur ihm zugefügt hatte, und er spürte, wie das Adrenalin durch seine Adern strömte. Sein Herz schlug wild und raste wie das Herz eines erschreckten Kaninchens, das vor dem Fuchs in seinen Bau flüchtete. Nur hatte er keinen Bau, keinen Unterschlupf, in den er flüchten konnte. Er lag rücklings ausgeliefert auf dem Waldboden, über ihm dieses stinkende Monster, das sein Maul aufriss und riesige Zähne zeigte. Er atmete in rasselnden Stößen und überlegte fieberhaft, wie er fliehen konnte. Das *Pling* in seiner Hosentasche lenkte ihn und das Untier für einen Augenblick ab. Eine SMS. Er stemmte sich kurz hoch, nur Zentimeter. Sein vierundfünfzigjähriger Körper knirschte unter der Bewegung. Zum ersten Mal wunderte er sich darüber, wie ungewohnt dieser Ort für ein Gespräch und eine Geldübergabe war. Bisher liefen alle vier Treffen in seinem Büro in Bad Schwartau ab. Für dieses fünfte Treffen hatte Anna ihn vorgestern über eine SMS an die Kieselgur-Teiche bei Schwindebeck bestellt. Ihre Bestimmtheit gefiel ihm nicht und der abgelegene Treffpunkt erst recht nicht. Zumal es für ihn das letzte Treffen bedeutete. Die Zahl Fünf war seine Professionalität. Fünf Treffen in seinem Umfeld, fünfmal fünfzigtausend Euro. Fünf Uhr aufstehen. Fünfmal zur Toilette gehen, bevor er das Haus verließ. Fünfmal prüfen, ob die Tür abgeschlossen ist. Fünfmal um das Auto gehen, an die Reifen klopfen, bevor er losfuhr. Selbst Rocky hatte er aus dem Wurf nach der Zahl Fünf ausgesucht. Fünf schwarze runde Fellflecken auf seiner Stirn. Ein Zeichen. Gerade noch hatte er den Termin auf siebzehn Uhr legen können. Er war kein mutiger Mann, so gut es ging, versuchte er Konflikten aus dem Weg zu gehen. Schon die Schulzeit hatte er damit verbracht, Bedrohungen einfach wegzudenken. Was ihm im Erwachsenenalter nicht gelang, als er hinter jeder fünften Straßenecke einen Verbrecher vermutete, der ihn töten wollte. Eine Ehe kam für ihn nie infrage. Wie hätte das auch gut gehen sollen? Verantwortung tragen, möglicher Kinderwunsch, eingeengt die Freiheit verlieren, keine Entscheidungen alleine treffen. Nein. Er hatte ja gesehen, wohin das seine Eltern geführt hatte. Sein Vater begann nach zwanzig Ehejahren zu trinken, und seine Mutter rannte zum Psychiater, wo er stundenlang im Wartezimmer mit Frauenzeitschriften auf sie wartete. Oft genug hatte er sich gefragt, ob er langsam paranoid werden und Abende nicht im Wartezimmer einer Praxis, sondern selbst im Sprechzimmer verbringen würde. Seither waren die Jahre für ihn anders verlaufen. Ein Schatten der Angst folgte ihm bei jedem Schritt, bestimmte seinen Tagesablauf, Entscheidungen, die er treffen musste, ob er wollte oder nicht. Rocky, sein Hund, war der Einzige, den er in seinem Leben zuließ und für den er Verantwortung übernahm. Futter pünktlich morgens um fünf Uhr. Rüdigers Gedanken schwirrten durcheinander. Er schloss die Augen und wünschte sich weit weg. Irgendwo ans Meer. Ein Haus in Spanien oder Italien, Kroatien, vielleicht auch an der Nordsee, weit oben in Ostfriesland. Ein paar Häuser hatte er bereits in Augenschein genommen, mit Maklern telefoniert. Vor einer Viertelstunde, mit Aussicht auf sein nächstes Geld, war er noch in absoluter Hochstimmung gewesen. Und jetzt war er in seinem eigenen Albtraum. Doch wer oder was war dieses Monster? Hatte Anna sich ein Kostüm übergezogen, um ihn erschrecken, ihm seine Erpressung heimzahlen, ihn gar töten zu wollen? Nein, das konnte nicht sein. Anna war zierlich und kaum einen Meter sechzig groß, dieses Vieh über zwei Meter. Dennoch kamen keine Zweifel auf, war die Bedrohung überaus real. Seine Gedanken rotierten, doch Zeit, um sie zu Ende zu führen, bekam er nicht. Der Schmerz nahm überhand. Der Wolf beugte sich mit seinem mächtigen Körperbau zu ihm herunter, packte ihn am Kragen und warf ihn zurück gegen den Baumstamm. Es waren keine Worte mehr nötig. Der Mond schien durch die Zweige und Rüdiger sah, wie ein spitzes hölzernes Etwas in der Hand des Monsters auf ihn zuraste.

Kapitel 12

Die nächsten sechs Tage liefen für Inka und Mark nur so vorbei. Sie hatten alle Schüler, die am Abend am See ein Paintballspiel gespielt hatten, noch einmal befragt und auch Hendrik Schuberts Umfeld noch einmal genauestens unter die Lupe genommen. Die Ergebnisse der Speichelproben der Schüler und die Nachforschungen Fallers aus der Schule bezüglich des Werkunterrichtes, über erstellte hölzerne Brieföffner und den Kostümfundus sowie die Proben aus Hendrik Schuberts Umfeld der Verwandten, Freunde und Arbeitskollegen wurden bearbeitet. Peer Bach, dem Videofilmer Mister Hashtag Werwolf, Hashtag Lüneburger Heide, konnten sie nachweisen, dass er das Video des toten Lehrers ins Netz gestellt hatte, doch das war es auch schon. Mehr als eine Verwarnung kam nicht heraus, ebenso für die Gewehre, die Farbe und die Schutzwesten für das Paintballspiel, die er aus der Halle des Freundes seines Vaters heimlich entwendet hatte. Dieses Paintballspiel sei zwar verboten, aber doch nichts weiter als ein dummes Schülerspiel, über das hinweggesehen werde. Nicht einmal erfüllte es den Tatbestand der Belästigung oder gar Nötigung anderen Personen gegenüber, womit auch keine Strafe gerechtfertigt sei, meinte Anwalt Herzog hinzufügen zu müssen.

Die Lehrerin Roswitha Runge, die den Werkunterricht leitete, war mit ihrem Mann auf eine Schweizer Berghütte verreist. Fernab von Zivilisation und Handyempfang. Zwei Wochen Abgeschiedenheit und Ruhe. In welchem Kanton der Schweiz Frau Runge ihren fünfzigsten Geburtstag feierte, blieb verborgen. Auch der Blick in ihren Lehrstoffplan gab keinen Aufschluss darüber, ob in den letzten Wochen mit hölzernen Materialien in ihren Klassen gewerkt wurde. Da Frau Runge aber öfter eine unvorhergesehene Arbeit in den Lehrplan einfüge, erklärte Direktor Busch, sei dies nicht ausgeschlossen. Von einem Werwolfkostüm hätte er gewusst, doch gab es so etwas in der Kostümtruhe im Keller nicht und an eine Aufführung mit Fantasiegestalten würde er sich erinnern.

Allen Schülern stellten sie noch einmal dieselben Fragen und stellten fest, dass alle Antworten fast identisch waren. Einzig Konstantin Sahlmann blieb Inka weiter die Antwort schuldig, warum er nicht am verabredeten Treffpunkt bei Lea am Waldbad gewesen war. Für die Kommissare blieb er weiter auf der Verdächtigenliste.

„Heute Nachmittag hat Fritz die Pressekonferenz angesetzt", sagte Mark und hob den Blick von seinem Computerbildschirm.

„Das kann ja was werden. Kommt Jankowitz?" Inka stellte das Radio leiser.

„Zugesagt hat er, aber du kennst ihn ja."

„Ja. Bei Pressekonferenzen lässt er sich selten blicken." Inka nickte. „Wie weit bist du mit dem Protokoll?"

„Noch nicht fertig. Die Befragung, was die Weiler und die Schubert im Rehlinger Café zu besprechen hatten, steht aus. Ebenso, auf wen Anna Weiler drei Tage jeweils zwei Stunden in der Nebenstraße des Gymnasiums gewartet hat, ob auf Marlene oder Hendrik. Frauke sagt, die Weiler betreibt seit sieben Jahren Kampfsport. Sie ist zwar zierlich, aber durchaus wendig und kräftig. Ich würde beide Damen gerne erneut besuchen", antwortete Mark. Er fuhr seinen Computer herunter und stand auf.

Anna Weiler reckte das Kinn in die Höhe, als es an der Tür ihres Hauses klingelte. Sie war vor dem Fernseher auf dem Sofa sitzend eingenickt. Stöhnend stand sie auf, die hellblaue flauschige Strickjacke fester um ihren Körper gezogen.

„Sie schon wieder", sagte sie, als sie Inka und Mark vor der Tür stehen sah. „Sie erlauben, dass ich mich wieder setze. Mir geht es gerade nicht so gut. Meine Erkältung ist schlimmer geworden." Sie drehte sich auf ihren Plüschhausschuhen um und schlurfte zurück ins Wohnzimmer. „Bitte", Anna wies auf zwei frei stehende Sessel gegenüber dem Sofa, in das sie sich wieder hineinkuschelte, bevor sie die Wolldecke über die Beine zog.

„Das ist nicht nötig, Frau Weiler. Wir haben nur ein, zwei kleine Fragen." Inkas Blick lag auf dem Wohnzimmertisch, dem Berg benutzter Papiertaschentücher, der Kanne Tee, der angebrochenen Tafel Zartbitterschokolade und zwei angebissenen Zwiebäcken. Im Zimmer roch es muffig, und es war viel zu warm. Der Fernseher lief und zeigte eine dieser wiederholten Frauentauschsendungen. „Wenn Sie so erkältet sind, fällt Ihr Kampftraining wohl erst einmal aus", begann Inka.

Anna Weilers Räuspern ging in ein Husten über. „Ja", sagte sie kleinlaut.

„Was trainieren Sie?", wollte Mark wissen.

„Judo und Karate."

„Welche Gürtelfarbe haben Sie?"

„Den neunten Dan, den schwarzen Gürtel."

„Für diesen Sport wird viel Kraft eingesetzt."

„Ein wenig effizient eingesetzte Kraft ist hilfreich, doch es ist eher die Technik entscheidend. Aber warum wollen Sie das wissen? Ich hab Hendrik nicht mit einem *Kobushi-Uchi* auf die Seebrücke geworfen."

„Einem was?", fragte Inka.

„Einem Faustschlag, genauer, einem Hammerfaustschlag, der mit geschlossener Faust auf den Körper, meist auf den Kopf oder die Schulter des Gegners trifft", erklärte Mark.

„Sie kennen sich aus, Herr Kommissar", sagte Anna bewundernd.

„Nein, eigentlich nicht. Ich hörte nur zufällig ein Telefonat eines Kollegen, in dem es um diese Kampftechnik ging. Frau Weiler, wir wissen, dass Sie mit Frau Schubert in Rehlingen im Café zusammensaßen. Worüber haben Sie sich unterhalten?", fragte Mark, als sein Handy eine SMS meldete. Frauke hatte weiter recherchiert und die Investoren herausgefunden, die der Weiler ihre Zustimmung für einen neuen Windpark gegeben hatten.

„Frau Schubert? Kenne ich nicht", antwortete Anna, beugte sich vor und stellte den Fernseher aus.

„Also gut, dann weiter. In den letzten drei Wochen standen Sie an drei Tagen in der Woche mit Ihrem Wagen in einer Nebenstraße des Gymnasiums. Immer zur Mittagszeit und zum Schulschluss. Auf wen haben Sie gewartet? War es Hendrik oder Marlene?", fragte Mark, während er Notizen in seinen Spiralblock schrieb.

„Ich besuchte eine Freundin, die im Wildröschenweg wohnt", sagte sie, versuchend, ihre zitternde Stimme zu beruhigen.

„Wie heißt Ihre Freundin?"

„Warum muss ich das sagen? Was geht es Sie an, wo ich mich aufhalte?"

„Es geht um den Mord an Ihrem Freund Hendrik Schubert. Wollen Sie nicht, dass der Täter gefasst wird?"

„Hendrik war nicht mehr mein Freund, das hatte ich Ihnen bereits gesagt, Frau Brandt. Wir haben uns vor Wochen getrennt."

Inka war klar, die Windparkbesitzerin zögerte ihre Antworten heraus. „Aber am See schien das anders. Sie haben zusammen Champagner getrunken."

„Wie ich Ihnen ebenfalls sagte, wollte er sich mit mir … er wollte, dass wir wieder zusammenkommen."

„Was Sie aber sauer aufstoßen ließ und Sie verweigerten, weil er der Naturschützer war, der den Baustopp angezettelt hat." Inka hatte keine Namensbestätigung, aber einen Versuch, Anna aus der Reserve zu locken, war es wert.

„Nein. Wie kommen Sie darauf? Ich habe auf meine Nachfrage nach dem Vogelkundler keine Auskunft erhalten, aber auch das sagte ich Ihnen bereits."

„Sie brauchten keine Auskunft, weil Ihnen Hendrik lange vorher mitteilte, dass er der Verursacher der Verzögerung ist."

„Nein! Verdammt! Sie unterstellen mir etwas, das ich gar nicht gewusst haben konnte."

„Hören Sie auf, Frau Weiler. Unter Hendrik Schuberts Schuhen wurde der Vogelkot des Goldregenpfeifers gefunden."

„Na und, Hendrik ist überall in der Heide rumgelatscht. Wer weiß, in welcher Ecke er den Vogel gesehen hat und wo er in die Kacke getreten ist."

„Es war in der Nähe der Schwindequelle, dort, wo Sie Ihren ersten Windparkturm errichten wollten. War es nicht eher so, dass Herr Schubert sich nur mit Ihnen versöhnen wollte, weil er Sie bat, nicht am Naturschutzgebiet den neuen Park zu errichten? Sie sagten bereits, er war von Ihrem Projekt nicht begeistert." Inka ließ nicht locker.

„Nein. Er wollte sich mit mir versöhnen und … mich sogar heiraten. Auf der Aussichtsplattform machte er mir einen Heiratsantrag."

„Hat er Ihnen einen Ring geschenkt?"

„Natürlich, wie es sich gehört."

Inka griff in ihre Jackentasche. „Würden Sie sich diesen Ring bitte anstecken?" Inka wechselte mit Mark, der weiter Notizen in seinen Block schrieb, einen kurzen Blick.

„Wenn es sein muss." Missmutig verzog Anna den Mund und nahm den Ring, den ihr Inka über den Tisch reichte, in die Hand. Langsam streifte sie ihn über den linken Ringfinger. Am Mittelknochen blieb der Ring stecken. Anna war ein zartes Persönchen mit fragilen Fingern, dennoch war der Ring für sie zu klein.

„Er passt nicht", sagte sie.

„Hendriks Ring haben Sie sicher gleich am Finger belassen."

„Natürlich."

„Und wo ist der Ring?" Inka sah auf Annas schmucklose Hände.

„Ich hab ihn im See verloren, als ich ins Wasser gesprungen bin."

„Sie meinen, dass er Ihnen vom Finger gerutscht ist, als Sie vor dem Werwolf in den See flüchteten?"

„Ja, so wird es gewesen sein."

„Ein Ring, der wunderbar passt, rutscht Ihnen vom Finger? Ich denke, dass der Ring überhaupt nicht für Sie bestimmt war, weil Hendrik nicht Ihnen, sondern einer anderen Frau einen Heiratsantrag machen wollte."

„Könnte es sein, dass Sie sich irgendetwas zusammenreimen, weil es Ihnen gerade so passt, Frau Brandt? Für wen soll der Ring denn sonst gewesen sein, wenn nicht für mich?"

„Das eben ist die Frage, die mich beschäftigt."

„Außerdem haben wir Champagner getrunken, das macht man nicht, wenn man sich trennen will."

„Aber Sie waren getrennt. Das waren Ihre Worte, Frau Weiler."

„Na und, er wollte sich mit mir versöhnen und mich heiraten. Wie oft soll ich das noch wiederholen? Und der Ring", Anna nickte zum Diamantring in Inkas Hand, „kann nie der Ring sein, den mir Hendrik am See gegeben hat."

„Oh doch, genau das ist der Ring. Denn diesen Ring haben wir in der Hand von Herrn Schubert auf der Holzbrücke gefunden. Und sicher hatte er nicht zwei Ringe in der Hosentasche."

„Was weiß ich? Sie wollen mich vorführen."

„Nein. Wir wollen die Wahrheit wissen. Hat er Ihnen nun einen Heiratsantrag gemacht und diesen Ring an den Finger stecken wollen oder nicht? Frau Weiler, sagen Sie uns endlich die Wahrheit."

Anna Weiler zögerte. „Nein, ja …, wir haben Champagner getrunken. Alles war gut. Hendrik meinte, er verstehe ja meine Situation und auch meine Arbeit, doch ich sollte mir einen anderen Ort für den neuen Park suchen. Die Flora und Fauna an der Schwindequelle müsste geschützt werden. Dann haben wir wieder gestritten, wie so oft, wenn es um den Windpark ging."

„Haben Sie Hendrik getötet, weil er Ihnen den Bau Ihrer Anlage vereitelt hat?"

„Nein. Er ist zur Behörde gerannt und hat das Maul aufgerissen. Aber ich hab ihn nicht getötet. Wir haben uns gestritten, aber er hat längst eingesehen, dass wir Windkraftbetreiber klimaschützend arbeiten, auch wenn dadurch kleine Naturschäden entstehen. Die aber weitaus geringer sind, als …"

„Genug, Frau Weiler, weitere Ausführungen über das Für und Wider dieser Anlagen klären die verantwortlichen Behörden. Wir wollen wissen, was am See geschehen ist."

„Das hab ich Ihnen gesagt. Hendrik und ich haben Champagner getrunken, als das Thema auf den Windpark kam, begannen wir zu streiten. Als ich gehen wollte, tauchte dieses Vieh auf. Es stürzte auf Hendrik zu und ich sprang in den See. Vom Wasser aus sah ich, wie Hendrik Richtung Campingplatz rannte, verfolgt von dieser scheußlichen Kreatur. Ich bin, so schnell ich konnte, aus dem See und zu meinem Auto. Von zu Hause hab ich versucht, Hendrik auf seinem Handy zu erreichen, aber ich bekam keinen Empfang. Ich war durcheinander, nachdem uns das Monster erschreckt hat, das kann man mir doch nicht ankreiden."

„Für wen war der Ring bestimmt?"

„Das weiß ich nicht."

Inka war sich sicher, dass Anna log. „Das Gespräch mit Susanne Schubert im Café, worum ging es? Und versuchen Sie nicht, uns weiszumachen, dass Sie sie nicht kennen."

„Wir redeten über Hendrik."

„Dann haben Sie im Wildröschenweg, der Nebenstraße des Gymnasiums, nicht eine Freundin besucht, sondern auf Frau Schubert gewartet."

„Ja."

„Mindestens drei Wochen lang, dreimal in der Woche für jeweils zwei Stunden. Ziemlich lang."

„Ich hab mich nicht getraut, sie anzusprechen."

„In Ihrem gemeinsamen Gespräch, ging es da um Ihren Windpark?"

„Nur nebensächlich."

„Aber Frau Schubert wusste, dass Hendrik für den Baustopp verantwortlich war."

Nicken.

„Für Frau Schubert als katholische Pastorentochter ist Ehebruch ein bedeutendes Vergehen. Hat sie Ihnen keine Vorwürfe gemacht?"

„Nein." Anna nahm einen Schluck aus der Teetasse. „Natürlich tat es ihr leid, dass sie auseinandergegangen sind. Aber welche Ehe funktioniert heutzutage schon ewig. Da kann die Kirche auch nichts machen. Meinen Sie nicht?"

Inka blieb Anna die Antwort schuldig. „Wir brauchen von Ihnen und Ihrem Sohn eine Speichelprobe zur DNA-Überprüfung", sagte sie stattdessen.

„Was? Glauben Sie immer noch, dass ich Hendrik umgebracht habe? Und Benedikt, das ist ja lächerlich. Mein Sohn hat mit Hendrik nichts zu tun. Er wusste nicht einmal, dass ich … er ist unschuldig."

„Mag sein, Frau Weiler, dennoch haben Sie ein starkes Motiv. Hendrik war für den Baustopp verantwortlich, der Sie, wenn der Stopp bestehen bleibt, in die Insolvenz treibt. Wir wissen, dass Sie pleite sind, wenn Sie den Park nicht bauen."

„Nein. Warum hören Sie mir nicht zu? Ich bin kurzzeitig in einem finanziellen Engpass, aber es gibt genügend Investoren, die mit mir zusammen einen neuen Park bauen. Ich hätte keinen Nutzen, Hendrik zu ermorden."

Mark holte sein Handy aus der Jackentasche und tippte auf der Tastatur. „Meinen Sie die Investorenfirmen Theodor Springer, Baumaschinen, die Menninger Fabrik, Waschmittel und Seifen, Bolter & Sohn, Biogas, wie zu guter Letzt Klarender und Co., Veredelung von Lebensmitteln?"

„Ihre Hausaufgaben sind lückenhaft, Herr Kommissar. Eine bedeutende Investorengemeinschaft fehlt. Browner & Company aus Großbritannien. Eine Firma mit solventem Standbein. Großbritannien ist Deutschland ein großes Stück voraus. Lange schon können sich Investoren und Stromkunden auf eine staatlich festgesetzte Bandbreite für einen Mindest- und Höchstpreis der Energie verlassen. Die Zukunft gehört der erneuerbaren Energie, das ist nicht aufzuhalten."

„Wie auch immer, Frau Weiler. Wir erwarten Sie mit Ihrem Sohn morgen auf der Wache zu einem Speicheltest. Kommen Sie nicht, werden wir einen Haftbefehl ausstellen."

Als Inka und Mark im Gymnasium eintrafen, saß Susanne Schubert im Lehrerzimmer und war in ein Gespräch mit einer Kollegin vertieft. Sie sah auf, entschuldigte sich bei der Kollegin und kam auf die Kommissare zu. Sie bat Inka und Mark in einen kleinen Raum, der an das Lehrerzimmer grenzte. Kaffeemaschine, Wasserflaschen, Becher und Gläser standen auf zwei hüfthohen Schränken. Ein runder weißer Tisch mit zwei Stühlen schenkte den Besuchern einen Blick aus dem Fenster, auf ein mit hohen Tannen eingefriedetes Rasengrundstück. Zwei Frauen standen unter einem gemauerten Vordach, unterhielten sich und rauchten. Nikotingeruch drang durch das gekippte Fenster. Susanne Schubert schloss die Tür und verriegelte das Fenster.

„Was gibt es schon wieder?", fragte sie ungehalten.

„Das werden wir hoffentlich gleich erfahren", antwortete Inka. „Und damit wir Sie nicht zu lange aufhalten …" Inka setzte sich auf einen der zwei Stühle. „Sie haben uns angelogen. Sie haben sich vielleicht mit Ihrem Mann auseinandergelebt, aber Ihr Mann hatte eine Affäre und das seit einem Jahr. Und kommen Sie uns nicht damit, dass Sie das nicht gewusst haben. Wir wissen, dass Sie sich mit Anna Weiler, der Geliebten Ihres Mannes, in einem Rehlinger Café getroffen haben."

„Ich habe von Anna erst vor einem Vierteljahr erfahren, als Hendrik beschlossen hatte auszuziehen", sagte Susanne leise.

„Erst Marlene, eine Schülerin, die Ihren Mann nicht in Ruhe lässt, dann noch eine Geliebte, da kann man wütend werden."

„Das mit Marlene war einseitig. Hendrik wollte nichts von ihr."

„Tatsächlich?"

„Es wird viel getratscht."

„In der Schule?"

„Auch. Soderstorf und Amelinghausen sind Dörfer. Hier spricht sich schnell herum, was der Nachbar zum Mittag kocht. Aber mit Marlene hatte Hendrik nichts, da bin ich sicher."

„Worüber haben Sie sich mit Anna Weiler unterhalten?", fragte Inka.

Susanne Schubert drehte sich zum Schränkchen und goss sich ein Glas Wasser ein. „Möchten Sie auch?", fragte sie über ihre Schulter.

Inka verneinte.

„Wir haben über Hendrik gesprochen und darüber, wie die beiden sich kennengelernt haben", sagte sie, den Rücken zu Inka und Mark gewandt.

„Sie waren nicht wütend auf die Geliebte Ihres Mannes?"

„Anfangs, aber was würde es jetzt, nachdem Hendrik tot ist, noch nützen? Zurück bekomme ich ihn nicht wieder." Sie drehte sich wieder in den Raum und setzte sich Inka gegenüber.

„Würden Sie Ihren Mann zurückhaben wollen?" Inka sah Susanne fest in die Augen.

„Nein, ich denke nicht."

„Sprachen Sie mit Frau Weiler über den Bau der neuen Windkraftanlage, bei dem Ihr Mann den Baustopp erwirkt hat?"

„Sicher. Hendrik war ein militanter Naturschützer, ein Individualist, der auch manchmal ein Querulant sein konnte. Diesbezüglich hat er vieles übertrieben. Das ging von penetranter Mülltrennung bis zu häuslicher Lichtregelung und einer Komposttoilette, die er in unserem Garten bauen wollte. Er war nicht zu stoppen in seinen Plänen, um für die Menschen, die in hundert Jahren leben, vorzusorgen. Natürlich müssen wir sorgsam und aufmerksam mit unserer angeschlagenen Welt umgehen, aber auch so eine Windkraftanlage bringt einen großen Nutzen, wenn …"

„Davon hörten wir", unterbrach Inka die Worte der Lehrerin.

Sie sah, wie die rauchenden Frauen auf dem Gartengrundstück die Zigaretten in einem Standaschenbecher ausdrückten und sich zurück zu ihren Kolleginnen in das Lehrerzimmer setzten. Susanne leerte ihr Glas, stand auf und kippte das Fenster. Ein letzter Zigarettenrauch waberte durch den Schlitz.

Inka griff in ihre Jackentasche und zog den Ring aus der transparenten Beweistüte. „Würden Sie den Ring bitte einmal anziehen?", bat sie Susanne und hielt ihr das Schmuckstück entgegen.

„Ein hübscher Ring", sagte sie verwundert. „Er wird mir nicht passen, das sehe ich so schon. Warum geben Sie mir den Ring zum Anprobieren?", Susanne sah Inka fragend an, während sie den Ring mühsam bis zum Mittelknochen schob.

„Ihr Mann trug ihn in seiner Hosentasche, als wir ihn auf der Seebrücke fanden."

„Mein Mann? Ein Diamantring? Haben Sie mich eben nicht verstanden, als ich sagte, Hendrik war ein militanter Naturschützer? Das betrifft auch den Abbau dieser glitzernden und funkelnden Kostbarkeiten. Leider. Dass der Ring für mich sein sollte, kann ich mir beim besten Willen nicht vorstellen. Außerdem kannte Hendrik meine Ringgröße. Vielleicht fragen Sie Anna Weiler, ob ihr der Ring passt."

„Das haben wir. Doch auch für sie war der Ring nicht bestimmt und uns fällt da nur noch Marlene ein. Ein Fünkchen Wahrheit wird an der Beziehung zwischen Marlene und Ihrem Mann gewesen sein."

„Marlene ist bekannt für ihre Affären."

„Aber vielleicht war es keine Affäre zwischen Ihrem Mann und Marlene."

„Ob oder ob nicht. Mir ist es egal. Ich hab ihn drei Wochen nicht mehr gesehen. Ich bin ihm aus dem Weg gegangen."

„Sie unterrichten in derselben Schule, wie ist es da möglich, sich nicht zu begegnen?"

„Wir unterrichten zu unterschiedlichen Zeiten."

„Für eine DNA-Auswertung benötigen wir Ihre Speichelprobe, Frau Schubert. Bitte kommen Sie morgen auf die Wache."

„Wofür das denn? Ich hab doch gesagt, dass ich Hendrik die letzten drei Wochen weder gesehen noch gesprochen habe."

„Dann haben Sie ja nichts zu befürchten. Wir sehen uns morgen Vormittag", sagte Inka und verließ vor Mark den kleinen Raum.

Bei der Pressekonferenz am Nachmittag saß Inka neben Mark und Fritz an zwei zusammengestellten Tischen, vor ihnen die Mikrofone. Staatsanwalt Jankowitz hatte sich entschuldigt.

Im Besprechungsraum herrschte eine Lautstärke wie auf einem überfüllten Bahnsteig. Der Geräuschpegel der Reporter, die alle durcheinanderredeten, war für Inka kaum auszuhalten. Erst als Fritz Lichtmann mit der Faust auf den Tisch schlug und durch sein Mikrofon lautstark um Ruhe bat, wurde der Lärm zu Geflüster, erloschen Blitzlichter, die sie ununterbrochen geblendet hatten, obwohl die Konferenz noch nicht begonnen hatte. Wolfgang Kohlhase und Helma Flöter saßen in der ersten Stuhlreihe. Vor ihnen ein Kameragestell, ausgerichtet auf Inka und ihre Kollegen. Einige der Reporter kannte Inka vom Sehen, andere waren auswärtige Zeitungs- und Fernsehheinis, die nur wegen einer verblüffenden Geschichte in die Lüneburger Heide gekommen waren. Inka war eine Belagerung der Presse bekannt, aber diese Menge von Reportern war außergewöhnlich. Der Raum, der sonst schon bei Pressekonferenzen aus allen Nähten platzte, war heute mehr als überfüllt. Fernsehreporter mit Kameras und Journalisten mit Schreibblöcken und Handyaufzeichnungen rangelten um die beste Position, um ihre Gerätschaften aufzustellen oder noch eine kleine Lücke für sich zu ergattern. Durch die geöffnete Tür bis auf den Flur hinaus standen sie auf mitgebrachten Tritthockern und Stühlen, die Arme in die Höhe gereckt ihre Mikrofone haltend. Wie eine Salve von Pfeilen kamen die Fragen auf die drei Kommissare zugeschossen, als Fritz Lichtmann die Konferenz eröffnete. Gibt es bereits Festnahmen? Was ist mit dem Werwolf? Schießt die Hanstedter Polizei mit ihren Vermutungen, einer Schülerin zu glauben, über das Ziel hinaus? Was wollen Sie unternehmen? Die Bürger der Heide haben ein Recht, die Wahrheit zu erfahren, falls da draußen tatsächlich ein Werwolf herumläuft. Dürfen unsere Kinder in der Heide spielen? Was war mit den Schülern des Gymnasiums? Hat Lea Ohlsen den Werwolfkontakt überstanden? War es der Werwolf, der den Biologielehrer Hendrik Schubert getötet hat?

Auf ermittlungstechnische Fragen verweigerte Lichtmann die Antwort. Inka war froh, als ihr Chef nach zwanzig Minuten die Konferenz beendete. Als sie in ihr Büro eilte, hörte sie Schritte, jemand rannte hinter ihr her. Sie drehte sich um. Helma Flöter. Inka wandte ihr den Rücken zu und schloss nach Mark die Bürotür, die sofort wieder aufgerissen wurde.

„War das Ihr Ernst, Frau Brandt, dass es weiter keine Informationen für uns Reporter gibt?“, polterte Flöter los.

„Helma“, wandte Mark ein. „Wie meine Kollegin sagte, du kannst dich gerne morgen bei der Pressestelle melden.“

„Aber Bea, die würde Auskünfte von euch bekommen.“

„Das hab ich überhört, Helma. Und jetzt raus. Sofort!“, rief Mark der Reporterin entgegen, die sich bereits einen Stuhl an den Schreibtisch der Kommissare gezogen hatte und im Begriff war, sich zu setzen.

Die Reporterin schien über Marks Worte nachzudenken, dann drückte sie noch einmal den Kameraauslöser, bevor sie endgültig aus dem Büro verschwand.

„Ich glaub es ja nicht“, schimpfte Mark, als Helma Flöter verschwunden war. „Glaubt die tatsächlich, sie hätte Vorteilsrechte, weil sie Beas Mutterschaftsvertretung übernommen hat. Hast du gesehen, der Kohlhase stand auch schon hinter der Tür.“

„Die beiden haben sich verbandelt, um mehr Informationen aus uns herauszuquetschen“, sagte Inka. Sie nahm das gestrige *Hanstedter Heideblatt* und las Wolfgang Kohlhases mehr als ärgerlichen Artikel zu Ende. Von wegen, er interessierte sich nicht für den Werwolfblödsinn.

Kapitel 13

„Als ich ankam, war er schon tot. Erst dachte ich, er schläft und er wäre ein Obdachloser." Oma Aschendorf wischte sich mit einem Papiertaschentuch die Tränen aus den Augen. Ihre Fingerspitzen waren vom Brombeerpflücken lila verfärbt. „Aber als ich näher kam, da hab ich die vielen Fliegen gesehen und …" Sie schluchzte.

„Schon gut", sagte Inka. „Setzen Sie sich ein wenig auf die Bank. Ich bin gleich wieder bei Ihnen."

„Wissen wir, wer er ist, Terry?"

„Rüdiger Kobarski, vierundfünfzig Jahre alt, wohnhaft in …"

„Bad Schwartau und er ist Anna Weilers ehemaliger Geschäftspartner", ergänzte Inka.

Die Rechtsmedizinerin sah aus der Hocke zu Inka auf. „Ihr kennt ihn?" Sie reichte Inka die Brieftasche des Toten. Sie war alt, das Leder weich geworden und zerschrammt, doch sie hatte sicher einmal eine Stange Geld gekostet. Im Inneren fanden sich ein paar Münzen und zweihundert Euro. Ein paar Quittungen aus einem Discounter, sein Personalausweis und alte Visitenkarten, die ihn noch als Partner der Windparkfirma auswiesen.

„Ja. Wie lange liegt er hier?"

„Nach den Verfärbungen der Haut, den Aaskäfern, Ameisen und anderen Krabbeltieren der Umgebung zu urteilen, liegt er seit ungefähr einer Woche im Wald. Aber lass mich ihn erst in meiner Schatzkammer untersuchen, bevor ich euch klare Aussagen liefere."

Inka schmunzelte. Eine Schatzkammer sah für sie anders aus. „Und die Todesursache?"

„Sieht aus wie beim Lehrer. Schnittwunden im Gesicht und auf dem Oberkörper und der Stich ins Herz. Aber ob die Tatwaffe wieder ein hölzerner Brieföffner war …" Teresa Hansen zuckte die Schultern.

„Vielleicht ist der Täter ein Arzt", mutmaßte Mark.

„Möglicherweise auch ein Täter, der sich vor seiner Tat schlaugemacht hat." Teresa Hansen nickte zu Finn, dem Polizeifotografen, und der Spusi-Mannschaft, die sich durch das Gebüsch an den Tatort drängten.

„Tja, was beim ersten Mal geklappt hat, klappt auch beim zweiten Mal", sinnierte Mark und begrüßte seine Kollegen. „Kein Wunder, dass wir ihn nicht erreicht haben, wenn er tot an einem Baum bei den Kieselgur-Teichen liegt." Sein Blick lag auf dem toten Körper von Rüdiger Kobarski, der tatsächlich im ersten Moment aussah, als wenn er schliefe.

„Aber eine Woche? Er müsste doch jemandem aufgefallen sein."

„Nicht unbedingt, Inka. Er liegt abseits der Teiche. Tannen, Eichenbäume, dichtes Gebüsch, da hinein geht niemand, außer, er will die letzten Brombeeren der Saison ernten." Teresa Hansen nickte zu Oma Aschendorf, die zehn Meter entfernt neben Kollege Amselfeld auf der Holzbank einen Pappbecher Wasser umklammert hielt. „Wusstet ihr, dass sich die ersten Kieselgur-Gruben der

Welt in der Lüneburger Heide befanden und damals im 18. Jahrhundert mit dem Abbau des Rohstoffes fast der gesamte Weltbedarf gedeckt wurde?“

„Nein. Was ist Kieselgur?“, fragte Inka.

„Es gibt die *Weiße Kieselgur*, die *Graue Gur* und die *Grüne Gur*, dann Salzwasser-Kieselgur und Süßwasser-Kieselgur, sie ist in den Zwischeneiszeiten entstanden und man nennt sie auch Bergmehl, Diatomeenerde, Diatomeenpelit, Kieselmehl …“

„Terry, bitte die kurze Version.“

„Schon gut. Es sind die Schalen fossiler Kieselalgen, die in Seen und Meeren leben. Sie schweben im Wasser und sinken nach dem Absterben zu Boden und bilden allmählich dicke Ablagerungen. Diese wurden bis Ende der Neunzigerjahre abgebaut, gebrannt und weiterverwendet in Filtermedien, Ölen, Füllstoff, der Zahnmedizin und vielen anderen Dingen. Sogar Alfred Nobel nutzte die Eigenschaften der Kieselgur zur Herstellung von Dynamit. Und bei der Choleraepidemie Ende des 18. Jahrhunderts in Hamburg …“

„Terry! Deine Ausführungen sind wie immer spannend, aber mich interessiert gerade mehr, ob der Fundort gleich der Tatort ist.“

„Ja“, sagte sie. „Er hat hier den finalen Tod gefunden. Aber seht euch die abgeknickten Äste an. Ich vermute, er wurde gejagt.“

„Fridolin“, rief Inka dem Chef der Spurensicherung zu. „Schaut nach, ob sich Spuren des Toten abseits des Fundortes finden. Terry meint, er wurde, wie Hendrik, durch den Wald gejagt, bevor er ermordet wurde.“

„Kriegen wir hin, Inka“, sagte Fridolin und sah sie lächelnd über seine Brillengläser hinweg an.

„Und wieder haben wir den riesigen Fußabdruck und das Zeichen der Wolfsangel. So ein Mist!“, fluchte Inka. „Das wird einen Werwolfrausch geben, wenn die Presse davon Wind bekommt.“

Sie hatte gerade ausgesprochen, als auf dem Parkplatz drei Transporter anrollten. Der Hamburger Fernsehsender, der die *Sandmann-Show Der Merkwürdigen Phänomene* ausstrahlte, und der *LAN-Fernsehsender,* allen voran Helma Flöter mit ihrem Kamerateam. Aus dem dritten Transporter sprang Wolfgang Kohlhase vom *Hanstedter Heideblatt*.

„Da, es geht schon los“, sagte sie und wippte mit dem Kinn Richtung Parkplatz.

Teresa Hansen stand aus der Hocke auf und schloss ihren Arztkoffer. „Ich darf mich verabschieden“, sagte sie. Sie küsste Inka und Mark auf die Wange und stapfte an Kohlhase und den Fernsehteams vorbei durch das Unterholz zu ihrem Wagen.

Noch bevor die Reporter Inka und Mark erreichten, stellte sich ihnen Oberkommissar Jacob Amselfeld in den Weg.

„Hier gibt es nichts für Sie zu berichten“, hörte Inka ihren Kollegen sagen.

„Ein Werwolf wurde an den Teichen gesichtet. Und es gab wieder einen Toten. Handelt es sich um die selbige Tat? War es ein Wiederholungstäter? Stehen die beiden Morde in einem Zusammenhang? Wie heißt der Tote? Müssen die Dörfer der Lüneburger Heide weiter in Angst und Schrecken leben?“ Die Fragen der Reporter überschlugen sich.

„Es gibt keinen Kommentar“, wiederholte Amselfeld. Mit Körpereinsatz dirigierte er die Reportermeute, die sich hinter das Absperrband in den Wald hineingedrängt hatte, zurück zum Parkplatz.

Ein Leichenwagen parkte neben Kohlhases Transporter. Zwei schwarz gekleidete Männer stiegen aus, öffneten den Kofferraum des Kombis und zogen einen Metallsarg heraus. Blitz- und Kameralichter verfolgten sie in den Wald.

„Oma Klärchen“, begann Amselfeld, der sich zu Inka und Mark gestellt hatte, „sagt, dass sie mit euch reden möchte. Es geht um einen Hund. Einen Beagle.“

„Ich übernehme das“, sagte Inka. „Mark, frag du Fridolin, ob er schon was für uns hat. Sie, Amselfeld, passen auf, dass kein Reporter am Tatort herumlatscht.“

Durch eine Buschschneise stapfte Inka Richtung Oma Aschendorf. „Sie wollten mit mir sprechen, Frau Aschendorf. Mein Kollege sagte, es geht um einen Hund.“

„Kindchen, nenn mich Oma Klärchen, das machen alle so.“ Sie griff nach Inkas Hand und drückte sie zaghaft.

„Gerne, Oma Klärchen. Vielen Dank“, sagte Inka und legte ihre andere Hand schützend über die der alten Dame. Sie war weich und zerbrechlich und ihre Haut war mit vielen kleinen Pigmentflecken übersät.

„Ja. Ich …“ Die alte Dame zögerte. „Ich wohne im Altersheim, in Garlstorf. Seit über zehn Jahren.“ Sie zog ihre Hand aus Inkas. „Gestern ist die Gerda aus der ersten Etage mit dreiundneunzig Jahren gestorben. Sie war meine beste Freundin. Jeden Tag sind wir zusammen durch die Heide an die Teiche spaziert. Erst mit dem Bus bis Garlstorfer Wald und dann den Schleichweg rein. Es ist so schön ruhig hier. Wir haben geredet und uns aufgerichtet, wenn es einem von uns nicht so gut ging. Sie ist mit ihrem Porsche los und ich ohne, ich bin ja auch erst achtzig." Oma Klärchen schniefte ins Taschentuch.

„Porsche?"

„Ihrem Gehwagen", erklärte die Achtzigjährige. „Heute Vormittag, also vor …", sie sah auf ihre goldene Armbanduhr, „… also so um elf Uhr, da hab ich es nicht mehr ausgehalten. Die anderen Bewohner, die traurigen Gesichter, die Fragen und das ganze Drumherum. Ich musste raus und auf unsere Lieblingsbank. Ich liebe den erdigen Geruch des Waldbodens. Die Pilze, das Laub und Moos, das Plätschern des Wassers, wenn die Fische springen. Ich bin in der Heide aufgewachsen. In Döhle. Meine Eltern hatten einen Bauernhof mit Landwirtschaft. Aber was schwatze ich. Sie wollten ja …" Oma Klärchen machte eine kurze Pause. „Die Gerda und ich wollten schon vorgestern die letzten Brombeeren pflücken, aber irgendetwas kam dazwischen. Ich weiß gar nicht mehr, was es war." Sie krauste die Stirn. „Na ja, wie auch immer. Ich bin also mit meinem Eimerchen zu den Brombeersträuchern. Jetzt Ende Oktober sind sie besonders süß. Früher, als meine Enkelkinder klein waren, da hab ich mit ihnen Brombeermarmelade gekocht. Heute sind sie in alle Städte verstreut. Einer wohnt in Stuttgart, die andere in Edinburgh in Schottland. Ich sehe sie kaum noch. So ist das wohl im Alter. Ja, aber ich wollte ja sagen, viele Beeren waren nicht mehr am

Strauch, da war wohl jemand vor mir dran. Da hab ich das Jaulen gehört. Es hörte sich an wie ein weinendes Baby. Ich hab mich ins Dickicht geschlagen und da lag der arme Kerl im Laub, zwei Meter von dem … dem Toten entfernt. Bestimmt war das sein Hund, den er Gassi führen wollte. Hört man ja immer wieder, dass Hunde nicht von ihrem toten Herrchen weggehen, bis sie selber sterben. Aber das konnte ich nicht zulassen. Er war so zutraulich. Mein Wurstbrot, das ich als Notreserve bei mir trage, hat er regelrecht verschlungen. Ich hab ihn ins Heim mitgenommen, ihm Wasser und noch ein wenig Fleischwurst gegeben. Dann bin ich wieder an die Teiche und hab Sie angerufen. Ich hätte Sie gleich rufen müssen, oder?“

„Alles gut“, sagte Inka lächelnd. „Jetzt sind wir ja da. Wir werden überprüfen, ob es sich wirklich um den Hund des Toten handelt. Ihre Personalien hat mein Kollege aufgenommen?“

„Ja.“ Oma Klärchen nickte. „Darf ich den Hund behalten?“

„Ich weiß nicht? Wenn niemand Anspruch auf das Tier erhebt und das Heim seine Erlaubnis für ein Haustier gibt, sollte nichts dagegen sprechen.“

„Im Heim sind Haustiere erlaubt, das weiß ich, weil der Egon einen Wellensittich hält.“

Inka schmunzelte.

Kollege Amselfeld fuhr Oma Aschendorf ins Heim zurück und veranlasste eine psychologische Betreuung. Den Beagle brachte er zum Tierarzt. Möglich, dass eine Mikrochip-Kennzeichnung des Hundes Rüdiger Kobarski als Besitzer auswies. Inka und Mark warteten eine Viertelstunde auf die ersten Ergebnisse der Spurensicherung. Wie sie erfuhren, war der Fundort zwar der Tatort, doch wie Inka vermutete, wurde auch Rüdiger Kobarski vom Täter durch die Heide gejagt. Wieder fanden sie den ominösen riesigen Fußabdruck neben dem Toten und das Zeichen der Wolfsangel. Doch die ersten Fakten der Spurensicherung und der Rechtsmedizin ergaben – es war kein Werwolf, der Kobarski getötet hatte. Egal was Fernsehheinis oder Phänomenjäger behaupteten.

Es war Mittagszeit und Inka knurrte der Magen. „Wollen wir zu Hanna? Ich hab Hunger."

„Super gerne. Ich liebe *Hannas Geheime Verführungen*, die tausendmal besser sind als jede Polizeikantine." Mark grinste.

Vor zwei Jahren hatte Gisbert Sommer, ein Kochbuchverleger, der für zwei Wochen in der Heide Erholung suchte, Hanna überredet, uralte Eintopfrezepte ihrer Großeltern preiszugeben. Seitdem fuhr kaum ein Feriengast ohne das Buch *Hannas Geheime Verführungen* nach Hause – ein Buchtitel, den Inka eher einem Liebesroman als einem Kochbuch zuordnete.

Auf der Fahrt nach Undeloh kam Mark auf Rüdiger Kobarski zu sprechen. „Kann es sein, dass die Weiler ein Verhältnis mit ihrem Geschäftspartner und dem Lehrer hatte?", fragte er mit kurzem Seitenblick zu Inka.

„Möglich ist alles, Mark. Hier scheint jeder mit jedem etwas zu haben. Doch wenn Kobarski aus Eifersucht den Lehrer umgebracht hat, wer hat dann ihn umgebracht?"

„Ja. Und weiter steht die Frage im Raum – wer hat sich mit Hendrik vor seinem Tod geprügelt? Was, wenn es doch die Weiler war? Sie streitet sich mit Hendrik, verprügelt ihn, und als der nicht einsehen will, dass sie pleite ist, wenn sie den Windpark sausen lässt, lockt sie ihn zum See und ermordet ihn."

„Wäre ein Gedanke. Wobei sie sagt, dass sie nicht pleite ist. Was aber auch nicht stimmen kann, da ihre Kontobewegungen keine Eingänge verzeichnen. Ich frage mich, wovon sie gerade lebt. Außerdem besitzt sie durch ihren Judo- und Karatesport die nötige Kraft für einen Angriff, und Schubert war nicht gerade ein Muskelprotz. Aber würde sie sich deswegen in einen Werwolf verwandeln?"

„Wir haben noch immer Vollmond", sagte Mark schmunzelnd.

Bei Marks Worten verzog Inka das Gesicht zu einer finsteren Miene, dann sagte sie: „Und warum hat sie Hendrik nicht gleich auf der Aussichtsplattform umgebracht? Warum hetzt sie ihn bis auf die Seebrücke? Warum das Zeichen der Wolfsangel? Da stimmt etwas nicht, Mark. Will eine Frau einen Mann umbringen, dann ist das klar strukturiert. Sie würde den Brieföffner nehmen und zustechen, fertig. Und Kobarski? Wo ist hier das Motiv? Er hat, laut Annas Aussage, freiwillig die Firma verlassen. Und Nachteiliges haben wir nicht gefunden."

„Dennoch muss es eine Verbindung zwischen den Morden geben, Inka. Ruf Frauke an. Wir müssen Kobarskis Verwandte aufsuchen und sein Umfeld abklappern. Leben seine Eltern noch? War er verheiratet? Wer sind seine Freunde und Bekannten? Und die Bad Schwartauer Kollegen sollen in Kobarskis Wohnung nachsehen, ob sie etwas finden, was uns weiterbringt. Papiere, Geld, Telefonnummern, Testament, das ganze Programm."

Während Mark auf die L212 Richtung Volkwardingen lenkte, telefonierte Inka mit Frauke Bartels aus der Zentrale und gab seine Anweisungen weiter. Er hörte, wie Inka sagte: „Ja, ich warte. Aha. Was ist mit seiner Firma in Bad Schwartau? Ach was. Bis nachher."

„Na, war er verheiratet?", fragte Mark, als Inka das Gespräch beendet hatte.

„Nein, er war ledig. Seine Eltern leben in Geesthacht und Geschwister gibt es nicht."

„Und was ist mit seiner neuen Firma, von der die Weiler erzählt hat?"

„Frauke hat keinen Eintrag gefunden."

Nachdem sie Hannas Erbseneintopf bis auf den letzten Löffel verputzt hatten, machten sich Inka und Mark auf den Weg ins siebzig Kilometer entfernte Geesthacht.

Das Ehepaar Kobarski wohnte in der Straße Hinter dem Dorfe 197 a in einem kleinen Einfamilienhaus am Waldrand.

Mark stellte den Wagen in der Einbahnstraße vor dem Haus an einem braunen Gartenzaun ab, der dringend einen neuen Anstrich gebrauchen konnte. Auch der Rasen im Vorgarten entfernte sich weit von einem englischen Schnitt. Hüfthoher Giersch, Ackerwinde und Löwenzahn überwucherten ein kleines Rabattenbeet, aus dem eine einzelne Blume ihren grünen Stängel und eine rote Blüte wie eine Ertrinkende emporstreckte.

Inka stieg die vier Stufen zur Eingangstür hoch und drückte auf den Klingelknopf unter einem metallenen und verrosteten Briefkasten, der seit mindestens dreißig Jahren an der Hauswand hing.

„Hauptkommissarin Inka Brandt aus Hanstedt und mein Kollege Hauptkommissar Mark Freese“, stellte sie sich und Mark vor, als eine weißhaarige Frau die Tür öffnete. „Frau Kobarski, dürften wir hereinkommen, es geht um Ihren Sohn Rüdiger?“

„Ja, was ist mit ihm?“, fragte die Seniorin.

„Dürften wir …?“ Inka nickte in die Diele.

„Natürlich. Gehen wir in die Küche zu meinem Mann.“ Jutta Kobarski führte die Kommissare zu einer angelehnten braunen Zimmertür. „Werner, wir haben Besuch. Die Polizei ist da. Es geht um Rüdiger“, sagte sie, während sie die Tür in den Raum drückte.

„Die Polizei?“ Ein schlanker Mann stand von einer Sitzgruppe auf und reichte Inka und Mark die Hand. „Was ist mit unserem Sohn? Wir haben über ein Jahr nichts von ihm gehört. Geht es ihm gut?“

Inka warf einen kurzen Blick zu Mark.

„Ihr Sohn ist heute an den Kieselgur-Teichen tot aufgefunden worden. Es tut uns leid. Mein Beileid“, sagte sie.

Jutta Kobarski setzte sich auf die Eckbank. „Nein. Rüdiger wohnt in Bad Schwartau. Sie müssen ihn verwechseln. Er würde nicht in die Heide kommen. Er mag lieber das Meer. Früher haben wir in Bispingen gewohnt. Rüdiger hat es dort nie gefallen. Mit neunzehn ist er nach Bad Schwartau gezogen, dichter ans Wasser. Wir haben uns dann in Geesthacht das kleinere Häuschen gekauft.“

„Nein", antwortete Inka zaghaft. Sie rückte einen schweren Eichenstuhl vom Tisch vor und setzte sich auf das graublaue Polster. „Es ist Ihr Sohn. Wir fanden seinen Ausweis in der Jackentasche. Und da ist noch etwas", begann Inka. Wieder warf sie Mark einen auffordernden Blick zu.

„Ja", begann er. „Ihr Sohn ist keines natürlichen Todes gestorben. Er wurde ermordet."

Jutta Kobarski schlug die Hände vor den Mund. Tränen füllten ihre Augen. „Nein", flüsterte sie.

„Was ist passiert?", wollte jetzt Werner Kobarski wissen.

„Das wissen wir nicht genau. Anscheinend ist er auf die gleiche Weise ermordet worden wie der Biologielehrer Hendrik Schubert aus Amelinghausen."

„Der Werwolfblödsinn. Wir haben es im Fernsehen gesehen."

Inka und Mark nickten.

„Das ist doch Schwachsinn. Werwölfe, Vampire, Bigfoot, Yetis und dieser ganze Fabelwesenkram sind Fantasien der Fernsehmacher. Genau wie diese Sandmann-Show *Der Merkwürdigen Phänomene*. Es ist amüsant, aber sonst nichts. Nur, was hat unser Sohn damit zu tun?", fragte der Senior.

„Das versuchen wir herauszufinden."

„Wissen Sie, wer unseren Sohn umgebracht hat?"

„Wir haben Verdächtige. Aber können Sie uns sagen, ob Ihr Sohn einen Hund besaß?"

Die Eheleute sahen sich verstört an, dann sagte Werner Kobarski: „Rüdiger und ein Hund? Er war immer gegen Tiere. Also, nicht so gegen Tiere, wie … also, er war tierlieb, aber ein Tier wollte er nie besitzen. Verantwortung tragen war nichts für ihn, darum hat er auch nie geheiratet. Dabei hätten wir uns Enkelkinder gewünscht, nicht, Jutta?“ Der Senior schenkte seiner Frau ein Lächeln. „Dass er so geworden ist, krank, einsam, verstört, haben wir zu verschulden.“ Werner Kobarski trank einen Schluck Wasser. „Als ich mit vierzig meine Arbeit als Chef einer Reifenfirma verlor, bin ich in ein Loch gefallen und hab angefangen zu trinken. Ich entwickelte mich zu einem Ekel. Vernachlässigte meine Frau und meinen Sohn.“ Er griff nach der Hand seiner Frau. „Jutta und Rüdiger haben auf viel verzichten müssen. Jutta war beim Psychiater, aber Rüdiger … Für Kinder gab es damals keine adäquate Hilfe. Er hat das alles nicht verkraftet. Mit neunzehn ist er ausgezogen.“

„Ihr Sohn war Geschäftspartner einer Windparkfirma. Wussten Sie davon?“

„Kobarski und Weiler, ja, wir haben es in der Zeitung gelesen. War Rüdiger mit Anna Weiler verheiratet?“, fragte Jutta leise.

„Nein, sie waren Geschäftspartner. Allerdings hat sich Ihr Sohn vor einem halben Jahr geschäftlich von Frau Weiler getrennt, weil er eine eigene Firma in Bad Schwartau gründen wollte.“

„Wie gesagt, wir haben ihn seit einem Jahr weder gesehen, noch hat er sich bei uns gemeldet“, antwortete der Senior. Sein Blick glitt zu seiner Frau, die sich verstohlen einige Tränen von der Wange wischte. „In einer Woche hat er Geburtstag, wir wollten …“, Werner Kobarski schluckte, „wir wollten ihn anrufen und fragen, ob wir zusammen essen gehen und reden wollen. Aber das ist ja nun …" Er senkte den Blick und barg das Gesicht in den Händen.

„Bitte, sagen Sie uns, was man ihm angetan hat?", fragte nun Jutta Kobarski.

„Er ist erstochen worden. Frau Kobarski, Herr Kobarski, wir könnten …" Inka stockte. „Wir werden eine Identifizierung Ihres Sohnes allein feststellen. Sie sollten ihn in Erinnerung behalten, wie Sie ihn zum letzten Mal sahen." Inka dachte an die grünliche Hautfärbung, die Schnitte im Gesicht, den blutigen Oberkörper des Opfers. „Sobald die rechtsmedizinischen Untersuchungen abgeschlossen sind, werden wir Ihnen Nachricht geben, damit Sie Ihren Sohn beerdigen können."

„Nein. Erst wollen wir ihn sehen."

„Es ist traurig, dass sie ihren Sohn vor einem Jahr zuletzt gesehen haben, egal wie alt er war", sagte Inka, als sie mit Mark durch den Vorgarten zum Auto ging. „Wenn ich mir vorstelle, Paula eine Woche nicht zu sehen oder nichts von ihr zu hören …" Sie schüttelte den Kopf. „Mir langt schon das Wochenende oder die zwei Wochen Ferien, die sie bei Fabian verbringt."

„Ja, jetzt als Vater kann ich das gut nachvollziehen. Hoffen wir, dass wir uns mit unseren Kindern nie so auseinanderleben."

„Und sollte es so kommen, dass sich, aus welchem Grund auch immer, die Wege trennen, einer den Weg zum anderen schnell wiederfindet, bevor der Abstand zu groß ist und die Zeit für eine neue Familienzusammenkunft verrinnt."

„Das hast du schön gesagt, Inka." Mark lächelte und hielt ihr die Beifahrertür auf.

„Ich will noch kurz …" Sie zog ihr Handy aus der Jackentasche.

Zum zweiten Mal schaute sie nach, ob weitere Nachrichten eingegangen waren. Erneut bat Sebastian um ihren Anruf. Als Inka keine Anstalten machte, in den Wagen einzusteigen, schloss Mark die Beifahrertür und rutschte auf den Fahrersitz hinter das Steuer. Durch die geschlossenen Türen hörte er, wie Inka telefonierte.

„Alles in Ordnung?", fragte er, als sie eingestiegen war.

„Ja. Das war Sebastian. In Harburg gab es einen weiteren Mord."

Mark schüttelte den Kopf. „Wenn wir Sebastian nur helfen könnten, diesen Scheißkerl zu fassen."

„Sebastian kommt klar, da bin ich sicher. Fahren wir zu Marlene."

„Du denkst an den Ring?"

„Ja. Weder Anna noch Susanne hat der Ring gepasst. Ich bin sicher, Hendrik hatte ihn für eine andere Frau in der Hosentasche, und für mich kann das nur Marlene gewesen sein. Erinnere dich, Mark, als Kristina von Kleist sagte, bei den beiden würde, seitdem Marlene volljährig ist, die Luzie abgehen. Vielleicht hat sie ihre Eltern getäuscht. Und ich gehe noch ein Stückchen weiter und behaupte: Es war überhaupt kein Stalking mehr, sondern Hendrik war im Begriff, Marlene zu heiraten. Nur kam er nicht mehr zu seinem Antrag."

„Gut, aber warum schleppt er den Ring dann zum Date mit der Weiler? Warum lässt er ihn nicht zu Hause?"

„Wo denn zu Hause, Mark? Im Mobilheim seiner Eltern hatte er auf engstem Raum überhaupt keine Möglichkeit, private Dinge zu verstauen. Und einen Diamantring lässt man nicht rumliegen. Vielleicht wollte er sich nach dem See mit Marlene treffen und ihr dann den Ring geben. Sie ist die Einzige, deren GPS-Daten wir nicht nachvollziehen konnten, weil sie schlauer war als ihre Eltern. Und da kannst du sagen, was du willst – kein Schüler stellt freiwillig sein Handy aus, außer, er will seinen Eltern verschweigen, wo er sich rumtreibt. Heutzutage kann man alles manipulieren. Handys sind da keine Ausnahme."

Kapitel 14

Inka und Mark fuhren über die B3 Richtung Schneverdingen nach Bispingen und weiter auf der B209 nach Amelinghausen. Nach einer guten halben Stunde parkte Mark seinen Wagen in der Straße Am Kirchwald 135 a vor einem stählernen Tor der Einfahrt des Hauses Westmann-Hof. Er ließ das Fahrerfenster herunter und drückte einen messingfarbenen Klingelknopf an einer Lautsprecheranlage, als auch schon eine Frauenstimme fragte: „Guten Tag, was kann ich für Sie tun?"

„Hauptkommissar Mark Freese von der Hanstedter Wache und Kollegin Inka Brandt. Wir möchten Herrn Doktor Westmann-Hof nebst Gattin sprechen. Könnten Sie bitte öffnen?"

„Wie nett. Mit der Gattin sprechen Sie bereits", sagte die Stimme. „Aber woher weiß ich, dass Sie die Polizei und nicht irgendwelche Verbrecher sind, die sich Zutritt in unser Haus verschaffen wollen, um uns auszurauben oder zu ermorden?"

Mark griff mit der rechten Hand in seine Jackentasche und zog seinen Dienstausweis heraus. Er streckte den Arm aus dem Fenster und hielt den Ausweis zwischen Daumen und Zeigefinger geklemmt dem blechernen Kasten entgegen. „Machen Sie jetzt das Tor auf", sagte er ungeduldig.

„Bitte den Ausweis oben am Tor in die Kamera halten“, korrigierte die Stimme mit amüsiertem Unterton.

Mark reckte seinen Arm in die Höhe und rief dem Sprechkasten entgegen: „Aufmachen!“

„Einen Moment bitte.“ Es knackte im Lautsprecher. Stille. Nichts tat sich. Mark überlegte bereits, aus dem Wagen zu steigen und gegen das Tor zu hämmern, als ein Quietschen erklang. Das fünf Meter breite Rolltor schob sich zur Seite und gab den Blick auf die Westmann-Hof-Landhausvilla frei.

Mark lenkte den Wagen über die Auffahrt. Hinter einem schwarzen SUV mit getönten Scheiben stellte er den Motor aus. „Nette Hütte“, sagte er mit Blick durch die Frontscheibe.

Ein weißes Landhaus mit anthrazitfarbenen Dachschindeln, groß wie drei aneinandergeklebte Einzelhäuser, stand eingerahmt von Tannen und Wacholdern in einem eingefriedeten Grundstück. Der Vorgarten hielt sich puristisch zurück. Hellgraue Steinfliesen legten den Weg zur Eingangstür vor. Rechtsseitig wuchs eine mannshohe Buchsbaumsäule aus weißen Carrarasteinen empor. Inka zählte zehn pilzkopfförmige Buschkronen, die wirkten, als wären sie auf Stöcke aufgeklebt. Eine nackte aufrecht stehende Frauenstatue mit erhobenen Armen gab dem Vorgarten das Besondere, ohne aufdringlich zu wirken. Für einen Augenblick blieb Inka stehen und sah zu der schwarz glänzenden Brunnenfigur, aus deren geöffneten Händen Wasser sanft sprudelte und über den anmutigen Figurenkörper hinunterfloss. Sie hatte gar nicht bemerkt, dass Mark inzwischen am Haus angekommen war.

Eine zierliche Frau in Jeans stand, die weißen Blusenärmel bis zum Ellenbogen aufgekrempelt, in der geöffneten Eingangstür.

„Das ist Aphrodite, die Schaumgeborene", hörte sie die Frauenstimme sagen, während Inka fasziniert auf die Statue und das Brunnenwasser starrte.

„Oh, Entschuldigung. Ich war so hingerissen von der außergewöhnlichen Figur", sagte sie schnell und folgte Mark zum Hauseingang.

„Vielen Dank. Ja, Aphrodite erregt Aufmerksamkeit."

Inka nickte und hielt Simone Westmann-Hof ihren Ausweis entgegen.

„Ich weiß, wer Sie sind. Was können wir heute für die Kommissare tun?" Wieder lag in ihrer Stimme der amüsierte Unterton.

„Wir müssen noch einmal mit Ihrer Tochter sprechen. Ist sie zu Hause?"

„Sie ist im Garten bei ihrem Vater." Simone Westmann-Hof hob den Arm und dirigierte Inka und Mark um die linke Hausseite.

Die Hauptkommissare gingen den sandigen Gartenweg entlang, der mit violettblau blühendem Eisenhut und weißen Chrysanthemen gesäumt war. Am Ende des Weges empfing sie ein moderner Poolgarten. Kugelförmige Buchsbäume verbanden sich mit moderner Gartengestaltung. Eine gläserne Abdeckung schützte den Pool und ließ vermuten, wie sich die Familie Westmann-Hof an heißen Sommertagen abkühlte.

Marlenes Gesicht verfinsterte sich, als sie die Kommissare auf sich zukommen sah. „Ich hab Ihnen schon alles erzählt." Sie sah aus, als wolle sie die Kommissare anspucken, doch Inkas drohender Blick ließ sie innehalten.

„Wir haben nur eine kurze Frage", versicherte Inka.

„Was wollen Sie denn noch?" Torben Westmann-Hof kam rechtsseitig über ein Rasenstück auf sie zu. In der Hand trug er einen Eimer, den kleine braune Körner füllten und den er auf dem grauen Steinboden vor dem Pool abstellte. „Meine Kois wollen immer zur gleichen Zeit gefüttert werden", sagte er erklärend in legerem Arzt-Freizeitoutfit. Jeans, dunkelblaue Windjacke, unter der ein weißes Poloshirt hervorlugte, und weiße Turnschuhe. Ein leicht ergrauter, aber akkurat gepflegter Bartschatten legte sich über seinen Kiefer.

„Dabei wollen wir Sie nicht aufhalten. Wir haben ein, zwei Fragen an Ihre Tochter", erklärte Mark bestimmend. „Allein", sagte er, als Torben Westmann-Hof sich nicht vom Fleck rührte.

„Ja, bitte. Dann führen Sie Ihre Vernehmung durch", sagte er angesäuert.

„Es ist keine Vernehmung, nur eine Befragung", erklärte Mark.

„Auch gut." Westmann-Hof hob den Eimer wieder auf und ging, über den Weg, den er gekommen war, zum Karpfenteich zurück.

„Was wollen Sie von mir?", fragte Marlene patzig.

„Es gibt noch Fragen, für die wir eine Antwort brauchen", sagte Inka kurz.

Marlene presste die Lippen aufeinander und verschränkte die Arme vor der Brust. Genervt sah sie ihrem

Vater nach, der eine Handvoll Fischfutter in einen Gartenteich warf.

„Hendrik Schubert hatte einen Ring in der Hand, als wir ihn auf der Seebrücke gefunden haben."

„Wie bitte?" Sie steckte ihre Hände in die Taschen des nachtblauen Windblousons. „Ich weiß von keinem Ring", sagte sie trotzig.

Inka zog den Diamantring aus ihrer Handtasche und hielt ihn Marlene hin. „Tun Sie uns den Gefallen und stecken ihn an."

„Nein, warum sollte ich das machen?", bockte Marlene.

„Weil wir glauben, dass Sie und Hendrik mehr waren als Lehrer und Schülerin."

„Nein, ich sagte bereits, dass ich einen Freund habe und das mit Hendrik längst Geschichte ist."

„Gero Büchner, ja. Nur beläuft sich Ihre Beziehung lediglich auf die Mathenachhilfe und auch die endet in vier Monaten. Außerdem hat er eine Freundin."

„Na und, wenn schon. Hendrik und ich waren ein Paar. Lange bevor er die Weiler kennengelernt hat. Mir ist es egal, wen das stört, nur weil er doppelt so alt ist wie ich."

„Sie sind achtzehn Jahre alt. Ihre Liebesbeziehungen gehen uns nichts an. Wir suchen Hendriks Mörder. War der Ring für Sie?" Inka hielt Marlene das Schmuckstück erneut vor.

„Ja", sagte sie knapp, nahm den Ring und zog ihn auf ihren Ringfinger der linken Hand. „Er hat mich gefragt, ob ich ihn, wenn er geschieden ist, heiraten möchte. An dem Abend, als er ermordet wurde, wollten wir uns um einundzwanzig Uhr am Tor beim Campingplatz treffen.

Er wollte mir den Ring geben und sehen, ob er passt. Wir mussten ihn beim Juwelier ändern lassen, weil er zu groß war."

„Sie haben *Ja* zur Heirat gesagt?", fragte Inka, als ihr Handy klingelte. „Entschuldigung." Sie machte ein paar Schritte zur Seite, um den Anruf entgegenzunehmen. Warum klingelten Telefone immer im ungünstigsten Augenblick? Sie sah auf das Display. Unbekannter Anruf. „Ja", sagte sie knapp.

„Ist da Kommissarin Inka Brandt?"

„Wer will das wissen?", fragte Inka.

„Schubert, Hendriks Vater. Ich hab etwas gefunden. Könnten Sie auf den Campingplatz kommen?"

„Ja", sagte Inka knapp und beendete das Telefonat. Sie hatte gerade die Austaste gedrückt, als es erneut klingelte. Amselfeld.

„Kollege, was gibt es?"

„Der Hund gehörte Rüdiger Kobarski. Er war gechippt. Ich war mit ihm bei Kobarskis Eltern. Sie können ihn nicht nehmen, also bin ich zu Oma Klärchen ins Heim gefahren. Die Heimleitung ist einverstanden, dass sie den Hund behalten darf. Sie war vor Freude ganz aus dem Häuschen. Ich wollte Ihnen das nur kurz mitteilen. Ich mach mich jetzt an den Schreibkram."

„Das ist eine wunderbare Nachricht, Kollege. Vielen Dank." Sie legte auf und sah zu Marlene, die mit ihrem Vater an der Terrassentür stand.

„Wir würden dann …", rief sie Vater und Tochter zu, die heftig debattierten, als wären Inka und Mark nicht anwesend.

„Die wollen nicht verstehen", sagte Mark und schritt um den Pool herum zum Haus. „Wir waren noch nicht fertig", hörte Inka ihren Kollegen mit fester Stimme sagen.

Marlene brummte ein paar Wörter in Marks Richtung und drehte ihm den Rücken zu. Erst als Mark ihr freistellte, das Gespräch auf der Wache weiterzuführen, und Torben Westmann-Hof seiner Tochter einen strengen Blick zuwarf, zeigte sie sich einsichtig. Noch immer trug sie den Diamantring am Finger.

„Den Ring müssen wir wieder mitnehmen", sagte Inka.

Marlene sah die Kommissare irritiert an. „Warum? Er gehört mir. Hendrik wollte ihn mir schenken."

„Leider kam es nicht mehr dazu und somit gehört der Ring seinen Eltern. Sie sind die rechtmäßigen Erben."

„Was wollen die Alten mit Schmuck?", polterte Marlene los.

„Die Alten sind seine Eltern. Und was sie mit dem Ring anstellen, obliegt nicht Ihnen, sondern dem Ehepaar Schubert. Und jetzt geben Sie ihn mir bitte zurück, damit er den Besitzern übergeben werden kann." Inka streckte die Hand aus, wartend, dass Marlene Einsicht zeigte.

„Ich weiß nicht, ob ich das will", maulte die Achtzehnjährige. „Es ist mein Ring."

„Gib den Schmuck zurück", sagte Torben Westmann-Hof, der hinter seine Tochter getreten war. „Er gehört dir nicht."

„Aber …"

„Nein. Es gibt kein *Aber*. Basta. Und jetzt benimm dich deinem Alter entsprechend." Westmann-Hof straffte die Schultern, was seine sowieso schon imposante und einnehmende Erscheinung noch aussagekräftiger hervorbrachte.

Marlene spürte, dass die Aufforderung ihres Vaters keine Widerrede duldete. Mit zitternden Lippen, die ihre Enttäuschung verrieten, tief atmend, zog sie den Ring vom Finger und drückte ihn unwirsch in Inkas Hand. „So, das war es aber für mich“, sagte sie und marschierte mit erhobenem Kopf an ihrem Vater vorbei Richtung Terrassentür.

„Entschuldigen Sie bitte“, sagte Westmann-Hof. „Wir blicken bei ihr auch manchmal nicht durch. Erst ist sie total kooperativ und freundlich und plötzlich wird sie wegen irgendeiner Kleinigkeit sauer und aggressiv. Mädchen eben oder immer noch die Pubertät oder was weiß ich. Aber so ist das mit jungen Menschen. Meist hat es wenig Sinn, ihnen Verständnis abzuringen.“ Er zuckte die Schultern. „War es das, oder …?“

„Fürs Erste ist alles geklärt. Ihrer Hand geht es noch nicht besser?“ Inka nickte zu Westmann-Hofs linken Handknöcheln, auf denen weiter ein breites Pflaster klebte.

„Es wird werden“, antwortete der Arzt. Er legte die rechte über die linke Hand, als wolle er Offensichtliches verstecken.

„Wo, sagten Sie, haben Sie sich verletzt?“

„In der Garage. Ich wollte den Heckenschneider aus dem obersten Regal holen, dabei ist er runtergerutscht und mir auf die Hand gefallen.“

Inka nickte. „Sie haben sicher viel zu tun, wenn Sie diesen hübschen Garten eigenhändig bearbeiten.“

„Ja. Nein. Wir haben einen Gärtner, aber der war krank. Und die Hecke an der Straße brauchte dringend einen neuen Schnitt. Es macht sich in der Gegend nicht gut, wenn es im Vorgarten eines Arztes aussieht wie Kraut und Rüben."

„Nur aus reiner Neugier – wie können Sie mit der verletzten Hand operieren?"

„Gar nicht. Meine Operationstermine sind verschoben. War es das jetzt, ich müsste …" Er drehte sich kurz um und nickte zur Terrassentür.

„Der lügt", sagte Inka, während sie sich in Marks Wagen auf dem Beifahrersitz anschnallte. „Hast du eine Hecke im Vorgarten gesehen, die zu schneiden gewesen wäre? Ich nicht. Da wächst nur der kryptische Buchsbaum neben der wassersprudelnden Aphrodite. Sagte Terry nicht, Hendriks Prügelkumpan war Linkshänder?"

„Du überlegst, ob Westmann-Hof sich mit Hendrik geprügelt hat."

Inka nickte. „Sind die DNA-Proben der Eltern und Schüler endlich durch?"

„Alle negativ. Allerdings sind nur die Eltern und Schüler zum Test angetreten, die beim Paintballspiel am See waren. Marlene und ihre Eltern waren nicht dabei."

„Die Tests sollten wir nachholen. Der Schönheitsheini verbirgt irgendetwas und irgendwie müssen wir ihn drankriegen, ich weiß nur noch nicht wie, Mark. Und Marlene, mag sie sein, wie sie will – sie hat Hendrik nicht getötet. Sie hat ihn geliebt."

„Denke ich auch. Also, was wollen wir tun? Als Marlene noch minderjährig war, hatte Väterchen ein Alibi. Hätte Hendrik sie angezeigt, wäre seine Klinik, die sowieso in der

Kreide steht, völlig am Ende. Doch seit zwei Wochen ist sie volljährig. Wobei, irgendetwas stört mich dennoch an der Sache. Warum, wenn deine Vermutung von seiner Lüge stimmt, hätte er sich dann mit Hendrik geprügelt? Und hätte er Hendrik wegen des Altersunterschieds ermordet?"

„Wir können zurück und ihn bitten, uns seine Garage und Heckenschere zu zeigen. Doch ohne Beschluss …" Inka zuckte mit den Schultern. „Wir würden ihn nur aufscheuchen. Wir werden ihn überraschen. Ich bitte Fritz, bei Staatsanwalt Jankowitz anzuklopfen. Vielleicht ist er gnädig und stellt einen Durchsuchungsbeschluss aus. Aber jetzt müssen wir zu Schubert auf den Campingplatz. Er hat etwas gefunden."

„Was?"

„Das hat er nicht gesagt. Scheint aber wichtig zu sein. Gib Gas", sagte sie, zog ihr Handy aus der Jackentasche und wählte Fritz Lichtmanns Privatnummer.

Die zweieinhalb Kilometer bis zum Campingplatz Mühlenkamp über die B209 schafften sie in knapp sechs Minuten. Walter Schubert stand, wie bei ihrem ersten Besuch, auf der kleinen Terrasse des Mobilheimes und rauchte eine Zigarette.

„Guten Tag", sagte er und reichte Inka und Mark die Hand. „Kommen Sie rein. Meine Frau ist aus Bayern zurück. Möchten Sie einen Kaffee?"

„Nein, vielen Dank", entschied Inka, „wir müssen gleich weiter."

„Verstehe." Er öffnete die Fliegen- und Eingangstür des Mobilheimes und ging voran ins Wohnzimmer. Eine schlanke Frau mit brünetten Haaren, die zu einem Zopf geflochten auf der rechten Seite über ihrer Schulter lagen, füllte Kaffee in zwei Becher.

„Möchten Sie auch?", fragte sie freundlich, während sie die Becher in die Luft hielt.

„Nein, möchten die Kommissare nicht. Ich hab schon gefragt. Danke, Hilde", kam Walter Schubert Inka mit der Antwort zuvor. „Bitte setzen Sie sich." Er wies auf das dunkelblaue Polstersofa. Schubert wartete, bis auch seine Frau sich Inka und Mark gegenübergesetzt hatte. Er zog die oberste Schublade des Highboards auf und nahm einen länglichen Briefumschlag heraus. „Den hab ich in einer der Hosentaschen von Hendrik gefunden." Er schluckte und reichte Inka den Umschlag.

„Zwei Tickets ohne Rückflug, ausgestellt vor zwei Wochen", sagte sie. „Ein Ticket ist auf Hendriks Namen, das andere auf Marlenes Namen registriert. Ihr Sohn wollte Deutschland den Rücken kehren?"

„Mir hat er nichts erzählt, dir, Hilde?"

„Nein", bestätigte die Rentnerin schwach. Tränen füllten ihre Augen. „Wir haben gehofft, dass er zu Susanne zurückkehrt. Bis mein Mann erzählte, dass Post vom Gericht gekommen ist."

Inka sah der Seniorin in graue glänzende Augen. „Marlene ist die Schülerin, die Ihren Sohn gestalkt hat. Wussten Sie davon?"

„Nein, bis Sie mir erzählten, dass er eine Freundin hat, dachten wir schon, dass … Na ja, es wäre uns gleich gewesen. Hauptsache, er ist glücklich, aber nun …" Frau Schubert suchte die Hand ihres Mannes.

„Hendrik wurde gestalkt?“, wollte der Senior wissen.

„Ja, doch es sieht ganz danach aus, als wenn da mehr gewesen ist“, sagte Mark nickend. „Als wir ihn fanden, hielt er einen Diamantring in der Hand. Wir vermuten, dass er der Schülerin einen Heiratsantrag machen wollte. Die Tickets“, Mark wedelte mit dem Umschlag in der Luft, „belegen unsere Vermutung. Anscheinend wollte er mit ihr auswandern.“

„Wer ist sie?“, fragte Hilde aufgeregt. Ihre roten Wangen glühten.

„Marlene Westmann-Hof. Die Tochter der Schönheitschirurgen. Kennen Sie die Familie?“

„Ja. So groß ist Amelinghausen nicht. Hendrik wollte heiraten und …“, begann Hilde Schubert und stockte.

„Es sieht ganz danach aus. Nur Marlene passte der Ring. Zudem bestätigte sie, dass sie mit Ihrem Sohn nicht nur eine platonische Beziehung unterhielt.“

„Aber Marlene ist noch so jung. Nein. Ich kann das nicht glauben“, sagte Hilde kopfschüttelnd.

„Sie ist vor zwei Wochen achtzehn geworden“, erklärte Inka.

„Aber das … das hätte er nicht gemacht, da bin ich mir sicher. Hendrik war doppelt so alt. Und eine Schülerin. Niemals. Sie müssen sich irren.“ Ihre Wangen vertieften sich in einer fast gefährlichen blaulila Nuance.

„Aber da ist noch etwas. Ihr Sohn hatte zwanzigtausend Euro bei sich, als wir ihn fanden. Können Sie sich erklären, woher dieses Geld stammt? Hat er im Lotto gewonnen, etwas geerbt?“

„Zwanzigtausend Euro“, wiederholte der Senior. „Nein. Woher sollte er so viel Geld haben? Hilde, hast du eine Ahnung?“

„Nein. Sein Lehrergehalt ging doch fast gänzlich für die Abzahlung des Hauses drauf, und von einem Gewinn oder einer Erbschaft weiß ich nichts.“

„Wann können wir ihn sehen?“, mischte sich Walter Schubert ins Gespräch.

„Ich melde mich bei Ihnen“, versprach Inka und stand auf.

Kapitel 15

Der Mord an Rüdiger Kobarski und das Auffinden seiner Leiche an den Kieselgur-Teichen holte weitere Werwolfverfechter aus ihren Löchern. Immer mehr Reporter der Presse und Medien aus Deutschlands Städten trudelten in Amelinghausen ein, trieben sich am Lopausee oder an den Teichen herum und standen vor der Hanstedter Wache. Beharrlich versuchten sie, Schüler des Gymnasiums und ihre Eltern zu befragen, Zeugen ausfindig zu machen und Nachbarschaftsgeschwätz auszuschmücken. Für Inka und ihr Team wurde es immer schwieriger, die Werwolfjäger mit Kameras, Mikrofonen, Mistgabeln und Jagdgewehren in ihre Schranken zu weisen. Die Produzenten der *Sandmann-Show Der Merkwürdigen Phänomene* standen fast täglich vor dem Haus der Ohlsens, um Lea zu überreden, erneut in einer Show aufzutreten.

Die Morde wühlten Inka emotional auf. Zwei Elternpaare, die um ihre Söhne trauerten. Immer wieder kam ihr Paulas Verschwinden am Timmendorfer Strand in den Sinn. Was wäre, wenn sie nicht wieder aufgetaucht wäre, wenn sie sie … *Stopp*, schalt sie sich. *Ihr ist nichts passiert, du musst es aus dem Kopf kriegen.* Dennoch fühlte sie mit den Eltern, verstand ihre Trauer. Mit Blick auf die Uhr gab sie Gas. Sie würde wieder zu spät bei Tilly, Paulas Tagesmutter, sein.

Inka lenkte in die Straße Stiller Weg ein und hielt vor dem weißen Gartenzaun an Tillys Haus. Die Halloweendekoration, die Inka dieses Jahr mit den vielen Gruselmasken und Skeletten eher unheimlich fand, war aus dem Vorgarten verschwunden. Jetzt thronten neben der Eingangstür in einem Bollerwagen große und kleine Kürbisse, orange, grün gestreift, weiß, länglich und rund, in allen Formen, die die Natur hervorgebracht hatte. Tilly baute jedes Jahr in ihrem Garten eine Unmenge Kürbisse an. Eigentlich baute sie alles an Gemüse an. Ob Zucchini, Salatsorten, Gurken, Möhren, besonders ihre Tomatenstauden, an denen sonderbare Fruchtgebilde wuchsen, erfreuten ihre Pflegekinder, die ihr unermüdlich im Garten bei der Ernte halfen. Inka griff zum Portemonnaie und zog einen Zehneuroschein heraus. Für jede angefangene Stunde, die über die abgemachte Abholungszeit hinausging, berechnete Tilly zehn Euro. So wie im Kindergarten, hatte sie ihr beim Einführungsgespräch vor zwei Jahren erklärt. Inka war einverstanden, ohne an ihre unbeständigen Arbeitszeiten zu denken.

Mit Paula auf dem Rücksitz, die ununterbrochen von ihrem Ausflug in die Heide und den anderen Kindern berichtete, den Hasen und Rehen, die sie gesehen hatten, bog Inka in die Heimbucher Straße ein. Sie fuhr an der kleinen Kapelle vorbei, über den holprigen Pflasterweg zum *Sundermöhrenhof* und staunte nicht schlecht, als sie Sebastians verbeulten Toyota auf dem Hof stehen sah. Schon das zweite Mal in ein paar Tagen kam er in die Heide.

„Sebastian ist da! Sebastian ist da!“, rief Paula in einer Lautstärke, die Inka in den Ohren dröhnte.

„Ja, aber schrei nicht so laut. Ich sehe ja auch, dass er da ist“, sagte sie lächelnd und spürte, wie ihre Wangen zu brennen begannen. Die Hoffnung, Sebastian alleine sprechen zu können, verflog, als Paula, kaum dass sie aus dem Wagen ausgestiegen war, über den Hof nach ihrem *Papa zwei* rief, wie sie Sebastian nannte.

Sebastian saß mit Hanna und Tim in der Wohnküche des Hofes und plauderte. Auf dem Tisch lag auf einem Holzbrett ein Kürbiskernbrot. Zwei Schmalztöpfe mit Kräutern und ein Salzstreuer standen daneben. Eine Scheibe Brot, mit Kräuterschmalz bestrichen, lag verzehrfertig in Viertel geschnitten auf einem kleineren Holzbrett. Stürmisch fiel Paula Sebastian um den Hals, dann griff sie ein Stück Brot, rutschte neben *Papa zwei* auf die Sitzbank, kuschelte sich unter seinen Arm und knabberte zufrieden am Brot.

„Sebastian, ich bin erstaunt, dass du hier bist.“ Inka setzte sich, nachdem sie ihre Schwester mit einer Umarmung begrüßt und Tim ein Nicken geschenkt hatte, Sebastian und ihrer Tochter gegenüber auf einen Küchenstuhl.

„Ja, ich auch. Leider kann ich nur bis morgen bleiben. Wir …“ Er stockte und sah auf Paula, die genüsslich ins Brotviertel biss.

„Gibt es Neuigkeiten?“, fragte Inka.

„Ich erzähle es dir später.“

Der Abend mit Sebastian verlief wie im Flug. Es gab keine Neuigkeiten im Fall *Kreuzer*, wie der Serienmörder, der zwölf junge Frauen und drei Männer getötet hatte, bereits deutschlandweit genannt wurde. Die Suche wurde immer komplizierter. Im Sommer hatte Sebastian etliche Fakten und Indizien zusammengetragen und mit Inka ausgearbeitet. Alles passte haarklein zusammen, bis die letzte Untersuchung abgeschlossen war, dann kam das Ergebnis – es gab keine Übereinstimmung. Wieder war Sebastian auf der falschen Spur.

Die Verzweiflung, den Mörder seiner Frau und seiner Tochter nicht greifen zu können, stand Sebastian ins Gesicht geschrieben. Inka glaubte, ein paar Sorgenfalten mehr auf seiner Stirn zu entdecken, die dunklen Augenringe, die Schlafmangel verrieten, und die traurigen Augen, wenn er sie ansah.

„Gibt es noch etwas, das du mir sagen willst?", fragte Inka, als sie die Terrassentür öffnete, um frische Abendluft hereinzulassen.

„Nein", druckste Sebastian. Sollte er ihr sagen, dass er sie anlügen würde, wenn er am Sonntagvormittag nicht zurück nach Hamburg fuhr, sondern nur ein paar Dörfer weiter mit Flora und Teresa den Plan ausarbeiten wollte, den *Kreuzer* aus seinem Versteck zu locken?

Kapitel 16

Die Wolken schoben sich an diesem frühen Morgen tief über den Himmel und schienen in der Heide über Hanstedt hängen zu bleiben. Inka stand am Bürofenster und beobachtete die Menschenmenge und die Fahrzeuge, die sich auf dem Parkplatz vor und am Rathaus gebildet hatten. Das Rathaus in Hanstedt war ein winkeliges rotes Backsteingebäude, dessen Flügel mittig durch einen Turm, aufgebaut wie ein Leuchtturm, verbunden waren. In den Büroräumen auf der linken Seite fanden Bürger die Polizeiwache. Rechts im Gebäude konnten sie Personalausweis und Hundesteuer beantragen, heiraten, nach freien Arbeitsstellen suchen, Baugenehmigungen einholen und vieles mehr. Mit ihren Gedanken hing Inka am gestrigen Sonntag. Noch einmal, bevor er nach Hamburg losgefahren war, hatte sie Sebastian gefragt, was ihn bedrückte. Er hatte abgewinkt und Paula und sie in den Arm genommen. Was verschwieg er ihr nur? Sie wollte ihn nicht drängen. Zudem musste sie sich auf ihren Fall konzentrieren. Es galt, die Morde an Hendrik Schubert und Rüdiger Kobarski aufzuklären. Und dann war da noch die Bestie, der Werwolf, den die Presse, die Medien und die Heidejäger jagten und in ihren Sendungen und Artikeln ausschlachteten. Inka beobachtete, wie sich Mark durch die Reportermeute schlängelte und mit eiligen Schritten die Eingangstür zur Polizeistation erreichte.

„Morgen, Inka“, sagte Mark. „Steht die Meute da unten schon länger?“

„Ja. Morgen, Mark. Frauke sagt, als sie um sieben Uhr Emma abgelöst hat, fand sie für ihr Fahrrad kaum einen Stellplatz. Rund um das Rathaus ist alles dicht. So ein Spektakel gab es bei einem Fall noch nie.“

„Hör mal“, sagte Mark und stellte das Radio lauter.

Peer Bach berichtete über den toten Hendrik Schubert. Was für ein toller Lehrer er war, sogar Vertrauenslehrer. Er sprudelte ein Loblied nach dem anderen über Hendrik heraus, bevor er auf den Leichenfund auf der Seebrücke zu sprechen kam. In allen Einzelheiten informierte er über die zerfetzte Kleidung, das Blut, die offenen Augen, die Lage des Lehrers. Das Schreien und Weinen der Mädchen. Selbst wie er das Video gedreht und ins Netz gestellt hatte, gab er öffentlich preis. Für Leas Begegnung mit dem Werwolf rang er sich ein hüstelndes Lachen ab und schilderte seine Mitschülerin als psychisch labil.

„Das kann nicht wahr sein! Was glauben diese Kinder eigentlich?“, fuhr Inka auf.

„Sie kriegen Geld für ihr Statement, Inka. Was erwartest du?“

„Pietät, Mark. Pietät gegenüber einem Toten, den Angehörigen und Freunden.“

„Hm“, sagte Mark nachdenklich und stellte den Kekskarton, den er unter den Arm geklemmt trug, neben dem Kühlschrank ab. „Haben die Schwartauer Kollegen in Kobarskis Wohnung etwas gefunden, was uns weiterbringt?“

„Es gibt noch keine Nachrichten. Du sollst übrigens in den Kühlschrank sehen, Frauke hat dir etwas mitgebracht.“

„Ein Stück Eierlikörtorte“, sagte Mark. Er schenkte dem geöffneten Kühlschrank ein breites Grinsen. Mit dem Teller in der Hand setzte er sich hinter seinen Schreibtisch. In den vergangenen drei Monaten, seitdem er Vater geworden war, schien er noch ein bisschen mehr zugenommen zu haben.

Inka schmunzelte, sagte: „Wenn du dein zweites Frühstück verdrückt hast, würde ich gerne zu den Westmann-Hofs fahren.“ Sie wedelte mit Jankowitz' Fax in der Luft. „Der Durchsuchungsbeschluss, falls du dich erinnerst.“

„Bin schon fertig“, antwortete Mark und steckte die letzte, mit Torte gefüllte Gabel in den Mund.

„Ich fahre, du hast mindestens zwei Promille“, lachte Inka mit Blick auf den leeren Teller.

„Wir haben nichts mehr zu sagen“, donnerte Torben Westmann-Hof los, als er nach mehrmaligem Läuten die Tür seines Hauses öffnete. „Wir haben mehr zu tun, als ständig Ihre Fragen zu beantworten.“

„Das werden Sie müssen, denn …“ Inka warf einen kurzen Blick über ihre Schulter zum fünfköpfigen Spusiteam, das mit silberfarbenen Koffern aus dem Transporter stieg und durch den Vorgarten eilte.

„Was soll das werden?“, fragte Westmann-Hof. Seine Miene spiegelte Empörung.

„Eine Hausdurchsuchung.“ Mark hielt dem Chirurgen den Beschluss vor die Nase.

„Was? Warum? Ich hab nichts getan."

„Das sehen wir ein wenig anders, Herr Westmann-Hof. Wir glauben, dass Sie sich mit Hendrik Schubert geprügelt, ihm das blaue Auge und die Hämatome an den Oberarmen zugefügt haben. Da wird Ihre Handverletzung herrühren. Und wir glauben weiter, dass Sie den Lehrer ermordet haben." Inka nickte zu Westmann-Hofs linker Hand. „Sie sind Linkshänder, nicht wahr?"

„Na und, davon gibt es mehr auf der Welt. Was beweist das schon? Allerdings darf ich Ihnen verraten, dass ich beidhändig bin. Meine Mutter hat seinerzeit darauf bestanden, dass ich mit der linken und der rechten Hand mein Leben meistere. Ein Geschick, das mir heute sehr zugutekommt."

Inka stöhnte auf. „Meine Kollegen brauchen den Schlüssel für Ihre Garage, Herr Westmann-Hof", sagte sie.

„Was wollen Sie in meiner Garage, ich denke, Sie wollen mein Haus auf den Kopf stellen?"

Inka lachte kurz auf. „Irgendwo müssen wir anfangen und in Ihrem Haus werden Sie kaum Ihre Heckenschere aufbewahren."

„Sie denken tatsächlich, ich hab Sie angelogen und den Lehrer getötet, ja? Mit meiner Heckenschere?"

„Auch ein anderes Tatwerkzeug ziehen wir durchaus in Betracht."

„Hier", sagte Torben Westmann-Hof mit zusammengekniffenen Brauen. „Sie werden nichts finden." Er drückte Mark den Schlüssel für die Fernbedienung der Garage in die Hand.

„Vielen Dank. So lange würden wir uns gerne mit Ihrer Tochter unterhalten." Mark nickte an Westmann-Hof vorbei in die Diele, in der Marlene neben einer der mannshohen Blumenvasen stand.

„Bitte.“ Er bat Inka und Mark ins Haus.

„Hören Sie, ich hab nicht viel Zeit“, sagte Marlene mit einem Blick auf ihre Armbanduhr. „Ich muss um elf Uhr in der Schule sein, wir schreiben eine Deutscharbeit.“

„So spät?“, fragte Inka und sah Fridolin und dem Chirurgen nach, wie sie Richtung Garage stapften.

„Zwei Stunden sind ausgefallen.“

„Keine Sorge, es dauert nicht lange“, versicherte Inka. „Es geht lediglich um Ihre Heirat und die Reise mit Hendrik ohne Wiederkehr nach Mexiko.“

„Woher …?“

„Wir haben die Tickets gefunden.“

Marlene nickte. „Ja, ich wollte hier raus und Hendrik hatte das ganze Theater mit seiner Frau, der Weiler und der Schule auch lange satt. Er hat mir von seinen Auswanderplänen erzählt und ich hab gesagt, dass ich mitkomme. Ich will einfach weg aus diesem Leben, dieser Spießigkeit. Ist es denn so ungewöhnlich, dass wir ein Paar waren?“

„Nun ja, Hendrik Schubert war verheiratet, doppelt so alt wie Sie und Ihr Lehrer.“

„Wir sind Seelenverwandte, verstehen Sie.“

„Wissen Ihre Eltern, dass Sie mit Hendrik durchbrennen wollten?“

„Woher? Aber wenn, wäre es mir egal. Vor zwei Wochen haben wir den Flug gebucht. Mein Entschluss steht fest … stand fest, jetzt …“ Marlene senkte den Kopf.

„Hat sonst noch jemand von Ihrem Vorhaben gewusst? Anna Weiler oder Susanne Schubert? Ein Mitschüler vielleicht?“

„Nein. Wir haben niemandem etwas erzählt“, antwortete Marlene kopfschüttelnd.

„Sie haben von den Werwolfgerüchten gehört.“

„Natürlich. Im Dorf gibt es kein anderes Gesprächsthema. Warum fragen Sie? Glaubt die Polizei diesen Schwachsinn?“

„Mit dem Glauben ist das so eine Sache. Aber wie ist es mit Ihnen? Lea Ohlsen und Anna Weiler haben diese Gestalt gesehen.“

„Keine Silbe glaube ich von dem Quark. Da macht sich einer einen Scherz.“

Inka nickte. „Wer würde für so einen Scherz infrage kommen? Ein Schüler?“

Marlene zuckte die Schultern und setzte sich auf die dritte Treppenstufe der Diele. „Vielleicht Peer oder Jannik. Beide waren scharf auf Lea, aber sie hat beide abblitzen lassen. Mit Peer war sie zwei Wochen befreundet. Lea ist ein Mauerblümchen. Wenn die einen Freund abkriegt, ist es nicht auf Dauer. Sie lässt keinen an sich ran, Händchenhalten und so, immer auf Abstand. Wer will das in unserem Alter?“

„Nun, es soll vorkommen“, bemerkte Inka. Sie erinnerte sich an Gero Büchners Aussage über Marlenes freizügige Beziehungen. Lea hatte sie anders eingeschätzt.

„Peer hat mit ihr Schluss gemacht. Lea hat das nicht kapiert. Sie hat ihn ständig angerufen und gebettelt, er möge sie verstehen. Kindergartenkram.“

„Wer hat Ihnen den Kindergartenkram erzählt? Ich meine … Lea ist nicht Ihre Freundin, zumal sie eine Klasse unter Ihnen ist, in der zehnten.“

„Peer hat es über den Schulhof gebrüllt, nachdem Lea zu uns in die Klasse spaziert ist und ihn geohrfeigt hat. Peer war stinksauer. Die hat eine Klatsche, die Tante, ihn vor allen Mitschülern bloßzustellen. Schätze, er wollte es ihr heimzahlen und sie erschrecken.“

„In einem Werwolfkostüm?“

„Warum nicht? Ist doch schräg. Dass er mit seiner Verkleidung so eine Aufregung verursacht, konnte ja keiner ahnen.“ Marlene lachte.

„Sie erwähnten Jannik Herzog“, sagte Mark.

„Ja, da war es das Gleiche, hab ich aber nur am Rande gehört. Er hat ja eine Freundin. Außerdem ist er in der Zwölften, ich bin in der elften Klasse.“

„Sie meinen Karoline Steier?“, fragte Mark nach.

„Heißt sie so? Keine Ahnung. War es das jetzt? Ich muss los.“

„Ja“, sagte Inka, als die Haustür aufgeschlossen wurde und Torben Westmann-Hof mit Fridolin die Diele betrat.

„Inka, wir haben kein Blut an der Heckenschere oder sonst irgendwo in der Garage gefunden. Herr Westmann-Hof versichert, er würde seine Gerätschaften nach der Gartenarbeit säubern und desinfizieren. Eine Angewohnheit, die er aus der Klinik mit nach Hause bringt. Ich hab noch nie eine so klinisch reine Garage gesehen.“ Fridolin Kärcher grinste.

„Niemand desinfiziert seine Gartengeräte, außer er ölt sie, damit sie nicht rosten, oder er hat etwas zu vertuschen", setzte Mark nach.

„Nein! Was sollte ich vertuschen? Ich hab mit dem Mord an dem Lehrer nichts zu tun", fuhr Torben Westmann-Hof auf.

„Das ist leicht herauszufinden. Sie geben uns eine DNA-Probe, die wir mit den gefundenen Hautresten unter Hendrik Schuberts Fingernägeln vergleichen können, und schon sind Sie uns los. Oder Sie sagen uns jetzt, wie es wirklich war und warum Sie sich mit Hendrik Schubert zwei Stunden vor seinem Tod geprügelt und ihn dann ermordet haben."

Torben Westmann-Hof druckste. „Verdammt, ja, ich hab ihm eine reingehauen. Ich war sauer, weil er meine Tochter nach Mexiko schleppen wollte. Sie ist gerade achtzehn geworden. Sie soll Medizin studieren und später in unserer Klinik arbeiten. Besser kann sie es doch nicht haben."

„Du hast gewusst, dass ich mit Hendrik auswandern wollte? Woher?", mischte sich Marlene ein. Sie stand von der Treppe auf und stellte sich vor ihren Vater.

„Er hat es mir erzählt, dieser …, dieser …"

„Wann hat er es Ihnen erzählt?", übernahm Inka das Gespräch.

„Einen Tag zuvor beim Elterngespräch. Er wollte es mir schonend beibringen, aber …"

„Du hast ihn umgebracht", spuckte Marlene ihrem Vater ins Gesicht.

„Nein, das hab ich nicht, auch wenn ich es gerne gewollt hätte."

„Was ist auf der Brücke geschehen?", unterbrach Mark.

„Nichts. Auf der Brücke ist nichts geschehen, weil ich da nicht war."

„Sie haben sich mit ihm geprügelt."

„Ja, aber …" Wieder stockte Westmann-Hof. „Ich bin ihm an diesem Tag, als er aus der Schule kam, hinterhergefahren. Er war im Supermarkt, in einem Modeschmuckgeschäft, so einem Billigramschladen und in einem Lederwarengeschäft. Aus dem kam er mit einem Koffer heraus, den er versuchte auf sein Fahrrad zu klemmen. Letztendlich brachte er ihn in das Geschäft zurück und ist weiter Richtung Campingplatz geradelt. Auf dem Heideweg hab ich mich mit dem Wagen vor ihn gesetzt und ihn abgefangen. Ich erinnerte ihn noch einmal an sein Alter und das Verständnis für Marlenes Zukunft, die doch nicht in irgendeiner Strandbar hinter dem Tresen enden könne. Aber er stellte sich stur. Ich hab ihm sogar Geld angeboten, damit er seinen Plan, Marlene mitzunehmen, aufgibt."

„Was hast du getan?", polterte Marlene los. „Du wolltest mich mit Geld freikaufen wie auf einem türkischen Basar? Das glaub ich ja nicht." Wütend verschränkte sie die Arme vor der Brust.

„Es ist nur zu deinem Besten, Kind. Mit einem doppelt so alten Mann versaust du dir dein Leben", begründete Westmann-Hof seine Worte. „Du musst heute in deine Zukunft investieren, später ist es zu spät."

„Du versaust mir mein Leben, nicht ich. Ich habe Hendrik geliebt und er mich."

„Du willst glauben, dass er dich geliebt hat, aber das ist nicht wahr. Er …"

„Ich will nichts mehr hören. Du lügst mich nur an.“ Marlene standen die Tränen in den Augen.

„Ich lüge dich nicht an“, sagte er, dann an die Kommissare gewandt: „Angeblich kann sie das spießige Leben bei uns keinen Tag länger ertragen. Auch will sie weder Ärztin werden noch in unserer Klinik arbeiten. Stimmt das so, Marlene?“

„Ja, das hab ich gesagt und auch, dass ihr euch eure Frankensteinklinik an den Hut stecken könnt. Ich werde da auf keinen Fall arbeiten und gefräßigen Menschen ihre Kuchenstücke von Bauch und Beinen absaugen, Schwänze vergrößern, damit Mann sein Ego aufpoliert, oder Brüste globusgroß aufpumpen, die zum Melonenzertrümmern in Fernsehshows gezeigt werden.“

„Nicht alle Schönheitsoperationen haben den Sinn, den Menschen nur in seiner Äußerlichkeit zu verändern, ihm ein anderes Selbstvertrauen zu schenken, sondern es gibt durchaus medizinische Gründe, Marlene. Darüber haben wir gesprochen“, entgegnete Torben Westmann-Hof. „Aber das war nicht alles.“ Er zögerte. „Hendrik sagte, er schätzte es, dass eine junge Frau sich für ihn interessierte, doch er hätte niemals an eine feste Bindung gedacht. Hier in Deutschland nicht und in Mexiko ebenfalls nicht.“

„Was, das kann nicht sein! Du lügst! Hendrik hat mich geliebt, wir wollten heiraten. Wir waren zusammen beim Juwelier und haben den Ring ausgesucht. Er musste nur kleiner gemacht werden. Am Tag … am See, nachdem er sich mit Anna getroffen hat und sich verabschieden wollte, haben wir uns im Mobilheim seiner Eltern verabredet. Und …“

„Nein, Marlene, er hat dich nur ausgenutzt. Er wollte dich mitnehmen nach Mexiko, ja, aber nur als billige Arbeitskraft und für … für einen netten Zeitvertreib."

„Nein! Wie kannst du so eine Lüge behaupten? Vielleicht war es ihm zu viel, als ich … als ich ihn gestalkt habe, ja, das kann sein. Aber jetzt hat er mich geliebt. Du hast mein Leben zerstört, das verzeihe ich dir nie."

„Angeblich waren Sie alle zu Hause, zumindest laut Aussage Ihrer Haushälterin. Was stimmt nun?", wollte Mark von der Schülerin wissen.

„Wir waren zu Hause, aber erst nach zweiundzwanzig Uhr. Hendrik und ich wollten uns um einundzwanzig Uhr am Campingplatz treffen. Ich hab eine halbe Stunde auf der Bank gesessen und gefroren, aber er kam nicht. Als ich zu Hause ankam, saß meine Mutter mit meinem Vater im Wohnzimmer."

„Waren Sie zu Fuß am Campingplatz?"

„Nein, mit dem Rad, aber … ich bin nicht gleich nach Hause gefahren." Marlene kniff die Lippen zusammen und zögerte. „Ich bin zum See und zur Aussichtsplattform, auf der sich Hendrik mit Anna treffen wollte. Ich war eifersüchtig. Ich … ich", stotterte sie. „Ich hab mich an die Plattform herangeschlichen und hinter dem Gebüsch Anna und Hendrik beobachtet. Sie haben Champagner getrunken und gelacht. Ich war so wütend. Am liebsten hätte ich …"

„Sie umgebracht", vervollständigte Mark den Satz der Schülerin.

„Ja. Aber es gab keine Gelegenheit."

„Marlene, was sagst du da?", wandte Westmann-Hof entrüstet ein.

„Ich hab es ja nicht getan. Außerdem sagte ich schon, es gab keine Gelegenheit."

„Was heißt das?", wollte Mark wissen.

„Dass dieses Vieh, von dem alle sprechen, die beiden angefallen hat. Also, eigentlich nur Hendrik angefallen hat."

„Du hast den Werwolf gesehen?", fragte Inka erstaunt.

„Ja. Er rannte auf Hendrik und Anna zu. Hätte er sie nur zerfleischt."

„Das hat er aber nicht, sondern er hat was getan?"

„Vor ihnen gestanden und gefaucht, geknurrt und mit seinen Pranken in der Luft herumgefuchtelt. Plötzlich preschte Hendrik vor und stellte sich als Schutzschild vor Anna, diese alte Kuh. Er hat gerufen, sie solle in den See springen und sich in Sicherheit bringen. Was sie auch getan hat. Als Hendrik ihr hinterherspringen wollte, hat dieses Monster ihn mit seinen Pranken am Bauch erwischt. Hendrik hat geschrien und geblutet und ist über den Waldweg geflüchtet. Der Wolf rannte ihm hinterher."

„Auf allen vier Beinen oder nur auf den Hinterbeinen?"

„Ja, auf seinen Hinterbeinen."

„Warum haben Sie nicht die Polizei und den Krankenwagen gerufen?"

„Ich weiß nicht. Ich …, ich war wie erstarrt", stotterte Marlene.

„Kommen wir zurück auf Ihr Treffen mit Hendrik. Erzählen Sie, ob Sie an diesem Abend Ihre Heirat vor Hendriks Eltern bekannt geben wollten."

„Nein. Die Heirat wollten wir ihnen später, kurz vor unserer Abreise in zwei Wochen mitteilen. Hendrik sagte, er hätte den Ring vom Juwelier geholt und wollte, dass ich ihn erneut anprobiere."

„Hendrik war verheiratet."

„Ja, aber er wollte sich scheiden lassen. Das Trennungsjahr hätten wir in Mexiko locker überstanden. Bis dahin hätten wir unsere Bar aufgebaut und der Rest wäre Formsache gewesen. Aber jetzt ist alles kaputt, und das nur wegen dir", warf sie ihrem Vater an den Kopf, als die Haustür ein weiteres Mal aufgeschlossen wurde.

„Was ist denn hier los?", fragte Simone Westmann-Hof, den Blick von ihrem Mann zu den Kommissaren werfend.

„Marlene will … wollte mit Hendrik Schubert nach Mexiko auswandern und eine Strandbar eröffnen. Unsere, wie hast du gesagt …", er sah auf Marlene, die am Treppengeländer lehnte, „Frankensteinklinik ist ihr schnuppe."

„Wie? Ich höre wohl nicht recht. Das kommt überhaupt nicht infrage. Du wirst …" Mit vorgebeugtem Oberkörper und drohend erhobenem Zeigefinger wies Simone Westmann-Hof auf ihre Tochter.

„Ich werde gar nichts und ihr habt mir nichts mehr zu sagen, ich bin volljährig", setzte Marlene wütend dagegen.

„Entschuldigung", warf Inka ein. „Ihre Familiendiskussion müssen Sie auf später verlegen. Wir sind hier, weil wir …"

„Die Polizei glaubt, dass ich Schubert umgebracht hab", setzte Westmann-Hof Inkas angefangenen Satz fort.

„Was? Torben, sag, dass das nicht wahr ist. Sag, dass du den Kerl nicht ermordet hast." Simone Westmann-Hof schmiss ihre Handtasche auf die Ledercouch zwischen den mannshohen bunten Keramikvasen.

„Nein, das sag ich ja die ganze Zeit. Ich hab ihm nichts getan. Ich bin doch nicht bescheuert und gefährde unsere Zukunft."

„Was nicht stimmt. Sie haben sich mit Hendrik geprügelt und ihm sogar Geld angeboten, damit er Ihre Tochter in Ruhe lässt", bemerkte Mark.

Simone Westmann-Hofs Blick wanderte erneut von Inka zu Mark und weiter zu ihrem Mann. „Du hast ihm Geld angeboten?"

„Ja. Zwanzigtausend. Er hat es eingesteckt und gelacht. Und ja, ich hab ihm eine verpasst. Ich war wütend. Erst sagt er, er will, dass Marlene ihre Ausbildung macht. Dann sagt er, dass er sie nach Mexiko mitnehmen will. Und dann, dann behauptet dieses Schwein, Marlene interessiere ihn nicht die Bohne, weil sie für ihn nur ein Spielzeug gewesen ist und ich seiner verwöhnten Göre erst einmal Manieren beibringen sollte. Wobei er das auch in Mexiko erledigen könne. Er würde sie schon rannehmen, das verwöhnte Balg. Große Sprüche hat er geklopft, der Herr Lehrer. Sich großkotzig für das Geld bedankt, das er gut für seine Bar gebrauchen könne."

„Was Sie noch wütender gemacht hat", erkannte Mark.

„Ja. Verdammt! Ich hab ihn geschlagen. Links und rechts ins Gesicht. Aber der Kerl stand einfach nur da und hat gegrinst. Er hat es einfach so weggesteckt und keinen Mucks gesagt."

„Er hat nicht zurückgeschlagen?", fragte Mark verwundert.

„Nein, nicht wirklich. Ich hab ihn an den Armen gepackt und geschüttelt, vor und zurück, immer wieder. Ich hab ihn in den Bauch geboxt und auf die Oberarme. Am Reißverschluss seiner Jacke hab ich mir die Hand verletzt." Wie aufs Stichwort griff er zu seiner linken Hand.

„Und dann?"

„Als ich ihm eine mit der Faust aufs Auge gedonnert hab, wollte er sich wehren. Ich konnte ausweichen und er kam mit seiner Hand an meinen Hals." Der Arzt öffnete den obersten Hemdknopf und zeigte einen drei Zentimeter langen Kratzer.

„Ich hab noch gesagt, dass er jetzt endlich die Finger von Marlene lassen soll, dann bin ich ins Auto gestiegen und weggefahren. Aber das war alles. Ich hab ihn nicht umgebracht."

„Sie haben sich mit Hendrik Schubert vor seinem Tod geprügelt, wer sagt uns, dass Sie ihn nicht weiterverfolgt haben? Dass Sie nicht gesehen haben, wie er zum Lopausee fuhr, an dem Sie sich ein Werwolfkostüm übergezogen, ihn angegriffen und final auf der Seebrücke umgebracht haben?"

„Nein! Ich hab ihm meine Faust aufs Auge geschmettert und mit ihm gerangelt, ja, aber mehr nicht. Wie oft soll ich das wiederholen? Ich ziehe doch kein albernes Kostüm an und ersteche ihn dann. Wie blöd muss ich denn sein? Wenn ich Schubert hätte umbringen wollen, hätte ich es auf dem verlassenen Heideweg zum Campingplatz getan und nicht drei Stunden später."

„Wer hat etwas davon gesagt, dass Hendrik Schubert erstochen wurde, Herr Westmann-Hof?"

„Na, wie soll er sonst ermordet worden sein? Vor ein paar Tagen fragten Sie nach unseren Brieföffnern, das haben Sie sicher nicht getan, um nach Geschenkideen zu suchen."

Torben Westmann-Hofs Worte waren ausgesprochen berechtigt gewählt. Dennoch glaubte Inka, dass er ihr noch immer etwas verschwieg. „Also gut, Herr Westmann-Hof. Es wäre schön, wenn Sie uns nicht weiter anlügen, sondern mit uns zusammenarbeiten, falls noch Fragen auftauchen. Sie verlassen weder den Heidekreis noch Hamburg, solange wir den Täter nicht gefasst haben. Das gilt auch für Sie, Marlene, und für Sie, Frau Westmann-Hof."

„Was soll das sein, eine Ausgangssperre? Dürfen Sie das überhaupt?"

„Wir dürfen so einiges, Herr Westmann-Hof, und Sie dürfen es in Ihrer Medizinersprache nennen, wie Sie wollen. Reisen Sie außerhalb Hamburgs oder weiter als einhundert Kilometer im Heidekreis umher, werden wir einen Haftbefehl für Sie alle ausstellen. Ich hoffe, ich hab mich verständlich ausgedrückt."

„Das ist ja das Allerletzte!", spie Simone Westmann-Hof Inka ins Gesicht. „Wir werden unseren Anwalt informieren und eine Dienstaufsichtsbeschwerde einreichen. Ihre Forderungen sind indiskutabel."

„Das steht Ihnen selbstverständlich frei. Noch eine letzte Frage: Wir haben eine zweite Leiche gefunden, Rüdiger Kobarski, den ehemaligen Geschäftspartner der Windparkfirma Kobarski & Weiler. Kannten Sie ihn?"

„Nein, woher?", sagte Torben Westmann-Hof, dann: „Doch, warten Sie, ich las in der Zeitung über einen neuen Windpark in Schwindebeck, da fiel der Name Kobarski. Er soll Mitinhaber der Firma sein. Aber das Projekt ist verschoben. Es wurde ein Baustopp wegen einer vom Aussterben bedrohten Vogelart erlassen."

„Des Goldregenpfeifers, richtig. Wie ist es mit Ihnen, Frau Westmann-Hof, oder Ihnen, Marlene? Kannten Sie Herrn Kobarski?"

„Nein", sagte Simone. Sie sah zu ihrer Tochter, die verneinend den Kopf schüttelte.

„Marlene hat gesagt, das konnte ja keiner ahnen, dass Peer mit seiner Verkleidung so einen Aufriss veranstaltet. Sie hat nicht gesagt, das konnte er nicht ahnen. Ich verstehe ihren Satz so, dass sie mit Peer zusammen das Verkleiden und Erschrecken und vielleicht sogar den Mord an Hendrik ausgeklügelt hat", sagte Inka, als sie wieder im Auto saßen.

„Ich weiß nicht? Was hatte Marlene mit Lea zu tun? Gar nichts. Wie sie schon sagte, sie kannte sie, aber sie war eine Klasse über ihr. Was jedoch gegen sie spricht, ist, dass sie sich zur Tatzeit am See aufhielt. Dennoch ist sie für mich keine Mörderin, auch wenn sie Anna und Hendrik gerne den Hals umgedreht hätte. Ihre Aussage klingt überzeugend. Sie hat Hendrik geglaubt, dass er mit ihr auswandern wollte. Dass er sie nur als Geliebte und Barfrau in Mexiko eingeplant hatte … Nun. Allerdings frag ich mich, warum Hendrik Marlene diesen teuren Ring schenken wollte."

„Vielleicht ist der Ring wirklich nicht wertvoll. Westmann-Hof sagte, er hätte gesehen, wie Hendrik in einem Modeschmuckladen verschwand. Und erinnere dich an Susannes Worte, dass Hendrik als Naturschützer auch dem Edelsteinabbau nicht wohlgesonnen gegenüberstand."

„Ja, aber Marlene beharrte darauf, dass sie bei einem Juwelier waren", widerlegte Mark.

„Viele Schmuckstücke sehen wie die Brillis der Reichen und Schönen aus, aber sind nur nette Billigproduktionen. Marlene sagte, der Ring beim Juwelier sei zu groß gewesen. Was ist, wenn Hendrik sie mit einem echten Diamantring beeindrucken wollte, sich den Juwelierring aber nicht leisten konnte oder wollte und einen ähnlichen Modering gekauft hat?"

„Alles möglich, Inka. Aber wozu schenkt er Marlene überhaupt einen Ring, ob teuer oder billig, wenn er sie doch nur verarscht hat?"

„Geld, Mark. Marlene ist nicht unvermögend. Auch auf ihrem Konto liegen ein paar Tausender. Wenn die Zwanzigtausend ihres Vaters verbraucht gewesen wären, hätte er Marlene ausgequetscht. Nachdem wir bei ihr waren, hab ich Rommel den Ring gegeben und ihn gebeten, eine Überprüfung des Ringes zu veranlassen. Allerdings gibt es noch kein Ergebnis."

„Hat Teresa gesagt, ob der Stich mit dem Brieföffner von einem Links- oder einem Rechtshänder ausgeführt wurde?", fragte Mark und setzte den Blinker.

„Du meinst, weil Westmann-Hof mit der linken und der rechten Hand den Ball fangen kann? Ich frag nach." Inka wählte Teresa Hansens Telefonnummer im Stader Institut. Nur der Anrufbeantworter sprang an. Sie hinterließ die Bitte um Rückruf.

„Ich frag mich, wo die Verbindung zwischen einem Lehrer und einem Windparkbesitzer ist", sagte Mark und trat scharf auf die Bremse, als die Ampel auf Rot wechselte. „Die einzige Verknüpfung von Kobarski zu Schubert ist Anna Weiler. Schubert war ihr Geliebter, Kobarski ihr Geschäftspartner. Dann die identischen Verletzungen auf den Oberkörpern der Opfer. Beide wurden gejagt, die Tatwaffe war ein Brieföffner, das gemalte Zeichen der Wolfsangel über ihren Köpfen. Was mich zurück auf die Organisation der *Schwarzen Sonne* führt. Nur haben alle vier Mitglieder ein Alibi. Da gibt es nichts zu rütteln. Ich komme schon wieder auf die Weiler. Sie hat ein starkes Motiv. Sie ist in finanziellen Schwierigkeiten, wenn sie den Windpark nicht bauen kann, trotz ihrer Investoren. Zudem wusste sie von Marlene und möglicherweise auch von den Auswanderplänen. Wenn sie noch an Hendrik interessiert war und von einer Jüngeren ausgebootet wurde, ist es ein weiteres Motiv."

„Mag sein, Mark. Doch Fridolins Untersuchung bestätigt, sie ist ins Wasser gesprungen. Das Gleiche hat Marlene erzählt. Nein. Es gibt keinen Zweifel. Niemand springt erst in den See, rennt dann einem Monster hinterher, vor dem er sich zuvor fürchtet, um dann Hendrik mit einem Brieföffner zu töten. Das ist kryptischer, als dass ein Werwolf in der Lüneburger Heide sein Unwesen treibt."

Kapitel 17

Mit seinen gut eins neunzig überragte Mark den viel kleineren Schüler Peer Bach deutlich. Dass er einer der beliebtesten Jungen auf der Schule sein sollte, konnte sich Inka kaum vorstellen, auch nicht, dass er in seiner Größe in einem Werwolfkostüm gesteckt hatte. Für sie wirkte der Schüler ziemlich grün hinter den Ohren.

„Was wollen Sie von mir?“, polterte Peer auch sofort los. Er stand hinter der Rezeption des Reiterhotels, als wolle er Inka und Mark über den Holztresen anspringen, wobei er hierfür erst einmal auf einen Stuhl hätte klettern müssen. „Ich habe zu arbeiten.“

„Sie haben keine Schule?“

„Nein. Ich fühle mich heute Morgen nicht gut.“

Aber gut genug, um zu arbeiten, lag Inka auf der Zunge. Sie dachte an die Deutscharbeit, die Marlene erwähnt hatte.

„Wir hörten, Lea Ohlsen hat Ihnen eine Ohrfeige vor Ihren Klassenkameraden gegeben. War das der Grund, warum Sie sich am See an ihr rächen wollten und sie in einem Werwolfkostüm überfallen haben?“

„Wie bitte? Was soll das denn jetzt? Hat die Psychotrulla das behauptet? Die spinnt.“ Wütend zog er die Augenbrauen zusammen und schlug mit den Handflächen auf den Tresen. „Ich zieh mir doch nicht so ein albernes Ding an und renn damit durch die Heide. Suchen Sie sich für diesen Quatsch jemand anderen. Ich hab damit nichts zu tun."

Ohne auf Peers Worte einzugehen, erläuterte Inka: „Warum nicht, Mister Hashtag? Wer tote Menschen filmt, dies ohne Gewissensbisse ins Internet stellt und dann großkotzig im Radio seine widerliche Tat preisgibt, der ist zu vielem fähig."

Peer warf den Kommissaren einen finsteren Blick zu. Er griff so fest zum Kugelschreiber neben sich, dass Inka befürchtete, er würde ihn zerbrechen. Dann warf er ihn in die Ecke auf den Fußboden neben einen gebündelten Haufen alter Zeitungen.

„Das haben Sie doch nur rausgekriegt, weil Jannik, der Idiot, gequatscht hat. War ja klar, dass der die Schnauze nicht hält, wenn er seinen Kopf aus der Schlinge ziehen kann. Womit haben Sie ihn eigentlich rumgekriegt? Seinen Joints, dem Alkohol oder seiner minderjährigen Freundin?"

Inka ging mit keiner Silbe auf Peers Fragen ein.

„Versteh schon, Sie halten die Klappe. Meinetwegen. Aber es ist nicht verboten, einen Toten zu filmen und die Aufnahme ins Internet zu stellen." Er wirkte absolut überzeugt von dem, was er sagte.

„Verdammt noch mal!", fuhr Mark auf. „Nein, es ist leider noch nicht verboten, aber es ist pietätlos und widerlich. Sie haben die Würde eines Menschen verletzt. Hendrik Schubert hinterlässt Menschen, die um ihn trauern. Zum Teufel, man sollte Ihnen …" Mark hielt inne und zog den Atem scharf durch die Zähne ein. Seine Laune sank von schlecht zu ganz mies.

„Ich hab keinen Bock mehr, mich mit Ihnen zu unterhalten." Peer Bach lehnte sich mit verschränkten Armen vor der Brust an ein Bord, an dem an allerlei Haken Zimmerschlüssel hingen. Das Hotel schien kaum gebucht zu sein. „Ich hab die Klamotten aus der Halle des Freundes von meinem Vater für das Spiel geholt, okay. Ich hab das Video gedreht und ins Netz gestellt, okay. Ich hab dafür eine Verwarnung kassiert, okay. Aber mehr können Sie mir nicht anhängen, checken Sie das endlich."

„Sie werden mit uns reden müssen", konterte Mark. „Entweder hier oder auf der Wache. Sie können wählen. Und das ist in meiner momentanen Gemütsverfassung ein wirklich gutes Angebot für so einen bornierten Grünschnabel, wie Sie es sind."

Peer lächelte gezwungen.

„Kannten Sie Rüdiger Kobarski?"

„Der zweite Tote, der auch von einem Werwolf angefallen wurde. Ja. Allerdings nur vom Hören und Lesen. Er gehörte zur Windparkfirma Kobarski & Weiler. Eine Einladungskarte für die Ausstellung oder Eröffnung lag bei uns im Briefkasten. Meine Eltern sind nicht hingegangen. Sie sind gegen diese Türme in der Heide. Sie verschandeln nicht nur die Natur, sondern töten auch Millionen Tiere, also Vögel. Mehr weiß ich nicht." Sein Tonfall, wie seine Haltung, hatte sich wieder normalisiert. „Hören Sie, ich kann Ihnen wirklich nicht mehr sagen. Mit Lea war ich gerade ein paar Tage zusammen, dann hab ich sie abserviert. Ich war nicht besonders fair, das gebe ich zu, aber ich hab mich halt umentschieden, kann ja vorkommen. Dass sie das so mitgenommen hat … dafür kann ich nichts. Mädchen sind manchmal ziemlich seltsam. Aber ich hab ihr nichts getan. Wirklich nicht. Jetzt kann Konstantin sich mit ihr rumärgern. Und Hendrik hab ich auch nicht umgebracht und den anderen, den Kobarski, auch nicht."

Peers Worte stimmten Inka nachdenklich. Wie auch immer, Inka konnte nicht sagen, ob er log.

„Den Kleinen da drinnen hätte ich am liebsten über den Tresen gezogen und ihm den Hosenboden versohlt", sagte Mark, als sie auf dem Parkplatz des Rehlinger Reiterhotels standen. Er klickte auf die Fernbedienung, sein Wagen antwortete mit zweimaligem Blinken.

„Das Schlagen von Kindern ist verboten." Inka grinste. Sie wusste, wie Marks Worte gemeint waren. Ihr Kollege war der friedlichste Mensch, den sie seit Schulzeiten kannte. Doch gewissenloses Verhalten, Ungerechtigkeiten brachten ihn auf die Palme.

„Ja. Was jetzt?"

„Beruhigen wir uns und gehen etwas essen."

„Gefällt mir. Gleich um die Ecke ins italienische *La Terrazza* oder möchtest du lieber zu deiner Schwester?"

„Nö, eine Portion Pasta könnte ich vertragen."

Keine drei Minuten später fuhr Mark seinen Wagen auf den Parkplatz des italienischen Restaurants.

„Hier war ich noch nie", sagte Inka, während sie Mark durch die Eingangstür folgte.

„Ich schon", warf ihr Mark über die Schulter zu. „Vor der Geburt des Kleinen waren Bea und ich öfter hier. Bea meint, hier servieren sie den besten Espresso der ganzen Lüneburger Heide."

Zwei Kellner in schwarzen Hosen, weißen Hemden und mit schwarzen Schürzen vor dem Bauch standen hinter dem Tresen, steckten Geschirrtücher in Gläser und hielten die Gläser gegen das Licht. Sie lächelten Inka und Mark aus sonnengebräunten Gesichtern zu. Ein Kellner, Inka schätzte ihn auf Mitte dreißig, legte das Geschirrtuch zur Seite und eilte um den Tresen herum auf die Kommissare zu. Ein Hauch Moschus schwebte Inka entgegen. Er verbeugte sich, lächelte unwiderstehlich, fast anzüglich, wie Inka fand, und bat sie, an einem Fenstertisch Platz zu nehmen. Inka bestellte Pennette al salmone, ein Pastagericht mit frischem Lachs in Tomaten-Sahne-Soße. Mark entschied sich für Pizza Tonno e Cipolla mit viel Tomatensoße, Käse, Thunfisch und Zwiebeln. Der Kellner verbeugte sich ein zweites Mal und eilte davon. Inka sah ihm nach, wie er hinter einer braunen Schwingtür verschwand.

Im Gastraum war zur Mittagszeit nicht viel los. Drei Tische, außer dem ihren, waren mit Paaren besetzt. Anthrazit und graue Steinfliesen vermittelten dem Raum Weite. Die dunkelbraunen Lederstühle an den dunkelbraunen Tischen wirkten für Inka etwas düster. Dennoch war im Gastraum alles sauber. Kein Staubkrümelchen lag auf der Fensterbank, ein paar Blühpflanzen standen vor der Scheibe und die Gardinen verströmten einen Frischeduft. Bis das Essen kam, gingen sie die letzten Gespräche durch. Mark schlug sein Notizbuch auf.

„Ich schließe Peer Bach als Werwolf aus", sagte er. „Allein seine Größe kollidiert mit Leas und Anna Weilers Angaben von zwei Metern. Die könnte er niemals erreichen, selbst wenn er sich Einlagen in die Schuhe gelegt hätte."

„Ich stimme dir zu, Mark. Aber mich irritiert Marlenes Ausspruch, der sich für mich so anhört, als hätten die beiden Peers Rache zusammen ausgeheckt.“

„Lea eins auszuwischen, ist eine Sache, aber warum Hendrik und Kobarski töten? Wir kommen vom Weg ab, Inka.“

„Stimmt. Überlegen wir, wer von den Schülern und Eltern die Größe und Kraft und ein Motiv hätte, Werwolf zu spielen. Denn eins ist sicher, durch die Heide streift kein Werwolf, das hätten die Drohnen, die seit Tagen über Amelinghausen und den Kieselgur-Teichen kreisen, eingefangen. Es ist ein menschliches Wesen, das in einem Kostüm Schubert und Kobarski umgebracht hat. Was macht auch ein Werwolf mit einem Brieföffner?“

Mark nickte dem Kellner zu, der das Essen brachte und sich erneut verbeugte. Inkas Pasta duftete köstlich und auch Marks Pizza verströmte einen herrlichen Duft nach Thymian und Majoran. Ein Berg Zwiebeln lag über Thunfischstücken, Käse und Tomatensoße. Inka lief das Wasser im Mund zusammen und sie griff nach der Gabel. Eine Weile aßen sie schweigend, dann sagte sie: „Die Schubert hätte ein Motiv, ebenso die Weiler, wobei sie zwar Kraft besitzt, aber zu klein ist und im See untergetaucht ist, dann Konstantin. Er rückt nicht mit der Sprache raus, warum er Lea am Waldbad versetzt hat. Westmann-Hof ist groß und kräftig und hat ebenfalls ein Motiv. Seine Tochter an einen doppelt so alten Mann zu verlieren, der sie ins Ausland schleppen will …“, Inka spießte mit ihrer Gabel zwei Nudeln in Sahnesoße auf, steckte sie in den Mund und seufzte genießerisch, „das geht an einem Westmann-Hof nicht spurlos vorbei. Dann kriegt er noch an den Kopf geknallt, dass sie ihr Dasein in einer mexikanischen Strandbar fristen will. Jahrelang hat er für sein Elitetöchterchen Schulgeld bezahlt, immer hoffend und wünschend, sie würde eines Tages in seiner Klinik als Ärztin mitarbeiten. Und plötzlich, paff, nichts mehr. Alles umsonst. Nicht einfach zu verdauen, wenn du mich fragst."

„In deiner wunderbaren Ausführung vergisst du, Inka, dass er für die Tatzeit ein Alibi hat. Seine Haushälterin will alle drei Westmann-Hofs am Tatabend gesehen haben. Sie bleibt bei ihrer Aussage, Inka. Und warum auch immer, ich glaube ihr. Torben hat Hendrik verprügelt, aber mehr können wir ihm zurzeit nicht anhängen. Sein Handy war zur Tatzeit nicht am See eingewählt, okay, das heißt nicht viel, es könnte auch zu Hause gelegen haben, während er unterwegs war. Dennoch, deine Theorie, so schön sie auch ist, zerplatzt wie Seifenblasen."

Mark hatte recht. Sie hatten gegen Torben Westmann-Hof nichts in der Hand. Das Einzige, was sie vermuteten, war, dass der Täter mit ziemlicher Sicherheit ein Mann war. Ein großer Mann, der in einem Werwolfkostüm Schubert und Kobarski erst durch die Heide gejagt und dann mit einem Brieföffner ermordet hatte. So unwahrscheinlich sich das auch anhörte.

„Mir kommt es vor, als hingen wir in der Warteschleife", sagte Mark, schnitt ein Stück von seiner Pizza ab und steckte es in den Mund. Er kaute, dann: „Wir haben alle Eltern und Schüler überprüft, die am Paintballspiel teilgenommen haben. Die Weiler, Schubert und Hendriks Kollegen, Freunde und Bekannte haben wir wie Käfer unter die Lupe gelegt. Nichts. Gestern Abend hab ich mir die Unterlagen vorgenommen und nach Ungereimtheiten in den Aussagen der Schüler gesucht. Ich hab die Anruflisten durchgesehen und mich in die sozialen Netzwerke eingeloggt. Ohne Erfolg. Ich bin auf nichts gestoßen, was uns weiterbringen könnte. Aber vielleicht gibt es eine Verbindung zwischen Schubert und Kobarski, die nicht auf den ersten Blick ersichtlich ist.“ Mark steckte das letzte Pizzastück in den Mund.

Inka war angespannt, als sie das Lokal verließen und wieder im Auto saßen, was nicht an dem leckeren Pastagericht lag, das sie gegessen hatte. Als sie die Dorfgrenze erreicht hatten, klingelte ihr Handy. Ein Blick aufs Display zeigte ihr, dass Frauke aus der Zentrale anrief.

„Inka hier“, meldete sie sich.

„Ich hatte gehofft, dich an die Strippe zu kriegen“, sagte Frauke. „Bei mir sitzt Amanda Hübner und will eine Aussage machen.“

„Hat sie gesagt, worum es geht?“

„Nein. Nur dass sie unbedingt mit dir sprechen will. Dann noch: der Ring, den Hendrik in der Hand hielt. Rommel sagt, die Überprüfung der KTU hat ergeben, dass es sich um billigen Modeschmuck handelt. Gut gemacht, aber eben unecht. Das Zweite: Am See hat Fridolin mit seinem Team nach jedem schwimmenden Holzstückchen gesucht. Kein Brieföffner ist zu finden. Die Hautreste unter Hendriks Fingernägeln stammen von einem Mann. Dann hab ich Hendriks Testament vorliegen. Susanne Schubert ist Alleinerbin. Vorstrafen hatte Hendrik keine. Außerdem haben die Bad Schwartauer Kollegen sich gemeldet. Sie haben Rüdigers Wohnung auf den Kopf gestellt und alles eingetütet. Telefonbuch, Adressen, Notizen. Ein Kollege bringt euch den Kram morgen ins Büro. Ein Testament war jedoch nicht darunter, somit erben seine Eltern, was im Gefrierfach in einer Spinatpackung versteckt war, nämlich zweihunderttausend Euro, zuzüglich seines gut gefüllten Sparbuches von einer halben Million Euro und den Dreitausend, die er auf dem Konto hatte."

„Wow, danke, Frauke. Halt Amanda fest, wir kommen."

Amanda Hübner, eine siebzehnjährige Schülerin, saß gegenüber dem Wachtresen auf der Wartebank. Verschüchtert lächelte sie Inka an.

„Hallo", sagte sie zu Amanda und reichte ihr die Hand. „Du wolltest mit mir reden. Gehen wir in den Besprechungsraum, da sind wir ungestört."

Amanda Hübner nickte. Sie hatte ihre schulterlangen dunkelbraunen Haare zu einem Pferdeschwanz gebunden. Ihr Make-up war dezent. Außer schwarzer Wimperntusche trug sie nichts auf ihrem blassen Teint.

„Bitte", sagte Inka und wies Amanda an, sich zu setzen. „Möchtest du etwas trinken? Wir haben Kaffee, Wasser und Saft." Inka nickte zu den kleinen Wasser-und Saftflaschen, die auf einem weißen Tablett in der Mitte des Tisches standen.

„Ein Wasser wäre schön", sagte die Schülerin.

„Ja, dann erzähle, was möchtest du mir sagen?", fragte Inka, während sie die Flasche öffnete und Amanda einschenkte.

„Ich … ich hab den Werwolf am See auch gesehen", begann sie zögernd.

Inka holte tief Luft. *Nicht auch das noch*, dachte sie. „Und warum hast du uns die Sichtung nicht schon am See erzählt?"

„Ich … ich hatte Angst. Weil ich daran denken musste, was Lea zugestoßen ist. Ich wollte nicht ausgelacht und auch für so eine Psychotante gehalten werden."

„Okay. Wo hast du den Werwolf gesehen?"

„Am Waldbad. Er stand vor einem Wacholder und hat gekeucht, als hätte er einen Wettlauf hinter sich."

„Was hast du getan? Ich meine, hat er dich angefallen?"

„Nein. Ich saß im Gebüsch, ich musste pinkeln. Als ich fertig war, da kam er angelaufen. Ich hatte in meinem Leben noch nie so eine Angst."

„Wie weit war er von dir entfernt?"

„Drei oder vier Meter, höchstens."

„Bist du sicher, dass es sich um einen Werwolf gehandelt hat?"

„Ja. Das Vieh war riesig und so ekelig behaart und es sah genauso aus wie die Pappfigur in der *Sandmann-Show*."

„Du sagtest, es stand neben einem Wacholder. Das heißt, es stand aufrecht. Ist das richtig?"

„Ja."

„Wie groß war es, kannst du es schätzen?"

„Beängstigend groß. Mindestens zwei Meter, wenn das langt."

„Kann es sein, dass du das Biest mit einem Menschen verwechselt hast? Möglicherweise mit einem großen Mann, der in einem Tierkostüm steckte?"

„Sie glauben mir nicht. Stimmt's? Lea hat einen Werwolf gesehen, aber ich nicht." Amanda stand auf und Inka hielt sie am Arm zurück.

„Setz dich wieder, Amanda. Ich glaube dir ja", sagte Inka bittend. „Was tat der Wolf?"

„Eigentlich nichts", antwortete Amanda und rutschte zurück auf den Stuhl. „Er stand nur da, keuchte und blickte nach links und rechts."

„So, als würde er jemanden suchen?"

„Ja, genau. So hat es ausgesehen." Amanda griff zum Wasserglas und trank einen kräftigen Schluck.

„Ist dir noch etwas aufgefallen? Ein stechender Geruch, rot glühende Augen, große Pranken?"

„Nein, eigentlich nicht. Seine Augen waren schwarz, die Arme ziemlich lang und die Pranken groß, ja, das stimmt. Gerochen hab ich nichts, nur das vermoderte Laub im Gebüsch und die feuchte Erde."

„Weiter, was ist dann geschehen?"

„Plötzlich vibrierte mein Handy in der Jackentasche. Ich hab mich erschreckt und dachte, der Werwolf hat es gehört. Ich hab abgenommen, und bevor ich etwas sagen konnte, brüllte Max ins Telefon, ich soll sofort zur Brücke kommen, weil Hendrik tot sei. Ich hab geflüstert, dass ich mich beeile. Aber ich konnte aus dem Gebüsch nicht raus. Zehn Minuten saß ich in der Hocke. Meine Beine sind mir eingeschlafen und taten schrecklich weh, aber ich hab mich nicht getraut, mich zu bewegen."

„Ja, und dann?", drängelte Inka.

„Dann ist das Biest abmarschiert."

„Abmarschiert. Du meinst, es ist auf seinen Hinterbeinen, aufrecht wie ein Mensch, davonspaziert."

„Ja. Ein wenig gebeugt, aber aufrecht wie ein Mensch, da haben Sie recht", wiederholte die Schülerin nickend.

„In welche Richtung ist der … es dann gegangen?"

„Linksherum, aber nicht Richtung Parkplatz, sondern auf die andere Seeseite zur Straße hin."

„Gut, Amanda, vielen Dank. Möchtest du noch etwas hinzufügen?"

„Nein. Ja. Außer: Können Sie mir versprechen, dass Sie meinen Mitschülern gegenüber unser Gespräch verschweigen? Die halten mich sonst für bekloppt, und wenn das öffentlich wird, erfahren das womöglich die Produzenten der Filmfirma meiner Eltern. Das möchte ich wirklich nicht."

Inka nickte. „Vorerst sicher, aber versprechen kann ich dir da nichts."

Ein Irrer machte die Heidegegend unsicher. Mensch oder mystische Kreatur? Sie würde es herausfinden.

„Na, was war los?", fragte Mark seine Kollegin, als Amanda Hübner das Besprechungszimmer verlassen hatte.

„Sie hat den Werwolf auch gesehen."

„Wann?"

„Als die Schüler am See rumgeballert haben. Sie saß im Gebüsch und dieses Ding stand aufrecht drei oder vier Meter von ihr entfernt."

„Stand? Und weiter? Was hat sie sonst gesagt?"

„Sie bittet, dass wir ihre Aussage für uns behalten, damit sie vor ihren Mitschülern nicht als Psycho dasteht und ihren Eltern keine Nachteile entstehen."

„Was für eine Aussage? Dass sie das Vieh oder den verkleideten Gestaltwandler auch gesehen hat, hilft uns im Fall momentan nicht weiter."

„Ja, leider. Machen wir Feierabend."

Kapitel 18

„Wisst ihr schon das Neueste?“ Frauke Bartels klopfte an die offene Bürotür der Kommissare.

Was das Outfit betraf, war Frauke ein wirkliches Original. Heute Morgen trug sie einen kunterbunten gestrickten Pullover, einen tannengrünen Cordminirock und darunter eine knallig gelbe Strickstrumpfhose.

„Nein, was hast du für uns?“, fragte Inka lächelnd.

„Am Freitagabend findet eine Werwolfparty am Lopausee statt. Euer Reporterfreund, Wolfgang Kohlhase, hat bereits einen Artikel im *Hanstedter Heideblatt* gebracht.“ Frauke wedelte mit der druckfrischen Ausgabe in der Luft.

„Zeig her“, sagte Inka. Sie riss Frauke die Zeitung aus der Hand.

„Und wisst ihr“, plauderte Frauke weiter, „der Bürgermeister der Gemeinde, Hartmut Schmidt, ist von dem Plan des Festes hellauf begeistert. Das Fest würde der Heideregion den ersehnten Aufschwung bringen und zu Ansehen und Bekanntheit verhelfen, was die Heide nach den Einkommen der wirtschaftlich äußerst schwachen Sommermonate gut gebrauchen könnte. Hotelgäste und so weiter. Steht alles hier“, sie tippte mit dem Zeigefinger auf Kohlhases Artikel, der eine ganze Seite füllte.

„Nie und nimmer hat das Bürgermeister Schmidt gesagt und schon gar nicht abgesegnet. Ich kenne ihn. Auf ein solches Spektakel lässt er sich nicht ein. Bürgermeister Schmidt ist ein korrekter und verantwortungsvoller Mann, der für so einen Blödsinn nicht seinen Namen hergibt. Bestimmt hat Kohlhase wieder einmal seiner Fantasie freien Lauf gelassen. Diesem Schmierfink ist nichts heilig." Inka fluchte. „Verdammt! Langt es nicht, dass die Jägerschaft und Pressemeute durch die Heide latschen und uns in unserer Arbeit behindern, muss jetzt noch ein Volksfest aus dem mystischen Quatsch veranstaltet werden? Wer ist der Veranstalter?"

„Keine Ahnung, das steht hier nicht. Aber ein Volksfest kommt dem nahe, Inka. Als ich heute Morgen durch Amelinghausen fuhr, hab ich meinen Augen nicht getraut. Im Schaufenster des Buchladens häuften sich Sachbücher und Romane über Wolfssichtungen, Menschen, die mit Wölfen leben, oder Menschen, die zu Werwölfen wurden, sogar ein Krimi aus unserer Region war dabei. Das Spielwarengeschäft an der Ecke verkauft Wolfplüschtiere jeglicher Größe und Ausführung. Der Bäcker hat Wolfsfiguren aus Marzipan angefertigt. Überall stehen gebastelte Werwolfpappfiguren vor den Restaurants, Imbissen und Geschäften, Plakate hängen an jeglicher freien Stelle und locken neben mutigen Dorfbewohnern diese irren Wolfsfanatiker und Touristen an, die inzwischen zahlreicher angereist sind als zur Wahl der Heidekönigin. Also mich kriegt da keiner hin, solange da draußen was auch immer für ein Viech frei rumläuft."

„Ich will nichts mehr hören", sagte Inka und warf die Zeitung in den Mülleimer. Sie stand auf. „Wir sind auf Hendrik Schuberts Beerdigung, falls du uns suchst."

Inka saß mit Mark auf einer Bank und beobachtete seit einer Viertelstunde die Trauergäste, die sich auf dem Friedhof Lopautal zu Hendrik Schuberts Beerdigung eingefunden hatten. In der Ferne läuteten die Glocken der Hippolitkirche zur zehnten Morgenstunde. Ob nun Bischof Amelung oder fränkische Siedler in frühen Jahrhunderten die Erbauer der anmutigen Rotklinkerkirche waren, darüber gab es viele Meinungen. Gewiss war nur, dass sie nach dem verheerenden Dorfbrand Anfang des 18. Jahrhunderts erst Ende des 18. Jahrhunderts mit den spitzgiebeligen Türmchen wieder errichtet wurde.

Hilde und Walter Schubert standen in der ersten Reihe neben ihrer Schwiegertochter. Hilde tupfte sich mit einem Taschentuch die Tränen von den Wangen, während Susanne ihren Arm stützend um Hildes Taille legte. Um die drei Trauernden standen weitere Erwachsene. Inka erkannte Freunde und Bekannte des Lehrers, Arbeitskollegen, Nachbarn. Direktor Willibald Busch hielt sich in zweiter Reihe hinter Walter Schubert auf. Einige Mitschüler, die am Paintballspiel teilgenommen hatten, waren mit ihren Eltern erschienen. In ihrer dunklen Kleidung wirkten sie ernster, trauriger und, wie Inka fand, erwachsener. Keiner der Schüler lächelte, sie nickten den Kommissaren nur zu, als sie an ihnen vorbeigingen und sich in die Trauergemeinde einreihten. Lea Ohlsen flüsterte mit Amanda Hübner, die Inka einen schnellen Blick zuwarf. Anna Weiler, die mit ihrem Sohn Benedikt erschienen war, gesellte sich zu den Kobarskis, die neben einer hohen Birke standen.

Torben Westmann-Hof, in einem schwarzen Anzug, warf Inka einen mürrischen Blick zu, als er sich mit seiner Frau Simone, bedacht Distanz zu der Gemeinde haltend, zehn Meter von den Kommissaren entfernt neben die zweite Holzbank des Friedhofes stellte. Als Einzige der Familie Westmann-Hof fehlte Marlene. Kristina von Kleist kam mit ihren Eltern, während Klara Waldmann ihrer Mutter über den Sandweg der Trauergemeinde folgte. Steuerberater Grünhagen mit Sohn, die Besitzer des Reiterhotels Bach sowie das Anwaltehepaar Herzog mit ihren Söhnen waren vollständig anwesend. Janniks zwei Jahre älterer Bruder, Leonhard, das Ebenbild seiner Mutter, reiste mit seiner Freundin aus Saarbrücken an, um bei der Trauerfeier dabei zu sein. Dass er im nächsten Jahr eine Laufbahn als Naturforscher beginnen wird, verdankte er Hendrik Schubert, seinem ehemaligen Biologielehrer. Vergeblich hatten seine Eltern gehofft, er würde in die elterliche Kanzlei einsteigen. Nun lag all ihre Hoffnung auf Jannik, dem jüngsten Spross. Dieser jedoch zog Partys, Mädchen und Herumtreiberei vor.

Inka musterte Jannik und Peer, die sich von der Gemeinde ein paar Meter entfernt hatten, aufmerksam. Jannik überragte Peer um fast einen Kopf. Er hielt Peer an der Schulter und Inka fragte sich, was er seinem Schulfreund zuflüsterte. Sie rutschte auf der Bank ein Stück näher an Mark heran, um einen besseren Blick auf die beiden jungen Männer zu haben.

„Willst du kuscheln?", fragte Mark schmunzelnd.

„Nein, das überlasse ich Bea, aber sieh die beiden da hinten. Jannik und Peer."

„Sieht aus, als wenn er nicht erbaut ist, uns zu sehen. Vielleicht hat er noch etwas zu verbergen."

„Wir sollten ihn auf die Wache laden und den Beweis dafür finden. Sag mal, kannst du Leas Freund, Konstantin, irgendwo entdecken?"

„Nein. Lass uns auf dem Rückweg am Autohaus halten und sehen, wo er steckt. Aber erst schnappen wir uns Jannik."

Wind frischte über dem Friedhof auf und brachte die Zweige der Birken und Kastanienbäume in Bewegung. Inka lauschte dem Rauschen und Heulen, das eine Art Klagegesang mit sich brachte, der ebenso bedrohlich wie beschwingt tönte. Grauschwarze Wolken schoben sich am Himmel zusammen, als wollten sie alle Anwesenden zur Eile mahnen, bevor sie ihr Nass ausschütteten. Der Pfarrer sprach mit einer beruhigenden und tröstlichen Stimme die letzten Gebetszeilen, bevor er zu den Angehörigen trat und kondolierte.

Inka stand auf. Sie fröstelte. Sie folgte Mark über den Pflasterweg zum Tor. An der kleinen Einbuchtung vor der Steinmauer blieben sie am schmiedeeisernen Tor stehen. Jannik Herzog kam ihnen als erster Trauergast mit Peer Bach entgegen. Noch schien den beiden der Gesprächsstoff nicht auszugehen.

„Wir würden gerne mit Ihnen sprechen", begann Inka.

„Worüber? Ich hab Ihnen alles gesagt. Und Peer weiß, dass ich ihn verpfiffen hab", sagte Jannik. Er griff seinem Mitschüler kräftig um die Schulter. „Du bist deswegen nicht sauer. Stimmt's? Die Schnüffler hätten ja sowieso rausgekriegt, wer das Video von Hendrik gedreht hat."

„Irgendwie glauben wir, dass das noch nicht alles war, was Sie wissen."

„Das ist mir schnuppe. Kommen Sie zur Werwolfparty am Freitag? Wird bestimmt spaßig, da hab ich Zeit und wir sind alle vor Ort", sagte er gerade, als seine Mutter durch die Pforte trat.

„Ich dachte, ich hätte mich klipp und klar ausgedrückt, dass mein Sohn weder mit Ihnen noch einem Ihrer Kollegen reden wird, wenn ich nicht anwesend bin", keifte sie Inka und Mark wütend an.

„Dann kommen Sie morgen mit ihm nach Hanstedt auf die Wache", schlug Inka in einem bemüht ruhigen Tonfall vor. „Wie wäre es um neun Uhr?"

Rechtsanwältin Herzog presste die signalrot geschminkten Lippen zu einem Strich zusammen. „Morgen ist Mittwoch, da habe ich einen Termin."

„Frau Herzog, ich habe Ihre Spielchen satt. Ihr Sohn ist keine fünf, sondern neunzehn Jahre alt. Er ist strafmündig, und wenn er morgen früh um neun Uhr, entweder mit Ihnen oder ohne Sie, nicht in meinem Büro auftaucht, werde ich ihn vorladen. Ich denke, Sie kennen den Ablauf."

„Sie brauchen mir nicht zu drohen, Frau Brandt. Ich vertrete lediglich die Interessen meines Sohnes und werde meinen Termin verschieben, um ihn zu begleiten. Morgen um neun Uhr."

„Was macht die eigentlich so einen Aufriss um ihr Bübchen? Weiß sie etwas, was wir nicht wissen und nicht wissen sollen?", fragte Mark, als er sich hinter das Steuer setzte.

„Nicht unwahrscheinlich, Mark. Vielleicht hat er etwas auf dem Kerbholz, was ihm den geplanten Lebenslauf versauen könnte. Aber er schiebt 'ne ganz schön dicke Lippe. Immerhin ist er aus unseren Fingern gepudert davongekommen." Inka rutschte in den Sitz. „Und Mütterchen versucht, ihren Sohn zu schützen, nennt man wohl Löwenmutter. Wenn wir nur einen aus der Mischpoke als Täter ausschließen könnten. Fahren wir zum Autohaus Sahlmann und zu Hanna zum Mittagessen. Es gibt Steckrübeneintopf mit Hackklößchen, die will ich mir nicht entgehen lassen."

Inzwischen ging es auf dreizehn Uhr zu, als sie das Autohaus Sahlmann in der Oldendorfer Straße anfuhren. Armin Sahlmann trat aus einem Glaskastenbüro auf die Kommissare zu und begrüßte sie mit einem Lächeln. In der großen Halle mit den ausgestellten Wagen roch es nach Leder und süßlicher Politur.

„Frau Brandt, Herr Freese", sagte er und reichte den Kommissaren die Hand, „was kann ich für Sie tun? Suchen Sie einen neuen Dienstwagen?" Mit erhobener Hand wies er durch seine Halle, in der mindestens fünfzig Autos auf ihre neuen Besitzer warteten. Viele der Wagentüren waren geöffnet und gewährten einen Blick auf Ledersitze und exklusive Wurzelholzarmaturen.

„Nein, wir sind bestens ausgestattet", antwortete Mark und warf einen Blick zu seinem Wagen, der gegenüber der luxuriösen Modelle eher bodenständig daherkam. „Wir möchten Ihren Sohn sprechen. Wir haben ihn auf der Beerdigung seines Lehrers vermisst."

„Konstantin ist ein wenig sensibel, dabei … nun ja, lassen wir das. Ich wäre gerne gekommen, aber zwei Mitarbeiter sind krank und ich muss die Stellung halten. Mein Sohn ist in seinem Zimmer. Die Treppe rauf zu unserer Wohnung. Links das letzte Zimmer, da finden Sie ihn. Meine Frau kann Ihnen nicht öffnen, sie ist einkaufen. Sie müssen länger klingeln, Konstantin hört immer irre laute Musik."

„Sie erlauben, dass wir mit ihm alleine sprechen."

„Sie meinen, weil er minderjährig ist. Bitte. Ich hoffe nur, er hat nichts zu verbergen." Armin Sahlmann lächelte.

Der Schüler öffnete nach dem ersten Klingeln die Wohnungstür im ersten Stock des Autohauses.

„Hallo, Konstantin", sagte Inka. „Können wir hereinkommen?"

„Sicher. Gehen wir in die Küche. Möchten Sie was trinken?"

„Nein, vielen Dank", entschied Inka, während sie Konstantin mit Mark folgte.

Konstantin öffnete den Kühlschrank, griff nach einer Flasche Orangensaft und setzte sich an einen ovalen milchglasfarbigen Esstisch. Ein Teller stand auf dem Tisch, auf dem ein Schokoladencremebrot lag. Inka und Mark nahmen neben dem Schüler auf weißen Lederstühlen Platz.

„Konstantin", begann Mark, „wir haben dich auf der Beerdigung deines Lehrers vermisst."

„Ich hab es nicht so mit Beerdigungen", gab er kurz von sich.

„Kommen wir auf den Morgen eures Paintballspiels zurück. Wo warst du wirklich, als du dich mit Lea am Waldbad treffen wolltest und sie versetzt hast?"

„Ich wollte mich ja mit Lea treffen, aber es ging mir nicht gut. Ich muss irgendetwas Falsches gegessen haben."

Mark warf dem Schüler einen fragenden Blick zu.

„Ja, es hört sich schräg an, ich weiß. Sie müssen es ja nicht glauben, aber es war so. Als ich mit Peer, Jannik und Max den Mädchen hinterher bin, wurde mir schlecht. Die drei sind weitergerannt und ich bin hinter einer Tanne verschwunden und hab gekotzt."

„Warum hast du Lea nicht auf ihrem Handy angerufen und ihr gesagt, dass es dir nicht gut geht?"

„Wie denn? Mein Handy ist mir aus der Jackentasche gefallen und mitten in der Kotze gelandet."

„Deine Freundin hat fast eine Stunde auf dich am Waldbad gewartet. Beim besten Willen, aber so lange kotzt niemand. Und jetzt raus mit der Sprache, wo warst du oder sollte ich fragen: Mit wem warst du unterwegs?"

Konstantin trank einen kräftigen Schluck aus der Flasche. „Ja, verdammt, mit Klara. Sie war vor einem Jahr meine Freundin. Wir verstehen uns immer noch gut, aber …"

„Klara war die Erste von euch, die auf die Brücke zu Lea kam."

„Ja, ich weiß. Ich hab sie vorgeschickt, als Lea zu schreien angefangen hat."

„Deine Freundin ruft nach Hilfe und du schickst deine Ex, um nach ihr zu sehen? Sehr charakterfest ist das nicht", mischte sich Inka ins Gespräch.

„Ich wollte nicht mit Klara zusammen … Sie verstehen das nicht.“

„Nein, das verstehe ich ganz und gar nicht, da hast du recht“, sagte Inka angesäuert. So erwachsen die Schüler auch taten, sie waren alle noch viel zu jung.

„Dann eben nicht. Aber Lea hat ja auch ihre Vergangenheit. Schließlich trifft sie sich auch mit Benedikt. Na ja, traf, jetzt nicht mehr, nur als wir gerade zwei Monate zusammen waren. Gleiches Recht für alle, oder? Aber das ist es nicht, warum ich mit Klara …“

Inka ließ den Schüler nicht ausreden. Ob Lügner, untreue männliche Schüler oder erwachsene Männer, davon wollte sie nichts hören. „Meinst du Benedikt, Anna Weilers Sohn?“

„Ja. Vor Peer wollte er was von ihr. Lea hat ihn abblitzen lassen, wie Peer, nur ohne Ohrfeige, aber auch vor allen Freunden. Benedikt war wütend. Gerne hätte er ihr eine Abreibung verpasst, aber in einem Werwolfkostüm … nee, das würde er nicht machen.“ Der Schüler schüttelte den Kopf. „Dieser Werwolfscheiß ist ein echt schlechter Scherz. Was aber nicht heißt, dass ich Leas Begegnung mit dieser Kreatur anzweifle. Irgendwas oder irgendwer wird sie schon angefallen und verfolgt haben.“

Konstantin hatte gerade ausgesprochen, als Inkas Handy klingelte. *Teresa ruft an,* stand auf dem Display.

„Hey, Terry, schön, dass du zurückrufst“, begann sie, hob den Zeigefinger und verließ die Küche. „Kannst du uns sagen, ob der tödliche Stich mit dem Brieföffner von einem Links- oder einem Rechtshänder ausgeführt wurde?“

„Hatte ich das noch nicht?“, fragte Teresa.

„Nein."

„Entschuldige, ich war der Meinung …" Inka hörte, wie Teresa in ihren Unterlagen blätterte, dann: „Also, ob ein Linkshänder oder ein Rechtshänder der Täter war, ist schnuppe. Die Spitze des Öffners trat schnurgerade an der fünften und sechsten Rippe, wie wir bereits besprachen, in die linke Aorta ein und führte zum Tod. War es ein Linkshänder, hat der Täter mehr rechts vor dem Opfer gestanden. War es ein Rechtshänder, hat er weiter links gestanden. Ihr könnt es euch aussuchen. Die Größe des Täters schwankt von ein Meter achtzig bis ein Meter fünfundachtzig. Weiter kann ich euch nicht helfen."

„Was ist mit den Spuren im Fußabdruck, Haare, künstliche Fasern? Hast du Ergebnisse aus dem Labor?" Gedanklich ging Inka alle infrage kommenden Verdächtigen durch.

„Hab ich euch vor drei Stunden gefaxt. Es wurden weder Haare noch künstliche Fasern gefunden."

„Das kann nicht sein, Terry. Die Weiler und die drei Schüler waren sich sicher, dass das Vieh behaart war. Die Kreatur muss auf ihrer Jagd welche verloren haben. Ist da was übersehen worden?"

„Ich hab nichts gefunden und Fridolin ebenfalls nicht. Es gibt weder Fell noch Haare oder sonstige Fasern und es ist garantiert kein tierisches Wesen, das sich in der Heide rumtreibt und die Männer getötet hat. Euer Täter hat in einem Kostüm aus Kunstfell gesteckt. Was wiederum die Theorie nach einer Bestie entkräftet. Glücklicherweise, muss ich sagen. Ein Untier bei uns in der Heide … undenkbar. Aber zurück. Ich hatte da mal an einem Wochenendkurs teilgenommen, ist schon zwei oder drei Jahre her, weil ich …"

„Terry, komm zum Punkt."

„Sei nicht so ungeduldig, Süße. Aber um es für dich abzukürzen – bei Kunstfell wird mit einem Baumwollgarn als verzwirntem Grundgarn gearbeitet, in das ein synthetisches Polyacryl-Florgarn verwebt wird. Auf der Unterseite hält ein elastischer Kleber alles zusammen, womit ein Ausfallen der Fasern fast unmöglich wird. So auch in unserem Fall."

„Du bist dir ganz sicher?" Dieser verzwickte Fall verursachte Inka Kopfschmerzen.

„Die Frage hab ich überhört. Wann kommt Sebastian wieder? Seit Sonntagmittag hab ich ihn nicht mehr gesehen", fragte Teresa in einem Atemzug.

„Sonntagmittag?"

„Ja, er hat mit uns zu Mittag gegessen, weil er mit Flora diesen verrückten Plan, den *Kreuzer* aufzuspüren, ausgeheckt hat. Ich bin damit immer noch nicht einverstanden, nur dass du es weißt, auch wenn du da zugestimmt hast. Und – ich hasse dich dafür."

„Sebastian war am Sonntagmittag bei euch auf dem Hof?", fragte Inka irritiert nach.

„Ja. Er kam doch von dir und Paula."

„Ja. Aber ich wusste nicht, dass er zu euch fahren wollte. Außerdem hab ich dem idiotischen Plan nicht zugestimmt. Und ich hasse dich auch, wenn du das von mir denkst."

„Aber ich dachte, er hätte dir erzählt, warum er überhaupt in die Heide gekommen ist."

„Nein, das hat er nicht. Aber jetzt weiß ich es ja."

„Nicht gut", sagte Teresa. „Tut mir leid, Süße, wenn er dir etwas anderes erzählt oder etwas verschwiegen hat. Wie lange willst *du* mich hassen?"

„So lange wie *du* mich. Grüß Flora." Inka drückte die Austaste. Für einen Augenblick stand sie wie versteinert im Flur der Wohnung Sahlmann und starrte auf ein Bild, das die Familie in einem lindgrünen Oldtimercabrio zeigte. Im Hintergrund das Meer, Sandstrand, lachende Menschen. Sebastian hatte sie angelogen. Ich habe dich und Paula vermisst, hatte er gesagt. Hatte sie ihm zu schnell vertraut, als er sagte, dass er für eine neue Beziehung bereit wäre, seine Dämonen bekämpft hatte? Der *Kreuzer*, der seine Frau und seine Tochter und weitere zwölf junge persische Frauen getötet hatte, war nicht gefasst und Sebastian weiter auf der Jagd. Er lebte in seinem eigenen Tempo, reiste von Stadt zu Stadt. Wie passten sie und Paula, eine Fünfjährige, in sein Leben? Tränen rannen über ihre Wangen, sie wischte sie mit der Handfläche zur Seite, atmete noch einmal tief durch und spürte, wie die anfängliche Traurigkeit sich mit brodelnder Wut mischte. Mit dem Gedanken, dass sie vergessen hatte, Teresa zu fragen, wann Sebastian und Flora den ausgetüftelten Plan durchsetzen wollten, ging sie in die Küche der Sahlmanns zurück.

Konstantin schlürfte am Orangensaft und Mark schrieb Notizen in seinen Spiralblock.

„Wie groß sind Sie?"

„Ein Meter achtzig. Warum?"

„Weil ich die Fragen stelle", bemerkte Inka. Ihre Antwort klang herablassend und hatte den Unterton einer

Beleidigung. „Haben Sie in dem Werwolfkostüm gesteckt, um Lea zu erschrecken?“

„Nein. Lea ist meine Freundin, ich habe sie nicht erschreckt. Was hätte ich für einen Grund?“

„Sagen Sie es uns.“

„Bullshit. Womöglich verdächtigen Sie mich noch, Hendrik umgebracht zu haben.“

„Haben Sie?“

„Ich sollte unseren Anwalt anrufen.“

„Wen? Die Kanzlei Herzog?“

Konstantin Sahlmann lachte hell auf. Er ließ ein paar Sekunden verstreichen, dann sagte er, versucht, lässig zu wirken: „Entweder können Sie hellsehen oder Sie sind gut informiert.“

Kapitel 19

Nachdem sie das Autohaus Sahlmann verlassen hatten, änderten Inka und Mark ihren Plan. Bevor sie zu Hanna zum Mittagessen fuhren, hatten sie auf dem Campingplatz Mühlenkamp gehalten, um mit Klara Waldmann zu sprechen.

Ausnahmslos alle Trauergäste hatten sich im Vereinshaus des Campingplatzes Mühlenkamp zum Leichenschmaus eingefunden. Klara Waldmann, Leas Mitschülerin, saß mit ihren Eltern und der Familie Ohlsen an einem Tisch. Die beiden Schülerinnen hatten die Köpfe zusammengesteckt und getuschelt, während sie Nachrichten in Klaras Handy getippt hatten. Konstantin hatte Klara ihr Treffen angekündigt, so viel war sicher. Doch wenn er sich mit Klara getroffen und Lea am Waldbad versetzt hatte, warum verstehen sich die beiden Schülerinnen dann so gut? Klaras Aussage, sie hätte mit Konstantin am See über Leas Gartenparty gesprochen, die sie heimlich zu ihrem achtzehnten Geburtstag planten, nahm sie der Schülerin nicht ab. Dennoch stand Konstantins Alibi.

Mark lenkte rechts aus der Einfahrt des Campingplatzes auf die Straße Mühlenkamp, vorbei am Campingplatz Lopautal und der Grundschule Amelinghausen. Im Dorf herrschte der Ausnahmezustand und es schien viel bedrohlicher, als Frauke es beschrieben hatte. Kaum einer der unzähligen Passanten lief ohne Wolfsbücher, Wolfsstofftiere oder Kuchenpaket, in dem Marzipanwölfe nach Hause getragen wurden, durch die Straßen. Amelinghausen war aus seinem idyllischen Dorfschlaf erwacht und dabei, sich für ein Sensationsgeschehen zu rüsten.

Gustav und Gloria, die beiden Hausgänse der Familie Sundermöhren, watschelten schnatternd über den Hof, als Inka mit Mark aus dem Auto stieg. Bonny, die graubraun getigerte Katze, sprang von einer leeren Obstkiste und verschwand in der Scheune hinter dem Traktor. Schon auf dem Hof schlug Inka der Duft nach Hannas Eintopf entgegen. Schnuppernd folgte sie dem Geruch in die Bauernküche.

„Mahlzeit, ihr zwei“, grüßte Hanna. „Ihr kommt zur rechten Zeit. Der Eintopf ist fertig. Setzt euch, bevor der große Ansturm der Gäste beginnt. Das Hirsebrot ist noch ein bisschen warm, es könnte Bauchschmerzen verursachen, aber Dinkelbrot von gestern ist da“, sagte Hanna, während sie das Kastenbrot mit den goldenen kleinen Körnern in fingerdicke Scheiben schnitt und in Brotkörbchen legte.

„Wir essen Dinkelbrot“, sagte Inka, sich an das Magendrücken erinnernd, das sie den ganzen Tag begleitet hatte, nur weil sie beim letzten Mittagessen nicht genug von dem warmen Brot bekam.

Hanna lachte. „Versteh schon. Griebenschmalz und Kräuterbutter stehen auf dem Tisch.“ Sie nickte zum langen Holztisch, an dem fünfzehn Personen Platz fanden. „Na, wie ist es?“, fragte sie und setzte sich Inka gegenüber, die sich ans Fenster gesetzt hatte. „Am Freitagabend ist Partytime. Was ziehst du an, Schwesterlein?“

„Du hast es also auch schon erfahren. Hör mir bloß auf. Das Ganze ist ein Riesenschwindel. Ein Irrer macht die Heide unsicher und wir haben zwei Morde aufzuklären und die Medien veranstalten ein Spektakel um den Mythos Werwolf“, sagte Inka, während sie ein Stück Brot mit Schmalz bestrich und es sich in den Mund steckte.

„Mit den ganzen Plakaten, die überall aufgestellt sind, ist das nicht zu übersehen. Wer hat das eigentlich angezettelt?“, wollte Hanna wissen.

Inka zuckte die Schultern und schluckte. „Das wissen wir leider nicht. Vielleicht ist das irgend so einem Privatverrückten eingefallen.“

„Im Heideblatt steht, dass das Spektakel genau den Nerv des Bürgermeisters trifft, der meint, es sei ein Aufschwung für die Heide, um das vergangene wirtschaftliche Sommerloch auszugleichen. Aber ich glaub nicht, dass das aus Bürgermeister Hartmut Schmidts Mund gekommen ist, dazu ist er zu bodenständig. Für solch einen Humbug hätte er niemals sein Okay gegeben“, sagte Hanna überzeugt. „Er ist ja nicht nur Bürgermeister, sondern auch Bestatter und Tischler. Weißt du noch, wie er die wunderschönen Esszimmerstühle unserer Eltern angefertigt hat? Und dann der Tisch aus dem jahrhundertealten Walnussholz, ein Traum. Nein, Bürgermeister Schmidt ist ein feiner Mann. Amelinghausen kann froh und stolz sein, dass sie einen so engagierten Bürgermeister haben, der mit Herz und Tat für seine Gemeinde einsteht.“

„Stimmt, Hanna, ich erinnere mich." Inka nickte.

„Den Artikel hat Kohlhase geschrieben und wieder seinen eigenen Senf dazugedichtet. Und jetzt noch dieses bescheuerte Fest. Was soll dieser Mist? Zwei Menschen wurden brutal getötet, aber die Menschen wollen feiern."

„Es ist außergewöhnlich, Schwesterlein, aber du weißt doch – Mord und Totschlag vor der eigenen Haustür, das macht neugierig. Wobei es ja nicht nur die Einheimischen sind, die es zur Party zieht. Meine Gäste sprechen inzwischen von nichts anderem als dem Widersinn, einem Werwolf zu begegnen. Einige haben ihren Aufenthalt bei uns verlängert, um auf dem Fest dabei sein zu können."

Hanna stand auf und füllte zwei Suppenteller mit Steckrübeneintopf, während Mark das rosa Sparschweinchen auf der Fensterbank mit einem Geldschein fütterte.

„Du sollst das lassen, Mark", sagte Hanna. Drohend, aber lächelnd hob sie den Zeigefinger. „Geht ihr nun zu der Sause am Freitag?" Sie stellte die Teller vor Inka und Mark und setzte sich wieder.

„Werden wir müssen", erwiderte Mark, den Blick auf den randvollen Teller gerichtet, aus dem es verführerisch nach den gelben Rüben, dem Hackfleisch und den Kräutern duftete.

„Haben eure Drohnen, die ihr über der Heide losgelassen habt, keinen Wolf aufspüren können?", fragte Hanna neugierig weiter.

„Nein. Weder ein Werwolf noch eine sonstige Bestie wurde bisher gesichtet", sagte Inka. Sie war angefressen und ihre Nackenmuskeln spannten sich an. Sie streckte sich und bewegte ihren Kopf hin und her, um die Verspannung in ihrem Nacken zu lockern.

„Und was ist mit einem Phantombild? So etwas wird doch als Erstes angefertigt."

„Das Phantombild eines Wolfes, Hanna", mischte sich Mark ein, „brächte nur die Heidebevölkerung weiter in Aufruhr und uns auf der Wache noch mehr Spinner, die die Telefonleitungen mit verrückten Anrufen besetzen."

Der Heidesender im Radio dudelte eine alte Schnulze von Howard Carpendale, dann folgte ein Bericht. Mark stellte die Lautstärke höher. Lea Ohlsen sprach mit einem Moderator.

„Heute ist bei uns zu Gast im Studio die Schülerin Lea Ohlsen aus dem Pastor-Bode-Eliteprivatgymnasium Amelinghausen. Und gleich die erste Frage an dich, Lea. Du bist ja inzwischen eine Berühmtheit in der Heideregion. Wie fühlt es sich an, im Rampenlicht zu stehen?"

„Wie sonst auch, aber ich ... ", begann Lea.

Der Moderator fiel ihr ins Wort. *„Deine Eltern sind Psychologen, verrate mir, wie haben sie reagiert, was gesagt, als du von der Begegnung mit einem Werwolf gesprochen hast? Ich meine, so ein mystisches Erlebnis könnte ja auch als ... nennen wir es Hirngespinst oder Halluzionation durchgehen."*

„Meine Eltern haben mir geglaubt. Außerdem hat ja Anna Weiler den Werwolf auch gesehen."

„Davon haben wir natürlich auch erfahren, liebe Hörer. Anna Weiler, die Windparkbetreiberin ist morgen bei uns zu Gast und wird uns ihre eigene Geschichte der Erscheinung erzählen. Aber jetzt wieder zu Lea Ohlsen. Die sieb-

zehnjährige Schülerin hat Schreckliches erlebt, als sie mit Schulkameraden ein Paintballspiel am Lopausee gespielt hat. Sie wurde von einem Werwolf angefallen. Mit letzter Kraft konnte sie sich befreien und die Flucht ergreifen, doch dann stolperte sie über eine blutüberströmte Leiche. Die Leiche ihres Biologielehrers Hendrik Schubert“, sagte der Sprecher. Tatsächlich gelang es ihm, ein erforderliches Maß an Entsetzen in seine Stimme zu legen. „*Es ist eine grauenvolle Tragödie, die die Heideregion erschüttert und uns alle interessiert: Wie hast du die Situation erlebt, Lea? Erzähle uns ein wenig über den Wolf. Wie hat er ausgesehen? Wo hast du deinen Lehrer gefunden?*“

„*Es war nach Mitternacht*“, begann Lea zögernd. „*Es war dunkel. Wir haben das Spiel gespielt und plötzlich war da dieses große Untier mit den roten glühenden Augen. Es ist aus dem Gebüsch auf mich zugesprungen und hat mich mit riesigen Pranken festgehalten. Es hat aus dem Maul gestunken, verfault, wie tagelang liegen gelassener Abfall. Ich hatte fürchterliche Angst. Glücklicherweise konnte ich mich losreißen und fliehen, bevor ...*“ Ein kurzes Aufschluchzen der Schülerin war zu hören und untermalte die dramatische Beschreibung. „*Auf der Holzbrücke am See bin ich über Hendrik, unseren Biolehrer, gestolpert. Er lag in seinem Blut auf dem Boden*“, beendete Lea.

„*Eine entsetzliche Geschichte. Aber wie ich sehen kann, bist du nicht zu einem Werwolf mutiert. Oder müssen wir auf die nächste Nacht warten, bis wir dich ebenfalls in behaarter Gestalt wiedersehen? Immerhin steht noch immer der Vollmond am Himmel.*“ Der Moderator lachte gekünstelt.

„*Nein*“, sagte Lea mit zittriger Stimme. „*Ich bin ein Mensch und kein Wolf.*“

„*Das ist schön zu hören, Lea. Denn, wie wir erfahren haben, liebe Hörer, ist inzwischen ein weiteres Unglück, ein neuer Mord, geschehen. An den schönen Kieselgur-Teichen nahe Schwindebeck wurde Rüdiger Kobarski, der ehemalige Mitinhaber der Windparkfirma Kobarski & Weiler, von selbigem Werwolf angefallen und getötet wie der Lehrer des Gymnasiums. Die Ungereimtheiten über die beiden Morde häufen sich, und die Hanstedter Kommissare irren in der Dunkelheit umher. Ein Werwolf ist in der Heide, doch er will nicht spielen, er will töten. Bevor ich mich von Lea und allen Zuhörern mit der brisantesten Folge unseres Senders verabschiede, möchte ich Sie auf den kommenden Freitagabend aufmerksam machen. Am Lopausee in Amelinghausen beginnt ab achtzehn Uhr eine spannende Werwolfparty. Seien Sie dabei, und feiern Sie mit. Für Ihr leibliches Wohl ist gesorgt. Wir sind live dabei und auch das Fernsehen mit der Sandmann-Show Der Merkwürdigen Phänomene wird, wie mir gerade die Redaktion ins Ohr geflüstert hat, zugegen sein. Passen Sie gut auf sich auf, wenn Sie bei Vollmond in die Heide gehen. Jeder, der Ihnen begegnet, könnte ein Bestiaforma mutabilis, ein Gestaltwandler, sein. Es wird und bleibt spannend. Sie hörten den Heidesender für Ihre Region. Und jetzt wieder Musik. Gianna Nannini verwöhnt uns mit ihrem Song aus den Achtzigerjahren – Bello e Impossibile. Schön und unmöglich, vielleicht trifft das ja auch auf unseren Werwolf zu.*“

Inka schaltete wütend den Radiosender aus. Dieses Ausschlachten von Meldungen und kaum fundierten Aussagen brachte sie zur Weißglut. Mit der Faust schlug sie auf den Küchentisch.

„Ist alles in Ordnung, Inka?", fragte Hanna. „Diese Medienfuzzis bringen dich doch sonst nicht so in Fahrt."

„Nein. Ja. Sie nerven, doch das ist es nicht allein." Inka zögerte. „Terry hat erzählt, Sebastian will mit Flora den *Kreuzer* hervorlocken."

„Wie?", fragten Hanna und Mark gleichzeitig.

„Ja. Und angeblich hab ich dem zugestimmt."

„Wer sagt das?"

„Sebastian."

„Bist du sicher?"

„Ja."

„Aber die beiden wollten sich diesen bescheuerten Plan, Flora als Lockvogel einzusetzen, doch noch überlegen", wandte Hanna ein.

„Das haben sie anscheinend getan", sagte Inka.

„Und wann soll das Szenario stattfinden?"

Inka zuckte die Schultern. „Keine Ahnung. Darüber haben Terry und ich nicht gesprochen."

„Warum nicht?"

„Weil ich es vergessen habe, sie zu fragen, und weil ich sauer auf Sebastian bin, dass er nichts erzählt hat, als er mich und Paula am Wochenende besucht hat."

„Was willst du jetzt tun?"

„Weiß ich nicht. Vielleicht erst einmal mit Flora reden und sie überzeugen, was es für eine Scheißidee ist, die sie sich mit Sebastian ausgedacht hat."

Kapitel 20

Der Freitagabend rückte immer näher. Das ganze Gerede um die ominöse Kreatur verursachte Inka Übelkeit. Es fiel ihr schwer zu glauben, dass Lea Ohlsen und Anna Weiler ein echter Werwolf auf den Fersen gewesen war, der keinerlei Spuren hinterlassen hatte. Und jetzt diese Party. In der Heide herrschte Hochkonjunktur. Inka war nicht wohl bei der Sache. Wer hatte hier die Finger im Spiel? Jemand, der nur die Werbetrommel für die Heideregion rühren wollte? Aber warum dann zwei Morde? *Nein*, dachte sie, das war kein ausgeklügelter Plan, um Amelinghausen, ein von allen Schreckenstaten unbelastetes Heidedorf, aus dem Dornröschenschlaf zu rütteln. Es gab einen Zusammenhang zwischen den beiden toten Männern, das war so klar wie das Wasser des Heidebachs, an dem sie Sebastian zum ersten Mal getroffen hatte. Sebastian. Das Gespräch mit ihm stand noch immer aus. Bisher hatte sie alle seine Anrufversuche weggedrückt. Auf Dauer würde sie nicht darum herumkommen, mit ihm zu sprechen, aber erst, wenn sie genau wusste, wie sie ihm nach seiner Heuchelei entgegentreten wollte. Aber noch war sie nicht dazu bereit. Sie stellte die Kaffeemaschine an, setzte sich Mark gegenüber an ihren Schreibtisch und fuhr den Computer hoch, als es an der Tür klopfte. Neun Uhr. Jannik Herzog und seine Mutter traten ein.

„Ich bin unschuldig! Ich habe Hendrik nicht umgebracht!", polterte Jannik sofort los. Mit seiner Mutter saß er im Büro, die langen Beine unter das Besuchertischchen gestreckt. Mit verschränkten Armen vor der Brust signalisierte er seine Abwehr. „Warum haben Sie mich auf dem Kieker? Nur weil ich ab und an einen Joint rauche und einen Schluck Alk trinke? Ich bin volljährig, schon vergessen?"

„Nein, weder wegen Ihres Drogen- noch wegen Ihres Alkoholkonsums, nicht einmal wegen …" Inka stoppte und räusperte sich. Sie hatte Jannik und Karoline versprochen zu schweigen. „Wir sind rein an den Fakten zu unseren Mordfällen interessiert, die besagen, dass Sie einen Rochus auf Ihren Biolehrer hatten."

„Warum? Er hat mir nichts getan."

„Das stimmt so nicht, Jannik. Hendrik hat Sie nicht nur einmal auf Ihren Drogenkonsum angesprochen. Wir wissen, dass Sie deswegen ausgerastet sind und sein Sportfahrrad demoliert haben."

„Ja, das hab ich Ihren Kollegen schon erzählt. Na und? Das ist kein Grund, einen Lehrer umzubringen. Ich hab Ihnen eine Speichelprobe gegeben, freiwillig, mein Handy haben Sie durchsucht und ich hab Ihnen gesagt, wo ich war, als Hendrik und dieser andere Mann, dieser Unternehmer, umgebracht wurden. Ich weiß nicht, was Sie sonst noch von mir wollen."

Er wusste sehr viel mehr, als er zugeben wollte, das sah Inka an seiner veränderten Haltung, seiner Nervosität, seinem Blick.

„Hendrik war ja sonst ganz okay, außer dem Generve um meine Joints. Das mit dem Fahrrad tut mir leid, ich hab mich entschuldigt und den Schaden bezahlt. Für Hendrik war das Thema damit gegessen."

„Sind wir jetzt fertig?", fragte Janniks Mutter, die das Gespräch bisher stillschweigend verfolgt hatte. „Sie schikanieren meinen Jungen, das muss ich nicht weiter zulassen." Sie verzog ihr Gesicht, als hätte sie in eine Zitrone gebissen.

„Wir stellen lediglich ein paar Fragen, Frau Herzog, und eine Frage …"

„Das langt jetzt", polterte Jannik dazwischen und stand auf. „Meine Mutter hat recht. Warum wollen Sie unbedingt mich zum Sündenbock erklären?" Er warf einige seiner Dreadlocks über die Schulter.

„Setzen", befahl Mark streng.

Nur widerwillig kam Jannik Marks Aufforderung nach.

„Fragen Sie Konstantin, wo er sich nach dem Krach mit Lea am See rumgetrieben hat. Vielleicht hat er sich als Wolf verkleidet."

„Worum ging es bei dem Streit?"

„Ach, die Trulla war mal wieder angepisst, dass er ihr angeblich etwas verschweigt. Was, weiß ich nicht, hab nicht zugehört. Ich hab nur gesehen, dass sie sich kurz darauf wieder in den Armen lagen. Ein Pott, ein Deckel, bei den beiden stimmt's. Aber vielleicht war es auch Max. Einen Grund, Hendrik eins auszuwischen, hatte er, nachdem er mit der Versetzung auf der Kippe stand", sagte er trocken und entspannte den zusammengebissenen Kiefer. Er lehnte sich auf dem Stuhl zurück, verschränkte die Hände hinter dem Kopf und drückte die Brust heraus.

„Warum stand er auf der Kippe?"

„Weil er wie Peer ständig schwänzt und sich in Lüneburg am Hafen rumtreibt. Da gibt es so einen Laden, in dem die beiden Stammgäste sind." Seine flachen Handinnenflächen klatschten auf den Besprechungstisch.

„Was für ein Laden? Wie heißt der?"

„Irgend so eine Hinterhofkneipe. Sie pokern. Was weiß ich, was sie sonst noch treiben. Ich kenne den Namen der Kneipe nicht."

„Keiner von Ihren Mitschülern hielt sich zur Tatzeit am See auf, das ist überprüft. Bei Ihnen jedoch …"

„Ist es auch nicht anders. Ich war erst um halb zwölf am See und vorher mit Max in der *Grotte*, in Döhle, das haben Sie sicher nachgeprüft."

„Du hast Jannik aber ganz schön in die Mangel genommen. War es Absicht?"

„Klar war das Absicht. So hat er mehr ausgespuckt, als er vielleicht wollte und wir wissen, dass Konstantin Konstantin mit Lea am See gestritten hat und Maximilian Grünhagen stinkig auf seinen Biolehrer war, weil er ihn durch die elfte Klasse durchrasseln lassen wollte."

„Ja, aber für Konstantin wird der Streit kein Grund gewesen sein, seine Freundin in einem Werwolfkostüm zu erschrecken. Zumal er nicht wusste, dass er sich streiten wird und er sich, laut Janniks Aussage, gleich wieder mit Lea versöhnt hat. Entweder hat er mit seiner früheren Freundin Klara rumgemacht oder tatsächlich nur Leas Geburtstagsparty besprochen. Zudem besteht kein Zusammenhang zwischen Anna Weiler und Konstantin, an dem wir ansetzen könnten. Maximilian Grünhagen und Jannik Herzog verfügen zwar über die körperliche Konstitution, aber ihre Alibis sind wasserdicht. Die vier Mädchen können wir ebenfalls ausschließen. Sie besitzen weder die Größe noch die Kraft für so einen Angriff. Ebenso der Hotelsprössling Peer Bach. Wir sind auf dem Holzweg, Inka. Ich weiß, manche Akademikerkinder sind durchgeknallt, einsam und vernachlässigt, ja, alles das. Aber keinem der acht Schüler traue ich einen Mord zu, selbst wenn ihre Alibis Lücken aufweisen."

„Vielleicht hast du recht, Mark. Vielleicht war es keiner der acht Schüler. Vielleicht war es ein anderer Schüler aus dem Gymnasium. Einer, der uns bei der Befragung durchs Sieb gerutscht ist."

„Nein, Inka. Alle infrage kommenden Schüler sind durchleuchtet. Entweder haben sie ein Alibi oder keine Beziehung zu Rüdiger Kobarski oder Hendrik Schubert gehabt, geschweige denn, dass es einen Streit gab." Mark zuckte die Schultern. „Die Morde hängen mit der Weiler zusammen, da bin ich mir sicher. Denn was wollte Kobarski an den Teichen? Seinen Hund ausführen? Warum fährt er so weit in die Heide hinein? Wir müssen im Umfeld der Weiler irgendetwas übersehen haben. Lass sie uns noch einmal besuchen."

Inka nickte. Sie war gerade dabei aufzustehen, als das Diensttelefon läutete. Sie hob ab, ohne auf die Anruferkennung zu achten. „Brandt."

„Ich bin es, Inka. Sebastian."

„Was gibt es Dringendes, dass du meine Dienstnummer anwählst?", fragte sie kühl.

„Du hast meine Anrufe auf deinem Handy nicht angenommen und so …“ Sebastian zögerte. „Flora hat dir erzählt, dass ich Sonntagmittag nicht nach Hamburg gefahren bin. Stimmt's?“

„Teresa hat es erzählt. Richtig.“

„Ich wollte es dir sagen, aber ich hab geahnt, dass du dann sauer bist.“

„Und das bin ich jetzt nicht? Ich hätte einem Polizeipsychologen mehr Intuition zugetraut.“

„Ich würde es dir gerne erklären, Inka. Wie wäre …“

„Nein, Sebastian. Ich möchte nichts erklärt haben. Eine Beziehung beruht auf gegenseitigem Vertrauen. Das hast du missbraucht. Du hast mich angelogen und in meinem Namen Bestätigungen abgegeben, die ich nie zugesagt habe. Wir haben gemeinsam über Stunden an dem *Kreuzer-Fall* gesessen und versucht, den roten Faden zu finden, der den Mörder deiner Familie und der vielen Opfer entlarvt. Das alles habe ich gerne getan. Aber jetzt geht es um das Leben meiner Lieben und dazu gehört auch Flora. Paula hat bitterlich geweint, als du gefahren bist. Sie war den ganzen Tag völlig durcheinander. Sie hängt sehr an dir. Ich dachte, dass dir ihre Zuneigung etwas bedeutet. Ich habe mich wohl getäuscht. Mehr habe ich nicht zu sagen. Ich muss arbeiten. Wir haben einen Fall. Mach es gut.“ Inka legte auf. Das Telefon klingelte erneut. Ein anonymer Anruf. „Geh du ran, Mark. Falls es Sebastian ist …“ Inka gestikulierte verneinend mit der Hand. Sie stand auf und ging ans Fenster. Quer zur Heckenwand standen zwei weiße Vans auf dem kleinen Polizeihof. Inka konnte die Wagenaufschrift nur undeutlich erkennen. Sicher wieder Reporter, die auf

Neuigkeiten hofften. Sie wischte sich die Tränen von den Wangen. Im Hintergrund hörte sie Mark telefonieren: „Sie will nicht mit dir sprechen, Sebastian. Nein. Ja. Ich sag es ihr. Tschüss. Ich soll dir ausrichten, dass er dich morgen noch einmal anrufen wird“, sagte Mark.

Inka zuckte die Schultern, setzte sich wieder und griff nach einer Tüte Schokoladenwaffeln. Sie steckte sich zwei der Kekse auf einmal in den Mund. „Lecker“, sagte sie kauend.

Mark lächelte. „Wenn Inka Schokowaffeln futtert, muss ich den Kopf einziehen.“

Inka griff nach einer dritten Waffel und schmiss sie Mark über den Schreibtisch entgegen.

„Daneben. Versuch's noch mal, und gib dir ein bisschen mehr Mühe“, flachste er.

Nach zehn Waffelwürfen gab Inka auf. Mark hatte sie wie ein Tennisprofi abgewehrt.

„Was ist denn hier los?“, fragte Frauke, die in der offenen Bürotür stehen blieb und den Blick zu den auf dem Boden liegenden Keksen wandte.

„Wir spielen ‚Fang die Waffel‘“, antwortete Mark.

Frauke Bartels zog die Augenbrauen hoch. „Na ja, ich wollte euch eigentlich nur sagen, dass ihr nicht vergesst, dass ich zwei Tage freihabe und mein Telefon auf eures umgestellt ist. Ich bin mit Schatzi im Harz bei seiner Tante, sie feiert mit ihrem Schatzi Silberhochzeit. Emma ist in der Nachtschicht und Amselfeld sagt, er hilft in der Zentrale gerne vormittags aus, falls ihr ihn entbehren könnt.“

„Gut. Die sind für dich“, sagte Mark. Er drückte Frauke die letzten drei Kekstüten von seinem Schreibtisch in die

Hand. „Fahrtproviant. Schokowaffeln mit Vanillecreme. Die gehen aus der Produktion. Feedback brauche ich nicht.“

„Danke“, sagte Frauke. „Ich verziehe mich dann. Habt viel Spaß auf der Werwolfparty und beim Keksweitwurf.“ Sie grinste.

Kapitel 21

Anna Weiler und ihr Sohn Benedikt saßen im Wohnzimmer über einem Bebauungsplan, der für Inka einem Schnittmuster glich. Striche, Rundungen und Kreise, die auf dem Papier gezeichnet in alle Richtungen liefen.

„Sie dürfen bauen?“, fragte Mark. Sein Blick lag auf dem Papier, das den gesamten Tisch bedeckte.

„Nein, nicht an der Schwindequelle, wir werden ein Stückchen weiter Richtung Soltau agieren. Aber um meine neuen Baupläne mit mir zu besprechen, sind Sie sicher nicht aufgetaucht.“ Anna Weiler nickte zu ihrem Sohn, der den Grundriss wie eine frisch gekaufte Zeitung zusammenfaltete.

„Nein. Uns sind noch immer einige Zusammenhänge unklar. Zum Beispiel, was Ihr ehemaliger Geschäftspartner Rüdiger Kobarski an den Kieselgur-Teichen wollte.“

„Tja, da kann ich Ihnen leider nicht weiterhelfen. Aber er hatte sicher seinen Hund dabei, den lässt er nie alleine zu Hause. Ist ja möglich, dass er mit ihm Gassi ging.“

„Darüber haben wir auch nachgedacht. Aber genau das ist es, was uns Kopfzerbrechen bereitet. Warum fährt er weit in die Heide hinein zu den Teichen? Überall gibt es Möglichkeiten, kurz anzuhalten, wenn er nur seinen

Hund zum Pinkeln rauslassen wollte, bevor er zu Ihnen fährt", bemerkte Mark.

„Wir können Ihnen da nicht weiterhelfen", wandte Benedikt patzig ein. „Zu uns wollte er jedenfalls nicht." Er stand auf und legte den Plan in eine Schublade des Wohnzimmerschrankes. Seine graue Trainingshose war an einem Bein hochgerutscht und zeigte einige blaue Flecken in Größe eines Hühnereis. Als er Inkas Blick auffing, zog er eilig die Hose über das Bein.

„Fußball ist ein rabiater Sport, nicht wahr?" Inka nickte zu Benedikts Schienbein.

„Ja", antwortete er, „manchmal geht es etwas härter zur Sache."

„Wie oft trainieren Sie in der Woche?"

„Kommt drauf an. Meistens dreimal. Wenn ein Spiel ansteht, auch öfter in der Woche."

„Und das Spiel drei Tage vor Halloween, gegen wen sind Sie angetreten?"

„Gegen Hanstedt."

„Wann begann das Spiel?"

„Um einundzwanzig Uhr."

„Und wie lange geht ein Fußballspiel, so offiziell?"

„Neunzig Minuten", antworteten Mark und Benedikt gleichzeitig. „Wenn keine Verlängerung angesagt wird", fügte Mark hinzu.

Inka sah, wie Benedikt zustimmend nickte. „Wie ging es aus?", fragte sie.

„Unentschieden."

„Sie erzählten, sie wollen Profifußballer werden. Wie lange spielen Sie schon Fußball?"

„Seit meinem fünften Lebensjahr. Erst in Hamburg-Lurup, dann später, als wir in Ahrensbök wohnten, in der Jugendmannschaft."

Inka wandte sich vom Sohn zur Mutter. „Frau Weiler, hatten Sie vielleicht doch einen Termin mit Ihrem ehemaligen Geschäftspartner? Vielleicht schauen Sie einmal in Ihrem Kalender nach. Manchmal vergisst …", bat Inka und wurde von Anna Weiler unterbrochen.

„Nein, da brauche ich nicht nachzusehen, das weiß ich auch so. Letzte Konditionen für die Auflösung unseres Geschäftsvertrages haben wir nach der Veranstaltung besprochen. Es gab keinen Grund für einen weiteren Termin."

„Könnte Herr Kobarski gemeinsame Freunde von Ihnen in der Heide besucht haben?"

„Ich wüsste nicht wen."

„Noch eine letzte Frage, Frau Weiler. Was ist mit dem Vater Ihres Sohnes? Wo lebt er?"

„Er ist gestorben. Schon vor vier Jahren."

„Verstehe. Das tut mir leid."

Anna Weiler nickte.

„Ja, von uns aus war es das. Sollte Ihnen doch noch einfallen, warum Herr Kobarski in die Heide kam, rufen Sie uns an."

Kapitel 22

In ganz Amelinghausen war keine freie Parklücke zu finden. Dreimal fuhr Inka mit Mark an der Seeeinfahrt auf und ab, hoffend, ein Plätzchen für ihren Golf zu bekommen. Nach zehnminütiger nerviger Suche lenkte Inka ihren Wagen über die schmale asphaltierte Einfahrt Richtung See, die mit den vielen abgestellten Autos Millimeterarbeit bedeutete, um durchzukommen. Riesige Werwolffiguren aus Pappkarton mit roten blinkenden Augen und aufgeklebtem Kunstfell, die neben aufgestellten Fackeln wie im Sprung zwischen den Autos hervorlugten, festigten das Bild dieses unwirklichen Wesens, das jederzeit aus dem Gebüsch springen und sie anfallen würde.

Die Werwolfparty hatte sich bei vielen Kleingastronomen wie ein Lauffeuer verbreitet. Um den 2,2 Kilometer langen Rundweg des Lopausees standen Imbisswagen, Zuckerstände, Getränkezelte und Schießbuden, in denen Pappwölfe geschossen und gewonnen werden konnten. Der Geruch nach gebrannten Mandeln, Schmalzgebäck und Bratwurst waberte durch die Luft. Ein Losverkäufer pries seinen Hauptgewinn an, ein Werwolfstofftier, schwarz behaart und mannshoch. Es ging zu wie auf einem Volksfest. Menschen jeden Alters drückten sich dicht an dicht durch die Menge. Kinder lutschten grauschwarze Lollis in Wolfsfiguren, bissen der Zuckermasse Ohren und Kopf ab, lächelten mit zufriedenen Mündern.

„Amelinghausen hat Hochkonjunktur", sagte Mark, während er sich bis zum *Seestübchen* durch die Menschenmasse drängte. Zwei Kellnerinnen balancierten auf der Caféterrasse Getränke und Teller mit Bergen von Grillfleisch zu den voll besetzten Tischen. Der zentimeterhohe Laubteppich, der noch vor ein paar Tagen den Terrassenboden bedeckte, war verschwunden. Aufgestellte Gartenlaternen spendeten im Außenbereich des Cafés ein milchig weißes Licht und pyramidenförmige Terrassenheizstrahler eine angenehme Wärme. Die Tische schmückten brennende Kerzen und gelbe Astern in kleinen Vasen. Es roch nach Gebratenem. Eine Schiefertafel am Eingang verriet das heutige Abendgericht. Wildschwein vom Grill, dazu Beilagenbüfett – satt. Aus einem silbernen Topf, der auf einem Zweiplattenherd links des Eingangs stand, stieg Dampf wie aus einem Schornstein empor. Ein Kellner in einer schwarzen Winterjacke versenkte eine Schöpfkelle in den Topf und füllte eine burgunderrote heiße Flüssigkeit in weiße Keramikbecher, auf denen ein Wolfskopf abgebildet war. Mit strahlendem Lächeln reichte er den Gästen, die in langer Schlange warteten, das alkoholhaltige Getränk. Hinter ihm hing ein Schild an der Wand – *Glühwein, Becher 3,50 Euro*.

„Sieh mal, Mark, da vorne steht der Moderator John Sandmann von der Show *Der Merkwürdigen Phänomene*", sagte Inka, sich an Marks Jackenärmel hinterherziehend.

Sandmann hielt sich unter einem Vordach auf einer kleinen aufgebauten Holztribüne auf. Er interviewte einen

Mann, der mit Zylinder auf dem Kopf, grausiger verlotterter Kleidung und abstehenden orangefarbenen Haaren dem verrückten Hutmacher aus Alice im Wunderland ähnelte, der vom Schauspieler Johnny Depp gespielt wurde. Erst auf den zweiten Blick erkannte Inka, dass nur ein Johnny-Depp-Verschnitt neben Sandmann auf der Bühne stand.

„Und unser Reporterfreund Wolfgang Kohlhase und Helma Flöter, Beas Mutterschaftsvertretung, dürfen auch nicht fehlen", ergänzte Mark. Er nickte zu einem Wagen, der mit verzierten Lebkuchenherzen, Zuckerstangen, Zuckerwatte, gebrannten Mandeln und kandierten roten Äpfeln lockte.

Inka zog eine Grimasse. „Klar, so ein Spektakel lässt er sich nicht entgehen. Und Beas Vertretung … Ich mag sie nicht."

Inka hatte gerade ausgesprochen, als Helma Flöter ihr zuwinkte und mit eiligen Schritten auf sie zukam.

„Frau Brandt, wie schön, dass ich Sie auch auf dem Fest antreffe, 'n Abend, Mark. Geht es Bea und eurem Kleinen gut? Wie heißt er noch? Jonte. Ist das richtig? Was ein süßer Name."

„Alles bestens, Helma. Vielen Dank."

„Ist das nicht eine großartige Party? Alle wollen den Werwolf sehen, wie grandios. So etwas hat es in der Heide noch nie gegeben." Die Reporterin strahlte. „Das kurbelt die Wirtschaft nach dem letzten Sommerloch wieder ordentlich an, zumindest für die Geschäftsleute der Heide."

Inka stieß die Luft aus. Sie hatte absolut keine Lust, sich mit der Presse zu unterhalten. „Entschuldigen Sie, Frau Flöter, aber ich ..."

„Ach, sagen Sie nicht, dass Sie schon wieder losmüssen. Es ist doch Freitagabend. Haben Sie nicht einen Augenblick für mich? So ein paar kleine Neuigkeiten, die Sie mir auftischen können?“

„Ich bin nicht befugt …“

„Nein, nein, nein, Frau Brandt. Bevor Sie mir mit irgendwelchen Ausreden kommen, die sicher alle ermittlungstechnisch geheim sind, denken Sie bitte auch an die Heidebewohner, die ein Recht auf Aufklärung haben.“ Helma Flöter lächelte. „Ich könnte Ihnen sicher behilflich sein.“

Natürlich konnten die Medien bei einem Fall hilfreich sein, doch Helma Flöter war nur daran interessiert, zu ihrem eigenen Profit Informationen auszuschlachten. Diesbezüglich stand sie Wolfgang Kohlhase in nichts nach. Die Mutterschaftsvertretung, die sie für ihre Kollegin Joulie Sophie Beatrice de Leclerc, kurz Bea, Marks Ehefrau, übernommen hatte, kam ihr da gerade recht.

„Ich weiß Ihr Angebot zu schätzen und ich werde darüber nachdenken, Frau Flöter. Doch jetzt entschuldigen Sie mich bitte.“

„Und was ist mit dir, Mark? Krieg ich von dir …“

„Helma, was für meine Kollegin zählt, zählt ebenso für mich“, sagte Mark.

„Also gut, ihr zwei. Ich habe verstanden. Klar und deutlich.“ Sie räusperte sich, dann: „Amüsiert euch gut.“ Mit diesen Worten drehte sie sich um und marschierte zu Kohlhase zurück, der neben dem Zuckerstand in eine Schaumwaffel biss.

„Die sind wir erst einmal los. Wo wollen wir zuerst hin? Eine Bratwurst essen?“, fragte Mark.

„Bratwurst? Nein. Ich will Pommes mit Mayo und Ketchup", sagte Inka, während sie Mark folgte, der sich weiter durch die dicht gedrängte Menge voranschob.

„Pommes mit Mayo und Ketchup verträgst du nicht und kotzt alles in einer Stunde wieder aus."

„Stimmt nicht. Manchmal …", sagte Inka, als sie von Hartmut Schmidt, dem Amelinghausener Bürgermeister, angesprochen wurde.

„Frau Hauptkommissarin Brandt und Herr Hauptkommissar Freese, wie schön, dass ich Sie auf dem Fest antreffe, sonst wäre ich am Montag zu Ihnen auf die Wache geeilt." Hartmut Schmidt, ein sportlicher Mittfünfziger in Jeans und tannengrüner Winterjacke, reichte erst Inka und dann Mark die Hand.

„Was hätte Sie denn zu uns auf die Wache getrieben, Herr Bürgermeister?", fragte Mark verwundert.

„Wolfgang Kohlhase. Viel mehr der Artikel des Herrn Redakteur Kohlhase. Ich meine, wir wissen ja alle, dass er mit seinen Geschichten oft über das Ziel hinausschießt und gern etwas eigenes Öl ins Feuer gießt, aber dieses Mal ist er zu weit gegangen. Ich habe bereits ein ernstes Gespräch mit ihm geführt." Hartmut Schmidt drehte den Kopf über die Schulter in Richtung Kohlhase, der nach seiner Schaumwaffel in ein Gespräch mit John Sandmann vertieft war. „Es entspricht durchaus nicht der Wahrheit, dass ich mich über dieses …, dieses verrückte Aufsehen um eine mystische Kreatur freue, um einen wirtschaftlichen Aufschwung für die Heideregion herauszuholen. Nein. Ganz und gar nicht. Wir haben genügend Touristenattraktionen, die uns gute Einnahmequellen bescheren."

„Das haben wir uns schon gedacht, Herr Bürgermeister. Nur wer hat das Spektakel am See genehmigt?“

„Ich kann es Ihnen nicht sagen, Frau Kommissarin.“

„Irgendwer muss den Geschäftsleuten mit den Verkaufsständen eine Erlaubnis erteilt haben. Soweit ich orientiert bin, vergibt die Genehmigungen doch das Ordnungsamt“, sagte Mark.

„Ja, das ist richtig. Dem gehe ich auf den Grund, verlassen Sie sich darauf. Ich wollte Ihnen auch nur mitteilen, dass ich von dem Fest erst durch Kohlhases unverschämten Zeitungsartikel erfahren habe. Das Fest ist eine Sache, aber wer mir über den Mund fährt und Unwahrheiten verbreitet, der darf den Kopf einziehen. Aber jetzt muss ich wieder, meine Frau wartet auf mich. Grüßen Sie Ihre Eltern. Vorgestern haben wir eine Karte aus der Bretagne von ihnen erhalten. Wunderschön. Meine Frau würde ja auch gerne mit einem Wohnmobil verreisen, aber … Na, sehen wir mal, was noch kommt.“ Er lachte.

„Vielen Dank, Herr Bürgermeister.“ Inka nahm die gereichte Hand und verabschiedete sich. Sie sah Hartmut Schmidt nach, wie er zu einer Frau ging, die an einem Tisch des *Café-Restaurant Seestübchen* saß.

„Glaubst du ihm, dass Kohlhase wieder eigenmächtig gehandelt hat?“, fragte Mark.

„Absolut“, sagte Inka. „Bürgermeister Schmidt ist die Loyalität in Person. Niemals hätte er zu diesem Spektakel so ein Statement abgegeben. Er und mein Vater kennen sich von … der Schule, dem Kegelklub, keine Ahnung, hab ich vergessen. Ich erinnere mich aber an die tollen Stühle und den Tisch aus Walnussholz, die er für meine Eltern angefertigt hat. Kohlhase schnappe ich mir. Mit dem Artikel ist er wirklich zu weit gegangen." Inka sah zu einem jungen Pärchen, das in der Ecke eines Verkaufsstandes stand und sich innig küsste. Sebastians leidenschaftliche Küsse und seine zärtlichen Umarmungen kamen ihr in den Sinn. Warum hatte er sie nur so angelogen? Sie spürte, wie ihre Wut zurückkehrte.

Der Duft des Essens lenkte sie ab. Ihr Magen knurrte. Seit dem Steckrübeneintopf in Hannas Hofküche hatte sie nichts mehr gegessen. „Also zum Bratwurststand", sagte sie gerade, als ein heller Aufschrei die Festbesucher aufschreckte und Sekundenbruchteile danach wie ein gewaltiger Wirbelsturm auseinanderriss. Einige der Besucher stimmten in das Schreien ein, liefen durcheinander und rempelten sich an. Mütter zerrten ihre Kinder im Laufschritt hinter sich her oder trugen sie auf dem Arm Richtung Ausgang. Andere Besucher retteten sich in ihre Autos, flüchteten in die Verkaufsstände oder ins Café. Inka stand wie versteinert, an Marks rechten Oberarm geklammert, nahe dem Bratwurststand und konnte den Blick nicht von dem abwenden, was die Menschen um sie herum aufgescheucht hatte. Sie spürte, wie ihr eiskalt wurde. Ein riesiges, schwarz behaartes Untier hielt einen Jugendlichen mit seinen Pranken fest im Griff.

„Mark, was ist das?"

„Ein Werwolf, würde ich sagen." Mark zog Inka am Arm zu dem nahen Zuckerstand. Er löste die Verriegelung der Vorderklappe, die mit einem Knall auf den Wagenrahmen aufschlug und den Verkaufsraum sicher verschloss. Durch die seitliche Wagentür schob er Inka in das Wageninnere. „Schließ die Tür ab“, sagte er zu der verängstigten Verkäuferin, die zitternd in einer Ecke stand. Er zog seine Waffe. Inka hörte, wie er durch die schreiende Menschenmenge brüllte: „Loslassen! Sofort loslassen!“

Sie zog ihr Handy aus der Jackentasche und gab ihre PIN ein, gleich zweimal, weil das Telefon den Bildschirm nicht entsperrte. Mit zitternden Fingern wählte sie die Nummer der Zentrale. „Frauke!“, brüllte sie ins Telefon, als sich die Kollegin meldete. „Schick sofort Verstärkung zum Lopausee. Das Monster ist aufgetaucht.“

Dann knallte es auch schon und kurz darauf noch einmal. Mark hatte geschossen. Das Schreien der Menschen wurde lauter. Hilferufe drangen in den Wagen. Fäuste donnerten gegen die Tür. Kinder weinten. Inka schloss die Verkaufstür auf, sprang aus dem Wagen und ließ zwei Familien mit ihren Kindern herein, die ihr mit verweinten Gesichtern entgegenblickten. Dann sah sie sich um. Menschen liefen panisch und ungeordnet auf dem Parkplatz und dem Seeweg hin und her. Zehn Meter entfernt entdeckte sie Mark, der mit der Waffe in der Hand am Anfang der Aussichtsplattform stand und auf das Untier zielte, das den Jugendlichen wie einen Schutzschild vor den Körper hielt.

„Loslassen!“, rief Mark erneut. Zum dritten Mal krachte ein Schuss durch die Luft.

Der Junge, Inka schätzte ihn auf sechzehn oder siebzehn, lag mehr, als er stand, kreidebleich in den Pranken der Kreatur. Hinter ihr verstummten langsam die Schreie der Menschen, der Platz hatte sich, bis auf ein paar neugierige Männer, geleert.

„Wer sind Sie? Machen Sie das Maul auf!", rief Inka der Kreatur entgegen. Ein makaberes Wortspiel, wie Inka in dieser Situation fand.

„Verdammt! Du solltest im Wagen bleiben!", rief Mark.

„Spar dir die Predigt", antwortete Inka, während sie auf Marks finalen Schuss wartete, der das Monster erledigte.

Ein tiefes Knurren und Schnaufen rollte aus der Kehle des Wolfes, der sich, je mehr sich Mark ihm näherte, auf der Plattform Richtung Wasser bewegte. Er sah tatsächlich so aus, wie Lea Ohlsen, Anna Weiler und auch Amanda Hübner ihn beschrieben hatten. Ein grässliches Monster mit schwarz behaartem Körper, rot glühenden Augen und einem Maul, aus dem Zähne wie Messerspitzen herausragten. Wer oder was war diese Kreatur, die keinen Laut außer diesem grässlichen Knurren und Schnaufen von sich gab? Inka war verwirrt.

„Verdammt!", rief sie erneut der Kreatur zu. „Lassen Sie den Jungen los und ergeben Sie sich, bevor mein Partner Sie erschießt. Sie können uns nicht veralbern in Ihrem lächerlichen Wolfskostüm. Wir wissen längst, dass Sie kein Tier, sondern ein Mensch sind, der die Heidebürger verängstigt und Hendrik Schubert wie Rüdiger Kobarski ermordet hat. Ihr Spiel ist vorbei!" *Wenn ein Mensch in diesem widerwärtigen Kostüm steckt, warum antwortet er nicht*, dachte Inka. Sie musste es anders angehen. „Sie haben Ihren Auftritt gehabt", begann sie neu. „Alle werden Sie für Ihre Kreativität bewundern. Jedermann aus der Heideregion, ach, was sage ich, auch überregional, sogar deutschlandweit wird Sie bejubeln. Zeitungen werden sich darum streiten, einen Artikel über Sie schreiben zu dürfen. Das Fernsehen, und nicht nur die Show *Der Merkwürdigen Phänomene,* überschüttet Sie mit horrenden Gagen, nur um Sie als Gast zu haben. Aber nur wenn Sie jetzt aufgeben und den Jungen freilassen."

Einen Augenblick war Stille. Kein Schnaufen oder Keuchen. Dann zeigten Inkas Worte Wirkung. Die Kreatur schubste den Jungen von sich. Der Jugendliche knallte mit dem Kopf auf eine der hölzernen Sitzbänke und sank bewusstlos zusammen. Bevor Mark die letzten Schritte auf den Wolf zugehen konnte, sprang dieser kopfüber in den See.

„Kümmere du dich um den Jungen, ich versuche das Monster zu erwischen", dirigierte Mark, suchend, die Waffe auf den See gerichtet.

Kapitel 23

„Der Junge, den die Kreatur angegriffen hat, liegt mit einer Gehirnerschütterung im Krankenhaus. Das Vieh existiert also tatsächlich. Wir haben es mit eigenen Augen gesehen, Inka. Es war bestimmt dieselbe Kreatur, die auch Lea, Amanda und die Weiler verfolgt und Hendrik Schubert und Rüdiger Kobarski getötet hat", sagte Mark, während er seine Unterlagenmappe auf dem Schreibtisch aufschlug.

„Das gefällt mir überhaupt nicht, Mark. Wer führt uns hier an der Nase herum? Schade, dass du dem Vieh kein Loch in den Pelz gebrannt hast."

„Ich hatte Angst den Jungen zu treffen und im See … es war zu dunkel und die Kreatur muss getaucht sein."

„Es ist sicher, dass ein Mensch in einem Kostüm die Morde begangen hat. Mit einem Brieföffner tötet doch kein Werwolf. Zumal mich niemand überzeugen kann, dass so ein Fabelwesen existiert."

„Ja, aber es gibt keinen Kostümverleih, kein Theater und keine Schule, in denen es möglich gewesen wäre, eine solche verrückte Tracht auszuleihen. Ich habe alle Kostümläden und -verleihe sowie jeden Theaterfundus von Hanstedt bis nach Celle und sogar in Hamburg angerufen und nachgefragt, ob ein Werwolfkostüm ausgeliehen wurde. In einem Hamburger Lädchen wurde ich fündig. Sie haben ein Kostüm, aber das wurde im letzten Jahr zuletzt verliehen. Seitdem hängt es im Schrank. Zudem hat die Kreatur überhaupt erst reagiert, als du sie psychologisch mit ihrer Originalität in den Himmel gehoben hast."

„Du meinst, er hat mich verstanden? Also war es ein Mensch. Verdammt, der Fall macht mich schon ganz kirre."

„Er hat sich bewegt wie ein Mensch, Inka."

„Hat die Spusi diesmal auf der Kleidung des Schülers Fasern der Kreatur gefunden?"

„Die Kollegen sind noch dran."

„Okay, ruf mich an. Ich fahre ins Klinikum nach Soltau und statte dem Schüler einen Besuch ab. Moritz Deller. Er ist siebzehn Jahre alt und geht in Leas Klasse. Zu den Tatzeiten hat ihn Amselfeld befragt. Er hat ein Alibi. Aber mich würde dennoch interessieren, warum dieses Vieh aus der Gruppe, in der er stand, ausgerechnet ihn als Opfer ausgesucht hat. Warum einen Jungen und nicht ein angreifbareres Mädchen? Sobald ich mit ihm geredet habe, fahre ich zum Lopausee. Am Tatabend stand ein Smart mit Werbeaufdruck des Cafés auf dem Parkplatz. Ist ja möglich, dass doch jemand vor Ort war und etwas mitbekommen hat", sagte Inka.

„Das hat Rommel bereits gecheckt. Die Besitzerin, Imke Röhrs, hat den Wagen am Café stehen lassen, weil der Rückwärtsgang blockierte und auch der Pannendienst nicht helfen konnte. Sie ist mit dem Taxi nach Hause gefahren."

„Das weiß ich alles, Mark, es steht ja in den Unterlagen. Aber ich hab so ein Gefühl. Außerdem kennst du meine

Marotte, dass ich den Tatort immer noch einmal für mich alleine begutachte."

Moritz Deller trug ein hellgraues langärmeliges Poloshirt zu einer dunkelblauen Jogginghose. Er war klein, Inka schätzte, dass er die ein Meter siebzig nicht erreichte, dennoch hatte er eine sportliche Figur. Mit dem Rücken lehnte er am Bettkopfteil und telefonierte mit seinem Handy.

„Ich muss mit dir über den Angriff reden", begann Inka, während sie ihren Ausweis aus der Jackentasche zog, sich vorstellte und dem Jugendlichen gestikulierte, er möge sein Telefonat beenden. Mit einem schnellen Blick auf den zweiten Patienten in Moritz' Zimmer, der so tat, als würde er interessiert in der Tagesausgabe lesen, schlug Inka vor, in den am Ende des Flures gelegenen Wartebereich zu wechseln.

Ein Ehepaar saß an einem kleinen Tisch in dem buttergelb getünchten Raum und sah auf, als Inka mit Moritz eintrat. „Setzen wir uns." Inka deutete in die Ecke des Raumes, der mit einer langen Fensterfront einen Blick auf eine Grünanlage freigab. „Kannst du mir sagen, woher der Wolf kam? Hast du irgendetwas an ihm wahrgenommen? Einen Geruch? Vielleicht Worte gehört?" Mit spitzen Fingern schob sie eine abgegrabbelte Illustrierte zur Seite, deren Titelblatt eine junge Blondine zeigte.

„Nein, überhaupt nichts. Das Vieh sprang aus dem Unterholz auf mich zu und packte mich", stammelte Moritz fassungslos. Er fuhr sich mit einer Hand durch die kurzen blonden Haare und biss sich auf die Unterlippe. „Ich hab mich echt gefürchtet."

„Du bist Leas Mitschüler, ihr geht in dieselbe Klasse."

„Ja."

„Warum warst du nicht beim Paintballspiel am See?"

„Ich wurde nicht gefragt. Aber das Geballer interessiert mich sowieso nicht. Außerdem hatte ich für die anstehende Deutscharbeit zu büffeln. Deutsch liegt mir nicht besonders. Ich bin eher der Mathetyp."

„Wie stehst du zu Lea?"

„Wie meinen Sie das, Frau Brandt?"

„Na ja, sie ist ein hübsches Mädchen."

„Es gibt viele hübsche Mädchen an unserer Schule. Aber wenn Sie wissen wollen, ob ich mit ihr zusammen war: nein. Sie ist nicht mein Typ. Außerdem mag ich es nicht, wenn ich gegen andere Jungs ausgespielt werde."

„Hat sie das gemacht?"

„Nicht nur einmal. Jetzt ist sie mit Konstantin zusammen, das klappt wohl ganz gut. Davor war es Peer, und Benedikt hat mir beim Sport erzählt, dass die Tussi echt schräg drauf ist. Er hatte wohl auch mal was mit ihr. Aber weiter bin ich da nicht im Bilde. Die acht sind eine eingeschworene Gruppe. Ich bin mit Jessica, Ariana, Daniel, Ben und Hugo unterwegs."

„Verstehe. Ihr lernt lieber fleißig, als in den Morgenstunden in der Heide rumzuballern."

„Genau. Mein Vater ist Banker, meine Mutter arbeitet als Sachbearbeiterin bei einer Versicherung. Sie können sich das Schulgeld leisten, aber mich so oft rauspauken, wenn ich Mist baue, ist nicht drinnen."

Inka nickte. „Du sagtest eben, Benedikt hätte es dir beim Sport erzählt. Meinst du Fußball?"

„Ja. Konstantin, Benedikt und ich spielen zusammen Fußball in der Soderstorfer Mannschaft. Aber sonst hab ich mit den beiden nichts zu tun. Wie ich sagte, es sind nicht meine Freunde und Benedikt ist ja auch nicht in meiner Klasse."

„Deine Freunde sind die, mit denen du am See standest?"

Moritz nickte.

„Hast du, als das Spiel gegen die Hanstedter Mannschaft angesetzt war, auch gespielt?"

„Sicher. Zumindest bis zur Halbzeit, dann wurde das Spiel ja abgebrochen."

„Abgebrochen? Ich hörte, es ist unentschieden ausgegangen."

„Ja, das könnte man sagen. Es hat keiner gewonnen, weil sich ein Spieler der Gegenmannschaft verletzt hat und keiner aus der Mannschaft zum Einspringen eingesetzt werden konnte, weil sie keinen Ersatzmann eingeplant hatten. Dumm gelaufen. Aber das Spiel wird in vier Wochen wiederholt, dann machen wir die Hanstedter Loser fertig."

„Konstantin war nicht beim Spiel, ist das richtig?"

„Ja. Der war mit Lea zusammen. Mathe üben. Wer es denn glaubt." Moritz lächelte verschmitzt.

„Hat Benedikt mitgespielt?"

„Ja. Er ist unser bester Mann im Team."

„Wann hat das Spiel angefangen und wann hat es aufgehört?"

„Angefangen haben wir pünktlich um einundzwanzig Uhr. Abgebrochen wurde das Spiel eine Dreiviertelstunde später. War echt scheiße. Aber wir kriegen die Hanstedter noch dran, ganz sicher." Mit der rechten Faust schlug er in die linke geöffnete Hand.

„Sind alle Mannschaftsmitglieder nach dem Spielabbruch nach Hause gegangen?"

„Ich auf jeden Fall. Ich war nicht gut drauf an dem Tag. Mir steckte eine Erkältung in den Knochen. Somit kam mir der Abbruch eigentlich ganz recht. Meist gehen wir hinterher noch in die Dorfkneipe was trinken und quatschen. Haben die anderen sicher gemacht. Kann ich aber nicht sagen, weil ich mich, ohne zu duschen, verpieselt hab."

„Warum, denkst du, hat das Untier ausgerechnet dich angefallen? Ein Mädchen aus eurer Gruppe wäre ein leichteres Ziel gewesen."

„Das weiß ich nicht. Da fragen Sie den Falschen."

„Kamst du nicht auf den Gedanken, dich zu wehren?"

„Haben Sie die Pranken gesehen, mit denen das Monster mich festgehalten hat? Die scharfen Zinken haben mir die Jacke zerrissen und sich in meine Oberarme gebohrt." Moritz schob die Shirtärmel nach oben. Vier lange rote Kratzer zogen sich von der Schulter bis zum Ellenbogen.

„Wann darfst du das Krankenhaus verlassen?"

„Die Ärzte sagen, ich soll noch eine Woche zur Beobachtung bleiben. War es das jetzt? Ich würde mich gerne wieder hinlegen."

„Natürlich. Ruh dich aus. Gute Besserung", wünschte Inka und stand auf. Über das grau gebohnerte Linoleum ging sie den Stationsflur entlang. Schwestern rollten mit

Essenswagen an ihr vorbei zu den Zimmern, nickten ihr freundlich zu. Der Geruch nach Mittagessen mischte sich mit Desinfektionsmittel. Die Glastüren glitten auseinander und entließen Inka in den weitläufigen Klinikflur. Am Fahrstuhl drückte sie auf das grün leuchtende Dreieck der silbernen Tafelleiste. Ein leises *Pling* verriet das Ankommen der Kabine. Menschen mit Blumensträußen, Zeitschriften und Obsttüten in den Händen traten aus dem Fahrstuhl und eilten links und rechts zu den Stationen.

Viele Neuigkeiten hatte sie von Moritz Deller nicht erfahren. Er hatte keinen Geruch an der Kreatur wahrgenommen, ganz im Gegensatz zu Lea, die von einem fauligen und stechenden Gestank berichtete. Neu war die Auskunft, dass er mit Konstantin und Benedikt in einer Fußballmannschaft spielte. Doch wie sie diese Information im Fall weiterbringen würde, wusste sie nicht. Demotiviert stieg Inka in ihren Golf.

Was war hier geschehen? Inka stand am Ufer des Lopausees und sah einem Entenpaar zu, das im Schilf nach Nahrung tauchte. Sie spähte durch die winterkahlen Büsche. Zehn Meter weiter lag die Aussichtsplattform, auf der Anna Weiler und Hendrik Schubert von der Kreatur angefallen wurden. Anna Weiler sprang ins Wasser, während Hendrik von dem Untier am Seeweg entlang bis zur Holzbrücke gejagt und dort mit einem hölzernen Brieföffner getötet wurde. Ein Werwolf. Ebenso mystisch wie unwahrscheinlich. Auch Leas Sichtung und der Angriff ihrer Person brachten Inka nicht weiter. Selbst die polizeilich ausgesetzten Drohnen konnten weder tagsüber noch nachts eine Kreatur dieser Größe in den letzten vier Tagen erfassen. Die Aktion wurde ergebnislos eingestellt. Auch die Bauern, die in ihrem Jagdfieber wie tollwütige Hunde durch die Heide streunten, verzeichneten außer einem erlegten Wolf keine weitere Sichtung eines Untieres.

Langsam näherte sich Inka dem *Café-Restaurant Seestübchen.* Sie rüttelte an der Eingangstür. Verschlossen. Die eine Hand wie ein Schutzschild über die Augen gelegt, sah sie durch eine Fensterscheibe. Nichts. Im Inneren war alles dunkel. Ein blauer Müllsack, aus dem Glas- und Porzellanscherben stachen, stand neben dem Eingang. Ein Überbleibsel der Werwolfparty.

„Kann ich Ihnen helfen?" Eine Stimme hinter ihrem Rücken ließ Inka herumfahren.

„Äh, ja. Nein. Ich suche die Besitzerin."

„Das bin ich. Imke Röhrs." Eine sportliche Mittdreißigerin mit weizenblonden halblangen Haaren, einen Kopf größer als Inka, hielt einen Besen und einen weiteren blauen Müllsack in der Hand.

„Inka Brandt, Wache Hanstedt. Wir waren gestern Abend auf der Werwolfparty."

„Verstehe. Ja, hier war ordentlich was los. Eigentlich hätten wir ja von Ende Oktober bis April Winterpause, aber wenn Events anstehen, dann öffnen wir natürlich." Sie warf einen Blick auf den blauen Müllsack, der an der Hauswand lehnte. „Leider ging die Party nicht so zu Ende, wie wir es uns alle gewünscht hatten. Aber was kann ich für Sie tun?"

„Am Abend des Paintballspiels der Jugendlichen aus dem Gymnasium stand ein Smart mit Werbeaufdruck Ihres Cafés auf dem Parkplatz. Sie sagten meinem Kollegen, Sie wären mit einem Taxi nach Hause gefahren."

„Ja, das ist richtig. Mein Rückwärtsgang blockierte. Hat die alte Kiste manchmal."

„Wie spät war es, als Sie ins Taxi stiegen?"

„Es muss so zwanzig Uhr, vielleicht eine halbe Stunde später, gewesen sein. Aber das hat mich Ihr Kollege auch schon gefragt."

„Warum waren Sie so spät überhaupt im Café?"

„Wir bewirtschaften nicht nur das Café, sondern auch einige Gästezimmer, die regelmäßig gelüftet werden müssen. Wir sind hier mitten im Wald. Die Feuchtigkeit kriecht durch alle Ritzen. Leider kam ich nicht früher von zu Hause los. Mein Kleiner fiebert, er bekommt Zähne und mein Mann kam spät von der Arbeit. Ich konnte nicht am Nachmittag zum See fahren, wie ich es sonst einplane."

Inka nickte zustimmend. Ebenso erging es ihrer Schwester Hanna, die immer dabei war, zu lüften und zu heizen. Wobei ihre Gästezimmer auf dem Hof im Jahr nie leer standen.

„Gerade eben war ich hinter dem Haus, um ein wenig Ordnung zu schaffen. Möchten Sie hereinkommen und mit mir einen Kaffee trinken und Käsekuchen essen? Es ist noch welcher von gestern übrig geblieben. Es wird Zeit für eine Pause."

„Käsekuchen", wiederholte Inka. „Das ist sehr verlockend, aber nein, vielen Dank. Ich hätte nur gerne gewusst: Als Sie im Café und den Zimmern gelüftet haben, ist Ihnen am See, als der Biologielehrer umgebracht wurde, jemand aufgefallen? Ein Pärchen, das auf der gegenüberliegenden Aussichtsplattform stand, ein Jogger, Spaziergänger oder irgendwer? Oder haben Sie laute Gespräche, womöglich Schreie, ungewöhnliche Geräusche gehört? Vielleicht von der Holzbrücke?"

„Nein, nichts von alledem. Wenn ich hier bin, sehe ich immer zu, dass ich mit der Arbeit fertig werde. Außerdem liegen die Gästezimmer seitwärts, da sehe ich die Plattform nicht. Ich kann ein kleines Stückchen von der Holzbrücke sehen, aber wie ich sagte, wenn ich arbeite, achte ich nicht darauf, was draußen am See vor sich geht."

„Aber wenn etwas vor sich gehen würde, dann hätten Sie es gesehen oder gehört."

„Schreie oder einen Streit, ja, sicher. Abends am See sind selten Spaziergänger unterwegs und die einzigen Geräusche, die Sie hier hören, kommen von den Vögeln."

„Das war es auch schon, Frau Röhrs. Sollte Ihnen noch etwas einfallen … rufen Sie mich bitte an." Inka zog eine Visitenkarte aus ihrer Handtasche und reichte sie der Restaurantbesitzerin.

„Das mache ich. Wie geht es dem Jungen, der von dem grässlichen Untier angefallen wurde? Ist er …?" Sie zögerte.

„Er lebt und es geht ihm den Umständen entsprechend gut. In ein paar Tagen darf er das Krankenhaus verlassen."

„Was ein Glück. Es ist eine schreckliche Tragödie, die sich hier am See zugetragen hat. Erst der Lehrer …" Frau Röhrs schüttelte den Kopf. „Aber ein Werwolf, ich kann es kaum glauben. Bei uns in der Heide. Sagen Sie, Frau Brandt, das stimmt doch nicht, oder?“ Sie zog die Augenbrauen hoch und sah Inka mit seegrünen Augen ebenso neugierig wie unsicher, gar ängstlich an.

„Ich darf Ihnen über laufende Ermittlungen keine Auskünfte erteilen. Aber …“ Inka zögerte. „Ehrlich gesagt glaube ich auch nicht an ein tierisches und mystisches Wesen, das durch unsere schöne Heide strolcht und Menschen ermordet.“

Kapitel 24

„Was hat Moritz Deller gesagt? Gibt es Neuigkeiten?“, fragte Mark, als Inka kurz nach dreizehn Uhr wieder im Büro eintraf.
„Ja und nein“, sinnierte Inka. „Er konnte sich auch nicht erklären, warum der Wolf ihn als Opfer auserwählt hat.“

„Wolf …“, wiederholte Mark. „Der Kerl in dem Kostüm will uns was vormachen, sich zeigen, sich wichtigmachen. Das Labor hat angerufen. Die Kollegen haben an der Kleidung des Schülers nichts gefunden, was auf tierische DNA hinweist. Allerdings auch keine Kunstfaser. Wenn es ein Kostüm ist, ist es ein hochwertiges Teil, das ordentlich was gekostet haben muss.“

„Und sonst?“

„Wie, und sonst?“

„Du sagtest *ja und nein*.“

„Ach so. Konstantin Sahlmann, Moritz Deller und Benedikt Weiler spielen zusammen in einer Fußballmannschaft. Doch interessanter ist, dass das Spiel am Tattag um einundzwanzig Uhr begonnen hatte und nach der ersten Halbzeit abgebrochen wurde, da sich ein Spieler der Gegenmannschaft verletzte und diese keinen Ersatzspieler einsetzen konnte.“

„Tja, und schon schmilzt das Alibi der drei Jungen wie Butter in der Sonne“, bemerkte Mark.

„Na ja, Konstantin hat an dem Spiel nicht teilgenommen, er war mit Lea bei sich zu Hause. Was seine Eltern zwar nicht bestätigen können, da sie bereits am frühen Morgen nach Soltau zu Bekannten gefahren sind, aber seine Handyortung hat seinen Aufenthalt im Autohaus bestätigt. Moritz' Handy hatten wir zur Tatzeit, als alle anderen Schüler der Oberstufe zu ihren Aufenthaltsorten befragt wurden, bereits in Rehlingen geortet. Er scheidet ebenso als Täter aus. Benedikts Handy war bis weit nach dreiundzwanzig Uhr in Soderstorf eingeloggt. Die Tatzeit konnte Teresa inzwischen auf einundzwanzig bis zweiundzwanzig Uhr feststellen, was auch Benedikt als Täter ausschließt. Allerdings sind es mit dem Auto von Soderstorf nach Amelinghausen gerade sieben Minuten Fahrtzeit."

„Besitzt Benedikt einen Wagen?"

„Keine Ahnung. Bisher hatten wir ihn nicht als Täter auf der Liste, weil es keinen Grund gab, ihn zu verdächtigen."

„Wieso nicht?"

„Na ja, er hat ein Alibi. Er war beim Fußball. Wobei …"

„… wir jetzt wissen, dass das Spiel vor zweiundzwanzig Uhr beendet war und es für ihn ein Leichtes gewesen wäre, an den See zu fahren und Schubert zu ermorden", setzte Mark Inkas Satz fort. „Er hätte das Handy als Alibi auf dem Soderstorfer Fußballplatz liegen lassen können. Nur was hat er für ein Motiv? Und warum sollte er sich ein grausiges Kostüm überwerfen und seine Mutter in Angst und Schrecken versetzen?"

„Ja, warum? Ich hatte bei unseren Besuchen eher das Gefühl, er ist seiner Mutter fürsorglich zugetan."

„Vielleicht gab es einen Streit zwischen Mutter und Sohn. Bei mir und meiner Mutter gab es in dem Alter auch immer Reibereien."

„Aber welcher Sohn … Nein, Mark, so etwas hättest du deiner Mutter nie angetan." Inka schüttelte vehement den Kopf.

„Ja, du hast recht. Das ist schon schräg." Mark lächelte.

„Nur, warum hat er sich so lange auf dem Fußballplatz aufgehalten, wenn das Spiel bereits nach der ersten Halbzeit, nach fünfundvierzig Minuten, noch vor zweiundzwanzig Uhr beendet war?"

„Moritz sagt, dass alle Spieler nach jedem Spiel in den Soderstorfer *Dorfkrug* gehen würden, um etwas zu trinken."

„Und da hat er Benedikt gesehen?"

„Nein. Moritz ist nach Hause geradelt, er war erkältet."

„Faller und Rommel sollen sich die restlichen Spieler vornehmen. Ich will wissen, ob Benedikt in der Kneipe war, und außerdem will ich wissen, ob auf seinen Namen ein Fahrzeug angemeldet ist. Konntest du bei deinem Besuch im Café etwas herausfinden?", fragte Mark.

„Nein. Wie du sagtest – Imke Röhrs hat ihren Wagen auf dem Parkplatz stehen lassen und ist mit dem Taxi nach Hause gefahren. Gesehen und gehört hat sie nichts."

„Das hab ich mir gedacht", sagte Mark. „Wusstest du, dass am See schon einmal Dreharbeiten stattgefunden haben?"

„Nein."

„Stimmt aber. Rote Rosen, die Lüneburger Telenovela, hat dort schon Aufnahmen gemacht."

„Kenn ich nicht. Wann sehe ich schon einmal fern, das hat Seltenheitswert. Und für Serien hab ich schon gar nichts über. Wenn man da nicht dranbleibt, …“ Inka winkte ab.

Mark lachte. „Meine Mutter sieht die Folgen gern und ärgert sich grün, wenn sie eine Sendung verpasst. Aber was anderes, ich hab Neuigkeiten. Die Weiler hat uns weisgemacht, dass ihr Mann verstorben ist. Richtig?“

Inka nickte.

„Mich hat so ein Bauchgefühl überfallen und darum hab ich Frauke gebeten, etwas zu recherchieren. Und – der Mann der Weiler ist nicht tot, sondern lebt im westfälischen Gronau. Zudem ist er aktenkundig. Im Jugendalter hat er einen Mitschüler attackiert, der mit einem Schlüsselbeinbruch ins Krankenhaus kam. Er dealte mit Drogen, es folgten Autoaufbrüche, Tankstellenüberfälle, Körperverletzungen. Später immer wieder Trunkenheit am Steuer. Das zieht sich fort, bis ihm vier gerichtliche Entzugstherapien aufgebrummt wurden, die er erfolgreich beendet hat. Seitdem ist er unauffällig. Mit Anna war er dreizehn Jahre verheiratet, bevor sie ihn mit Benedikt verlassen hat und vor vier Jahren aus Ahrensbök in die Heide gezogen ist. Aber jetzt kommt's. Frauke hat weitergebuddelt und eine frühere Nachbarin kontaktiert, die die Familie gut kannte. Blumengießen, Post aus dem Kasten holen und so weiter, wenn die Familie in den Urlaub fuhr. Amselfeld war bis eben vor Ort und hat mit Frau Spaller, so heißt die Nachbarin, gesprochen.“ Mark machte eine Pause und schenkte sich Kaffee ein. „Und“, sagte er bedeutungsschwer, „Frau Spaller meint, bei den Weilers ging es oft laut zur Sache.“

„Und das heißt?“, fragte Inka ungeduldig.

„Dass im Nebenhaus die Fetzen flogen."

„Du meinst, es ging um häusliche Gewalt. Sind die Kollegen ausgerückt?"

„Eben nicht. Anna hat die Nachbarin inständig gebeten, nicht die Polizei zu rufen. Der Streit mit ihrem Mann sei ihre Schuld, auch, dass er zu viel trinke. Sie sei einfach keine gute Ehefrau."

„Also hat der Weiler seine Frau und seinen Sohn geschlagen?"

„Wie ich verstanden hab, hat er nur Anna verprügelt und vom Sohn die Finger gelassen. Vierzehnmal war sie im Krankenhaus. Wobei sie meist die Klinik gewechselt hat, in der sie angab, sie sei die Treppe hinuntergefallen, ausgerutscht oder hätte sich an Türen oder Schränken gestoßen. Dreimal hat sie sich den Arm gebrochen, zweimal waren die fünfte und die siebte Rippe angeknackst, Gehirnerschütterung, Schnittwunden an Armen und Beinen, die genäht werden mussten, wie etliche Prellungen, die nicht von einem kleinen Stoß am Schrank herrühren können. Zudem hat ihr Mann sie finanziell ruiniert. Er hat alles versoffen. Das Haus, sämtliche Ersparnisse."

„Was ist er von Beruf?"

„Er war irgend so ein Werbeheini. Genau konnte die Nachbarin es nicht sagen. Allerdings wurde er gefeuert, als er betrunken bei Kunden auftauchte. Das hätte er wohl lautstark durch die Siedlung gebrüllt."

„Dass die Weiler uns verklickert hat, ihr Mann sei tot, kann ich gut verstehen. Sie hat sich geschämt. Das werden die Ungereimtheiten gewesen sein, von denen sie sprach", sagte Inka, als Frauke Bartels ins Büro stürmte.

„Leute, ich hab was für euch. Moritz Deller hat angerufen und gesagt, dass John Sandmann von der *Sandmann-Show Der Merkwürdigen Phänomene* im Krankenhaus aufgetaucht ist und ihn interviewt hat. Allerdings versichert Deller, dass er nichts preisgegeben hat, was wir und die Bevölkerung nicht bereits wissen. Wollen wir es hoffen. Mark, du hattest mich gebeten, die Kontobewegungen der Weiler zu überprüfen. Hier ist die Liste. In den letzten drei Monaten hat sie fünfmal je fünfzigtausend Euro von einem Sparbuch abgehoben. Das fünfte Mal vor einer Woche."

„Ich dachte, sie war pleite, weil ihr Ex alles versoffen hat."

„Das Sparbuch lief auf Benedikt Weilers Namen, darum haben wir es auch nicht gleich erfassen können. Aber sie musste die Abhebung quittieren." Frauke schob eine Kopie der Bankquittung über Inkas Schreibtisch. „Ich bin dann weg. Falls ihr noch etwas braucht, Emma kommt in zehn Minuten." Sie winkte den Kommissaren zu und verließ eilig das Büro.

„Wir sollten sie fragen, was sie mit der Viertelmillion ihres Sohnes gemacht hat."

„Sie wird das Geld für den Windpark gebraucht haben. Wie will sie sonst fünf Türme finanzieren?"

„Eine Viertelmillion ist viel zu wenig, Inka. Um einen Windpark zu errichten, sprechen wir über ein Investitionsvolumen von zweieinhalb bis drei Millionen Euro. Um diese immense Summe aufbringen zu können, ist sie auf finanzkräftige Investoren angewiesen, falls sie im Kellerköfferchen nicht Eigenkapital vor dem Fiskus versteckt."

„Aber wird Offshorewindenergie nicht subventioniert?“

„Nein. Gegenüber Kohle und Atomenergie gibt es keine klassische Förderungsform, sondern nur eine Anschubfinanzierung der erneuerbaren Energie. Die Weiler muss ordentlich trommeln, um ihre Investoren zu behalten und mit ins Boot zu ziehen.“

Inkas Handy klingelte. Auf dem Display erschien Sebastians Nummer. Großartig. Eine weitere Diskussion mit ihm hatte ihr gerade noch gefehlt. Aber seinen Anruf erneut zu ignorieren, würde ihn nicht davon abhalten, es weiter zu versuchen.

„Hallo“, meldete sie sich knapp.

„Hallo, Inka, ich komme morgen in die Heide. Können wir uns sehen?“

„Das passt zeitlich nicht. Ich hab zu tun. Ich melde mich bei dir.“ Im Hintergrund hörte sie Musik und Stimmen. Vermutlich saß er bereits am frühen Mittag in einer Bar und trank wieder viel zu viel.

„Ich hörte, dass es einen Angriff auf dem Seefest gab.“

„So ist es.“

„Kann ich euch helfen? Ich habe gerade …“ Eine gedämpfte weibliche Stimme aus dem Hintergrund unterbrach Sebastians Satz. Inka hörte Worte wie: „Kommst du? Wir wollen weiterfeiern.“ Dann ein Luftkuss, oder war es das schmatzende Geräusch eines Kusses auf Sebastians Gesicht, seine Wange oder seinen Mund, etwas anderes? Ein mulmiges Gefühl breitete sich in Inkas Magengrube aus. Eifersucht, Wut. Sie konnte es nicht deuten.

„Wir kommen klar. Ich muss auflegen", sagte sie. Mehr wollte sie nicht hören. Sie steckte das Handy in ihre Handtasche. „Gehen wir", sagte sie zu Mark. „Die Weiler hat uns einiges zu erklären."

Inka rutschte auf den Beifahrersitz in Marks Familienauto und stellte die Sitzheizung ein. Das Thermometer zeigte sieben Grad Außentemperatur, und für die nächsten Tage hatten die Meteorologen weitere Kältetage prophezeit. Mark fuhr den Wagen vom Parkplatz und bog auf die Rathausstraße ein, um dann auf die K45 Richtung Soderstorf zu fahren. Seine Freisprechanlage meldete den Anruf des Kollegen Rommel. Mark drückte einen Knopf am Lenkrad. In knappen Sätzen übermittelte der Kollege die gewünschten Informationen.

„Das ging ja flott. Danke", sagte Mark und legte auf. „Benedikt Weiler hat seit seinem achtzehnten Lebensjahr den Führerschein. Allerdings besitzt er keinen Wagen, ist aber berechtigt, laut zusätzlichem Eintrag bei der Autoversicherung, den Wagen seiner Mutter zu fahren. Rommel hat zeitgleich drei Fußballspieler kontaktiert und herausgefunden, dass Benedikt nach dem Duschen nicht mit in die Kneipe gegangen ist. Er suchte sein Handy, das er auf dem Sportplatz verloren hatte."

„Na, dann hat nicht nur seine Mutter, sondern auch er uns etwas zu erklären."

Nach knappen zwanzig Minuten Fahrtzeit lenkte Mark den Wagen in die Straße Im Moorweg vor Anna Weilers Reihenhaus.

Nach mehrmaligem Klingeln öffnete Benedikt die Tür. Er trug knielange schwarze Shorts und ein ebenso schwarzes T-Shirt, das lose über der Hose hing. Seine Haare waren feucht und sein Gesicht glänzte von einer frischen Rasur. Er roch nach Zitrone und einem Hauch Zimt. Inka kräuselte die Nase.

„Sie schon wieder", motzte er.

„Ja, man wird uns nicht so leicht los", bemerkte Mark mit breitem Grinsen.

Benedikt stöhnte genervt. „Ich weiß wirklich nicht, warum Sie uns immer belästigen müssen", warf er den Kommissaren zu, während er mit Badelatschen voran ins Wohnzimmer schlurfte.

„Wir haben neue Informationen, die wir mit Ihrer Mutter besprechen möchten."

Benedikt zuckte die Achseln. „Setzen Sie sich. Ich hole meine Mutter. Sie ist unter der Dusche. Ich geh mich kurz anziehen."

Inka sah auf Benedikts halb nackte Beine und die eiergroßen Flecken an den Schienbeinen, die sich gelblich und lila verfärbt hatten. Sie stellte fest, dass Benedikts Haut keinerlei weitere Verletzungen oder Kampfspuren aufwies, nicht einmal Unreinheiten.

„Das ist Berufsrisiko", sagte Benedikt, Inkas Blick folgend. „Gibt es bei Ihnen sicher auch."

Inka wiegte den Kopf. „Kann vorkommen", sagte sie knapp. Benedikt gab einen erstickten Laut von sich und eilte die Dielentreppe hinauf. Nach ein paar Minuten erschien Anna Weiler, ein Handtuch um die Haare gewickelt, in einem nachtblauen Jogginganzug im Wohnzimmer.

„Sie wollen mich sprechen."

„Sie haben uns angelogen." Inka kam sofort zum Thema.

„Womit?"

„Ihr Mann …"

„Mein Ex-Mann", berichtigte Anna.

„Meinetwegen. Ihr Ex-Mann ist nicht tot, er lebt quicklebendig im westfälischen Gronau."

„Na und, für meinen Sohn und mich ist er tot", konterte Anna.

„Genau. Und das bleibt er auch", sagte Benedikt, der in Jeans, blauem Hoodie und Sneakern das Wohnzimmer wieder betrat.

„Warum haben Sie verschwiegen, dass Ihr Ex-Mann noch lebt?"

„Das geht Sie nichts an." Anna Weiler ließ sich ins Sofapolster fallen und schlug die Beine übereinander. Aus ihren offenen Sandalen lugten rot lackierte Fußnägel. „Holst du mir ein Glas Wein, Benedikt?", bat sie ihren Sohn.

Benedikt nickte. „Brauchst du sonst noch etwas?"

„Danke, Schatz, nur den Wein." Anna lächelte.

Inka sah Benedikt nach, wie er durch den Flur und in die Küche ging. Sie hörte die Kühlschranktür, das Öffnen einer Flasche.

„Es geht um Mord, Frau Weiler, darum geht uns alles an, was mit unserem Fall zu tun hat", holte sie sich ins Wohnzimmer zurück.

Anna Weiler schnitt eine Grimasse. „Wir sind nicht gut miteinander ausgekommen und haben uns getrennt. Das ist alles."

„Nicht gut ausgekommen, ja, so könnte man es ausdrücken. Wir wissen, dass Sie während Ihrer dreizehnjährigen Ehe vierzehnmal im Krankenhaus waren, weil Sie die Treppe hinuntergefallen, ausgerutscht sind oder sich an Türen oder Schränken gestoßen haben. Sie haben sich dreimal den Arm gebrochen, zweimal waren die fünfte und die siebte Rippe angebrochen, Sie hatten eine schwere Gehirnerschütterung, vier Schnittwunden an Armen und Beinen, die genäht werden mussten, und etliche Prellungen, die von keinem kleinen Stoß am Schrank herrühren können", zählte Inka auf.

„Fein. Wenn Sie alles wissen, warum sind Sie hergekommen?"

„Weil Zeugen, die uns etwas verschweigen, für uns immer interessant sind."

„Bei mir gibt es nichts Interessantes. Ich bin ein offenes Buch."

„Ihr Ex-Mann ist ein Alkoholiker, der Sie geprügelt und Sie finanziell ruiniert hat. Hat er Ihren Sohn auch geschlagen?"

„Wo steht das?"

„Es gibt eine Zeugin."

„Meine frühere Nachbarin. Die Spaller. Ja klar, sie hat den Mund nicht halten können." Anna schloss für einen Moment die Augen und versuchte sich zu sammeln. Sie atmete tief durch und sagte: „Er hat Benedikt nichts getan. Das hätte er nicht gewagt. Wenn, dann hätte ich ihn …" Sie verstummte.

„Geht es dir gut, Mutsch?", fragte Benedikt besorgt. Er reichte Anna ein Glas Weißwein, stellte die Flasche auf den Glastisch und setzte sich neben seine Mutter auf das Sofa.

„Ja, alles gut.“ Anna stellte das Glas, ohne getrunken zu haben, auf den Tisch und griff nach der Hand ihres Sohnes.

„Benedikt, haben Sie Ihr Handy wiedergefunden?“, fragte Mark.

„Mein Handy, ja …“, stotterte der Schüler.

„Ich frage mich, wie es kommt, dass ein junger Mensch, der mit seinem Handy verwachsen ist, es verliert. Wo haben Sie es gefunden?“

„Es lag beim Fußball im Umkleideraum in meinem Spint.“

„Verstehe. Und Sie kamen nicht auf die Idee, einen Kumpel zu bitten, es anzuwählen. Für einen plietschen Eliteschüler wäre es eine ziemlich schlaue Idee gewesen.“

„Nein, das hätte keinen Sinn gehabt. Ich stelle beim Spiel immer den Ton aus.“

„Wie spät war es, als Sie vom Platz nach Hause gefahren sind?“

Benedikt zuckte die Schultern. „Ich weiß nicht genau. Es muss zweiundzwanzig Uhr dreißig gewesen sein.“

„Sie haben eine halbe Stunde gesucht? Ich glaub, ich hätte schon nach zehn Minuten meine Suche eingestellt. Sind Sie mit dem Wagen Ihrer Mutter nach Hause gefahren?“

„Ja. Warum? Ich fahre öfter mit Mutschs Auto, wenn sie es nicht braucht. Wir leben auf dem Land. Busse fahren selten spätabends.“

„Wobei Sie uns sagten, Frau Weiler, dass Sie in Ihren Wagen gestiegen sind, als Sie aus dem See herauskamen.

Was stimmt denn jetzt? Haben Sie den Wagen gefahren, Benedikt, oder Sie, Frau Weiler?“

„Ich bin mit dem Taxi gefahren. Ich hab es nur vergessen“, sagte Anna.

„Tatsächlich. Ich frage mich, warum dann kein Taxiunternehmen eine Fahrt zum See verzeichnet hat.“

„Ich wollte auch eigentlich den Bus nehmen, aber dann sah ich ein Taxi am Straßenrand stehen. Ich hab gefragt und er hat mich zum See gefahren. Es war eine Schwarzfahrt. Der Fahrer hat den Taxameter nicht angestellt.“

„Und Sie sind auch mit dem Taxi nach Hause gefahren.“

„Nein. Ich war ja klitschnass. Nach Hause bin ich gelaufen.“

Inka rollte mit den Augen. Diese Weiler hatte auch auf alles eine Antwort.

„Warum war Ihr Handy bis weit nach dreiundzwanzig Uhr auf dem Sportplatz eingeloggt, wenn Sie bereits eine halbe Stunde früher nach Hause gefahren sind?“, fragte Mark den Schüler.

„Dann hab ich es eben bis dreiundzwanzig Uhr gesucht. So genau weiß ich es nicht mehr.“

„Wenn Sie Ihr Handy wiedergefunden haben, warum haben Sie es ausgeschaltet, bevor Sie mit dem Wagen Ihrer Mutter nach Hause gefahren sind?“

„Ich habe es nicht ausgestellt. Der Akku war leer.“

„Ich glaube Ihnen keine Sekunde, dass Sie Ihr Handy auf dem Sportplatz verloren und gesucht haben. Ebenso wenig nehme ich Ihnen ab, dass der Akku leer war.“

„Es war aber so.“

„Tatsächlich? War es nicht eher so, dass Sie Ihr Handy auf dem Sportplatz absichtlich liegen lassen haben, damit wir es dort orten können und Sie ein Alibi haben?"

„Nein. Ich hab es verloren. Sie dichten mir etwas an, was nicht stimmt."

„Wann haben Sie über die Beziehung Ihrer Mutter zu Ihrem Biologielehrer erfahren?" Mark ließ nicht locker.

„Na, erst jetzt, als das mit Hendrik am See passiert ist und Sie hier aufgetaucht sind." Benedikt traute sich kaum, Mark anzuschauen.

„Auch das glaube ich Ihnen nicht. Die halbe Schule tratscht über die Beziehung zwischen Hendrik und Marlene, wie über das Verhältnis Ihrer Mutter zu Hendrik. Wie kann der Schulfunk an Ihnen vorübergegangen sein?"

Benedikts Kiefer mahlten. „Mich interessiert das Gequatsche eben nicht." Immer noch vermied er Marks Blick.

„Waren Sie wütend auf Hendrik Schubert, weil er Marlene, eine viel jüngere Frau, Ihrer Mutter vorgezogen hat? Sie sind Ihrer Mutter sehr zugetan und sehr auf ihr Wohl bedacht. Da ist Ihnen doch sicher die Hutschnur gerissen, als Sie mitbekommen haben, wie Ihre Mutter zum Gespött wurde. Zumal Hendrik Schubert auch für den Baustopp der neuen Anlage Ihrer Mutter verantwortlich war. Ein weiterer finanzieller Verlust, den Sie beide nach Ihrem Vater erleiden würden. Zwei Motive, die einen Mord keinesfalls rechtfertigen, die aber für Sie einen handfesten Grund besitzen, um ihn zu begehen."

„Nein. Was soll das jetzt? Ich hab Hendrik nicht umgebracht! Meine Mutter hat sich längst von ihm getrennt.

Und Marlene, dieses Flittchen, die vögelt jeden. Da können Sie fragen, wen Sie wollen. Jeder aus der Schule kann das bestätigen."

„Ach ja? Marlenes wechselnde Männerbekanntschaften fanden also durchaus bei Ihnen Gehör, während Sie von der Beziehung zwischen Ihrer Mutter und Hendrik nichts gewusst haben wollen." Marks Fragenschwall brachte den jungen Mann immer weiter in Bedrängnis.

„Ja. So ist es. Ich wusste nichts von Mutsch und Hendrik. Und selbst wenn ich es gewusst hätte, wäre es mir gleich gewesen. Jeder Mann ist besser als …"

„… als Ihr Vater?"

Benedikt schluckte. Am liebsten hätte er lauthals protestiert, doch stattdessen griff er nach dem Weinglas seiner Mutter und leerte es in einem Zug.

„Auf den ehemaligen Geschäftspartner Ihrer Mutter, Rüdiger Kobarski, waren Sie ebenfalls stinksauer. Ein Investor, der Ihre Mutter im Stich lässt. Schon der dritte finanzielle Verlust."

„Ich habe genügend Investoren. Rüdiger war nur stiller Teilhaber, das sagte ich Ihnen bereits", mischte sich Anna ein.

„Was ist mit Lea, Benedikt?", fragte Inka.

„Was soll mit der Psychotante sein?" Benedikt warf Inka einen gelangweilten Blick zu.

„Sie waren mit ihr befreundet. Dann hat sie Sie unschön abserviert, das kann am Ego eines jungen Mannes kratzen."

„Mir egal. Ich finde immer eine Freundin. Auf Lea bin ich nicht angewiesen."

„Mag sein. Aber ohne eine Abreibung sollte sie trotzdem nicht davonkommen. Richtig?“

„Worauf wollen Sie hinaus?“

„Dass Sie nicht Ihr Handy auf dem Platz gesucht, sondern sich ein Werwolfkostüm übergezogen haben, zum See gefahren sind, weil Sie wussten, dass Lea dort sein würde. Sie wollten ihr einen riesigen Schrecken einjagen. Ist es nicht so?“ Inka wartete nicht auf die Antwort des Schülers. „Doch vorher konnten Sie den unliebsamen Lover ihrer Mutter beseitigen. Nun war der Weg wieder frei. Ihre Mutter war den Mann los, der sie nur ausgenutzt und in den Ruin getrieben hätte.“

„Sie wissen gar nichts“, blaffte er. „Das sind Hirngespinste, die Sie vorbringen. Ich hab niemandem eine Abreibung verpassen wollen und umgebracht hab ich auch niemanden. Weder Hendrik noch Rüdiger.“

„Und wieder glaube ich Ihnen nicht.“ Inka hätte die Wahrheit am liebsten aus Benedikt herausgeschüttelt. Doch je weiter sie und Mark ihn mit ihren Fragen bombardieren würde, desto weniger würden sie aus ihm herausbekommen. Sie wandte sich Anna zu.

„Wofür haben Sie die Viertelmillion gebraucht, Frau Weiler, die Sie in den letzten drei Monaten von Ihrem Konto oder sollte ich sagen vom Sparbuch Ihres Sohnes abgebucht haben?“

„Auch das geht Sie überhaupt nichts an.“ Anna Weiler beugte sich vor, griff zur Weinflasche und schenkte das Glas wieder voll.

„Wenn Sie die Frage meiner Kollegin nicht beantworten“, mischte sich Mark ins Gespräch, „dann verbringen wir die Nacht auf der Wache. Mir ist es gleich. Mein Kleiner schläft sowieso nicht durch. Ich bin froh, wenn ich nicht zu Hause das Gequengle hören muss." Mark setzte sein freundlichstes Lächeln auf.

Inka verkniff sich ihr Grinsen, wusste sie, dass Mark jede Nacht mindestens dreimal aufstand, um Klein Jonte Freese zu versorgen und Bea schlafen zu lassen. Er ließ es sich nicht nehmen, Windeln zu wechseln, die Flasche zu geben und zu warten, bis er über seiner Schulter liegend Bäuerchen gemacht hatte, um ihn dann in den Schlaf zu wiegen.

„Ich hab Rüdiger das Geld für sein neues Projekt geliehen", sagte Anna.

Inka nahm ihr die Antwort nicht ab. Das Barvermögen, das in Rüdiger Kobarskis Wohnung und auf dem Sparbuch lag, reichte, um zusammen mit Investoren ein neues Projekt zu starten. Marks Handy meldete einen Anruf aus der Zentrale. „Ja, was gibt es?", fragte er kurz.

„Am See brennt es. Ein Spaziergänger hat beobachtet, wie ein Jugendlicher an der Wasserpumpe ein Feuer entzündet hat. Er hat etwas Pelziges verbrannt, meint der Zeuge. Vielleicht solltet ihr euch das ansehen."

„Danke, Emma, wir machen uns sofort auf den Weg." Er legte auf. „Wir sind noch nicht fertig." Sein Stift schwenkte von Anna zu Benedikt, dann klappte er seinen Spiralblock zu und sagte: „Inka, wir fahren."

Kapitel 25

Während der Fahrt zum Lopausee unterrichtete Mark seine Kollegin über das Telefonat mit Emma. Mit quietschenden Reifen bog er auf die K9 ein. Nach knapp vier Minuten erreichten sie den See. Vorsichtig lavierte Mark den Wagen um die Schranke, die zum Naturschutzgebiet führte, dann gab er wieder Gas. Tausende kleine Steinchen klopften energisch an die Karosserie, als wollten sie hereingelassen werden.

Über den dichten Baumkronen schoss eine grauschwarze Rauchsäule empor. Fünfzig Meter vor der Wasserpumpe nahm Mark den Fuß vom Gas und ließ den Wagen ausrollen. Die Kommissare hatten kaum die Wagentüren geöffnet, als ihnen beißender Gestank den Atem nahm. Ein Rentnerehepaar stand hinter einer Tanne und beobachtete, wie ein Jugendlicher mit einer Metallstange, um die er zuoberst einen Lappen gebunden hatte, im Feuer stocherte.

„Guten Tag. Inka Brandt und mein Kollege Mark Freese aus der Hanstedter Wache. Sie haben uns angerufen." Schützend hielt sich Inka den Schal vor Nase und Mund.

„Sie müssen aus dem Windschatten raus. Kommen Sie neben uns, da schnürt der Gestank einem die Luft nicht so ab", sagte der Rentner, der sich und seine Frau als Käthe und Heinrich Dahl vorstellte. „Ja, wir haben Sie angerufen. Sehen Sie." Er hob die rechte Hand und wies zwischen den Tannenzweigen hindurch auf den Jugendlichen, der, abgelenkt durch sein Treiben, keinen Blick für seine Umgebung fand.

„Sie haben erwähnt, dass etwas Pelziges verbrannt wird."

„Ja, genau. Es sah aus wie ein Kostüm. Ein schwarzes behaartes Kostüm. Wir dachten, dass es …"

„… ein Werwolfkostüm sein könnte", vervollständigte Mark den Satz des Rentners.

„Ja. Aber wer glaubt denn an Werwölfe?" Er warf einen schmunzelnden Blick zu seiner Frau, die ängstlich nickte. „Können wir gehen?"

„Sicher. Haben wir Ihre Personalien? Nur falls noch Fragen auftauchen."

„Die haben wir telefonisch durchgegeben", erwiderte der Rentner.

Mark trat hinter der Tanne hervor und lief auf den Jungen zu. Bevor der reagieren und verschwinden konnte, packte Mark ihn am Schlafittchen. „Was wird das hier, mein Freund?", knurrte er den blonden, ein Meter achtzig großen Jugendlichen an, der sich unter Marks Griff wie ein Aal wand. „Lass die Stange fallen, Jungchen." Mark drehte den jungen Mann zu sich herum. „Wie heißt du? Wie alt bist du? Wo wohnst du?"

„Aaron Keller. Ich bin siebzehn und wohne in Amelinghausen im Rackerstieg 145 b", antwortete der Junge verschüchtert. Das Eisenrohr fiel mit einem dumpfen *Plopp* in den Sand.

„Was hast du hier verbrannt?"

„Alte Klamotten. Sonst nichts."

„Vielleicht auch ein Werwolfkostüm?", fragte Mark, während er sah, wie Inka Hände voll Sand ins lodernde Feuer schaufelte.

„Was soll das sein, ein Werwolfkostüm? Es waren nur alte Hosen und eine Jacke, die ich nicht mehr brauche."

„Eine noch bescheuertere Ausrede kannst du dir wohl nicht einfallen lassen, was? Hinsetzen", befahl Mark, drückte den Jungen in den Sand neben die Wasserpumpe und legte ihm Handschellen an.

„Du hättest mir ja auch mal helfen können", beschwerte sich Inka, die sich mit hochrotem Kopf aufrichtete.

„Stimmt. Entschuldige. Dafür hab ich das Jungchen dingfest gemacht."

Inka hob das Eisenrohr auf und fischte mit der Spitze Kleidungsfetzen aus der Glut. Grauschwarze Reste, an denen geschmolzene Klumpen klebten und die den Gestank nach verbranntem Plastik in die Luft wirbelten. „Ruf Fridolin an, vielleicht kann er aus den Resten noch was für uns retten und lass die Eltern kommen, damit sie ihrem Sprössling die Leviten lesen. Im Wald ein Feuer machen. Wie bescheuert muss man sein. Jedes Kleinkind aus der Heide lernt, dass das verboten ist." Inka angelte in der Glut nach einem weiteren Fellstück.

„Nein, bitte rufen Sie nicht meine Eltern an. Ich wollte nur …"

„Was wolltest du?" Mark beugte sich zu dem Jugendlichen herunter.

„Bitte. Ich hab dem Jungen nichts getan."

„Welchem Jungen?"

„Na, dem auf dem Fest, als ich … Es tut mir leid, dass er eine Gehirnerschütterung bekam, als er auf die Bank gefallen ist. Es war alles nur ein Spaß, ein Streich, nichts weiter."

„Willst du sagen, dass du der gesuchte Werwolf bist? Hast du Kinder, Frauen und Männer in Angst und Schrecken versetzt und für zahlreiche materielle wie finanzielle Schäden gesorgt?"

Aaron nickte zaghaft.

„Du gibst ebenfalls zu, Lea Ohlsen und Anna Weiler angegriffen und Hendrik Schubert und Rüdiger Kobarski ermordet zu haben?"

„Was? Nein! Ich hab keine Frau angegriffen, und ermordet hab ich auch niemanden! Das war ich nicht! Ich war nur auf dem Fest und wollte …"

„Werwolf spielen. Dich größer machen, als du in Wirklichkeit bist. Für Aufmerksamkeit sorgen, die du sonst nicht bekommst. So in etwa? Verdammt! Hätte ich freies Schussfeld gehabt, dann würdest du jetzt nicht mehr leben. Ist dir das eigentlich klar?"

„Ja. Es tut mir wirklich leid." Die Aufregung war dem Jugendlichen anzusehen.

„Deine Eltern werden sich verantworten müssen. Für den Schaden, den du auf dem Fest verursacht hast, und für das hier." Mark wippte mit dem Kopf zur Feuerstelle. Er zog das Handy aus der Tasche und wählte die Kollegen der Wache und der Spusi an. Sein Blick lag auf dem verängstigten Jungen. Er hatte ihnen einiges zu erklären.

Keine zwanzig Minuten später stapfte Fridolin Kärcher mit seinem Team Richtung Wasserpumpe. Auch ohne

Laborergebnisse konnte er mit seinem Team feststellen, dass die noch vorhandenen Fellreste eindeutig von einem Kostüm aus Kunstfell stammten. Ob es sich um das Werwolfkostüm handelte und wer es getragen hatte, würden weitere DNA-Untersuchungen ergeben.

Aarons Eltern trafen kurz nach Fridolin am See ein. Ihr Entsetzen über die Straftat ihres Sohnes stand ihnen ins Gesicht geschrieben. Während Verena Keller in Tränen ausbrach, glühten die Augen ihres Mannes, Harald Keller, vor Zorn, als Mark bat, ihn auf die Wache zu begleiten.

„Ich hab Ihnen doch schon gesagt, dass es mir leidtut, was dem Jungen auf dem Fest geschehen ist. Ich wollte das alles nicht", begann der Schüler, der Inka gegenüber im Vernehmungszimmer Platz genommen hatte.

„Warum hast du es dann getan?", polterte Harald Keller los und wurde von Inka unterbrochen, bevor er zum nächsten Wortschwall ansetzen konnte.

„Bitte, Herr Keller. Sie haben selbstverständlich das Recht, bei der Befragung Ihres Sohnes dabei zu sein. Immerhin ist er minderjährig. Doch lassen Sie uns die Fragen stellen."

Keller starrte Inka misstrauisch an, dann nickte er wortlos.

„Du hast die Frage deines Vaters gehört, Aaron? Warum hast du es getan?"

„Warum? Warum? Was weiß ich?"

„Kann es sein, dass du Aufmerksamkeit erregen wolltest?"

„Ja, schon möglich", druckste der Schüler herum. Er senkte den Blick auf seine Armbanduhr und spielte am Aufzugsrad. „Ich bin ja Luft für sie."

„Sprichst du von deinen Eltern?"

„Von wem denn sonst. Für sie geht es nur um die Firma und den nächsten großen Auftrag. Ob ich eine gute Zensur aus dieser scheiß Eliteschule nach Hause bringe, das Haus putze oder Mittagessen gekocht habe. Alles ist selbstverständlich."

„Aber das stimmt doch nicht, mein Schatz", hielt Verena Keller dagegen. „Wir lieben dich doch."

„Ja, aber mehr liebt ihr eure Firma. Warum habt ihr mich überhaupt in die Welt gesetzt, wenn ich euch so egal bin?"

„So redest du nicht mit deiner Mutter", mahnte Harald Keller.

„Nein, so rede ich auch mit dir. Dass ich hier sitze, daran seid ihr beide schuld. Mich hat ja vorher keiner gefragt, ob ich in dieses Leben will."

„Bitte", sagte Inka, „lassen Sie uns alle einmal durchatmen."

„Kann ich so lange pissen gehen?" Aaron sah Inka mit flehendem Blick an.

„Natürlich", sagte Inka. „Am Ende des Flures liegen die Besuchertoiletten."

„Er ist eigentlich ein guter Junge. Solche Ausbrüche kennen wir von ihm nicht", sagte Verena Keller, als die Vernehmungstür hinter Aaron ins Schloss fiel.

„Ja", antwortete Inka. Warum behaupteten nur alle Eltern, dass ihre Kinder kleine Engel waren? Paula konnte mit ihren fünf Jahren schon ein kleiner Teufel sein. Ein lieber kleiner Teufel. Inka schmunzelte. „Ich bin zwar keine Psychologin, aber die Worte Ihres Sohnes waren eindeutig. Er vermisst seine Eltern. Vielleicht ist dieser ... nennen wir es Vorfall ein guter Zeitpunkt, um …“ Inka stoppte ihren Satz, als Aaron den Raum wieder betrat.

„Aaron“, begann sie. „Woher hast du das Kostüm? Hast du es im Internet gekauft, gefunden oder sogar geschenkt bekommen?“

„Das ist doch schnuppe. Ich hatte es eben“, mauerte er.

„Es ist nicht schnuppe, aber gut, wenn du nicht antworten willst, bleibst du unser Gast, bis der Bericht der Spurensicherung kommt. Dann werden wir sehen, ob wir Fingerabdrücke oder DNA-Spuren, Fasern anderer Kleidung als deiner oder Angstschweiß finden. Es ist heutzutage unglaublich, was die Forensik alles möglich macht, selbst nach einem Feuer. Glücklicherweise konnte ich ein paar Fetzen retten.“

„Ich hab es im Internet gekauft, weil ich es zu Halloween anziehen wollte. Ich hab es mir dann anders überlegt, weil …“ Aarons Blick schweifte von seiner Mutter zu seinem Vater und wieder zu Inka und Mark.

„Ja?“, drängte Inka.

„Ich kam mir lächerlich vor.“

„Aber nicht lächerlich genug, um auf der Party am Freitagabend einen Jungen anzufallen und zu verletzen.“

„Das tut mir ja leid. Ich wollte das nicht. Wirklich.“

„Du hast das Kostüm also im Internet bestellt. Über dein Handy?“

„Ja."

„Prima, das haben unsere Techniker in ein paar Minuten überprüft."

Aaron erstarrte. Er sagte nichts. Trotz der Kühle im Raum rann ihm eine Schweißperle von der Stirn in die linke Augenbraue. Er saß still auf dem Stuhl, die Hände in den Jeanstaschen vergraben. Nur sein Adamsapfel hüpfte.

„Entschuldigung", Harald Keller hob den rechten Zeigefinger, „ich denke, dass der Zeitpunkt gekommen ist, unseren Anwalt anzurufen?"

„Das steht Ihnen frei", antwortete Mark.

Inka stöhnte innerlich auf. Verdammt, sie hatte gehofft, Aaron würde vorher mit der Sprache rausrücken.

„Bitte", sagte Inka und schob das Diensttelefon von der Mitte des Tisches Richtung Harald Keller. „Wir könnten aber auch ohne juristischen Beistand weiterkommen, wenn Ihr Sohn sich kooperativ zeigt. Möglicherweise gäbe es einen Deal mit dem Staatsanwalt auszuhandeln." Inka wagte sich auf brüchiges Eis, doch ihre Worte zauberten ein schmales, aber zufriedenes Lächeln auf Harald Kellers Gesicht.

„Nun ja", sagte er, während er Aaron ansah, „vielleicht kannst du den Kommissaren ja erzählen, woher du das Kostüm wirklich hast, oder du gibst dein Handy freiwillig den Technikern. Denk daran, dass du in drei Monaten volljährig wirst und nur noch ein halbes Schuljahr vor dir hast. Es kommt nicht gut, mit einer Vorstrafe einen Studienplatz zu suchen."

„Herr Keller", sagte Inka, „ich hab von einem Deal gesprochen, so ganz straffrei wird Ihr Sohn nicht davonkommen."

Harald Keller nickte. „Wenn wir mit dem verletzten Jungen reden, vielleicht erstattet er keine Anzeige und den materiellen Schaden, der auf dem Fest entstanden ist, den würden wir natürlich auch ersetzen."

„Wie ist es mit einer Antwort, Aaron?"

Harald Keller nickte seinem Sohn auffordernd zu. Der Damm des Schweigens brach, und Aaron hörte überhaupt nicht mehr auf zu reden.

„Ich hab das Werwolfkostüm nicht im Internet bestellt. Ich hab es ausgegraben, in der Heide bei der Aue in Garlstorf."

Inka und Mark sahen sich an. „Wann?", fragten sie gleichzeitig.

„Ein paar Tage vor dem Seefest."

„Hast du gesehen, wer es da vergraben hat?"

Aaron nickte.

„Wer?" Inka hielt es vor Ungeduld kaum noch auf dem Stuhl.

„Wenn ich sage, was ich an der Aue gemacht habe, dann bin ich am Arsch", murmelte Aaron vor sich hin.

„Wenn du es nicht sagst, dann bist du am Arsch", mischte sich sein Vater ein. „Los jetzt, raus mit der Sprache."

Er zögerte. „Es war eine Frau."

„Hast du sie erkannt?", fragte Mark.

„Ja. Nein."

„Aber du bist dir sicher, dass es eine Frau und kein Mann war."

„Mann und Frau kann ich unterscheiden", antwortete Aaron mutiger.

„Hatte sie blonde oder dunkle Haare? Wie groß und wie alt war sie? Was hatte sie an?"

„Sie war so groß wie ich. Bestimmt ein Meter achtzig. Wie alt, weiß ich nicht. Sie trug schwarze Kleidung und eine Kapuze. Nein, warten Sie, keine Kapuze, sondern ein Käppi, so eins, wie einige der Schüler tragen, das hab ich gesehen, als sie unter der Laterne vorbeifuhr. Das Käppi hatte ein großes gelbes Pferdeemblem."

Inka atmete erleichtert auf. Es gab einen Anhaltspunkt, ein weiteres Puzzleteil, das sie zum ganzen Bild führen würde. So hoffte sie. Aaron jedenfalls schien froh zu sein, dass er sich alles von der Seele reden konnte.

Auch wenn sie Aaron als Mörder ausschließen konnten, da sich sein Alibi, um die Tatzeit zu Hause gewesen zu sein, bestätigte – eine Frage brannte ihr dennoch auf der Zunge: „Was hast du an der *Schmalen Aue* gemacht?" Der Heidebach mit den vielen kleinen Wasserfällen zog sich allerorts durch die Heidedörfer, gabelte sich mit weiteren Bächen, bis er zwischen Jesteburg im Südwesten und Marxen im Ostsüdosten den dort wasserreichen Elbe-Zufluss der Seeve erreichte. Oft war Inka mit Paula an Sommerabenden an einen der Bäche mit ihren kleinen Wasserfällen zum Planschen gefahren. Das gerade neun Grad kalte Wasser war immer eine herrliche Erfrischung und galt als Geheimtipp für Familien und Hundebesitzer.

„Ich bin mit Julia durch die Gegend gefahren. Sie hat ihren Führerschein bestanden und einen kleinen Fiat von ihren Eltern zum Abi bekommen. Sie ist eine Klasse über mir", erklärte er Inka, dann an seine Eltern gewandt: „Bevor ihr jetzt ausflippt – ich liebe Julia. Wir sind seit vier Monaten zusammen. Sie versteht mich, wie ich bin."

Inka holte sich aus dem kalten Wasser, hob die Hand und bekundete Harald Keller, der geräuschvoll ein- und ausatmete und die Lippen bereits bewegte, nicht einzugreifen. „Warum sollten deine Eltern ausflippen? In deinem Alter sind Freundinnen nicht ungewöhnlich."

„Weil sie mit Julias Eltern im Klinsch liegen. Sie mögen die Ringels nicht und die Ringels mögen meine Eltern nicht. Warum, verraten sie uns nicht."

„Dann wäre das jetzt ein wunderbarer Zeitpunkt, um mit der Sprache herauszurücken, nicht, Herr Keller?"

„Das klären wir privat bei uns zu Hause." Kellers Augenbrauen zogen sich zusammen und auf seiner Stirn bildeten sich zwei tiefe Furchen.

„Belassen wir es dabei, oder was meinst du?" Inka sah zu Mark, der zustimmend nickte. „Du bist also mit Julia herumgefahren, bis ihr an der Aue angehalten habt. Wo genau?", nahm Inka den Faden wieder auf.

„Auf dem Parkplatz, direkt am Wasser. Wir haben den Wagen rechts an das Gebüsch gestellt. Durch die schwarze Wagenfarbe ist er unauffällig."

„Ihr wolltet nicht auffallen?"

„Natürlich nicht. Wobei abends im Herbst an der Aue nichts mehr los ist. Die letzten Hundehalter, die da rumlaufen, sind ab achtzehn Uhr verschwunden."

„Verstehe." Inka verkniff sich ihr Schmunzeln.

„Wir haben uns geküsst und ein wenig rumgemacht."

„Und?"

„Nichts? Bevor es zur Sache ging, hörten wir einen Wagen anrollen. Wir haben uns total erschreckt und dachten, unsere Eltern sind uns hinterhergefahren. War aber nicht so. Der andere Wagen rumpelte weiter über die Holzbrücke und hielt kurz dahinter an. Eine Frau stieg aus und öffnete den Kofferraum. Wir sind aus dem Auto und haben uns zur Brücke geschlichen. Julia wäre fast in den Bach gefallen, weil der Ast des Baumes, auf den wir uns gesetzt hatten, echt glitschig war. Ich konnte sie gerade noch festhalten. Aber dass da was nicht mit rechten Dingen zugeht, wussten wir sofort."

„Warum? Es hätte ja sein können, dass die Frau ihre Notdurft verrichten wollte und deshalb angehalten hat."

„Ja, erst kamen wir uns auch kindisch vor, wie wir da auf dem Baum gesessen und gespannert haben. Aber als sie eine Schaufel und das Kostüm aus dem Kofferraum holte, wobei wir erst nicht wussten, dass es ein Kostüm ist, weil es in einem schwarzen Müllsack lag, und sie anfing, wie irre zu graben …" Aaron erzitterte. Er schien die Szene erneut zu durchleben. „Es hat keine zehn Minuten gedauert, bis sie mit ihrer Buddelei fertig war und weggefahren ist. Mit Händen und Stöckern haben wir das Kostüm ausgegraben. Ich fand das Teil echt genial. Julia hat sich geekelt und gesagt, wir sollen es wieder eingraben. Ich hab es trotzdem mitgenommen und bei uns in der Garage versteckt. Als ich von der Werwolfparty hörte ... Wirklich, das mit dem Jungen war keine Absicht."

„Warum hast du das Kostüm verbrennen wollen? Es wäre einfacher gewesen, es in einer Mülltonne zu entsorgen, wenn du es schon loswerden wolltest. Und ausgerechnet am See."

„Ja, das war blöd. Ich hab gedacht, das Kostüm zu verbrennen ist die bessere Lösung."

„Kannst du uns das Auto der Frau beschreiben oder hast du dir das Kennzeichen gemerkt?“

„Es war ein schwarzer SUV mit Heidekreiszeichen. Mehr hab ich nicht gesehen.“

„Würdest du die Frau wiedererkennen?“

„Vielleicht. Es war ja schon dunkel, und sie hatte das Käppi tief ins Gesicht gezogen.“

„Aber du bist dir trotzdem sicher, dass es eine Frau war?“

„Ja, sag ich doch. Julia hat sie auch gesehen.“

„Wir brauchen die Adresse deiner Freundin“, sagte Mark.

„Und dann haben wir einen Deal?“

„Deine Eltern werden mit Moritz Deller und den Gastronomen des Festes sprechen. Wir sprechen mit dem Staatsanwalt. Wir werden sehen, wohin dich dein trotteliges Verhalten bringen wird.“ Mark stand auf. Für Aarons unfassbares Benehmen gab es keine Rechtfertigung, ob er sich von seinen Eltern vernachlässigt fühlte oder nicht.

Kapitel 26

Julia Ringel, die achtzehnjährige Freundin des Schülers Aaron Keller, bestätigte die Angaben ihres Freundes. Dass er das Kostüm auf dem Seefest an der Lopau tragen wollte, davon hatte er ihr allerdings nichts erzählt. Sie war an dem Festtag mit ihren Eltern zu Bekannten eingeladen und konnte nicht mit ihrem Freund am Fest teilnehmen. Der Grund der Zwistigkeiten zwischen den Familien Keller und Ringel blieb den Kommissaren verschwiegen. Auch Andrea und Bernd Ringel verweigerten vehement eine Erklärung.

Anhand der Fellfetzen, die Inka aus dem Feuer retten konnte, stellten die Kollegen der KTU die Materialien fest, aus denen das Kostüm verarbeitet worden war, und dass es sich um kein fabrikneues Modell handelte. Ein kleiner Erfolg, der aber dennoch für Inka keine Antworten auf ihre offenen Fragen brachte, wem das Kostüm gehörte.

Die Suche nach der Frau mit dem gelben Pferdeemblem auf dem Käppi war hingegen einfacher, als Inka und Mark gedacht hatten. Leider auch unübersichtlicher, als sie gedacht hatten. Serena von Kleist lagerte einen Karton mit Käppis in der Vorratskammer ihres Gestüts am Eingang der Pferdeboxen.

Vor einem Jahr hatte sie diese von einem Vertreter geschenkt bekommen, erzählte sie den Kommissaren. Viele hatte sie bereits an Mitarbeiter, Freunde und Bekannte weitergegeben. Zudem sei die Vorratskammer nicht verschlossen, jeder, der sich auf dem Gestüt aufhielt, könne sich an den Käppis bedienen. Sie selbst trug ab und an ein Käppi, meist bei der Futtereinstreu der Pferde, um ihre Frisur zu schonen. Serena von Kleist mit ihrer zierlichen Figur war sicher nicht die Frau, die Aaron Keller mit seiner Freundin an der Aue beobachtet hatte.

„Inka, ich glaub nicht daran, dass Aaron eine Frau gesehen hat."

„Warum nicht? Weil du eine Frau als Täter ausschließt?"

„Sie hat nicht die Größe, die Aaron angegeben hat. Außerdem bin immer noch bei Torben Westmann-Hof. Für mich hat er weiterhin das stärkste Motiv. Er hat alles in seine Tochter investiert, damit sie später in der Klinik mitarbeiten kann. Er hat an sie geglaubt, sie unterstützt und aufgebaut und sie, sie will sich mit einem doppelt so alten Biolehrer davonschleichen und in einer Strandbar mexikanischen Männern Cocktails servieren. Für einen Mann wie Westmann-Hof ist das undenkbar. Und als Hendrik mit den Tickets vor seiner Nase gewedelt hat und er Marlenes Namen gelesen hat, ist ihm endgültig die Hutschnur gerissen."

„Ja, mag alles sein. Doch wo hatte er so schnell ein Wolfskostüm her? Selbst wenn du im Internet bestellst, braucht es ein paar Tage, bis deine Ware bei dir ist. Und warum sich so blödsinnig verkleiden, wenn er, wie er sagt, Hendrik auch auf dem Heideweg zum Campingplatz hätte umbringen können? Außerdem war es eine Frau, die das Kostüm an der Aue vergraben hat."

„Das weiß ich alles, Inka. Was ist, wenn wir zwei Täter haben? Einen, der im Kostüm als Werwolf am Tattag herumgerannt ist, um Anna, Hendrik und Lea zu erschrecken, weil er sich einen Scherz erlaubt hat. Und einen anderen, der Hendrik umgebracht hat. Ich meine, so weit, dass kein Werwolf mit einem Brieföffner durch die Heide rennt, waren wir ja schon. Und was wäre, wenn Torben Westmann-Hof den Lehrer umgebracht hat und seine Tochter es gesehen hat? Immerhin war sie zur gleichen Zeit am See wie Anna und Hendrik. Als Hendrik nicht zum Campingplatz kam, ist sie zum See, der einen Katzensprung entfernt liegt und an der Holzbrücke vorbeiführt."

„Das könnte möglich sein. Der Werwolf verfolgt Hendrik. Als der auf der Holzbrücke zusammenbricht, denkt er, er hat ihn getötet, und macht sich vom Acker. Ein tragischer Unfall, der aus dem Ruder gelaufen ist, obwohl er ihn nur erschrecken wollte. Als der Wolf flüchtet, zieht Torben Westmann-Hof, der die Szene verfolgt hat, den Brieföffner und ersticht Hendrik. Wiederum sieht Marlene, wie ihr Vater den Mord begeht."

„Dafür, dass sie wusste, dass ihr Vater Hendriks Mörder ist, hat sie aber verdammt realistisch reagiert, als er mit den Zwanzigtausend, die er Hendrik zugesteckt hat, rausgerückt ist."

„Oder sie ist eine gute Schauspielerin. Aber das ist mir alles nicht schlüssig genug. Vater und Tochter sind gleichzeitig am See und treffen sich nicht. Mir ist da zu viel Personal unterwegs. Fangen wir von vorne an, Mark. Anna und Hendrik werden am See von einem Werwolf angefallen, der sich einen Scherz erlauben will …" Inka zögerte. „Hier ist der erste Denkfehler. Warum, wenn nur ein Streich gespielt werden soll, wird dann Hendriks Oberkörper zerfetzt und er so verletzt, dass sogar Terry von einem Tier spricht? Zwei Stunden später wird Lea von einem Werwolf angefallen. Warum greift höchstwahrscheinlich derselbe Wolf und Täter, der zuvor Hendrik getötet hat, ausgerechnet Lea an? Und warum verschwindet er nicht nach dem Mord?"

„Er hatte einen Grund zu warten, bis die Schüler mit ihrem Paintballspiel beginnen, und er wusste, dass auch Lea daran teilnehmen würde."

„Du meinst, unser Täter hat gedacht – wenn ich schon am See Hendrik ermorde, kann ich auch gleich Lea erschrecken? Doch was hatte Lea mit Hendrik zu tun, außer, dass er ihr Biolehrer war und ich die Tat mit einem Brieföffner eher einer Frau als einem Mann zutraue?"

„Vielleicht hat unser Täter eine Rechnung mit Hendrik und Lea offen."

„Hm", machte Inka nachdenklich. „Vergiss nicht unser zweites Opfer, Rüdiger Kobarski."

„Lassen wir Rüdiger außen vor und konzentrieren uns nur auf Hendrik und Lea. Unser Täter erschreckt die Weiler, greift Hendrik an, tötet ihn, dann setzt er sich in sein Auto und wartet, bis die Schüler eintreffen."

„Stopp, Mark. Woher weiß der Wolf, dass die Weiler, nachdem sie aus dem See geklettert ist, nicht die Polizei anruft?"

„Tja, entweder spielt er auf Risiko, weil um diese späte Uhrzeit, zu dieser Jahreszeit niemand mehr am See unterwegs ist, oder er …" Mark stoppte seinen Satz.

„... oder die beiden – Anna und der Wolf – kannten sich", ergänzte Inka.

„Genau. Und wer kommt dann infrage?"

„Dann hat die Weiler das stärkste Motiv", antwortete Inka. „Erst ausgebootet von einer jüngeren Frau und dann vom Liebhaber finanziell ruiniert. Leider kommt sie als Werwolf aufgrund ihrer Größe nicht infrage. Aber was ist, wenn Benedikt seine Mutter verteidigen wollte? Die Weiler kann mir nicht erzählen, dass ihr eigener Sohn von ihrer Beziehung zu Hendrik nichts gewusst hat. Die halbe Schule weiß Bescheid, aber ihr Sohn ist ahnungslos. Nein. Er kriegt mit, wie Hendrik seine Mutter mit Marlene betrügt, in der Schule darüber getratscht und er schief angesehen wird. Dann verhindert Hendrik den Bau der neuen Anlage und seine Mutter gerät in finanzielle Schwierigkeiten. Wieder ein Mann, nach seinem Vater, der seine Mutter verletzt und ruiniert, das will er nicht zulassen. Wir haben gesehen, wie fürsorglich er seiner Mutter begegnet."

Mark nickte. „Ja. Er passt auf sie auf, so, wie er es schon früher vielleicht getan oder versucht hat. Er musste zusehen, wie seine Mutter von ihrem Mann geschlagen wurde. Möglich, dass er dazwischengegangen ist, aber als Kind nichts ausrichten konnte."

„Aber Hendrik hat Anna nicht geschlagen, Mark."

„Ja, nicht körperlich, aber seelisch wurde sie verletzt. Für Benedikt macht das heute keinen Unterschied. Jetzt ist er erwachsen und kann sich wehren und seine Mutter beschützen. Er ist kräftig, ein Sportler. Er ist unser Werwolf, Inka, und seine Mutter wusste, dass er in dem Kostüm steckt.

Vielleicht haben sie die Tat zusammen geplant. Und Lea wollte er eins auswischen, weil sie ihn vor seinen Mitschülern bloßgestellt hat. Die blauen Flecken an Benedikts Beinen stammen nicht vom Sport, sondern sind Leas Abwehrtritte gegen seine Schienbeine, als er sie festgehalten hat."

Inka nickte zustimmend. „Anna hat ihren Sohn am See erkannt. Mütter erkennen ihre Kinder, selbst wenn sie sich noch so gut verkleiden. Es sind die Stimme, ihre Bewegungen, die Augen. Darum hat sie nicht die Polizei gerufen."

„Richtig. Als Anna aus den Medien erfahren hat, dass Hendrik getötet wurde, wusste sie, dass Benedikt der Täter ist. Er gesteht seiner Mutter den Mord, die daraufhin zur Aue fährt und auf dem Waldstück des Baches das Kostüm verbuddelt. Anna war die Frau mit dem Käppi, und unser Liebespärchen, Julia und Aaron, hat sich lediglich in der Größe der Frau verschätzt."

„Stopp, Mark, du hast wieder Rüdiger Kobarski vergessen."

„Ja, der passt irgendwie nicht ins Bild, ebenso wenig wie ein Brieföffner als Tatwerkzeug. Lass uns los. Ich hab den beiden noch einen Besuch versprochen."

Benedikt Weiler war verschwunden. Wie vom Erdboden verschluckt, als hätte er geahnt, dass die Kommissare ihn für den Werwolf und Täter hielten.

„Ihr Sohn ist seit zwei Tagen auf und davon, ohne Ihnen eine Nachricht zu hinterlassen?"

„Ja." Anna Weiler klappte den Pizzakarton zu, in dem von einer Familienpizza noch die Hälfte übrig war. Ein warmer Schwall Majoran drang in Inkas Nase. Eine Flasche Wein und ein Glas standen neben dem Karton, zwei benutzte Servietten klemmten darunter.

„Ist er schon öfter über Tage weggeblieben?“, fragte Inka, während sie sich Anna gegenüber in einen Sessel setzte.

„Nein.“

„Haben Sie ihn auf seinem Handy angerufen?“

„Ja, natürlich, was denken Sie denn?“

„Und?“, drängelte Inka.

„Nichts. Es geht nur die Mailbox ran. Auch seine Mitschüler und Fußballfreunde wissen nicht, wo Benedikt ist.“

„Gab es einen Streit zwischen Ihnen, der sein Verschwinden rechtfertigt?“, fragte Inka.

„Nein. Ich mache mir Sorgen.“

„Frau Weiler, gibt es einen Ort, an dem sich Ihr Sohn aufhalten könnte?“

„Ich weiß keinen.“

Inka machte sich Notizen und beobachtete Anna Weiler, die auf dem Sofa saß und ihr Handy in der Hand hielt, als warte sie auf einen Anruf.

„Frau Weiler, wir müssen Ihren Sohn finden.“ Inka warf einen schnellen Blick zu Mark, der fast unmerklich nickte.

„Ich weiß nicht, wo er ist“, beteuerte Anna.

„Da sind wir anderer Ansicht“, entgegnete Mark.

Anna Weiler vermied den Augenkontakt.

„Wir haben das Werwolfkostüm gefunden, das Sie an der Aue vergraben haben.“

„Was soll ich? Das ist hanebüchener Unsinn." Ihre Finger krampften sich um das Handy.

„Wir haben Zeugen, Frau Weiler, die Sie gesehen haben."

„Sie haben gar nichts, weil ich es nicht war, die etwas vergraben hat."

„Die Zeugen haben das Kostüm, das Sie in einen schwarzen Müllsack verpackt hatten, wieder ausgegraben. Ihre Fingerabdrücke fanden sich auf dem Plastik", sagte Inka. Sie pokerte wieder. Dass Julia und Aaron den Müllsack in einem Abfalleimer entsorgt hatten, dieser inzwischen geleert und samt Inhalt auf der Mülldeponie gelandet war und sie den Beutel niemals wiederfinden würden, musste sie Anna ja nicht auf die Nase binden.

„Und wann soll ich ein Werwolfkostüm an der Aue vergraben haben?" Anna lächelte. Es war ein bitteres Lächeln.

„Zwei Tage vor der Werwolfparty am Lopausee und nachdem Ihnen Ihr Sohn gestanden hat, dass er Hendrik Schubert und Rüdiger Kobarski getötet hat. Als er Hendrik und Sie am See angefallen hat, haben Sie ihn erkannt. Darum haben Sie nicht die Polizei gerufen, sondern sind seelenruhig nach Hause gefahren oder haben sogar am See in Ihrem Wagen auf Ihren Sohn gewartet, bis er seine grausame Tat vollendet hat."

„Das ist lächerlich. Ich bin mit dem Taxi zum See gefahren und nach Hause gelaufen. Dabei hab ich mich fürchterlich erkältet. Benedikt war bei einem Fußballspiel, als Hendrik ermordet wurde."

„Das Spiel wurde nach der ersten Halbzeit abgebrochen. Er hatte genügend Zeit, zum See zu fahren und Hendrik zu ermorden."

„Was sollte er am See? Er wird mit seinen Kumpels in die Soderstorfer Kneipe gegangen sein, um etwas zu trinken."

„Niemand hat ihn in der Kneipe gesehen."

„Nein! Das ist alles nicht wahr!"

„Frau Weiler, ich verstehe, dass Sie Ihren Sohn schützen wollen, aber so helfen Sie ihm nicht. Während wir hier reden, ist die Spurensicherung mit einem Durchsuchungsbeschluss auf dem Weg zu Ihnen. Sie werden Ihr Haus auf den Kopf stellen und Ihren Wagen bis auf die letzte Schraube auseinandernehmen. Irgendetwas finden sie immer, und wenn es das kleinste Faserteilchen des Kostüms, ein Blattrest, ein Sandkorn in Ihrem Reifenprofil oder in Ihrer Fußmatte ist, das mit der Bodenbeschaffenheit an der Aue übereinstimmt."

Anna Weiler antwortete nicht. Sie starrte wie gebannt auf den schwarzen Bildschirm des Fernsehers.

„Frau Weiler, ersparen Sie uns die Arbeit und sich ein chaotisches Haus und ein auseinandergenommenes Auto. Sagen Sie uns, wie es wirklich war."

„Ich …, ich war es, die Hendrik und Rüdiger ermordet hat. Benedikt hat sie nur erschreckt, mehr nicht."

„Was ist am See und an den Kieselgur-Teichen geschehen? Wie haben Sie die Männer ermordet?"

„Das ist gleichgültig. Ich gestehe die Morde, das müsste Ihnen reichen."

„Wir brauchen Einzelheiten."

„Ich werde meinen Anwalt anrufen und meine Jacke holen, damit wir gehen können. Vorher sage ich nichts mehr." Anna Weiler stand auf.

„Frau Weiler", begann Mark, „bitte setzen Sie sich wieder."

„Warum? Sie haben ein Geständnis von mir."

„Das wir Ihnen aber ...", begann Mark, als Inka rief: „Mark, da ist Benedikt." Sie hob den Arm und wies mit der Hand auf den jungen Mann, der über den Rasen Richtung Gartentür rannte.

Mark riss die Terrassentür auf. „Bleib stehen, Arschloch", bellte er dem Flüchtigen hinterher, der bereits die Gartenpforte erreicht hatte. Mark hechtete über drei Steinstufen auf die oberste Grundstücksfläche, die Walther in der Hand. Wieder schrie er dem Schüler hinterher: „Bleib stehen, sonst schieße ich."

Benedikt verharrte, sah sich um. Für Sekundenbruchteile blickte er in Marks Augen. Nur noch ein paar Meter war Mark von ihm entfernt. Dann begann er wieder zu laufen, langsamer, vorbei an Reihenhaustüren, vor denen Bobbycars und Sandspielzeug lagen. Er musste ausweichen und stolperte vorwärts. Ein Knall dröhnte durch die Luft. Dann traf ihn ein Schlag an seinem Rücken und er fiel bäuchlings in eine mit lila Dahlien bepflanzte Rabatte. Mark hatte ihn eingeholt.

Benedikt Weiler war aufrichtig um seine Mutter besorgt. Wie geht es ihr, wollte er ununterbrochen wissen, während er wie ein gehetztes Tier im Vernehmungszimmer auf und ab ging. An seiner Schläfe prangte ein fettes Hämatom.

„Es geht ihr gut. Sie wartet mit einem Kollegen in meinem Büro auf ihren Anwalt. So lange würden wir uns gerne mit Ihnen unterhalten", begann Inka.

„Ich weiß nichts", stieß Benedikt mit zusammengebissenen Zähnen hervor.

„Warum sind Sie abgehauen?", fragte Mark.

„Ich bin nicht abgehauen, ich hatte einen wichtigen Termin und war spät dran. Ich musste mich beeilen."

„Noch bevor Sie mit Ihrer Mutter die Pizza aufessen konnten?"

„Was soll das? Ich will mit meinem Anwalt sprechen. Sie haben Schuld, weil ich meinen Termin verpasst habe. Außerdem haben Sie mich geschlagen und meine Jacke zerrissen. Die müssen Sie ersetzen. Ich werde mich beschweren."

„Hör auf mit dem Kinderkram, mein Freund", blaffte Mark.

„Ich bin nicht Ihr Freund."

„Stimmt, mit dem würde ich noch ganz anders verfahren. Aber gut, Sie wollen Ihren Anwalt sprechen, dann warten wir gemeinsam. Micha, hol uns doch die Mutter des Herrn ins Vernehmungszimmer. Ihr Sohn braucht Gesellschaft", bat Mark den uniformierten Kollegen, der neben der Eingangstür gewartet hatte.

Inka und Mark standen hinter dem Vernehmungsspiegel und beobachteten Mutter und Sohn, die dicht nebeneinandersaßen und sich zuflüsterten.

„Was meinst du, Mark?", fragte Inka, „was haben die zu tuscheln?"

„Hoffentlich, wer als Erstes gesteht."

Bis Anwalt Emil Oelkers auf der Wache eintraf, verging eine geschlagene Stunde. Der Zeiger der Bürouhr hüpfte auf sechzehn Uhr. Niemals würde sie es schaffen, Paula rechtzeitig von Tilly zu holen. Sie musste Hanna anrufen. Inka tippte auf ihrem Handy die Nummer ihrer Schwester ein, wartete auf das Freizeichen, dann nahm Hanna ab. Im Hintergrund hörte sie Wortfetzen, die Tim lautstark über den Hof warf: *„Kann sie alleine. Kindermädchen. Mörder fangen.“* „Danke dir, Hanna“, sagte Inka.

„Lass Tim meckern, Schwesterlein, du kennst ihn doch. Er beruhigt sich wieder.“ Tim war ein blonder Hüne von Mann mit rauer Schale und weichem Kern. Jeden Morgen, bevor er die Tür für seine Schweine zum Außengehege öffnete, las er den Tieren Geschichten vor, während sie sich um ihn scharten, als säße er mitten in einer Kindergartengruppe.

„Das Ganze sollte ein Scherz sein“, fuhr Benedikt fort. Anwalt Oelkers warf ihm einen kurzen Blick über seine randlose Brille zu.

„Was sollte ein Scherz sein? Der Mord an Hendrik Schubert und Rüdiger Kobarski?“, donnerte Inka los.

„Nein, das mit dem Werwolfkostüm. Ich hatte es zufällig bei uns im Keller in einer Truhe gefunden und gar nicht mehr daran gedacht, dass es noch existiert. Mutsch hat es mir vor Jahren für eine Schulaufführung gekauft. Ich hab es angezogen und Hendrik und Lea durch den Wald gehetzt. Das sollte lustig sein, war doch kurz vor Halloween. Außerdem hatten es beide verdient. Hendrik, der Mutsch mit Marlene hintergangen hat, und Lea, die mir vor meinen Mitschülern eine geknallt hat. Ich wollte beiden einen Denkzettel verpassen."

„Und Rüdiger Kobarski?"

„Der, der ...", begann Benedikt stotternd, als ihn Anwalt Oelkers unterbrach.

„Mein Mandant lieferte Ihnen bereits einige Aufklärungen. Bevor wir weitersprechen, würde ich gerne um eine Unterbrechung bitten, um mit Frau und Herrn Weiler einiges zu klären."

Inka hatte keine Wahl. Sie musste der Bitte entsprechen.

Sie ging mit Mark ins Büro zurück. Auf ihrem Handy waren wieder drei SMS von Sebastian eingetroffen. Er bat um ihren Anruf. Sie antwortete nicht.

„Wenn das Sebastian ist, musst du mit ihm reden", sagte Mark, der sah, wie Inka das Gesicht verzog und das Handy in die Tasche steckte.

„Ich weiß, aber nicht jetzt und auch nicht später."

„Es wird aber nicht besser."

„Mark, ich weiß, du meinst es gut, aber bitte, spar dir deine schlauen Sprüche."

Eine Viertelstunde später saßen die Kommissare, Benedikt und Anna Weiler sowie Anwalt Emil Oelkers wieder im Vernehmungsraum.

Anna bat, das weitere Gespräch eröffnen zu dürfen. Sie schluckte. Sie sprach leise. „Ich habe die Morde begangen. Benedikt hat Hendrik und Rüdiger nur, wie er sagte, erschrecken und ihnen einen Denkzettel verpassen wollen." Sie drückte die Hand ihres Sohnes, der neben ihr mit kalkweißem Gesicht auf dem Stuhl saß. „Alles hat damit begonnen, dass Hendrik mich hinter meinem Rücken mit

Marlene betrogen hat. Über ein Jahr. Aber wir leben auf einem Dorf. Irgendwann hörte ich beim Bäcker, wie über Hendrik, Marlene und mich getuschelt wurde. Das Getratsche hab ich nicht mehr ertragen."

„War es nicht eher der Baustopp, den Hendrik durch seine Anzeige verursacht hat und den Sie nicht mehr ertragen konnten?"

„Ich bau auf einem anderen Gelände. Die Heide ist groß."

„Hat er Sie erpresst?"

Anna druckste und sah zu ihrem Anwalt, der neben ihr im Vernehmungszimmer saß. Emil Oelkers nickte ihr aufmunternd zu.

„Ja. Ich ..., ich hab Mist gebaut. Mein Mann hat alles versoffen, Benedikt war klein, ich ... In Schleswig-Holstein hab ich meinen Investoren zehn Türme mehr verkauft, als aufgestellt wurden. Rüdiger hat den Investorenvertrag zwar nicht unterschrieben, aber er saß bei der Verhandlung am Tisch. Nach den unterschriebenen Verträgen wollte er plötzlich gleichberechtigter Partner werden. Zehn Türme mehr bringen eine Menge Fördergeld in die Kasse. Vor drei Monaten war es, da verlangte er eine Abfindung. Eine Viertelmillion. Aber nicht alles auf einmal, sondern in fünf Teilen. Er hatte diesen Spleen. Die Zahl Fünf war für ihn magisch. Wie auch immer. Viermal bin ich nach Bad Schwartau gefahren, um ihm das Geld zu geben. Nächste Woche wollte ich wieder zu ihm fahren. Es sollte die letzte Übergabe sein."

„Das haben Sie schlau eingefädelt, Frau Weiler. Sie gehen für zwei Morde und einen Subventionsbetrug ins

Gefängnis, ein Abwasch. Hat Ihnen Ihr Anwalt diese Konstellation geraten? Wenn, dann war das ein schlechter Rat. Denn wenn Sie aus dem Gefängnis kommen, können Sie Rente einreichen. Sie finden keine Arbeit und rutschen in die Altersarmut, leben am Existenzminimum."

„Das ist doch ...", brüskierte sich Oelkers, doch Anna hielt ihn zurück.

„Lassen Sie nur, Herr Oelkers. Ich weiß, was mir blüht."

„Schluss jetzt!" Benedikt sprang auf. „Ich will nicht, dass du für mich ins Gefängnis gehst, Mutsch." Er sah erst zu seiner Mutter, dann abwechselnd zu den Kommissaren. „Ich war es. Ich hab Hendrik und Rüdiger getötet."

„Fein", sagte Inka. Sie war nicht gerade motiviert, dass auch Benedikt die Morde gestanden hatte. Zwei Täter, die gestehen, kam gar nicht gut. „Dann erzählen Sie uns Ihre Geschichte, warum und wieso Sie Hendrik Schubert und Rüdiger Kobarski ermordet haben."

„Es ist genug, Frau Brandt, Herr Freese", mischte sich Anwalt Oelkers ein. „Mein Mandant wird keine weiteren Auskünfte mehr geben."

„Herr Olkers, ich ...", Benedikt stockte, „ich will nicht, dass meine Mutter ins Gefängnis geht." Bevor der Anwalt erneut einlenken konnte, sagte Benedikt: „Ich hab von dem Verhältnis meiner Mutter mit Hendrik gewusst und auch, dass Hendrik mit Marlene vögelt." Er setzte sich wieder. „Als dann das mit dem Baustopp kam, den er angezettelt hat, bin ich durchgedreht. Hendrik hätte mit seiner Umweltmasche nicht auf der falschen Seite spielen sollen, dann wären wir wunderbar ausgekommen. Rüdiger hat meine Mutter erpresst, ich hab es zufällig gehört, wie sie mit ihm auf der Feier im Büro gestritten hat. Er wollte weitere Fünfzigtausend, sonst würde er rausposaunen, wie sie die Investoren betrogen hat. Vom Handy meiner Mutter aus hab ich eine SMS geschrieben und mit ihm ein Treffen für die Geldübergabe an den Teichen vereinbart. Den Rest kennen Sie."

„Nicht ganz, Benedikt. Wie haben Sie Hendrik und Rüdiger ermordet? Was war das Tatwerkzeug? Ein Messer? Wo ist es?"

„Ein Brieföffner. Ich hab ihn in unseren Kamin geworfen. Er ist verbrannt."

„Warum ein Brieföffner?"

Benedikt lächelte gequält. „Er lag auch in der alten Truhe. Mutsch hat viele Dinge von mir aufgehoben, die ich als Kind gebastelt und gemalt habe. Darunter der Brieföffner. Ich hab ihn im Werkunterricht in der fünften Klasse aus Kirschbaumholz geschnitzt. Es sollte ein Weihnachtsgeschenk für meinen Vater sein, aber er wollte ihn nicht. Er hat mich angeschrien, dass ich das blöde Stück Holz behalten könne."

Kapitel 27

Die Hanstedter Straßen lagen beinahe wie ausgestorben da. Es war wieder Ruhe in den Dörfern eingekehrt, seitdem der Täter gefasst und das Trugbild eines Werwolfes geplatzt war.

Nur wenige Autos kamen Inka auf dem Weg nach Egestorf zum Resthof der Rechtsmedizinerin Teresa Hansen und ihrer Lebenspartnerin Flora Holländer entgegen.

Flora, eine sechsunddreißigjährige Halbtamilin und Buddhistin, lebte strikt nach dem Mondkalender. Nur wenn bestimmte Mondphasen eintraten, goss die approbierte Medizinerin, die ihren Job in der Klinik an den Nagel gehängt und in der Holzschnitzkunst eine neue Arbeit gefunden hatte, Blumen, ging zum Friseur oder zum Zahnarzt, kochte ihren Reispudding oder begann mit einer neuen Holzarbeit im angebauten Atelier des Hofes.

Einerseits freute sich Inka auf das Treffen mit Flora, die sie viel zu selten sah. Andererseits lag ihr das Gespräch über den ausbaldowerten Plan zwischen Flora und Sebastian schwer im Magen. Wie konnten die beiden nur denken, dass das gut ging, der *Kreuzer* auf ihre Täuschung, dass sie ein Paar waren, hereinfallen würde? Sie, die tamilische Frau, er, der eine tamilische Frau durch ihn, den *Kreuzer*, verloren hatte. Seit zwei Wochen hatte Sebastian versucht, sie zu erreichen. Entweder lehnte sie seine Anrufe ab oder ließ sich verleugnen. Sie brauchte Zeit, um zu überlegen.

Inka lenkte ihren Golf durch die Toreinfahrt des Resthofes, den Teresa und Flora gekauft hatten und stückchenweise renovierten. Sie parkte vor dem Küchenfenster längs der roten Backsteinwand. Schon als sie ausstieg, vernahm sie den ganz besonderen Duft, der immer dann durch den Resthof strömte, wenn Flora ein indisches Gericht aus ihrer Heimat kochte. Heute gab es Palak. Ein vegetarisches Spinatgericht, das Flora mit indischem Frischkäse zubereitete, dem Panir, den sie selbst herstellte.

Inka klingelte.

„Ist offen!", hörte sie Flora rufen.

Inka drückte die Messingklinke. Ein Windspiel aus vier fingerdicken Metallrohren, angebracht über der Eingangstür, bimmelte sanft bei ihrem Eintreten in die Diele. Sein Klang erinnerte Inka an die Glocke, die ihr Vater am Heiligabend geläutet hatte, sobald die Bescherung begann und sie ins Wohnzimmer treten durfte.

Während der Renovierung des Resthofes hatten Teresa und Flora einige Zimmerwände entfernt, den Eingangsbereich vergrößert und die Küche integriert, bis ein kleiner Tanzsaal entstanden war. Hier feierten sie Geburtstage und Feste, bewirteten sie Gäste.

Flora stürmte an der Kücheninsel vorbei und Inka entgegen. Freudig küsste sie ihre Freundin auf die Wange.

„Setz dich. Essen ist gleich fertig. Du isst doch mit, oder?"

„Ja. Ich geh nur schnell Hände waschen", sagte Inka, während sie sich aus der Jacke schälte.

Obwohl das Fenster im Bad gekippt war, war die Luft warm und feucht, als wäre gerade sehr heiß geduscht worden. Es roch nach Rose und ein wenig nach Zuckerwatte. Teresa war zu Hause. Mit schlurfenden Schritten verließ Inka das Bad und ging zurück in die offene Küche.

„Sie ist schon da. Stimmt's?"

„Wenn du meine Frau meinst, ja, sie ist oben und kommt gleich runter", sagte Flora ernst. Das lustige Funkeln aus ihren braunen Augen war verschwunden und der sonst so vertraute fröhliche Tonfall ihrer Stimme von Anspannung entstellt. Inka wusste, was das bedeutete.

„Ihr habt also schon …", begann sie vorsichtig.

„Ja, wir haben schon gesprochen. Sie hat gesagt, sie hasst dich und mich hasst sie inzwischen auch."

„Ich weiß. Ich hasse sie auch. Und ich hab zu nichts zugestimmt, nicht mehr."

„Das glaubt sie dir aber nicht."

„Das weiß ich. Sie ist stur."

„Sie ist so stur wie du, Inka."

„Und sie kann euch hören", sagte eine Stimme hinter Inkas Rücken.

„Terry, ich …", stotterte Inka.

„Lass uns bitte erst essen, bevor mir der Appetit vergeht. Flora hat unser Lieblingsessen gekocht", würgte Teresa Hansen den Satz ihrer Freundin ab. Eine Weile aßen die drei Frauen schweigend, dann legte Teresa die Gabel beiseite und sah Inka an, ohne das Gesicht zu verziehen. „Ich lege Wert auf Gradlinigkeit und Ehrlichkeit. Beides kann ich bei euch beiden nicht erkennen."

„Wir sind ehrlich", entgegnete Inka. „Ich hab dem Plan von Flora und Sebastian vor drei Monaten mit Vorbehalt zugestimmt, aber jetzt nicht mehr. Es wird immer gefährlicher. Der *Kreuzer* mordet willkürlich und nimmt keine Rücksicht mehr auf andere Menschen. Außerdem kann kaum Polizeischutz für diese schwachsinnige Aktion gewährt werden. Nur Mark und Fritz sind eingeweiht. Sebastians ehemalige Hamburger Kollegen sowie Amselfeld, Rommel, Faller und alle weiteren Hanstedter Kollegen bleiben außen vor."

„Hast du nach unserem Telefonat inzwischen mit Sebastian gesprochen?", wollte Teresa wissen.

„Nein."

„Hat er dich angerufen?"

„Ich hab ihn weggedrückt."

„Du musst ihn anrufen."

„Ja. Später, wenn ich zu Hause bin."

„Das ist zu spät."

„Zu spät wofür?"

Teresa nippte an ihrem Wein, dann läutete es an der Haustür. Flora stand auf und eilte zur Tür. Sebastian stand mit einer Reisetasche im Türrahmen.

„Zu spät für einen Anruf", sagte Teresa und nickte zur Tür.

„Das ist …", stotterte Inka, den Blick starr auf Sebastian gerichtet.

„Ja, den Besuch hat mir meine Zukünftige auch erst vor einer Stunde mitgeteilt. Ich hoffe, ihr habt auf dem Hof noch ein Zimmer für mich frei."

Ohne Teresa zu antworten, stand Inka auf und ging Sebastian entgegen. „Was machst du hier?", herrschte sie ihn an.

„Ich helfe Sebastian", kam Flora Sebastian mit einer Antwort zuvor. „Unser Plan beginnt heute."

„Wie? Und das alles hinter Terrys und meinem Rücken. Habt ihr einen Knall?"

„Hör zu, Inka. Auch wenn ich mich der Holzarbeit verschrieben habe, so bin ich noch immer Ärztin, die Menschen in Notlagen …"

„Das bin ich auch, verdammt!", mischte sich Teresa vom Esstisch aus ein. „Das heißt aber nicht, dass du dich unsinnigerweise in Gefahr begeben musst. Wir wollen Ende des Jahres heiraten und Kinder adoptieren. Hast du das vergessen? Was ist, wenn, wie Inka schon anmerkte, die Behörden, solltet ihr den *Kreuzer* tatsächlich fassen, von deinem Plan Wind bekommen? Kinder können wir dann vergessen." Die Angst, die Teresa um ihre Lebensgefährtin hatte, war für jeden in diesem Raum greifbar.

„Es geht um Sebastians Seelenheil, Süße. Ich muss ihm helfen. Bitte verstehe mich doch. Außerdem kann dann auch Inka endlich glücklich werden."

Abwehrend hob Inka die Hände, setzte sich neben Teresa an den Esstisch und griff nach dem Weinglas. „Lass mich aus dem Spiel", sagte sie angesäuert. Sie leerte das Glas. „Hinterhältige und unehrliche Männer können mir gestohlen bleiben."

„Ich wusste, dass du nicht einverstanden bist, Inka", sagte Sebastian, während er sich ihr gegenüber auf einen der gemütlichen Essstühle setzte. „Das war der Grund, warum ich am Sonntag, als ich abgefahren bin, nicht gesagt habe, dass ich mit Flora sprechen will. Du hättest es nicht verstanden." Er griff über den Tisch nach Inkas Händen.

„Das hätte ich nicht und das verstehe ich auch jetzt nicht. Du kommst und gehst, wie es dir passt, und nimmst dir, was du brauchst. Ohne Rücksicht auf die Menschen in deiner Nähe." Inka spürte, wie ihre Wangen zu brennen begannen und alte Geister nach ihr griffen. Sie entzog Sebastian ihre Hände und zwang sich zur Ruhe. „Bis zu deinem Verdacht, der *Kreuzer* käme aus deinem Umfeld, hab ich mitgemacht und dich unterstützt. Aber jetzt gehst du zu weit. Flora ist kein Lockvogel für eine Jagd auf deine Dämonen. Ich verstehe deine Gründe, deine Qual, deine Frau und Tochter verloren zu haben, aber dass du Floras Leben aufs Spiel setzt – nein. Bleib in Hamburg, lass dich wieder einstellen und arbeite mit deinen Kollegen an dem Fall, meinetwegen so viele Jahre, wie du willst, aber lass uns hier und auch mich in der Heide in Ruhe." Inka wollte gerade zu einem neuen Wortschwall ansetzen, da klingelte es erneut an der Haustür.

Mark Freese und Fritz Lichtmann traten in die Diele.

„Ihr auch noch?", sprudelte Inka hervor.

„Wie, ihr auch noch?", fragte Mark. „Wusstest du nicht, dass wir kommen?"

„Woher?" Inka warf Flora einen bissigen Blick zu.

„Sie sind unschuldig, Süße. Mein Schatz hat sie auch erst vorhin angerufen", erklärte Terry, während sie ihr Weinglas erneut füllte und sogleich in einem Zug leerte.

„Was wollt ihr hier, etwa gleich einziehen?", fragte Inka, während sie Teresa einen besorgten Blick zuwarf. Ihre Freundin trank normalerweise kaum Alkohol. Schon als sie früher zusammen um die Häuser gezogen waren, hielt sich Teresa an Apfelschorle.

„Wir sind hier, weil Flora, Teresa und du mit uns sprechen wolltet. Worum geht es überhaupt?“

„Du … ihr wisst nicht, worum es geht?“

„Nein“, sagte Mark und rutschte mit Fritz auf das lindgrün-weiß gestreifte Küchensofa mit gleichfarbigen kuscheligen Kissen.

„Es geht um den Plan mit dem *Kreuzer*. Ich hab am Sonntag mit Flora und Teresa gesprochen, wie …“

„Ihr wollt diesen gefährlichen Feldzug tatsächlich durchziehen?“, fragte Fritz. „Habt ihr euch das gründlich überlegt? Du bist damit einverstanden, Inka?“

„Wie kommt ihr nur alle darauf, dass ich dem zustimme? Nein! Natürlich nicht!“, entgegnete Inka entrüstet.

„Inka wusste von nichts“, entschuldigte Sebastian. „Aber ich kann so nicht weiterleben. Er hat es nicht nur auf Frauen in anderen Städten abgesehen. Er hat sein Muster verlassen und gewinnt mit jeder neuen Tat an Sicherheit. Er übt sich in Selbstjustiz und glaubt, er wäre ein moralischer Vollstrecker. Seine Mission hat sich verfestigt und ist zu etwas Persönlichem gegen mich und die Menschen in meiner Umgebung geworden. Ich kann das nicht zulassen. Dregelberg, mein ehemaliger Chef, hat alle meine zusammengetragenen Beweise mit Strafandrohung vom Tisch gewischt. Ich arbeite nicht mehr im Hamburger Team und solle die Suche nach dem *Kreuzer* den Kollegen überlassen. Aber ich lass mich nicht einschüchtern. Ich will den Mörder, der meine Familie getötet hat, finden, ihm ins Gesicht sehen. Darum werden Flora und ich ab sofort Tag und Nacht zusammen sein. Wir werden uns in der Öffentlichkeit zeigen, wie auf der Hamburger Wache, wo jeder meiner ehemaligen Kollegen denken wird, dass ich Majas und Katharinas Verlust überwunden und eine neue Liebe gefunden habe. Floras ebensolcher zart gebräunter Teint wird sie überzeugen. Vielleicht kann uns Bea helfen und einen Artikel über mich schreiben, es würde den *Kreuzer* zusätzlich aufscheuchen. Was meinst du, Mark, würdest du deine Frau fragen?"

„Bea ist in Elternzeit, aber ihre Kollegin, Helma Flöter, ist sicher für einen ausgeschmückten Artikel bereit", sagte Mark.

Inka und Teresa warfen ihm einen strengen Blick zu.

„Ich kann es nicht glauben", sagte Inka. Mühsam hielt sie ihre Tränen zurück. „Du sprichst von den Menschen in deiner Umgebung, Sebastian. Aber du vergisst, dass du mit deiner Hinterhältigkeit und Unehrlichkeit schon jetzt viele Menschen in deiner Umgebung verloren hast, die dachten, dass sie dir etwas bedeuten."

Teresa Hansens Stimme zitterte, als sie sagte: „Das, was ihr vorhabt, ist kein harmloses Heidespiel, Flora." Bittend und hoffend, dass Flora ihre Meinung änderte, sah Teresa ihre Lebenspartnerin an.

„Nein. Es wird eine tödliche Heidefalle", sagte Inka.

Epilog

Benedikt Weilers Kindheit hatte ihn geprägt, tiefe Wunden in seine Seele gebrannt. Ein Vater, der betrunken seine Frau schlug. Ein kleiner Junge, der machtlos danebenstand, seiner Mutter nicht helfen konnte. Ein junger Mann, der niemals mehr zulassen wollte, dass seiner Mutter und ihm noch einmal wehgetan wurde.

Sein Geständnis untermauerte der hölzerne Brieföffner, den er vor den Taten bereits in Gebrauch hatte. Die Kollegen der Spurensicherung fanden in seinem Zimmer geöffnete Briefe, die mit der gleichen Klebung geschlossen wurden wie die Reste, die an Hendriks Wunden gefunden wurden.

Eine Tatwaffe, die Benedikt für seinen Vater als Kind gebastelt hatte und die verächtlich in die Ecke geworfen worden war.

Anna Weiler muss sich wegen Investorenbetrugs vor Gericht verantworten. Das Schweigegeld für Rüdiger Kobarski hatte sie von Benedikts Sparbuch abgehoben, um, im Falle einer Untersuchung, ihr eigenes Geld zu schützen, das sie im Reihenhauskeller versteckt hielt. Inkas Kollegen stellten eineinhalb Millionen Euro sicher. Geld, das Anna Weiler durch den Investorenbetrug erhalten hatte.

Die einzigen Gewinner der schrecklichen Morde und des gewaltigen Chaos um einen Heide-Werwolf waren die *Sandmann-Show Der Merkwürdigen Phänomene*, die Zeitungen, allen voran Wolfgang Kohlhase vom *Hanstedter Heideblatt,* und Helma Flöter als Beas Mutterschaftsvertretung aus dem *LAN-Fernsehen*. Die Artikel in den Zeitungen überschlugen sich noch zwei Wochen, dann kehrte Ruhe ein.

NACHBEMERKUNG

Mit *Heidejagd* habe ich mich in ein Genre begeben, in dem ich mich schreibend und denkend eigentlich nicht wohlfühle – Mystik. Ich habe schreckliche Angst vor Vampiren, Werwölfen und allen blutrünstigen Kreaturen, die in dunklen Wäldern, Höhlen und Schlössern hausen und nachts ihre Opfer suchen. Nach angesehenen Filmen kann ich tagelang schlecht schlafen und fürchte mich, in einen Spiegel zu sehen. Selber schuld, werden Sie sagen – Sie haben recht.

Aber warum dann – *Heidejagd?*

Heidejagd ist eine Geschichte, die mir seit einigen Jahren im Kopf herumspukt und immer mehr Gestalt annahm. Viele mystische Geschichten kreisen um die Lüneburger Heide, zu der Hermann Löns, der wohl bekannteste Heidedichter, nicht unwesentlich beigetragen hat. Sein Roman „Der Werwolf", den ich vor Jahren erneut in Händen hielt, hat mich in Teilen zu *Heidejagd* inspiriert. Und wenn sich einmal eine Idee in meinem Kopf festsetzt und nicht mehr verschwindet und ich gedanklich immer weiter in sie eintauche, dann wird es Zeit für einen Roman. Gefehlt hat mir nur das passende Setting für die Geschichte, das ich in der Lüneburger Heide in dem idyllischen Ort Amelinghausen und dem angrenzenden Lopausee gefunden habe. Doch beginnt *Heidejagd* auch noch so mystisch, so freut es mich, dass ich, wie oft in vielen meiner Romane, Ihnen, liebe Leserinnen und Leser, auch in *Heidejagd* Wissenswertes über aktuelle Themen weitergeben darf.

DANKSAGUNG

Danke sage ich dir, mein lieber Mann, auch wenn du wieder sagst: *Ach, was hab ich schon dazu beigetragen? Du hast den Roman geschrieben.* Nur gemeinsam, du weißt es doch – ich danke dir.

Ich danke dem CW Niemeyer Verlag für das Vertrauen in meine Geschichten. Dem Lektorat und Korrektorat, den Grafikern und den vielen Helferinnen und Helfern des Verlages, die beteiligt waren, Heidejagd zu erschaffen, gebührt ebenfalls mein herzlichster Dank.

Danke sage ich auch der Besitzerin des *Café-Restaurant Seestübchen* am Lopausee, Frau Imke Röhrs, die mir bei meiner Recherche mit vielen Infos zum See weitergeholfen hat. Ich hatte nicht gewusst, dass dort auch Filmaufnahmen der Telenovela Rote Rosen gedreht wurden. In der idyllischen Umgebung, zwischen Eichen und Kiefern gelegen, ist das Café mit seinen saisonalen Spezialitäten und dem hausgemachten Kuchen ein besonderes Ausflugsziel, um nach einer Wanderung einzukehren. Und vielleicht klappt es dann ja auch mit einer gemeinsamen Lesung im dortigen Biergarten. Ich würde mich freuen.

Ebenso einen lieben Dank sage ich dem Amelinghausener Bürgermeister Herrn Hartmut Schmidt. Er erlaubte mir, seinen realen Vor- und Nachnamen wie auch seine Berufe als Tischler und Bestatter in *Heidejagd* zu verwenden. Ich denke, ich habe im Roman mit den Worten aller Amelinghausener Bürger gesprochen: Wir haben einen engagierten Bürgermeister, der mit Tat und Herz für seine Gemeinde einsteht.

Mein Dank gilt auch meinen drei Testlesern, die unbenannt bleiben möchten, aber die ich um schonungslose Kritik gebeten habe. Danke euch dreien.

Ihnen, liebe Leserinnen und Leser, möchte ich dafür danken, dass Sie mich durch *Heidejagd* begleitet haben. Ich hoffe sehr, dass Ihnen unser spannender Ausflug gefallen hat und dass Sie mich auch bei der nächsten Reise durch einige der von mir kriminalistisch aufgesuchten Lüneburger Heidedörfer wieder begleiten werden.

Ihre Angela L. Forster

SYLVIA VANDERMEER

JANUSBLUT

DER TEMPLER CODE

Als der Ritualforscher Daniel Kremser eine Nachricht von seinem Mentor Wolfgang Schellenberg aus Wien erhält, ahnt er nicht, dass ihn die anschließende Suche nach dem Professor durch die ganze Stadt und darüber hinaus in die mystische Welt der Templer führt und er dabei zum Gejagten wird. Was verbirgt sich hinter Schellenbergs spektakulärer Entdeckung, dem Templerstein? Dadurch, dass Schellenbergs Tochter Kim heimlich einige Forschungsergebnisse auf ihrem Blog preisgegeben hat, werden Verfolger auf den Plan gerufen, denen jedes Mittel recht ist, in den Besitz des wertvollen Artefakts zu gelangen. Es offenbart sich ihnen ein düsteres Geheimnis, eine finstere Verschwörung über Jahrhunderte hinweg, die ihren Ursprung in Venedig fand. Eine unerbittliche Jagd beginnt, bei der sie unter dem Einsatz des eigenen Lebens das Rätsel unter Zeitdruck lösen müssen.

NIEMEYER KRIMI
SYLVIA VANDERMEER
MYSTIC VIENNA
JANUSBLUT
DER TEMPLER CODE
CW Niemeyer

IM FOKUS

ISBN 978-3-8271-9487-9

Profiler Thorsten Büthe ist knallhart, unbestechlich und schwört auf sein Team. Erfahrung und Schmerz haben ihn zu dem gemacht, was er ist: Ein Ruheloser! Ein Suchender! Büthe hat den Mörder im Fokus, doch der dreht den Spieß um. Der Profiler ist auch Mensch und Vater. Jetzt wird was er liebt zur Beute.

DER PELIKAN

ISBN 978-3-8271-9506-7

Während einer Hochzeit im Pelikan Viertel Hannovers wird die Braut entführt. In Folge verschwinden weitere Frauen. Das Team der Operativen Fallanalyse wird in die Ermittlungen mit einbezogen, kann aber weder Spuren an einem Tatort noch Verletzungen an einem Leichnam interpretieren.

Profiler gibt es im Fernsehen – die Operative Fallanalyse (OFA) im wahren Leben, denn sie ist viel mehr als das Erstellen eines Täterprofils. Carsten Schütte, seit 2016 Leiter der OFA Niedersachsen, weiß, wovon er schreibt:

SCHÄRENGRAB

ISBN 978-3-8271-9539-5

Das Profiler-Team, das im Zuge einer teambildenden Maßnahme auf der „Norwave" reist, wird von der bitteren Realität eingeholt. Ihrem Chef Thorsten Büthe wird beim Landgang auf Bergen eine mysteriöse mit „Troll" signierte Skizze zugespielt. Ein Scherz? Oder könnte hier vielleicht der Fundort einer Leiche markiert worden sein?